Christian Lohmeier

Vom König zum König

CHRISTIAN LOHMEIER

Vom König zum König

DEUTSCHE LITERATURGESELLSCHAFT

Die Deutsche Nationalbibliothek verzeichnet diese Publikation in der Deutschen Nationalbibliografie; detaillierte bibliografische Daten sind im Internet über
http://dnb.d-nb.de abrufbar.

Christian Lohmeier:
Vom König zum König

ISBN: 978-3-03831-021-1
© Copyright 2017. Alle Rechte beim Verlag.
Deutsche Literaturgesellschaft
Fasanenstr. 61, 10719 Berlin
Sie finden uns im Internet unter
www.Deutsche-Literaturgesellschaft.de

Ein Imprint der
Europäische Verlagsgesellschaften GmbH.

Inhalt

1
Vorwort

Den Menschen unsere Geschichte wieder etwas näher zu bringen, war mein Antrieb, dieses Buch zu schreiben. Vieles ist geschehen und später in Vergessenheit geraten. Wir dürfen unsere Geschichte aber nicht vergessen, denn wir können auch heute noch viel aus ihr lernen.

Mit meinem Vater Heinrich Lohmeier wagte ich nach dem Studium den Schritt zu einem Neuanfang in Leipzig. Meine Kindheit hatte ich in der beschaulichen Eifel und später in Mülheim-Kärlich, einer Kleinstadt am Rhein, in einem römisch-katholisch geprägten Elternhaus verbracht. Da mein Vater sich stets für die Geschichte interessierte, waren wir in den ersten Jahren viel in der Umgebung unterwegs und besuchten verschiedene Städte. Nach einem Besuch in Quedlinburg und den Informationen zu dessen Rolle in der deutschen Geschichte, war meine Neugier ebenfalls geweckt.

Daraufhin entstand später die Idee zu diesem Buch.

An dieser Stelle möchte ich mich bei meinem Bruder Ernst Franz Lohmeier für die Unterstützung, durch Bereitstellung entsprechender Fachliteratur und bei meiner lieben Frau Silke Lohmeier für die textliche Überarbeitung des Buches bedanken.

Die folgende Abbildung zeigt eine Statue von Thietmar, dem Bischof von Merseburg, welcher als ein bedeutender Chronist bekannt ist. Er hat die Geschichte der Ottonen niedergeschrieben und meine Heimatstadt Leipzig erstmals urkundlich erwähnt. So konnte Leipzig im Jahr 2015 sein 1000-jähriges Bestehen feiern. Thietmar, Bischof von Merseburg, lebte vom 25. Juli 975 bis 01. Dezember 1018.

Leipzig, 31.10.2016

2
Geschichtliche Einordnung und Bedeutung für Heinrich I.

2.1   Karl der Große

»Der Kaiser und König des Frankenreichs, war für Heinrich I., den ersten deutschen König, ein Vorbild.

Karl der Große, geboren am 2. April im Jahre 742 in Herstal, Belgien und gestorben am 28. Januar 814 in Aachen, machte das Frankenreich zu einer Großmacht, die Byzanz und anderen Großmächten der damaligen Zeit standhalten konnte. Er stärkte die Zentralgewalt als König und Kaiser gegenüber den Stammesherzögen. In Richtung Norden, gegenüber den Normannen, baute er eine feste Grenze auf. Die Grenzen im Osten und Süden erweiterte er erheblich, im Osten stoppte er die Erweiterung des Islams, der ganz Spanien eingenommen hatte. Durch die Christianisierung der Sachsen, legte Karl der Große die Grundlage für den Aufbau des Reichs der Deutschen. Außerdem förderte Karl das Bildungswesen und unternahm Maßnahmen, die zur Stärkung und Belebung der Wirtschaft führten. Den Sonntag führte Karl der Große als freien Tag für alle seine Bürger ein. Er sah, dass der freie Tag der Landbevölkerung guttat. Der siebte Tag sollte, ganz nach Bestimmung Gottes, für die Ruhe sein und zum Kirchgang genutzt werden, um Gott die Ehre zu erweisen.«[1]

---

[1] siehe Die Deutsche Geschichte, Band 1, Seite 54, Weltbild

»Die Lehnsordnung, die Heinrich I. hatte, sollte sich nach fränkischem Vorbild entwickeln. An erster Stelle stand der König, der als einziger und ausschließlich Lehnsherr war. Alle unteren Lehnsmänner (Fürsten, Grafen) sollten seine Lehnsmänner sein.

Kleinere Straftaten konnten von einem Dorfvorsteher abgegolten werden. Die Blutgerichtsbarkeit (Schwere Verbrechen) waren dem Grafen vorbehalten, der vielfach die zuständigen Schöffen für die Urteilsfindung heranzog und nur das Urteil verlas, aber die Befolgung des Urteils überwachte. In verschiedenen Ständen entwickelten sich verschiedene Rechte, auch unter den Germanen gab es keine Gleichberechtigung. Gottesurteile wurden oft angewendet, das heißt, wer im Zweikampf über seinen Gegner siegte, dem hatte Gott Recht gegeben oder er war unschuldig.

Die Schutz- und Fürsorgeherrschaft hatte der Sippenälteste, man nannte ihn Munt. Dies bedeutete die Herrschaft über Ehefrau, Kinder und Gesinde. Der Mann verwaltete das Hab und Gut seiner Frau und entschied über Verlobung und Verheiratung seiner Töchter.«[2]

»Die Bauern bildeten den größten Teil der Bevölkerung, unter ihnen waren die meisten Unfreien, sie machten ungefähr die Hälfte der damaligen Bevölkerung aus. Dies bedeutete aber nicht, dass die Bauern ohne Rechte waren. Sie standen oft im halbfreien Hörigkeitsverhältnis zu ihren Grundherren. Diese Hörigen konnten nur mit ihrem Gut verbunden, verkauft werden. Für die Grundherren (z. B. Grafen, Fürsten, König) mussten diese Frondienste leisten. Für die Frondienste konnten auch Knechte entsendet werden. Auch freie Bauern unterlagen den Rechten der Lehnsherren. Dafür erhielten sie Schutz und Sicherheit von ihren Lehnsherren vor Wölfen, Bären, äußeren und inneren Feinden. Zur Gemeinschaftsnutzung standen

---

[2] siehe Otto der Große, Helmut Hiller, S. 22–23, List Verlag 1980

den Bauern oft eine Schmiede, eine Backstube und eine Mühle zur Verfügung, die der Lehnsherr bereitstellte.«[3]

»Es gab in dieser Zeit auch einen regen Fernhandel mit Salz, Wachs, Honig, Wein, Öl, Tusche, Pelzen, Schmuck und Waffen.«[4] »Dies lag oft in der Hand von Menschen mit jüdischem Glauben, die sich durch das römische Reich als Römer überall in Europa verbreiteten. Diese sprachen die Landessprache und ihre eigene Sprache, Hebräisch, und konnten somit überall in Europa, ohne Probleme Ware kaufen und verkaufen. Auch in gewissen Gegenden, wie an Rhein und Mosel, brachten diese Menschen, zum Teil, den Weinbau mit nach Germanien. Die ersten Christen waren Menschen mit jüdischem Glauben. Aber auch später vermischten sich viele Menschen mit jüdischem Glauben, mit der einheimischen Bevölkerung und nahmen den christlichen Glauben und einen christlichen Namen an.

Auch friedliche Slawen siedelten sich schon im Reich Karls des Großen an und nahmen den christlichen Glauben an. Dies setzte sich auch unter Heinrich dem I. und Otto dem Großen fort «[5]

»Karl der Große prägte als erster den Begriff des Ostfrankenreiches. Aus volkstümlich für die Sprache im Ostfrankenreich, thiutisk, kam später die zusammenfassende Bezeichnung, theodiskus. Hiermit bezeichnet man die Stämme der Franken, Sachsen, Bayern, Alemannen, Thüringer und Friesen. Daraus entwickelte sich dann Mitte des 9. Jahrhunderts die Bezeichnung *regnum teutonicorum (Reich der Deutschen oder Volkes).*

Oder man könnte auch behaupten, man sprach damals von einem Volk verschiedener Stämme ohne wesentliche Bildung. Die gehobene

---

[3] siehe. Otto der Große, Helmut Hiller, S. 21–22, List Verlag 1980
[4] siehe Otto der Große, Helmut Hiller, S. 25, List Verlag 1980
[5] siehe. Otto der Große, Magdeburg und Europa, S. 65, Verlag Philipp von Zabern, Mainz

Schicht, der Adel und der Klerus sprachen oft abwertend über das Volk, als Masse, die nichts taugte. So mag es damals bei den Römern gewesen sein. Dies kann ein Grund sein, wie sich die Bezeichnung, regnum teutonicorum, entwickelt hat.

Heinrich der I. und Otto der Große fühlten sich als Nachfolger Karls des Großen, rex francorum, und zu höherem berufen.«[6]

Es entwickelte sich unter Heinrich dem I. und Otto dem Großen ein Mitteleuropäisches Reich, welches durch verschiedene Bevölkerungsgruppen entstanden ist. Unter Otto dem Großen entwickelte sich dann das Heilige Römische Reich der verschiedenen Völker oder deutscher Nation.

2.2 Konrad der I., das Ostfrankenreich

Konrad, im Jahre 881 geboren, war ab 911 König des Ostfrankenreiches und entstammte dem Geschlecht der Konradiner. Sie hatten Güter am Mittelrhein und in Mainfranken. Das alte Adelsgeschlecht hatte es zu einem erheblichen Wohlstand gebracht. Konrad hatte schon lange die Position eines zweiten Mannes im Staat, nach dem König Ludwigs, inne. Deshalb kam es nicht überraschend, dass er König wurde. Das Kernland seiner Familie war das Rhein-Main-Lahn-Gebiet, mit den dazugehörenden Grafschaften Lahn, Limburg, Weilburg, Wetterau und Wetzlar. Er wurde in einer Zeit König, als der Anspruch eines Königs im Ostfrankenreich noch nicht gefestigt war. Er erhielt aber eine breite Akzeptanz der Herzöge im Ostfrankenreich. Schließlich hatte ihn Erzbischof Hatto von Mainz als König gesalbt. Konrad stand den Einfällen der Ungarn machtlos gegenüber. Zu dieser Zeit waren die Herrscher den brutalen Überfällen und Plünderungen der Ungarn, hoffnungslos ausgeliefert. Die Ungarn kamen über das

---

[6] siehe Otto der Große, Helmut Hiller, S. 29, List Verlag 1980

offene Land und mit solch einer Anzahl an Kriegern, die Pfeile nie-
derregnen ließen, dass keine Armee des damaligen Ostfrankenreiches
ihnen Einhalt gebieten konnte. Die Gefahr der Normannen hatten die
Ostfranken gebannt, denn diese nutzen die Wasserwege und Flüsse
und waren deshalb besser zu bekämpfen gewesen. Nach seiner Wahl
zum König machte er als erstes einen Streifzug durch Lothringen,
Schwaben, Franken und an den Grenzen zu Bayern. Als erster König,
seit Ludwig dem Deutschen und Arnulf von Kärnten, betrat er wieder
Sachsen.

3
Burg Schwabengau

Es war ein schöner Frühlingstag in Sachsen, im Jahre des Herrn 912. Die Tagestemperaturen stiegen teilweise schon auf ungefähr 22 Grad. Nach dem harten Winter war es eine richtige Wohltat, die wärmende Frühjahrssonne zu genießen. Überall im Lande war rege Geschäftstätigkeit. Man hörte die Vögel zwitschern und das frische Grün der Bäume, ließ bei den Menschen eine positive Grundstimmung aufkommen. Die Bauern bestellten ihre Felder. Märkte entstanden in Dörfern und Städten, wo wohlhabende Händler, reiche Bauern, redefertige Schausteller und andere Wegelagerer ihre frischen Waren und schnelllebige Informationen feilboten.

Auch auf der Burg Schwabengau, östlich von Quedlinburg, war in den kleinen Dörfern, dieser Frühlingsaufschwung zu spüren. Auf einer schönen Burg, welche auf einer Anhöhe lag, konnte man vom gut gelegenen Bergfried aus, die kleinen, schönen Häuser und Gehöfte beobachten. Die Adligen, die selbst die Herrschaft über dieses schöne Fleckchen Erde hatten, legten oft selber Hand an. Im Herbst hatten die Holzfäller von Schwabengau mit der Rodung von großen Bäumen begonnen, um diese Gebiete dann im Frühjahr als gute Weide- oder Ackerfläche zu nutzen. Außerhalb der Burganlage bestand die nähere Umwelt aus einer Ansammlung von sechzehn geräumig gebauten Häusern. Jeder Besucher musste zuerst durch das Dorf, um auf die stark befestigte Burganlage zu kommen. Die Burganlage stand in der Mitte des Dorfes und auf dem Burgberg war eine kleine, aber feine

Kirche zu sehen. Ein großer Brunnen, der in der Nähe der Kirche stand, sorgte für frisches und wohlschmeckendes Wasser im beschaulichen Dorf. Es war ein Wasser, was jeder hier gerne trank. Es musste besondere Mineralien enthalten und manch einer sprach auch davon, dieses Wasser hätte heilende Wirkung. Ebenfalls konnte man eine gut bestückte Schmiede und mehrere gutbetuchte Händler finden. Das Dorf war mit einem zwei Meter hohen, festen und stabilen Zaun umgeben und hatte zwei stattliche Tore in östlicher und westlicher Richtung.

Die Häuser waren einfach mit Eichenholz gebaut und hatten stabile Holzdächer. Holz war durch die großen Wälder reichlich vorhanden. Kleine Fenster ließen im Frühjahr, Sommer und Herbst, das Tageslicht in die Wohnstube und Stallungen hinein. Nachts oder im kalten Winter blieben die Fenster mit hölzernen Fensterläden, Fellen von Bären oder dicken Tüchern verschlossen. Die Wohnstuben wurden meist durch den flackernden Kaminschein oder durch Kerzen aus Bienenwachs und brennbare Fackeln erhellt. Der Kamin wurde aus Steinen gebaut, die feuerfest waren und die wohlige Wärme speichern konnten.

Außerhalb des Schutzzaunes des Dorfes nutzten die Dorfbewohner die abgerodeten Flächen als gute Weidefläche für Kühe, Schafe, Schweine, Ziegen und Pferde. Auch wurde erfolgreich Obst-, Gemüse- und Kornanbau betrieben. Das Korn bildete die Haupternährungsgrundlage, welches in den großen Kornspeichern in den jeweiligen Orten gelagert wurde. Das Korn wurde oft zu Brot verarbeitet. Die Hauptspeise aber war Haferbrei. Eine gut gefüllte Kornkammer ermöglichte den Dorfbewohnern, einen harten Winter zu überstehen. Des Weiteren wurden reichliche Apfelbäume angepflanzt, die länger lagerfähige, gute Äpfel heranwachsen ließen, um diese dann im Winter oder Frühjahr zu verzehren. Auch ein Kräutergarten wurde angelegt. Hierbei befanden sich die Menschen aber erst am Anfang der

Entwicklung. Oft mussten sich die Dorfbewohner wild umherstreu-
nenden Wölfen und Bären erwehren, die sich an die Pferde, Schafe,
Kühe, Schweine und Hühner heranmachten und oft leichte Beute hatten. Eine der wichtigsten Einnahmequellen war das Salz. Im Bergbau
gewannen die Bewohner von Schwabengau dieses, für diese Zeit, (so)
wichtige Handelsgut.

Das Ziel eines Dorfes mit den dazugehörigen Burgherren, war
es, immer sich selbst zu versorgen. Ein Austausch von Lebensmitteln konnte nicht im großen Stil stattfinden, weil diese verderblich
waren und der Transport durch die Pferde oder zu Fuß erhebliche
Zeit beanspruchte. Meist war auch kein Geld vorhanden, um Lebensmittel zu kaufen, die vorhandene Ware wurde in der Regel getauscht.
So pflanzte man in der Nähe der Dörfer Korn an, dies wurde zu Mehl
verarbeitet, welches die wichtigste Ernährungsgrundlage darstellte.

Als Nahrung für die Pferde diente Hafer. Gemüseflächen wurden bereitgestellt, um mehr Abwechslung in der Ernährung zu bieten.
Die Wiesen dienten als Weideflächen der Tiere. Die Eier der Hühner
bereicherten ebenfalls die Speisekarte. Fische, aus den nahe gelegenen
Flüssen und Teichen, waren ebenfalls ein willkommenes Nahrungsmittel. Im Herbst zog man in die Wälder, um das Angebot an Pilzen
für sich zu nutzen.

Alle diese Maßnahmen wurden durch ansässige Klöster der Bene-
diktiner unterstützt und vorangetrieben. Sie lehrten der Landbevölkerung zum Teil auch das Schreiben und Lesen und brachten Ihnen
bei, mit der Umwelt, (den) Wiesen, (den) Feldern, (den) Tieren und
den Wäldern usw. zurechtzukommen. Sie zeigten der Bevölkerung
vor allem bessere Arbeitsmethoden und neue Pflanzensorten, die der
Nahrungsbeschaffung dienten.[7]

---

[7] Vgl. Otto der Große, Helmut Hiller, Seite 21, List Verlag 1980

3.1 Lothar, Graf von Schwabengau, und seine Familie

Unter den Personen, welche die gerodeten Flächen für sich beanspruchten, war auch Lothar, der Graf von Schwabengau.

Seine Vorfahren kamen ursprünglich aus Schwaben und wurden schon zur Zeit Karls des Großen hier angesiedelt.

Eine seiner größten Leidenschaften war die Pferdezucht und der Pferdehandel. Deshalb musste ein Teil der gerodeten Fläche zum Haferanbau genutzt werden. Er war im ganzen Land für seine gut ausgebildeten und gesunden Pferde bekannt. Selbst Heinrich I., dem Herzog von Sachsen, hatte er schon Pferde aus seiner Zucht erfolgreich verkaufen können. Lothar hatte ein großes Anwesen mit einem Wohnhaus und Stallungen für die Pferde. In seinem Bestand zählte er zeitweise bis zu 50 gut ausgebildete und gesunde Pferde. Auf dem Anwesen lebte er mit seiner Frau Guthie, seinen fünf Kindern, Siegfried (8 Jahre), Christian (7 Jahre), Hermann (6 Jahre), Siegesmund (3 Jahre) und Catharina (2 Jahre) sowie seinem Vater, dem alten Grafen Adalbert und seiner Mutter Elisabeth.

Vater Adalbert hatte schon lange die Rechte eines Grafen erhalten und hatte sie schon zum Teil an seinen Sohn Lothar übertragen, so dass er auch schon als Graf geführt und genannt wurde.

Wenn ein Rechtsspruch im Dorf gefällt werden sollte, wurde Adalbert oft um Rat gefragt und hatte, wenn keine Einigung erfolgte, das letzte Wort. Adalbert hatte somit über alle Bewohner des Ortes die Verfügungsgewalt.

In der Nähe des Ortes hörte man starkes, hölzernes Geklopfe. Lothar, Adalbert, mein älterer Bruder Siegfried und ich, Christian, waren auf der neuen Wiese und hatten dort einen Zaun für die Pferde errichtet. In unmittelbarer Nähe hatten Adalbert und Lothar zwei lange Schwer-

ter mit edlen Griffen bereitliegen, sowie Pfeile und sächsische Langbögen für den Fall, dass sie von hungrigen Wölfen, umherstreunen-
den Bären oder erbarmungslosen Räubern überfallen würden. Lothar
und Adalbert, die beiden stämmigen Männer, waren geübte Kämpfer,
die sich schon gegen manches Wolfsrudel sowie Bären und Räuber
erwehren mussten. Lothar sprach: »Wir haben für heute genug gearbeitet, lasst uns nach Hause gehen und zu Abend essen. Unsere lieben Frauen haben sicherlich gut für uns gekocht«. Fröhlich und guter
Stimmung gingen wir zu unserem großen Gut. Wir beiden Jungen,
die durch die schwere Arbeit noch voller Tatkraft waren, liefen vorn-
weg. Wir näherten uns dem hölzernen Dorftor von der östlichen Seite,
dann liefen wir zum Burgberg durch ein kleines steinernes Burgtor.
Die Burganlage bestand aus einem Haupthaus mit offener Vorhalle,
einem Raum mit einer Feuerstelle (Wohnküche) und zwei angrenzen-
den, ungeheizten Räumen, welche als Schlafräume dienten. Der Fuß-
boden bestand aus einer zehn Zentimeter dicken Lehmschicht und
war mit lockeren Holzrinden- und Holzschnitzellagen belegt.[8] Direkt
ans Haupthaus angeschlossen war ein Bergfried, von wo die Wachen
oder die Adligen weit ins Land schauen konnten. Ebenso zählten eine
wohlsortierte Schmiede, eine hölzerne Mühle und eine kleine, aber
feine Backstube zum Besitz von Lothar und dem alten Grafen Adalbert. Neben dem gut gebauten Haupthaus befanden sich, auf der rechten Seite, die geräumigen Stallungen der Pferde und, auf der linken
Seite, die Stallungen der Kühe, Hühner und Schweine sowie deren
Vorratsräume. Zur Hand gingen dem Grafen Lothar noch die Knechte
Ludwig und Erhard. Diese lebten ebenfalls im Haupthaus. Die beiden
Knechte trieben gerade die Hühner und Schweine in die Stallungen,
als Siegfried und ich am Hof ankamen.

---

[8] Vgl. Pförtner, Rudolf: Das Römerreich der Deutschen, S. 21 u. 29, Düsseldorf, Wien 1967

Wir rannten sofort zu den arbeitenden Knechten und trieben, grunzend und gackernd, die Tiere mit in die Stallungen. Ich versuchte sogar, mich auf den Rücken des fetten Ebers zu setzen, ein schweres und zähes Tier, welches die Zeugungsgewalt über die vielen Säue hatte. Jedes kleine Ferkel des Hofes stammte von diesem Eber ab. Lange konnte ich mich auf dem fetten Eber nicht halten, es gab zu wenige Möglichkeiten, um mich festzuhalten. So warf er mich schon beim ersten Versuch ab und ich landete im Matsch des Hofes. Ludwig, der Knecht, lachte und sagte: »Christian, du siehst ja wieder gut aus, ganz so als wenn du dich im Dreck gebadet hättest, wie ein kleines Ferkel.«

Lothars Mutter entstammte einer slawischen Familie, die vor 20 Jahren nach Sachsen gekommen war und den christlichen Glauben angenommen hatte. So hatte die Familie den Vorteil, sowohl die Sprache der Sachsen, als auch die Sprache der Slawen zu sprechen. Dies war von großem Nutzen für den Pferdehandel. Lothar war mehrmals im Jahr in den slawischen Gebieten unterwegs, um dort nach guten Pferden Ausschau zu halten.

Lothar, Adalbert, Siegfried, die beiden Knechte und ich betraten die geräumige Wohnküche, die der Hauptaufenthaltsort im Haus war. Es roch nach leckerem Hühnerfleisch. Im danebengelegenen Räucherraum hingen mehrere Schinken und dufteten, sodass jeder sofort Hunger bekommen musste, der den Raum betrat. Die Frauen hatten zwei gesunde Hühner von den stämmigen Knechten schlachten lassen, weil sie ihren Männern nach der harten Arbeit, etwas Besonderes zu essen geben wollten. Dazu aßen wir leckeres selbstgebackenes Brot und überlagerte Äpfel vom letzten Herbst und tranken gutes Wasser aus den Brunnen der Burganlage. Am nächsten Tag mussten die Männer früh raus. Sie wollten nach Gana reiten, um dort gesunde und gute Reitpferde zu kaufen. Die Nachfrage von Heinrich dem Herzog nach gut ausgebildeten Pferden war sehr groß.

3.2 Der Ritt nach Gana (Ostrau)

Gana war eine alte Sorbenfestung. Die Festung lag von Schwabengau etwa vier Tagesritte entfernt. Hier herrschte reger Handel. Gana war eine Hauptfestung im slawischen Gebiet. Von Gana aus wurden auch Angriffe gegen die Sachsen geplant und durchgeführt.

Am nächsten Morgen, so um die fünfte Stunde, krähte der vorherrschende Hahn der schönen Burganlage. Dies war ein wichtiges Zeichen, denn sie wussten, wenn ihr Hahn den Tag mit Krähen begrüßte, hatten die Menschen im Ort an diesem Tag schönes Wetter zu erwarten. Es war ein stolzer Hahn, der mit seinen bunt geschmückten Federn eine wahre Pracht war, für jeden der ihn betrachtete.

Nach dem dritten Krähen des Hahns, kam endlich Regung ins Haus. Die Männer des Hauses waren scheinbar durch die schwere Arbeit des Vortages noch geschafft.

Lothar, Adalbert und Ludwig machten sich, noch etwas müde, mit drei Pferden, etwas Nahrungsmitteln und einem Beutel voll Dinar auf den Weg nach Gana. Selbstverständlich hatten sie auch ihre Waffen mit dabei, denn bei einem Ritt in die slawischen Gebiete musste man auf alles gefasst sein. Adalbert hatte schon lange Jahre vorher auf seinem Weg nach Gana, Bäume markiert, um schneller dorthin zu gelangen. Durch die abwechselnden schmalen Pfade und breiten Wege wurde ein Ritt von vier Tagen benötigt. Den ersten Halt und ein Nachtlager, wollten die Männer in Lipsk machen. Hier waren die Bewohner sehr gastfreundlich. Die drei Männer hielten an einer Herberge im Osten von Lipsk an. Hier stiegen sie von ihren etwas müden Pferden ab und brachten diese in die dafür vorgesehenen Ställe. Dort stand ein Diener der Herberge, der die Pferde entgegennahm. Sie gingen dann zur Herberge. Adalbert kannte den Eigentümer von früheren Reisen (her) sehr gut. Er besorgte ein Nachtlager in einem kleinen Zimmer mit drei einfachen Betten. In der Gaststube nahmen sie das

Nachtmahl ein und ein paar Krüge naturtrübes, frisch gebrautes Bier. Gerade wollte Lothar wieder einen Schluck zu sich nehmen, als der Wirt sich zu den drei Sachsen setzte. Er sprach in slawischer Sprache: »Meine Freunde, ihr müsst vorsichtig sein, der Graf Jurekslaw hat eine Verordnung erlassen, dass jeder Fremde, der sich hier im slawischen Gebiet befindet, zu melden ist. Ich empfehle euch, wenn ihr nach Gana wollt, einen Umweg zu nehmen und in der freien Natur, im dichten Wald, zu übernachten. Macht kein Feuer, sonst werdet ihr entdeckt. Bei mir könnt ihr genug Nahrung kaufen für eure Reise, so dass ihr unterwegs keine Kochstelle einrichten müsst.« Adalbert sprach zum Wirt: »Vielen Dank für deinen Rat, wir werden diesen befolgen.«

Am nächsten Morgen machten sich die drei auf den Weg, die Pferde waren ebenfalls gut ausgeruht. (Für) zwei Nächte bauten sie ihr Lager in der freien Natur auf, fernab einer Siedlung.

Als die Reiter Dreiviertel ihrer unbequemen Strecke nach Gana zurückgelegt hatten und noch am Abend Gana erreichen sollten, hielten sie schnell ihre Pferde an. Im dichten Wald hörten sie großes Pferdegetrampel.

»Halt«, flüsterte Lothar, »wir müssen uns im großen Wald verstecken. Wahrscheinlich sind Soldaten des Grafen Jurekslaw unterwegs. Wenn die uns erwischen, haben wir nichts zu lachen.«

Sie bewegten sich schnell mit ihren Pferden in den tiefen Wald hinein, um den Männern des Grafen Jurekslaw zu entkommen. Den scheuen Pferden banden sie die Mäuler zusammen, damit diese sie durch ihr Wiehern nicht verraten konnten. Aus einer sicheren Deckung sahen sie nun schon von Weitem, zehn Soldaten des Grafen Jurekslaw auf den Weg nach Gana reiten. Es war ihr Glück, dass sie sich vom Weg entfernt hatten, sonst hätten sie sich unangenehmen Fragen der Soldaten stellen müssen. Oft bemächtigten sich diese des ganzen Hab und Gutes der Fremden und ließen sie an dem Ort wo sie sie aufgegriffen hatten, nur mit dem zurück, was sie am Leibe trugen. Als die Soldaten aus der Sicht verschwunden waren und die drei Männer deren Pferdegetrampel nicht mehr hörten, machten sie sich wieder auf den Weg. Diese Entscheidung sollte gravierende Folgen haben. Plötzlich sausten Pfeile auf sie nieder. Lothar, Adalbert und Ludwig waren in einen Hinterhalt geraten. Die Soldaten des Grafen Jurekslaw hatten ihre Pferde, etwa 100 Meter entfernt, abgestellt und waren zu Fuß zurückgelaufen. Sie hatten die Männer scheinbar schon vorher entdeckt. Ludwigs Hals wurde von einem Pfeil durchbohrt, er fiel vom Pferd und war sofort tot. Lothar und Adalbert sprangen sofort vom Pferd und baten um Vergebung und Verschonung ihres Lebens. Aber in diesem Moment wurde auch Adalbert von mehreren Pfeilen getroffen und sank tot zu Boden. Auch mein Vater Lothar konnte sich vor dem massiven Beschuss von Pfeilen kaum mehr retten. Er fühlte schreckliche Schmerzen in seiner linken Schulter und im rechten Bein, dort, wo ihn die Pfeile der Soldaten getroffen hatten. Als die Soldaten sahen, dass sie die Männer bezwungen hatten, kamen sie aus ihrer sicheren Stellung hervor. Lothar lag gekrümmt auf dem trockenen Boden, als er einen festen Schlag auf seinem Hinterkopf verspürte. Es wurde dunkel und er glaubte, seine letzte Stunde hätte geschlagen. Doch es sollte noch nicht sein Ende sein. Als er wieder erwachte, fand er sich in einem dunklen feuchten Raum wieder. Er spürte, dass sich eine bekannte Person mit ihm befasste. Diese versuchte ihn aufzuwecken. Es war Lothars Geschäftspartner, Anton Preslaw. Der dunkle Raum in dem sie sich befanden, war ein schäbiges Verlies in der herrschaftlichen Burg des Grafen Jurekslaw. Anton brachte ihn langsam wieder zu Bewusstsein. Doch dann wurde ihm sein Elend erst wieder bewusst. Er hatte seinen lieben Vater und einen guten Knecht im Hinterhalt von Jureklaws Soldaten verloren. Lothar war verzweifelt und wollte am liebsten aus dem Verlies entfliehen und die Soldaten mit seinen bloßen Händen bekämpfen. Doch vier kräftige Hände und die Schmerzen seiner Wunden in der Schulter und im Bein hielten ihn zurück. Anton erzählte ihm, dass der Graf Jurekslaw sich seiner gut ausgebildeten Pferde bemächtigt hatte. Um sie nun nicht bezahlen zu müssen, hatte er Anton in das Verlies werfen lassen und ihm und seinem Knecht Marek vorgeworfen, ihn bei seinem letzten Verkauf von Pferden betrogen zu haben. Sie sollten wegen Betrugs in den nächsten drei Tagen öffentlich hingerichtet werden. In seiner Grafschaft führte Jurekslaw eine Schreckensherrschaft, er nahm sich alles, von dem er meinte, dass es ihm gehören würde. Fremde, die ohne seine Genehmigung ins Land kamen, waren ohne Rechte und mussten oft mit dem Tode rechnen. Der Hass auf alles, was im Westen war, war groß. König Konrad der I. hatte slawische Gebiete für sich beansprucht und dem Grafen Jurekslaw weggenommen.

Wie sollten sie den Händen dieser Leute entkommen? Es gab kein Entrinnen. Am dritten Tag dann sollte das Todesurteil vollstreckt werden. Die drei Männer waren durch Hunger und Durst so matt, dass von Ihnen kein Widerstand zu erwarten war. Doch dann klopfte es an der Tür und eine Wache schrie hinein: »Hier habt ihr eure Henkersmahlzeit!« Er warf Brote hinein und stellte eine Schüssel mit Wasser an den Eingang, dann verschloss er wieder die Tür. Lothar und die beiden anderen sprangen auf und schlangen gierig die Brote hinunter. Auch die Schüssel mit Wasser war in wenigen Augenblicken geleert. Sie waren nun etwas gestärkt, aber an ihrer aussichtslosen Situation änderte sich nichts. In wenigen Stunden sollten sie auf dem Marktplatz von Gana ihr Todesurteil hinnehmen. Lothars Verletzungen durch die Pfeileinstiche im Bein und in der Schulter schmerzten noch, aber er hatte Glück gehabt. Die Pfeilspitzen waren nicht so tief eingedrungen und die Wunden waren gut verheilt. Sie knieten auf dem Boden und beteten das Vater-Unser.

»Vater unser im Himmel,
geheiligt werde dein Name.

Dein Reich komme,

dein Wille geschehe, wie im Himmel, so auf Erden.

Unser tägliches Brot gib uns heute,

und vergib uns unsere Schuld,

wie auch wir vergeben unseren Schuldigern.

Und führe uns nicht in Versuchung,

sondern erlöse uns von dem Bösen.

Denn dein sind das Reich und die Kraft und die Herrlichkeit in Ewigkeit.

Amen.«[9]

Sie hatten ihr Gebet beendet und schon ging es los. Die hölzerne Tür des Verlieses wurde aufgerissen und die großen, gut bewaffneten Wachen brüllten herein: »Aufstehen, ihr Dreckspack, nun schlägt eure letzte Stunde.« Den dreien war es schwindelig bei dem Gedanken, dass nun alles vorbei sein sollte. Vom Tageslicht geblendet, sahen sie im ersten Augenblick nur dunkle Umrisse. Aber anhand des Raunens der Menschen merkten sie, dass viele dem Schauerspiel beiwohnen wollten. Ältere und jüngere Frauen, Kinder und Männer standen auf dem Platz.

Lothar, Anton und der Knecht sollten an einem hölzernen Galgenturm hingerichtet werden, der noch in 30 Meter Entfernung vor ihnen lag. Bis dorthin mussten sie sich erst noch durch eine riesige Menschenmenge bewegen. Drei große und starke Soldaten versuchten, den Männern einen Weg durch die große Menschenmenge zu bahnen. Hinter ihnen gingen ebenfalls drei fette Soldaten. Plötzlich und in Sekundenschnelle kam ein riesiger Ruck der einheimischen Menschen von der rechten Seite und drückte die Soldaten vor und hinter ihnen weg. Sie waren frei! Die Menschen bildeten eine kleine

---

[9] Siehe Gotteslob, Katholisches Gebet- und Gesangbuch, St. Benno Buch- und Zeitschriften-Verlagsgesellschaft mbH, Leipzig, Seite 20

Gasse, durch die Lothar und seine Begleiter bis zum Ende des großen Marktplatzes laufen konnten. Der Knecht und Anton nahmen den Verletzten Lothar an ihre Seite, da die Verletzungen seine Schnelligkeit noch beeinträchtigten und sie rannten um ihr Leben bis ans Ende des Marktplatzes. Anton Preslaw hatte viele Freunde in Gana und die hatten seine Befreiung geplant. Da viele Menschen auf dem Marktplatz waren und das Gedränge groß war, konnten die Soldaten nicht ausmachen, wer denn eigentlich für die Befreiung zuständig war.

Am Ende des Marktplatzes standen drei gut durchtrainierte Reitpferde. Sie sprangen auf und ritten so schnell sie konnten, durch das offene hölzerne Westtor der Stadt, welches wegen der Hinrichtung für die Schaulustigen geöffnet worden war. Im wilden Durcheinander auf dem Marktplatz konnten die Soldaten erst spät reagieren.

Mit der Angst im Nacken, ritten die Männer so schnell sie konnten, auf direktem Weg zu Lothars Burg, nach Schwabengau.

Schon von Weitem sahen wir sie kommen, denn wir hatten schon tagelang Ausschau gehalten. Wir ahnten nichts Gutes, waren die Männer schließlich schon zwei Tage überfällig. Zu jener Zeit bedeutete es meist, dass etwas Schreckliches passiert war, wenn man von einer Reise in die slawischen Gebiete, nach der vereinbarten Zeit nicht zurückkam.

Mein Vater berichtete mit Tränen in den Augen, was ihm Schreckliches widerfahren war. Wir brauchten mehrere Monate um den Tod von Adalbert und Ludwig zu überwinden. In dieser Zeit traf uns noch ein weiterer schwerer Schicksalsschlag, denn nach nur kurzer Zeit verstarb auch Lothars liebe Mutter, Elisabeth, an einer rätselhaften Krankheit.

Danach ging unsere gewohnte Arbeit weiter. Mit Anton hatte mein Vater einen guten Mitstreiter gefunden, der mit ihm die Pferdezucht im Dorf vorantrieb. So konnten wir Herzog Heinrich bald wieder zehn gut ausgebildete Pferde verkaufen.

3.3 Sommer im Jahr 912 in Sachsen

Es war eine schöne Zeit. Das Wetter meinte es gut mit uns und wir hatten genug zu essen. Die Kinder und auch die Erwachsenen konnten sich in den nahegelegenen Seen und Flüssen von der Hitze des Tages abkühlen. Brennmaterial wurde nur benötigt, um die Kochstelle zu versorgen.

Die Menschen des Dorfes arbeiteten so lange es hell war, denn in der kalten Jahreszeit konnten die Arbeiter nur wenig verrichten. Es musste Vorrat an Nahrung, Kleidung und Brennmaterial für die kältere Jahreszeit angelegt werden.

So war der Tag mit viel Arbeit ausgefüllt, aber abends saß man oft vor den Häusern und unterhielt sich mit der Nachbarschaft. Und meist war auch jemand dabei, der eine Geschichte zu erzählen hatte.

Am heutigen Abend gesellte sich der Dorfpfarrer Edwin Müller zu uns und erzählte uns die Geschichte von Bonifatius.[10]

Der große Missionar Germaniens, Bonifatius, hieß eigentlich Winfried und wurde in England um 672 geboren. Er wurde 731 zum Erzbischof und päpstlichem Vikar der germanischen Missionsgebiete bestimmt. Auf einer Missionsreise im friesischen Ort Dokkum, starb Bonifatius am Pfingsttag 754 den Märtyrertod.

Was war geschehen?

Bonifatius fällte eine Eiche, die bei den Sachsen dem Gott Donar geweiht war. Die Einwohner hofften, dass Bonifatius vom Gott Donar mit einem Blitz erschlagen werde, wenn er den Baum fällt, es geschah aber nichts. Mit dem Holz baute er eine Kirche und bekehrte somit in dieser Region viele Menschen zum Christentum. Jene Kirche wurde in Fritzlar gebaut.

---

[10] Vgl. von Schwarzkopf, Margarete: Das große Buch der schönsten Legenden, S. 92–97, Nürnberg 2001

Viele Jahre später, zu Pfingsten, erreichte Bonifatius auf seinen Reisen das Dorf Dokkum. Er wollte dort hunderte Friesen zum Christentum bekehren. Diesen Christen wollte er die heilige Firmung spenden. Doch als die Firmung stattfinden sollte, wurden die Menschen von ungläubigen Friesen böse überrascht. Die Heiden drangen mit schrecklichem Gebrüll und bis an die Zähne bewaffnet ein und töteten alle Friesen, die zum Christentum übertreten wollten. Auch vor dem Bischof Bonifatius machten sie nicht halt. Bonifatius' letzte Sätze waren: »Männer, vergießt kein Blut, denkt stets an das Wort der Heiligen Schrift, nie Böses mit Bösem zu vergelten. Wir kämpfen nicht, dies wird der Tag der Befreiung sein, der Anfang des ewigen Lebens! Legt eure Waffen nieder!«. Als die ungläubigen Friesen über Bonifatius herfielen, stand er ruhig da. Er lächelte und sprach: »Mein lieber Gott, ich danke dir für mein schönes Leben und dass meine Reise durch diese Welt nun zu Ende ist. Vergib diesen heidnischen Friesen und lass auch sie eines Tages dein Licht sehen.« Als er den letzten Satz vollendet hatte, traf ihn mit voller Wucht ein kraftvoller Beilhieb und er brach tot zusammen. Die Mörder glaubten dort Gold und Schmuck zu finden, stattdessen fanden sie nur Bücher und Reliquien. Auf Grund ihres erfolglosen Kampfes und bei dem Gedanken, ohne Beute heimkehren zu müssen, wurden die heidnischen Männer so zornig, dass sie in einen schrecklichen Streit gerieten und sich gegenseitig töteten. Ein Suchtrupp christlicher Friesen machte sich am nächsten Tag auf zum Lager von Bonifatius. Der Bischof lag mit dem Evangelienbuch im Arm auf dem Boden. Das heilige Buch war weder von Schwert noch Beil beschädigt worden.[11]

Mittlerweile war es Nacht geworden und wir unterhielten uns noch weiter. Waren wir nicht in einer ähnlichen Situation? Wir konnten doch auch jederzeit damit rechnen, dass wir von den nahegelege-

---

[11] Vgl. von Schwarzkopf, Margarete: Das große Buch der schönsten Legenden, S. 92–97, Nürnberg 2001

nen Slawen oder den reitenden Ungarn überfallen würden. Auch sie würden mit uns kein Erbarmen haben.

Nach Adalberts Tod hatte Lothar die volle Verantwortung für die Burg Schwabengau und das dazugehörige Dorf.

In der Sommerzeit begaben sich viele Menschen auf Wanderschaft, galt es doch, in dieser Jahreszeit den Austausch von Waren und Gütern zu fördern. Unter den vielen Menschen, die unterwegs waren, waren immer auch einige dabei, die nicht nur Ware verkaufen wollten, sondern böse Absichten ins Auge gefasst hatten.

Zu dieser Zeit wurde im Ort ein Markt abgehalten und viele Händler, Gaukler, Schausteller kamen von weither zur Burg Schwabengau und dem umliegenden Dorf.

Es war ein schöner Tag, der Himmel hatte einige Wolken, die aber nicht von Bedeutung waren und der Marktplatz war mit Leben gefüllt. Aus den umliegenden Orten kamen die Menschen, um hier Ware zu kaufen und zu tauschen. Lothar ging an diesem Tag mit seiner schönen Frau Guthie und uns fünf umherlaufenden Kindern über den Marktplatz. Sein Knecht Erhard begleitete ihn mit einem hölzernen Handwagen. An die zwanzig Händler hatten ihre Buden und Stände aus Holz und Tüchern aufgebaut. Ein Händler rief in die Menge: »Frischer Honig, frischer Honig zum Süßen eurer Speisen.« An einem Stand, mit einem Dach aus grünen Tüchern, blieben wir stehen. Der Händler, ein alter Mann, verkaufte Gewürze und Kräuter von der Küste. Die Kräuter hatten heilende Wirkung und halfen bei offenen Wunden und innerlichen Beschwerden.

Lothar sagte: »Ich möchte gern zwei Säcke, einen mit Kräutern und einen mit Gewürzen, kaufen.« »Sehr wohl mein Herr«, antwortete ihm der alte Händler. Dann gab Lothar dem Händler den Kaufpreis, dankte ihm und verabschiedete sich. Sein Knecht Erhard nahm die beiden Säcke und fuhr sie mit dem hölzernen und stabilen Handwagen zu der Vorratsanlage auf dem Burgberg, der innerhalb der Burganlage war.

Wir selber verkauften auf unserem Markt viel Salz, denn Salz war zum Würzen und für die Einlagerung von Nahrungsmitteln ein wichtiger Grundstoff. Dies brachte der Burg Schwabengau immer erhebliche Einnahmen. Lothar hatte auch die Aufgabe, die Stände zu kontrollieren und Ihnen eine Standgebühr abzuverlangen. Diese Einnahmen und die Einnahmen aus dem Salzhandel, standen dann der Befestigung der Burganlage und des Dorfes zu Verfügung. Außerdem verwendete er dieses Geld zur Förderung der Pferdezucht. Dies brachte den Grafen Lothar in die Stellung, dem Herzog Heinrich immer wieder frische und gesunde Pferde liefern zu können. Er war zu dieser Zeit ein sehr wichtiger Mann für den sächsischen Herzog.

Lothar fielen zwei Buden auf, die jeweils am Ende des Platzes standen. In der einen boten zwei Männer Früchte und Getreide feil. Sie kamen aus der Nähe von Gana. Allerdings machten sie nicht den Eindruck, als ob sie etwas verkaufen wollten. Lothar dachte sich: »Solange sie ihre Standgebühr bezahlt haben, soll es mir egal sein.« In einer weiteren Bude waren zwei Männer, die lauter unnützes Zeug anboten. Auf den Tischen hatten sie heidnische Symbole ausgebreitet und verschiedene Gewürze und Kräuter, welche angeblich Glück, Gesundheit und ein schönes Leben bringen sollten. Nach seinem Kontrollgang auf dem Markt sprach er zu seinem Knecht Erhard: »Auf dem Markt sind mir zwei Männer aufgefallen, die heidnische Steine und Sonstiges verkaufen. Beobachte sie. Ich glaube, die führen nichts Gutes im Schilde.«

Es wurde Nacht im Ort und die Bewohner und Gäste tranken viel Bier. Die meisten Männer des Dorfes waren betrunken. Nur Lothar, Anton Preslaw, Erhard und Marek hatten einen klaren Kopf behalten. Erhard hatte den Auftrag seines Herrn befolgt und beobachtete die beiden Männer, die sich zuerst zur Nachtruhe in ein kleines Zelt gelegt hatten. Es dauerte doch eine Weile, bis sich im Zelt Etwas regte. Dann krochen die beiden Slawen heraus. Sie gingen den Markplatz hinunter, dann bogen sie nach links ab und gingen zum Haus des Tuchhändlers, der am Osttor wohnte. Die Wege des Dorfes waren bei dem wolkenlosen Himmel und Vollmond gut zu erkennen. Erhard folgte Ihnen und sah, wie beide Männer in das Haus eintraten. Blitzschnell rannte Erhard zu seinem Herrn auf der Burganlage. Völlig außer Atem platzte er in die Wohnstube des Grafen herein. Der saß gemütlich auf einem Schaukelstuhl und wippte langsam hin und her, während er gemütlich das Brennen des Feuers im Kamin betrachtete. Erhards Stimme zitterte von der Anstrengung. »Herr, wir müssen uns beeilen, die beiden Slawen sind in das Haus des Tuchhändlers eingestiegen.« Lothar, Anton, Marek und Erhard nahmen schnell ihre Schwerter und stürmten zum Haus des Händlers.

Die beiden Slawen kamen mit Gold und Schmuck aus dem Haus des Tuchhändlers und wollten sich gerade mit der Beute von dannen machen. »Halt!«, brüllte Lothar. Die beiden Feinde zogen ihre Waffen und ein Kampf auf Leben und Tod begann. Die zahlenmäßige Überlegenheit der Dorfbewohner führte zum Sieg von Lothar und seinen Männern. Beide Slawen lagen besiegt auf dem Boden, rangen durch ihre schweren Wunden mit dem Tod. Einer von ihnen starb nach wenigen Augenblicken. Lothar beugte sich zu dem noch Lebenden nieder, sprach mit ihm: »Warum habt ihr das getan?« Doch er stammelte nur und verstarb dann. Anton war in das Haus des Tuchhändlers gegangen und kam mit bleichem Gesicht und wackligen Beinen heraus. Er brüllte zornig: »Sie haben den Tuchhändler mit samt seiner Familie umgebracht!«

Die Tat ließ die Männer nicht ruhen und sie gingen noch des Nachts über den Marktplatz. Dort mussten sie feststellen, dass auch die Slawen, die hier Früchte und Getreide verkauft hatten, ihr Lager verlassen hatten. Nach langem Suchen waren sie sicher, dass die Gesuchten das Dorf verlassen haben mussten. Warum waren auch diese Männer plötzlich verschwunden? Am nächsten Tag wurde der Markt aufgrund der Vorkommnisse in der Nacht aufgelöst und die Händler zogen weiter. Graf Lothar beriet sich mit den Männern des Dorfes, wie man in Zukunft solche Ereignisse besser unterbinden könnte. Daraufhin fassten sie den Entschluss, beim nächsten Markttag vier Wachen aufzustellen, damit sich eine solche schreckliche Tat nicht wiederholt.

Es war ein guter Sommer, die Ernte war sehr erfolgreich und der Kornspeicher des Ortes war reichlich gefüllt. Auch Lothar hatte Herzog Heinrich wieder reichlich Pferde verkaufen können.

Eines Tages näherten sich mehrere Reiter dem Ort. Ein Wachposten am Dorf rief: »Schließt die Tore, fremde Reiter nähern sich uns!« Die Tore wurden geschlossen. Doch als diese näherkamen, erkannten wir, dass es Soldaten des Herzogs Heinrich waren. Daraufhin brüllte der Torwächter: »Öffnet die Tore, Reiter des Herzogs nähern sich uns!« Die Wachsoldaten gewährten den Reitern Einlass und wenig später sprachen diese mit dem Grafen Lothar. Heinrich suchte einen Nachfolger für seinen im Frühjahr 914 ausscheidenden altersschwachen Hofmarschall, der für die Pferde am Hof zuständig war. So bestellte er meinen Vater, Graf Lothar, mit dem er stets zufrieden war und von dem er immer nur gute Pferde erhalten hatte, für das Frühjahr 914 zu seinem neuen Hofmarschall.

Dies war eine große Ehre für einen einfachen Grafen und alle freuten sich im Hause Lothars. Diese neue Aufgabe unseres Vaters würde zur Folge haben, dass unsere ganze Familie, mit samt unserem Gefolge die Burg Schwabengau und unser Dorf verlassen würden und sich zum Hofe des Königs begeben sollten. Doch bis dahin blieben wir in Schwabengau.

Wir Kinder spielten gern draußen, halfen aber inzwischen auch schon im Haushalt und bei kleinen Feldarbeiten. Unser Vater hatte für Siegfried und mich einen Bogen aus Holz angefertigt und wir übten mit Holzpfeilen Zielschießen auf einen Baum. Anfangs trafen wir kaum, denn uns fehlte noch die Geschicklichkeit und Übung. Aber im Laufe der Monate erlangten wir immer mehr Treffsicherheit. Hatten wir zunächst noch Schwierigkeiten, den Baum aus 30 Fuß Entfernung zu erreichen, so traf ich mit der Zeit fast mit jedem zweiten Schuss den Baum. Dennoch hatte ich immer noch Schwierigkeiten, mit Siegfried Schritt zu halten. Das mochte daran liegen, dass ich noch nicht die Ausdauer und die körperlichen Voraussetzungen hatte, wie mein älterer Bruder. Außerdem hatte uns unser Vater Schwerter aus Holz gemacht und wir übten deren Umgang. Bald lieferten wir uns erste zaghafte Duelle. Doch manchmal gingen wir mit den Holzschwertern so intensiv aufeinander los, dass sich einer von uns wehtat und weinend zu unserer Mutter lief. Guthie forderte dann bestimmend: »Jetzt reicht es, Siegfried und Christian! Ihr seid Brüder. Ihr müsst zusammenhalten. Ich nehme euch die Schwerter weg.« Am nächsten Tag bettelten Siegfried und ich dann so lange, bis wir die Holzschwerter wiederbekamen. Wir versprachen unserer Mutter, uns nicht mehr mit den Schwertern zu zanken.

Doch es kam anders. Kaum hatten wir die Holzschwerter wieder in der Hand und waren aus den Augen unserer Mutter verschwunden, traten wir wieder gegeneinander an. Und nur Augenblicke später hatten wir uns auch schon wieder beide so wehgetan, dass Siegfried laut aufschrie und zu weinen begann. Dies hörte unsere Mutter und kam zu uns gelaufen. Sie nahm die beiden Schwerter und zerbrach sie. Sie schnappte mich und gab mir mehrere Schläge auf das Hinterteil. Als ich nun auch zu weinen anfing, ließ sie ab, hielt mich lieb und sagte: »Ich habe euch doch gesagt, dass ihr euch mit den Schwertern nicht zanken sollt.«

Von nun an kämpften wir nicht mehr gegeneinander, sondern zunächst mit Stöcken und später wieder mit Holzschwertern gegen Bäume, Sträucher oder Figuren aus Luft.

4

Heinrich der Vogler

»Im Jahre des Herrn 912, in einer Zeit, in der das Deutsche Reich noch nicht existierte, übernahm Heinrich die Würde des Herzogs von Sachsen.

Die Staaten des Ostfrankenreiches gliederten sich in die vier Hauptgebiete Sachsen, Franken, Bayern und Schwaben auf.

Zu dieser Zeit war Konrad von Franken König des Ostfrankenreichs und bestimmte dessen Geschichte.

Heinrichs Lieblingsbeschäftigung war die Vogelstellerei, deshalb nannte man ihn auch Heinrich den Vogler. Die Vogelstellerei diente dazu, die wilden Vögel einzufangen. Die kleinen Vögel wurden an die Frauen weiterverschenkt, welche diese oft zu Tode spielten. Vögel, die irgendwie essbar waren, landeten im Kochtopf oder auf dem Spieß. Die Raubvögel wurden abgerichtet und als Unterstützung zur Jagd mitgenommen.

Heinrich war ein Nachkomme von Otto dem Erlauchten, aus dem Stamm der Sachsen. Seine Gattin, die schöne Mathilde, stammte sogar vom Sachsenherzog Widukind ab. Widukind hatte 782 ein Frankenheer am Süntel vernichtet. Dies führte dann zu einem schrecklichen Vergeltungsschlag Karls des Großen.«[12] [13]

---

[12] siehe Die Deutsche Geschichte, Bd.1, S. 65–67, Weltbild 2002
[13] siehe Konstam, Angus: Atlas des mittelalterlichen Europa, S. 48–49, Wien 2001

Doch vor der Ehe mit Mathilde hatte Heinrich, der Herzog von Sachsen, bereits eine erste Beziehung mit Hatheburg, einer Tochter des Merseburger Grafen. Allerdings gab es für diese Liebe keine Zukunft, da Hatheburg schon lange der Kirche versprochen worden war.

Heinrich war als Knappe in der Lehre des Markgrafen zu Merseburg gewesen. Dort hatte er Hatheburg, die Tochter des Grafen, kennengelernt und liebgewonnen. Aus dieser Liebe entsprang ein Sohn. Ein wildes Eheleben mit Hatheburg war nur in den Jahren von 906 bis 909 möglich gewesen. Danach pochte die Kirche auf ihr Recht, dass Hatheburg ihre versprochene christliche Pflicht als Nonne zu erfüllen habe und dies tat sie auch. Eine Heirat der beiden war vor der Kirche nie vollzogen worden. So wurde diese Beziehung für gottlos und nichtig und der gemeinsame Sohn für unehelich erklärt. Heinrich stand plötzlich mit seinem Sohn Tankmar alleine da.«[14]

Tankmar, der nun uneheliche Sohn Heinrichs aus der Beziehung mit Hatheburg, durfte als Bastard in der Erbfolge nicht berücksichtigt werden. Trotzdem unterhielten die Familie Heinrichs und die Grafen von Merseburg weiterhin eine enge Beziehung zueinander.[15]

So kam es, dass Heinrich wieder auf Freiersfüßen stand und sich auf die Suche nach einer neuen Frau machen musste, um den Familienstammbaum fortzusetzen.

Er hörte von der schönen Mathilde, die im Sachsenland lebte und er wollte sie um jeden Preis kennenlernen. Sie wollte er zur Frau nehmen, auch hinsichtlich ihrer Abstammung.

»Von Mathilde wird erzählt, dass sie im Jahre 895 in Egern geboren wurde. Weiterhin ist bekannt, dass sie eine gute Bildung im Klos-

---

[14] siehe Otto der Große, Helmut Hiller, Seite 39, List Verlag 1980
[15] siehe Die Deutsche Geschichte, Band 1, Weltbild, Augsburg 2004, Seite 72

ter zu Herford genossen hat. Sie lernte dort Latein, gut zu lesen und schön zu schreiben, schnell zu rechnen, gut zu spinnen, leckeres Essen zu kochen und feine Nadelarbeiten durchzuführen. Schon Karl der Große hatte im Jahre 812 eine Hofgüterverordnung erlassen, durch die es zur Pflicht wurde, Kräuter anzupflanzen. Dazu gehörten Bärwurzel, Anis, Feldkümmel, Dill, Heliotrop, Gartensenf, Kümmel, Kresse, Petersilie, Mohn, Schwarzkümmel, Pfefferkraut, Rettich, Schnittlauch, Senfkraut, Sellerie und Zwiebeln. In den Gärten der Klöster wuchsen damals auch Salbei, Minze, Schwertlilie, Raute, Kreuzkümmel, Krauseminze, Bohnenkraut und Liebstöckel. Die Wirkung und die Inhalte waren interessant, wenn man damals die Heilkunde- und Kochbücher lesen konnte. Beim Würzen war es jedem selbst überlassen, wie hoch er die Dosierung ansetzte. Auch mit der Kräuterkunde kannte sich Mathilde, also durch die Ausbildung im Kloster Herford sehr gut aus.«[16]

Ihr Vater Dietrich, ein sächsischer Graf, lehrte sie mit den Falken zu jagen und den schnellen Ritt auf einem Pferd. Immer wieder ließen sich zahlreiche Freier in der Burg des Grafen blicken, aber keiner vermochte das Herz der schönen Mathilde zu erobern. Lieber mochte sie nie heiraten, als ohne Liebe einen Mann zu ehelichen. Sie ging auf in ihrer Arbeit und pflegte Kranke, brachte Nahrung zu den Armen und fertigte für sie Kleider. Und sie umsorgte liebevoll ihren Vater. Der dachte, seine liebe Tochter würde keinen Mann mehr bekommen, sie wäre einfach zu wählerisch.

Dann kam ein entscheidender Tag. Der Sachsenherzog hatte eine Botschaft zum Grafen Dietrich gesandt, denn er wollte um die Hand der hübschen Tochter Mathilde anhalten. Heinrich der Vogler hatte von den guten Taten, von der Wissenskraft und von der Schönheit Mathildes gehört. Nicht lange ließ er auf sich warten. Fanfaren ertön-

---

[16] siehe von Uta Luise Zimmermann-Krause, Kaiserlich speisen wie Otto der Große, Magdeburg, Edition Mitteleuropa Seite 63 und 64

ten und Heinrich stand mit einem Trupp Männern in edlen Gewändern und mit schnellen Pferden vor den Toren des Grafen Dietrich. Man gewährte ihnen Einlass. Es wurde ein feierliches Mahl zum Abend gereicht und gute Weine kamen auf die Tische. Der Graf bemerkte mit Freude, dass der Blick seiner geliebten Tochter im fackelnden Kerzenlicht immer wieder zum Herzog Heinrich wanderte und sie leicht verlegen wurde, wenn sie mit ihm sprach. Der Graf bat Heinrich, die Nacht über in seiner Burg zu verweilen. Erst zögerte Heinrich, aber dann nahm er das Angebot dankend an. Der Abend war schon weit fortgeschritten, als sie sich zur Ruhe betteten. In einem Schlafgemach mit einem riesigen Bett, einem Holzboden, welcher mit Teppichen und Fellen ausgelegt war, schlief er gut bis in den frühen Morgen. Seine Männer hatten in den für die Soldaten vorgesehenen Schlafräumen übernachten können.

Als Heinrich erwachte, streckte er sich erst einmal in dem großen Bett. Er hatte gut geschlafen und es musste schon die achte Stunde sein. Dann stand er auf und machte sich, mit einem Behälter voller Wasser und Seife, frisch für den Tag. Danach führte er noch zwanzig Liegestütze aus.

Im Herrschaftshaus ging er dann durch einen langen geräumigen Gang zu der Wohnstube, wo das Frühstück gereicht wurde. Heinrich trat ein. »Guten Morgen, Herr Graf Dietrich.« Der Graf Dietrich sprach: »Lieber Herzog Heinrich, setzen sie sich, bitte, neben mich.« Seine schöne Tochter Mathilde war nicht zugegen und nach einem kurzen Mahl fragte Heinrich: »Lieber Graf Dietrich, hiermit möchte ich um die Hand Ihrer Tochter bitten.« Der Burgherr erwiderte aber nur: »Wenn du meine Tochter willst, dann musst du sie schon selber fragen. Scheue dich nicht, denn ich denke, sie mag dich. Ich habe dies gestern Abend in ihren Augen gesehen.« Er schickte Heinrich in den Burggarten. »Dort hat sich Mathilde nach dem Frühstück hinbegeben. Geh und sage ihr, was dein Herz begehrt.« Heinrich sprach etwas verlegen: »Vielen Dank, Graf Dietrich.« Dann ging er in den wunderschönen, mit Pflanzen und Kräutern ausgestatteten, Burggarten. Dort saß die schöne Mathilde und las in einem Buch. Er trat an sie heran, kniete nieder und nahm ihre Hand. Sie schaute ihm etwas verlegen aber liebevoll in die Augen und Heinrich sprach: »Meine schöne Mathilde. Es ist etwas schnell und verwegen, aber ich möchte euch bitten, meine Frau zu werden.« Mathilde antwortete ihm ohne große Pause und mit fester Stimme: »Hier auf Erden gibt es nichts, was schöner wäre, als eure Gemahlin zu werden, Herr Heinrich.«

Im ganzen Lande wurde die Kunde verbreitet, dass Herzog Heinrich von Sachsen, Mathilde zur Frau nehmen würde. Edle und Fürsten aus den benachbarten Gebieten und aus dem näheren Umkreis waren zu der prunkvoll ausgestatteten Hochzeit geladen. Weit über das ganze Land wurde sich von dieser schönen Hochzeit erzählt.[17]

4.1 Der Angriff der Ungarn, Flucht zum Hof Heinrichs

Es war ein bewölkter Sommertag in Schwabengau. Der Tag begann ruhig und gemütlich. In der Ferne hörten wir ein Grollen, gleich einem Donner, aber am Himmel war kein Zeichen eines Gewitters zu erkennen. Die Menschen im Ort gingen ihrer Arbeit nach.

Plötzlich rief ein Wachposten voller Schrecken: »Die Ungarn! Sie greifen an!« In weiter Ferne, vom östlichen Tor aus zu sehen, konnte man schon einige Reiter im Südosten erkennen. Schnell eilten die Menschen hinter die geschützte Umzäunung des Dorfes, aber gegen diese erfahrenen Kämpfer rechneten wir uns wenige Chancen aus. Die Ungarn kamen zügig voran und mussten uns schon in wenigen

---

[17] siehe Margarete von Schwarzkopf, Das große Buch der schönsten Legenden, Schauenburg Verlag, Nürnberg 2001, Seite 35 und 36

Augenblicken erreichen. Bald würde es zu Kampfhandlungen kommen. Alle Männer des Dorfes standen auf der Zaunbefestigung im Osten sowie auf dem Osttor des Dorfes, um die Feinde abzuwehren. Was wir nicht erkannten war, dass die Angreifer sich geteilt hatten und eine Truppe Ungarn das unbewachte Westtor angriff. Dort machten sich nun einige Reiter zu schaffen und hatten leichtes Spiel, da sie dort keine Gegenwehr vorfanden. Als sie durchs Tor gelangten, setzten sie sämtliche Häuser und Teile der Burganlage, die in ihrer Nähe waren, in Brand. Das Feuer hatte leichtes Spiel. Nahe des Osttors, waren die Bewohner des Dorfes in einem Haus untergebracht worden. Die Ungarn, die uns im Osten angriffen, wurden von unseren Männern vollständig besiegt. Sie konnten sich unseren Pfeilen nicht erwehren. Es war nur eine Anzahl von 30 Kriegern gewesen.

Lothar schrie: »Die Häuser auf der Westseite brennen! Wir werden auch dort angegriffen. Männer legt eure Pfeile und Bogen nieder!« Lothar rannte mit seinen Männern, die mit Schwertern und Äxten bewaffnet waren zum Westtor, um dort dem Feind entgegenzutreten. Es waren vierzig starke Männer, die Lothar anführte. Schnell erreichten sie den zweiten Trupp der Ungarn, der ebenfalls nur 30 Krieger zählte. Aber der Schaden war so groß, dass mittlerweile schon der halbe Ort lichterloh brannte. Es war zu lange trocken gewesen. Das Holz der Häuser und der Burg hielt dem Feuer nicht mehr stand. Es kam zu einer heftigen Auseinandersetzung, wobei Lothar die Dorfbewohner taktisch sehr klug vorgehen lies. Sie waren immer in einer Gruppe von fünf Personen unterwegs, wobei immer drei Leute angriffen und zwei sicherten den Hinterhalt ab. So konnten sie die Ungarn in kurzer Zeit besiegen. Doch dieser Sieg war am Ende nutzlos, denn dreiviertel des Dorfes und die ganze Burganlage waren von den Ungarn niedergebrannt worden.

Lothar sprach zu seinen Bewohnern: »Wir sind hier in einer ausweglosen und schutzlosen Lage. Dieses Dorf und die Burg können wir nicht mehr retten. Um die gesamten Häuser und die Burg wiederaufzubauen, brauchen wir zu viel Kraft und Zeit. Da ich eine Einladung von Heinrich dem Herzog von Sachsen habe, werden wir alle gehen. Ich soll dort in Zukunft den Hofmarschall ersetzen und ich denke, er wird uns auch jetzt dort schon Zuflucht gewähren und seinen Schutz anbieten. Ihr könnt uns gern folgen und ebenfalls am Hofe Heinrichs leben und arbeiten.« Alle Bewohner des Dorfes wussten, wie aussichtslos ihre Lage bei einem nächsten Angriff war und so packten die Bewohner ihr Hab und Gut zusammen. Auch wir packten nun unsere Habseligkeiten und Vorräte zusammen. Wir brauchten zwei Tage, bis alle beweglichen Güter auf verschiedene Karren, Ochsenkarren und Pferdewagen verstaut waren und wir uns auf den Weg zu Heinrichs Sitz, der Pfalz Werla machten. Viele Dörfer und Siedlungen, die entlang unseres Weges lagen, waren ebenfalls Angriffen der Ungarn ausgesetzt gewesen und teilweise verwüstet worden. Uns schlossen sich noch mehrere Menschen an.[18] Nach einigen Tagen erreichten wir mit den Menschen aus den anderen zerstörten Orten, die neu gebaute Pfalz Werla im Harz.

Die Pfalz Werla war Heinrichs Modell-Burg. Der Harz war durch seinen Silber- und Eisenreichtum ein wichtiger Standort. Diese Pfalzanlage suchte in der Zeit Heinrichs seinesgleichen. Es gab keine Ansiedlung, welche einer derart gewaltigen, weiträumigen Wehranlage entsprach.

Ich schätzte, dass sich die Einwohnerzahl dieser Burganlage um etwa 1.000 Seelen belaufen musste. Die Pfalzanlage war 100 Morgen groß.[19] Der Landweg, von der Landseite im Osten, führte auf eine

---

[18] Vgl. Pförtner, Das Römerreich der Deutschen, by Econ Verlag, Düsseldorf und Wien 1967, Seite 53
[19] Vgl. Pförtner, Das Römerreich der Deutschen, by Econ Verlag, Düsseldorf und Wien 1967, Seite 59

riesige Burganlage zu. Vom Norden her war die Anlage durch Steilhänge schwer zugänglich. Zusätzlich wurde sie durch Wehrmauern geschützt. Im Osten und Süden schützten ebenfalls Steilhänge und eine Mauer vor Angriffen und der Fluss Oker bildete noch dazu ein natürliches Hindernis. Im Nordwesten lag der Zugang zur Burg.

Wir überquerten den Oker. Hier hatten wir Glück, denn es war Sommer und so führte der Fluss nur wenig Wasser. So gelangten wir mit unserem Tross zum Zugang der Pfalz.

Hornsignale kündeten von unserer Ankunft. Lothar ritt voran, um sich vorzustellen und von unserer Not zu berichten, doch die Kunde war uns schon vorausgeeilt. Die Wachposten ließen uns passieren. Der Weg, der von der nordwestlichen Landseite zur Anlage führte, ging über einen achtzehn Meter breiten, drei Meter tiefen Sohlgraben. Der Aushub bildete einen dreizehn Meter breiten Erdwall. Über eine Erdbrücke gelangten wir zunächst zu einem Holztor (1. Tor). Die Soldaten öffneten uns die Burgtore. Wir befanden uns nun in der äußeren Vorburg. Hier konnte man ein Wachhaus der Soldaten sowie mehrere Häuser, Ställe, Schmieden zur Herstellung von Waffen und Hufeisen für die Pferde, einen Brunnen, eine Schänke und den Kornspeicher sehen. Die äußere Vorburg war mit vier Meter hohen Holzzäunen und Holzwachtürmen befestigt. Die Holzzäune waren begehbar und konnten über einen hölzernen Wehrgang verteidigt werden. Ein Soldat, der uns durch die Pfalz führte, gab unseren Dorfbewohnern die Anweisung, hier ihre neue Bleibe zu suchen. Auch Anton Preslaw und die Knechte Marek und Erhard mussten zuerst hier ihr Lager aufschlagen. Viele hilfsbereite Bewohner kamen herbei und halfen unserer Gefolgschaft, ihr Hab und Gut zu verstauen. In der äußeren Vorburg war noch reichlich Fläche für weitere Häuser. Hier wohnten auch einige jüdische Händler, die den Fernhandel mit Gütern wie Wein, Waffen, Tüchern und Honig von der Pfalz Werla aus ermöglichten. Die äußere Vorburg wurde noch zusätzlich durch einen mehr als vier Meter tiefen Graben und eine steinerne Ringmauer getrennt. Jene Mauer war zwei Meter dick und hatte einen Wehrgang. Als wir ein weiteres Holztor (2. Tor) durchschritten hatten, konnten wir die Aufgänge zu den Wehrgängen entdecken. Hinter der Mauer befanden sich Pferdeställe und Ställe für das Vieh (Kühe, Hühner, Schafe und Schweine). Auch gab es hier wieder ein Lager für die Wachsoldaten. Von der etwa 140 Meter tiefer gelegenen, äußeren, ersten Vorburg führte eine Straße hinauf zur zweiten Vorburg, bis sich der Weg vor einem weiteren Tor (3. Tor) mit Zugbrücke gabelte.

Wählte man den linken Weg, kam man an der eigentlichen Pfalzmauer entlang und beschritt dann einen steilen Hohlweg am Ostrand der Burganlage. Dies war eine, von den Ortskundigen viel genutzte Abkürzung, aber gänzlich ungeeignet für den Transport von Lasten. Ein Angriff über diesem Weg war ebenfalls schwer durchzuführen, da man durch den steilen Aufgang schon viel an Kraft verlor.

Der Weg nach rechts führte weiter zu einem steinernen Tor. Durch dieses dritte Tor gelangten wir in die zweite Vorburg, wo sich ein kleines Lager von Soldaten, die sich im Zweikampf mit Holzschwertern übten, befand. Der Weg führte uns weiter nach rechts durch ein weiteres Tor (4. Tor). Nun erst befanden wir uns in der Hauptburg, dem Festungszentrum. Dieses Tor war etwas Besonderes, eine der besten Toranlagen zu dieser Zeit. Es war ein sogenanntes Fangtor, bei dem, zwei verschließbare Tore, hintereinander angelegt sind und so einen kleinen Hof, den sogenannten Hofzwinger, begrenzten. In der Mitte des dazugehörigen Torturmes gab es einen Schacht mit einer Fläche von acht mal acht Fuß, von wo aus man die Eindringlinge, die dort wie in einem Käfig festsaßen, mit Pfeilen beschießen oder mit Steinen bewerfen konnte.

Hier im Festungszentrum bemerkte ich zuerst eine Kirche, einen einfachen Bau mit einer Größe von 24 mal 13 Metern sowie einen prächtigen Palast. Es war ein großes Haus mit einem Rundturm, etwa 52 mal 18 Meter groß und der Sitz des Herzogs mit seinen Gemächern. Der Hauptsaal in diesem Gebäude hatte eine Fläche von 9 mal 12 Metern. Der Rundturm hatte mehrere Räume und seine Mauern waren anderthalb Meter dick. Dort waren zusätzliche Gemächer des Herzogs untergebracht und dienten als letzter Fluchtort.

Zwanzig Häuser standen in der Hauptburg. Außerdem befand sich auf dem Festungsplatz ein weiteres riesiges Gebäude, die Aula, welche gut und gerne 600 Personen stehend Platz bot. Hier konnten größere Versammlungen abgehalten werden, so dass Herzog Heinrich alle Männer, die auf der Pfalz Werla lebten, mit seinem gesprochenen Wort erreichen konnte. Es gab hier Pferdeställe, ebenfalls waren Kornspeicher als Vorratslager vorhanden. Außerdem arbeitete man in Schmieden, fertigte dort Rüstungen für die Soldaten, welche hier für den Kampf ausgebildet wurden. Zusammen mit den Lauten des Viehs in den Ställen, durchdrangen die in der Burg alltäglichen Geräusche von Krähen und Gehämmer die Luft. Das gesamte Festungszentrum war mit einer Pfalzmauer umgeben. Im Westen stand ein halbrunder Flankierungsturm, der unmittelbar aus der Mauer herauswuchs. Der Wehrgang führte über die Pfalzmauer, durch eine Tür in den westlichen Turm. Zum östlichen Turm gab es über die Pfalzmauer keine Verbindung. Er war vom Festungsplatz im Osten aus zu begehen.[20] Hier im Festungszentrum befand sich außerdem noch ein Kräutergarten, in dem Heilkräuter und Gewürze angepflanzt wurden.

Lothar wurde zum alten Hofmarschall Erwin Reiter gebracht. Erwin zählte inzwischen 60 Jahre und man sah, dass der Zahn der Zeit an ihm genagt hatte. Er kam schon in leicht gebückter Haltung daher und hatte fast keine Zähne mehr im Mund. Sein Haupt war nur noch

---

[20] Vgl. Pförtner, Das Römerreich der Deutschen, Seite 60 bis 62

mit wenigen grauen Haaren bedeckt. Er erzählte meinem Vater, dass hier in der Pfalz ca. 500 Pferde vorhanden wären, die es für den Herzog vorzuhalten galt, damit sie immer einsatzbereit wären. Nach dem kurzen Gespräch verabschiedeten sie sich und verabredeten sich für den nächsten Tag.

4.2 Am Hofe Heinrichs, Pfalz Werla

Wir schliefen gut in unserer neuen Umgebung, auch weil wir uns sicher fühlten. Schon früh wurden wir durch das Krähen eines Hahns geweckt. Uns standen drei Zimmer zur Verfügung: ein Schlafgemach für die Eltern, ein Schlafgemach für uns Kinder und ein Raum mit Kamin, wo wir uns gemeinsam aufhalten konnten. Gespeist wurde zusammen in einem großen Speiseraum, der sich in dem Haus befand, wo das Hofpersonal (Gesinde) wohnte.

Die Sonne begrüßte uns mit einem Lächeln und die Vögel sangen ein Morgenlied.

Nach dem Frühstück hatte sich mein Vater mit Erwin Reiter, dem alten Hofmarschall verabredet und so machte er sich, von der oberen Pfalz, auf zu Erwin Reiters Haus. Als er vor der hölzernen Tür stand, rief er: »Erwin Reiter!« und klopfte kräftig an. »Herein!«, hörte man von drinnen eine Stimme rufen. Lothar trat in eine kleine aber feine Stube ein und fragte, wie es Erwin ging. Dieser jammerte: »Nicht gut, ich spüre meine alten Knochen.« Lothar bat Erwin, ihm die Pferdeställe und die Tiere zu zeigen, damit er sich ein Bild von der Gesundheit und der Ausdauer der Pferde machen konnte. Bis spät in den Abend hatten beide zu tun und in der äußeren Vorburg, wo sie als letzte Station anlangten, gönnten sich die beiden Männer mehrere Bier in der Schänke. »Deine Pferde sind in einem guten Zustand«, sagte Lothar zu Erwin, während er an seinem Bierkrug nippte. Erwin antwortete: »Ich habe auch meine ganze Kraft und mein Leben für

die Tiere eingesetzt und außerdem hatte ich einen guten Lieferanten«.
Beide lachten, denn der gute Lieferant war Lothar selbst gewesen. Sie
führten ihre Unterhaltung noch eine ganze Zeit fort, dann wackelten
beide, etwas angetrunken, den weiten Weg von der äußeren Burg bis
zum Festungsplatz in ihre Gemächer.

Am nächsten Tag hatte Graf Lothar ein Gespräch bei Herzog Heinrich. Durch den großen Palast wurde er in das Arbeitszimmer des Herzogs geführt. Hier saß Heinrich vor einem hölzernen Eichenschreib-
tisch, auf einem Stuhl, der mit einem Bärenfell bedeckt war. An der
rechten Wand hingen zahlreiche Waffen in Form von Bögen, Pfeilen
und Speeren, die für die Jagd bestimmt waren. Dazwischen brachten zwei Fenster, Licht in das Arbeitszimmer. Auf der linken Seite
fand sich eine Vielzahl an Tiergeweihen wieder, die offensichtlich
bei der Jagd erlegt worden waren. Heinrich sah, dass Lothars Augen
über die Wände wanderten und sprach: »Lieber Lothar, mein guter
Weggefährte. Hier gibt es viel zu sehen, doch ich muss dich davon
ablenken, wir haben Wichtiges zu besprechen. Ich habe erfahren, dass
dir großes Leid widerfahren ist und dein Heimatort von den Ungarn
zerstört wurde. Wir werden die Burg Schwabengau nicht wiederauf-
bauen können. Die Ungarn sind zu stark und die Slawen, die diese
Gebiete zurück haben wollen, sind auch nicht fern. Für mich ist es
wichtiger, du hilfst mir hier auf der Pfalz Werla. Deine Pferde haben
mich stark gemacht und hierfür danke ich dir.« Lothar sprach: »Das
Alles habe ich gern für euch getan und du hast uns dafür auch reichlich entlohnt. Meine Leute und ich danken dir, dass wir nun auf der
Pfalz Werla eine neue Heimat finden konnten und wir unter deinem
Schutz, hier wieder von Neuem beginnen können.« Heinrich nickte
wohlwollend und sprach: »Der Hofmarschall, Erwin Reiter, hat mir
gute Dienste geleistet. Doch inzwischen ist er zu alt. Ich bitte dich,
dass du schon morgen die Arbeit übernimmst. Wir werden Erwin

Reiter in den Ruhestand schicken und, wenn nötig, um seinen Rat fragen.«

Dann fragte Heinrich: »Wie viele Kinder hast du in deiner Familie?« »Ich habe vier Söhne im Alter von acht, sieben, sechs und drei Jahren und eine Tochter von zwei Jahren«, erwiderte Lothar. Graf Heinrich blickte aus einem der Fenster und wandte sich dann wieder an Lothar. »Deine beiden älteren Söhne möchte ich gern hier im Palast als Pagen haben. Sie sollen sich morgen bei meinem Verwalter Kurt melden. Deine Frau soll im Gesindehaus mithelfen. So kann sie sich auch weiter um eure Tochter und die jüngeren Söhne kümmern sowie für das Wohl der Familie sorgen«.

4.3 Ausbildung der Söhne Lothars zu Pagen

Am nächsten Morgen wurden meine Brüder und ich schon früh durch ein lautes Brüllen unseres Vaters geweckt: »Wacht auf ihr müden Säcke! Und ihr müsst euch heute beim Verwalter Kurt melden«, sprach er zu Siegfried und mir.

Meine Brüder hatten ihren Haferbrei schnell aufgegessen, während ich mich noch mit dem Inhalt meiner Schüssel abmühte. Doch dann war auch ich fertig und es ging los. Unser Vater brachte uns zu dem Verwalter Kurt, klopfte uns noch kurz auf die Schulter und trennte sich dann von uns.

Der Verwalter sagte: »Ihr seid also die jungen Burschen, die als Pagen im Palast arbeiten sollen. Zuerst einmal werde ich euch erklären, was die Aufgabe eines Pagen ist. Ein Page wird schon im frühen Alter, meist mit etwa sieben Jahren, auf eine Burg gebracht, um dort bei Tisch zu bedienen und gute Manieren zu erlernen. Außerdem werden die Pagen in der Waffenkunst geschult und im Ausdauerlauf.[21]

---

[21] Vgl. Philip Steele, Das große Buch der Ritter, Seite 12, 1999 Tessloff Verlag, Nürnberg

Ich werde euch jetzt mit eurem neuen Zuhause vertraut machen und euch eure neuen Aufgaben zeigen. Folgt mir, ich zeige euch zunächst die Häuser und den Palast auf dem Festungsplatz. Als erstes begeben wir uns in die Hofküche.« Der Verwalter öffnete die Tür zur Küche, die einen direkten Zugang zum Festungsplatz und zum Palast hatte. Darin waren zwei Köchinnen und zwei Mägde mit der Zubereitung des Mittagsmahls beschäftigt. Eine der beiden Köchinnen war jung und hatte lange schwarze Haare. Ihr Name war Eva. Sie war von schlanker Gestalt, doch bei ihren Brüsten hatte der Herrgott sie reich beschenkt. So war sie ein Blickfang in dieser Küche und auch ich konnte, trotz meines zarten Alters, kaum meinen Blick davon abwenden. Auch die beiden Mägde, Elisabeth und Birgit, waren noch sehr jung und machten eine gute Figur. Die alte Köchin Berta war genau das Gegenteil zu den drei Schönheiten in dieser Küche. Sie hatte lange graue Haare und war dicklich. Dies war so, weil sämtlich Reste, die vom Tisch der Herren zurückkamen zuerst über ihren Tisch gingen und erst dann an die anderen verteilt wurden. Sie aß also zu viel. Berta hatte auch starke kräftige Hände und führte ein strenges Regiment in der Küche. Es musste aus allem etwas gemacht werden und keine Nahrung durfte sinnlos vergeudet werden. Kurt sagte zu uns, dies sei unser erster Arbeitsplatz. Hier sollten wir das Geschirr säubern und die Essensreste zu den Schweineställen bringen. Diese bekamen dann die Schweine als Fressen. Wir sollten aber darauf achten, dass bei den Resten keine Knochen mehr vorhanden waren, damit die Schweine nicht daran erstickten. Feuerholz musste herangeschafft werden, damit immer ein Feuer in der Kochstelle brannte. In der Küche waren drei große Feuerstellen. Dort konnten wahlweise ein großer Kessel, ein Grill oder ein Drehspieß angebracht werden. Zudem waren drei Arbeitstische vorhanden, auf denen Nahrung zerkleinert und zubereitet werden konnte. An den Wänden hingen viele Messer, Töpfe und Geschirr, was für die Mahlzeiten benötigt wurde.

Kurt, der Verwalter befahl nun: »Los, Jungens! Wir gehen weiter. Ich zeige euch nun, wo ihr die Mahlzeiten von der Küche aus, hinzubringen habt. Das sind zum einen die große Halle und zum zweiten die herzoglichen Gemächer.

In den Räumen des Herzogs sind von euch auch gewisse Säuberungsarbeiten auszuführen, wie das Beseitigen von Staub, Spinweben und der Notdurftvorrichtungen (Nachttopf) der vornehmen Herrschaft«.

Dann gingen wir eine Holztreppe hinab, die unter die Küche führte. Hier befand sich ein großer Keller. In dem Keller lagerten große Fässer mit Bier und Wein. An jedem Fass waren Zapfhähne angebracht und daneben standen viele Behälter für den Transport des Inhaltes zur Verfügung. »Für diesen Keller ist der Kellermeister und Mundschenk, Joachim, verantwortlich. Kein Page oder Knappe darf von den alkoholischen Köstlichkeiten trinken.«, belehrte uns Kurt.

»Nach der Arbeit in den Morgenstunden, habt ihr euch beim Waffenmeister, Dietrich, zu melden. Er unterweist euch in der Kunst des Schwertkampfes. Zusätzlich wird Dietrich euch trimmen, eure körperliche Ausdauer und Kampfes- und Körperkraft stärken. In den freien Nachmittagsstunden begebt ihr euch zu Ernst, einem anderen Waffenmeister, der euch im Bogenschießen und Lanzenkampf schulen wird. Durch euren Vater erlernt ihr, einmal pro Woche, die Reitkunst. Auch habt ihr euch, zweimal pro Woche, beim Priester Alexander Heilig zu melden. Er lehrt euch die Schreibkunst.« Es war ein straffer Tagesablauf, der für uns nun täglich mit dem Dienst in der Küche begann.

Der Verwalter Kurt führte uns nun zu einer der Schmieden, in denen Rüstungen und Schwerter angefertigt wurden. In der kleinen Werkstatt drängten sich fünf Leute, die rege beschäftigt waren. Der Meister hatte auf einem Pergament, an einem Stehtisch, eine Skizze angefertigt, auf der die Bestandteile einer Rüstung abgebildet waren.

Ein Geselle hämmerte auf einen Helm, der auf einem Amboss lag und formte diesen mit kräftigen Schlägen. Am Ofen, der mit Holzkohle geheizt wurde, erhitzte ein weiterer Geselle eine Brustplatte für die Rüstung, damit er diese formen konnte. Zwei Gesellen trennten mit einer kräftigen Schere und viel Kraftaufwand, eine Metallplatte, die als Schild dienen sollte. Über allen Arbeiten hatte der Schmiedemeister ein wachsames Auge.[22]

»Nun werde ich euch zu Tankmahr bringen, dem Sohn des Herzogs. Er wird mit euch den Unterricht im Kampf und Reiten teilen.« Für Heinrich, den Herzog, war es sehr wichtig, dass sein Sohn immer der Schnellste und der Erste war. Verwalter Kurt ging mit uns über den Festungsplatz, in die Nähe der Aula. Dort trafen wir auf den Waffenmeister Dietrich, der mit Tankmahr und fünf anderen Pagen (Gottlieb, Gisbert, Antonius, Reinhard und Burghard) gerade den Schwertkampf übte. Die jungen Kerle waren alle im Alter von etwa sieben Jahren. Der Verwalter stellte uns kurz vor: »Hier sind die beiden Söhne unseres neuen Hofmarschalls, Lothar Billunger. Dies ist Siegfried. Er ist der ältere der beiden und acht Jahre alt und das ist sein jüngerer Bruder Christian. Er ist sieben Jahre alt.« Als Kurt uns vorgestellt hatte, entfernte er sich von dem Übungsplatz und ging seiner Arbeit nach. Der Waffenmeister befahl: »Kommt her, ihr Burschen! Hier habt ihr erstmal jeder ein stumpfes Holzschwert und ein Holzschild. Zeigt uns mal, was ihr könnt«. Kaum hatten Siegfried und ich die Holzschwerter in der Hand, gingen wir aufeinander los. Der Waffenmeister konnte ja nicht wissen, dass wir beide schon auf der Burg Schwabengau, von unserem Vater ersten Unterricht bekommen hatten. Wir waren so geschickt und wendig, dass wir uns beim Kampf nicht verletzten. Dietrich war sehr erstaunt und rief: »Halt, das reicht. Ihr beide habt gezeigt, dass ihr in der Lage seid, mit dem Holzschwert umzuge-

---

[22] Vgl. Philip Steele, Das große Buch der Ritter, 1999 Tessloff Verlag, Nürnberg S. 18

hen.« Dann sprach er, an alle seine Schüler gewandt: »Morgen werden immer zwei von euch gegeneinander kämpfen, bis nur einer als Sieger übrigbleibt. Der Sieger erhält von mir ein richtiges Schwert. Für heute mag es genügen. Folgende Pagen haben sich zur Mittagszeit zur Küche zu begeben: Christian, Gottlieb, Gisbert und Reinhard. Die Anderen melden sich wieder beim Verwalter Kurt und erhalten von ihm Arbeiten zugewiesen.« Ich ging mit den drei anderen Jungen zur Küche. Als wir die Küchentür öffneten, roch es sehr streng nach Wild und wir rümpften unsere Nasen. Lange konnten wir es hier bestimmt nicht aushalten. Für die Herrschaften wurde ein Wildschwein zubereitet, welches der Jäger Hubertus im Wald erlegt hatte. »Kommt rein ihr Buben«, knurrte die dicke Berta. Nun war uns klar, dass der Geruch nur zweitrangig war. Die Gefahr lauerte woanders. Reinhard und mir befahl sie, Feuerholz zu holen, damit die Kochstellen genug Brennmaterial hatten und nicht ausgingen. Gottlieb und Gisbert bekamen die Aufgabe, das Geschirr zu säubern. Danach waren sie für den Transport der Speisen in die edlen Gemächer verantwortlich. Die Feuerstelle, die ich zu versorgen hatte, entwickelte sich immer mehr zu einem großen Feuer. Ich war wohl ein bisschen zu übereifrig. Auf einmal spürte ich es gegen meine Wange krachen. Es war die fleischige Hand der dicken Berta. Sie keifte: »Willst Du hier die Küche abfackeln?!« Die junge Köchin Eva nahm mich direkt in Schutz und wandte ein: »Wir können von dem Jungen doch noch nicht alles erwarten. Christian ist neu und den ersten Tag hier. Er muss dies alles erst lernen.«

Ich weinte vor Schmerzen und Eva nahm mich in ihre Arme und tröstete mich. »Ja, ja! Lernen müssen die Buben das alles noch, aber so wissen sie am schnellsten wo es langgeht. Wenn es wehtut, dann verstehen sie es am schnellsten«, schnatterte die alte Köchin.

Die Mittagszeit war schnell vorüber und nach einem kurzen Mittagsmahl gingen wir zum Waffenmeister Ernst, der für Bogen und Lanzen zuständig ist. Der Bogenmeister hatte seinen Übungsplatz in der Nähe des vierten Tores. Ernst fragte uns: »Könnt ihr mir sagen, wofür wir die Waffen verwenden, welche Kunst wir erlernen wollen?« Gisbert antwortete: »Auerochse, Bär und Eber werden mit dem Spieß gejagt«. Reinhard erklärte: »Beim Bogenschießen darf man nie das Ziel verfehlen«. Und Gottlieb beschrieb, dass man beim Ringkampf den Gegner werfen soll und beim Fechten mit dem Schwert keinen Fußbreit zu weichen hat. Tankmahr machte sich lustig und sagte: »Weiter soll man beim Brettspiel gewinnen und den Frauen gefallen«. Ernst, der Waffenmeister, schaute ihn grimmig an und fuhr fort: »Dies sind alles Tugenden, die den Ritter ausmachen, was am Ende euer Ziel sein soll!« Er blickte sich um und sagte: »Aber nun kommen wir zu unseren ersten Übungen. Heute geht es um das Bogenschießen.« Siegfried sah man die Freude an. In etwa 30 Fuß Entfernung waren sechs Zielscheiben aufgebaut. Auf jeder Zielscheibe befanden sich drei Kreise und im Mittelpunkt ein roter Punkt. Jeder von uns bekam acht Pfeile und wir schossen drauf los. Keiner meiner Pfeile erreichte sein Ziel. Ein Pfeil von mir landete gar auf der Zielscheibe meines Nachbarn Gisbert, mitten in dem roten Punkt. Siegfried klatschte Beifall und lachte: »Hier muss Einer noch lange üben, hahaha«. Der Waffenmeister Ernst kam zu mir und erklärte mir, wie ich mit dem Bogen umzugehen hatte. »Lass dir Zeit, mein Junge. Die Anderen haben das auch nicht von heute auf morgen gelernt. Nur das ständige Üben bringt den Erfolg.« Es war schnell Nachmittag geworden und wieder mussten wir uns in der Küche einfinden. Meine Aufgabe war es wieder, Feuerholz für die Kochstelle heran zu schaffen. Diesmal gab ich aber Acht, dass die Flamme nicht zu hoch loderte. Ich war müde und freute mich auf meine Familie. Da sprach Eva, die junge Köchin: »Geht zu euren Unterkünften, für heute habt ihr genug getan.«

Es war schnell Abend geworden und wir dankten Gott für unser Abendmahl. Unser Vater sprach ein Tischgebet: »Komm, Herr Jesus, sei unser Gast und segne was du uns bescheret hast!« Wir sagten

Amen und aßen unsere Mahlzeit auf. Wir gingen zu Bett und schliefen nach unserem ersten Tag schnell ein.

Der nächste Tag war schneller da, als uns Kindern lieb war. Nach dem Frühstück meldeten wir uns wieder in der Küche und abermals ging es zum Holz holen. Aber danach kam der bessere Teil des Tages. Nun hatten wir einen Wettbewerb mit Holzschwertern vor uns. Herr Dietrich gab uns Schild und Holzschwert. Mir teilte er Gottlieb als ersten Gegner zu. Der Schwertmeister beschrieb die Regeln: »Gewonnen hat derjenige, der sein Gegenüber mit dem Holzschwert am Körper trifft. Nach dem ersten Kampf bleiben vier Sieger übrig. Diese Vier kämpfen wieder paarweise gegeneinander und die beiden Sieger kämpfen dann im Endkampf gegeneinander.« Gottlieb war einen guten Kopf größer als ich und kräftig. Durch seine körperliche Fülle brachte mir meine Wendigkeit aber Vorteile. Ich konnte seinen Schwerthieben sehr gut ausweichen und selbst Angriffe starten. Schon nach kurzer Zeit hatte ich ihn mit meinem Schwert an seinem Bauch getroffen und stand als Sieger fest. Damit war ich für einen weiteren Kampf gesetzt. Mein nächster Gegner war Reinhard. Da kam ich schon gewaltig ins Schwitzen. Reinhard war nicht so beleibt wie Gottlieb und dadurch auch wendiger. Da er schon länger auf der Pfalz Werla war, hatte er auch schon einige Kniffe und Griffe im Schwertkampf gelernt. Hierin war er mir überlegen und war im Angriff der aktivere von uns beiden. Aber durch meine Wendigkeit krachten seine Schwertschläge meist ins Leere. Er hatte einen sehr körperbetonten und kraftraubenden Kampfstil und nach etwas Zeit ließ seine Kraft nach. Jetzt sah ich meine Chance und durch einen Glücksstoß, konnte ich auch hier wieder einen Treffer am Körper von Reinhard landen. Im Endkampf, wie sollte es anders sein, stand mir Tankmahr, der Sohn des Herzogs, gegenüber. Tankmahr hatte zunächst meinen Bruder Siegfried und dann Gisbert besiegt. Dass aber ich, von den acht Jungen, zu den zwei Besten zählen sollte, war für den Waffenmeister Dietrich erstaunlich. Er lobte mich und sprach: »Eine sehr gute Leistung Christian! Aber nun wollen wir im Endkampf sehen, wer der Bessere von euch beiden ist.« Der Endkampf begann und war auch schon zu Ende. Ehe ich mich versah, landete Tankmahr bei mir einen Körpertreffer und stand als Sieger fest. Der Sohn des Herzogs war schon in diesem Alter ein außerordentlicher Schwertkämpfer. Keiner von uns hatte eigentlich die Möglichkeit, mit der körperlichen Kraft, der Ausdauer und Wendigkeit des Sohns des Herzogs mitzuhalten. Er war ein verdienter Sieger.

Zur Mittagszeit wurde ich als Page in den herzoglichen Gemächern eingeteilt. Hier lernte ich die Herzogin Mathilde kennen, eine sehr edle und junge und hübsche Frau. Obwohl sie hochschwanger war, hatte sie von ihrer Schönheit nichts eingebüßt. Auch Barbara, die Hofdame, war eine Frau von überragender Schönheit. Sie hatte langes blondes Haar und war noch sehr jung. Als ich sie zum ersten Mal sah, dachte ich, mir kommt ein Engel entgegen. Sie war zuständig für die Erziehung der Kinder des Herzogs.

Mir hatten sie die Aufgabe übertragen, das Geschirr in die Küche zu bringen und die Tische mit feuchten Tüchern zu reinigen. Ich erledigte dies zur Zufriedenheit der Herrschaft und fand mich zum Mittagsmahl in der Küche ein. Danach begaben wir uns wieder zum Bogenschießen. Heute gelang mir dies besser und jeder zweite Schuss erreichte zumindest die Zielscheibe.

4.4   Geburt Ottos, 912

Mathilde, die schöne Herzogin, musste mit ihren 17 Jahren, schon in der 30. Woche schwanger sein, als ich im Palast als Page begann. Nun sollten nur noch wenige Wochen vergehen, bis die Geburt des ersten gemeinsamen Kindes, das herzogliche Paar glücklich machen sollte. Mathilde sagte mir: »Christian, wenn ich die Wehen bekomme, musst du schnell zur Hebamme laufen und ihr Bescheid sagen, damit sie schnell kommt.«

Ich fragte meine Herrin: »Wie sehe ich, ob sie Wehen bekommen?« Mathilde antwortete: »Lieber Christian, das werde ich dir schon sagen. Aber jetzt kannst du dich in der Wohnstube im Palast um den Staub kümmern.« So machte ich mich an die Arbeit und begann, den Staub mit einem Lappen von den Schränken und aus den Ecken zu wischen. Auch die Rüstungen befreite ich vom Staub. Für Mathilde war ich in nur wenigen Wochen, ein brauchbarer und gelehriger Page geworden. In den Zeiten, wo ich nicht in die Lehre musste, brachte sie mir Lesen und Schreiben bei. Doch eines Tages, in der 38. Woche, war es so weit. Sie rief laut: »Christian, ruf die Hebamme!« Ich rannte so schnell ich konnte, durch die Tore zum Haus der Hebamme. Dort angekommen, völlig außer Puste und mit schwerem Atem, klopfte ich an die Türe. Die Türe wurde von einer Frau mittleren Alters geöffnet. Ich zögerte nicht lange und sprach: »Kommt schnell zum Palast, die Herzogin Mathilde bekommt ihr Kind!«

Die Hebamme rief zwei weitere Frauen herbei. Sie packten schnell einige Tücher und sonstige Sachen für die Geburt zusammen und liefen mit mir zum Palast. Mathilde lag auf ihrem Bett, als die Hebamme und die anderen Frauen mit mir das Schlafgemach betraten. Die Hebamme sagte zur Mathilde: »So wird das nichts, meine Herrin, wir lassen für sie erstmal ein Bad ein.« Hektisch wurde in der Wohnküche von den anderen Frauen ein Feuer entfacht. Ich wurde ebenfalls eingebunden und hatte vom nächstgelegenen Brunnen etliche Eimer mit Wasser heranzuschaffen, welches für den Holzbottich bestimmt war, in dem die Herzogin, noch vor der Geburt, ein Kräuterbad nehmen sollte. Ein Teil des Wassers wurde in einen großen Kessel gefüllt und erhitzt, den anderen Teil des Wassers schüttete ich in den Holzbottich. Vorab kochte eine der Frauen, Mathilde noch eine starke Suppe, die auch gut für die Geburt sein sollte. Während der ganzen

Hektik, vergaßen die Frauen schließlich, mich wegzuschicken. Stattdessen banden sie mich bei der Arbeit weiter mit ein. Nach dem Bad kämpfte Mathilde mit starken Schmerzen, die Wehen mussten nun schon ziemlich stark sein. Die Hebamme sowie die beiden Frauen legten Mathilde nun behutsam auf ihr Bett nieder. Ich stand erst nur staunend an der Seite und konnte mich kaum rühren. Sie spreizte die Beine und schrie laut auf. Die Hebamme sprach: »Das ist gut, das Kind wird bald kommen.« Vor lauter schmerzen Griff die Herzogin um sich, suchte irgendwo Halt und, schwupp, hatte sie mit ihrer rechten Hand meine linke Hand ergriffen und ließ mich nicht mehr los. Ich wollte eigentlich weg und mir war auch schon speiübel.

Auch Heinrich hatte von der Geburt gehört und war schnell herbeigeeilt. Er wartete im Vorzimmer zum Schlafgemach. Man konnte seine nervösen Schritte bis ins Schlafgemach hören. Er konnte nicht stillsitzen und bewegte sich auf dem Holzboden des Nebenzimmers ständig hin und her. Es war zu der damaligen Zeit den Männern streng untersagt, bei der Geburt dabei zu sein. Die Frau kämpfte mit Himmel und Hölle und es kam oft vor, dass die Frau oder das Kind oder auch beide, die Geburt nicht überlebten. Dann hieß es, sie waren durch Gott gestraft worden.

Es war eine schnelle Geburt und nach kurzer Zeit, drückte sich der Kopf des Neugeborenen schon ins Freie. Mir wurde übel und ich verlor das Gleichgewicht. Mathilde war geschafft und konnte mich nicht mehr halten, so dass ich auf den Holzboden krachte. Nun erst bemerkten die Frauen in ihrer Hektik, dass sie mich nicht weggeschickt hatten. Schnell wickelten sie mich in Tücher und legten mich erstmal in eine große hölzerne Wäschetrage. Nun kümmerten sie sich weiter um Mathilde und nach nur wenigen Minuten hörte ich in meinem benommenen Zustand, das Geschrei eines Babys. Die Nabelschnur wurde abgebunden und das Baby gewaschen und in Tücher eingewickelt. Dann durfte der stolze Vater, Heinrich, sein Kind sehen. Es war ein Sohn. Heinrich jubelte vor Freude und sprach: »Lieber Gott, wir danken dir und wir werden unseren Sohn, wie seinen Großvater, Otto nennen.« Der Vater Heinrichs war durch eine lange Krankheit geschwächt und hatte Heinrich das Amt des Herzogs schon übergeben. Währenddessen trugen die anderen Frauen mich schnell aus dem Schlafgemach, wickelten mich, in einem geschützten Raum, aus den Tüchern und ließen mich nach Hause gehen. Sie befahlen: »Sag niemandem etwas davon, was du heute gesehen hast! Es könnte mit deinem Tod bestraft werden.«

Schnell lief ich nach Hause. Meine Eltern und Geschwister freuten sich, mich zu sehen. Von meinem Erlebnis erzählte ich Ihnen nichts.

Am nächsten Tag war reges Leben auf der Pfalz. Überall wurde verkündet, dass Heinrich und Mathilde von Gottesgnaden einen Sohn erhalten hatten. Sein Name lautete Otto und er sollte schon in den nächsten Wochen getauft werden.

Die Taufe war dann ein großes Ereignis. Alle wichtigen Edlen aus den Sachsenlanden, huldigten dem Herzog. Die Kirche war prächtig geschmückt und auch die Aula war gut bestuhlt und herrlich hergerichtet. Diener trugen das köstliche Essen vor.

Ein gewandter Redner gab vor der Taufgesellschaft ein Gedicht zum Besten.

»Verehrter Herzog und eure Herzogin, liebe Edlen und liebe Leute, hört was ich euch zu sagen habe:

Otto ein Sachse, einer von uns, ward vor kurzem geboren.
Sein edler Vorname war auch schon für seinen Großvater auserkoren.
Es ist ein Name vom Stamm seiner Ahnen.
Otto soll er Kraft geben und für den Gegner kein Erbarmen.
Hoffen, dass er wird gesund und stark bis ins letzte Glied,

damit sich unser Land vergrößern möge, noch um das eine oder andere
    Gebiet.
Die Herrschaft seiner Familie soll mächtig sein,
    sodass die Feinde sagen, sie bleiben lieber daheim.
Wir danken dem Herzog für das reichliche Mahl.
Bei seiner Frau traf er wohl auch eine gute Wahl.
Das Essen und die Getränke mögen euch im Munde schmecken,
der Teufel aber soll in der Hölle verrecken.
Feiert schön und habet viel Spaß,
    dem Neuankömmling auf Erden wünschen wir aber das:
Er soll leben und herrschen eine lange Zeit,
    sodass wir haben Frieden hier, auf Erden, auf Ewigkeit.«

Für seinen Vortrag erntete der Redner viel Beifall.

Das Fest war für uns Kinder ein großes Ereignis. Es gab reichlich und gutes Essen, was wir zum Teil noch nicht auf unserem Tisch kannten. Wir liefen zwischen den Leuten umher und beobachteten die Taufgäste und hörten hier und da in die Gespräche der Gäste rein.

Im November jenes Jahres 912 verstarb der Vater von Herzog Heinrich, Otto der Erlauchte. Der Winter hatte schon Einzug gehalten und der Boden war vom Frost durchzogen. Auf der Quedlinburg, wo Otto in der Nähe der Kirche begraben werden sollte, hatten die Totengräber mehrere Tage benötigt, um ein Loch in den festen Boden zu graben. Die Erde aus dem Grabloch war zum Auftauen in einen warmen Raum gelegt worden. Viele Edle aus Sachsen und den anderen ostfränkischen Landen waren gekommen. Nach der Totenandacht, der Beerdigung und einem kleinen Leichenschmaus, machten sich dann die Herrschaften wieder von dannen. Über den Eichensarg wurde dann die lockere Erde gebracht, welche dann innerhalb kurzer Zeit wieder steinhart gefroren war.

In den Folgejahren ging es Schlag auf Schlag und Heinrichs Familie vergrößerte sich. Mathilde gebar ihm zunächst eine Tochter mit dem Namen Gerberga und im Jahr darauf, also 914, eine weitere Tochter. Sie bekam den Namen Hadwig. Die drei Schwangerschaften hatten die Herzogin körperlich so geschwächt, dass sie sich erstmal nicht mehr auf weiteren Nachwuchs einstellen wollte.

Für mich bedeuteten diese freudigen Ereignisse in der Familie Herzog Heinrichs, dass es stets viel zu erledigen gab im herzoglichen Haushalt.

Erwin Reiter, der alte Hofmarschall, starb im Jahre 913 nach einem starken Husten. Er hatte dem kalten Winter nichts mehr entgegenzusetzen. Er war für meinen Vater Lothar, den neuen Hofmarschall des Herzogs, zwar nur ein kurzer, aber auch ein hilfreicher und lehrender Weggefährte gewesen.

4.5 Krieg gegen König Konrad, 915

Die Jahre gingen ins Land und wir hatten uns inzwischen prächtig in der Pfalz eingelebt. Die Anzahl der Ritter und Kämpfer des Herzogs wuchs stetig. Hingegen schien die Macht König Konrads langsam zu schwinden. Die ständigen politischen und kämpferischen Auseinandersetzungen gegen innere und äußere Feinde, hatten seine Kampfkraft und positive Gesinnung offensichtlich gebrochen.

Im Jahre des Herren 915, am 30. März, berief Heinrich auf der Pfalz Werla, eine Versammlung ein. Es war ein schöner Frühlingstag und mit Temperaturen um die 20 Grad, für diese Jahreszeit sehr schön. Heinrich hatte in die Aula auf der Pfalz Werla gerufen und alle sächsischen Adligen und Anführer eingeladen. Die gesamte Pfalz, als auch ihre Umgebung, war mit bunten Zelten der jeweiligen Grafen aus dem gesamten Sachsenland bevölkert, die sich mehrere Tage zur Beratung auf der Pfalz aufhielten. Die Aula war bis auf den letzten

Platz gefüllt. Wir Kinder hielten uns ziemlich am vorderen, rechten Rand auf und konnten von dort aus, die Ansprache Herzog Heinrichs verfolgen. Hinter uns standen und saßen die gut ausgerüsteten Adligen und die Herrscher des Sachsenlandes. Der Herzog thronte auf einem steinernen Podest am Ende der Aula. Dieser Standort ermöglichte, dass der Herzog von allen Anwesenden nicht nur gehört, sondern auch gesehen werden konnte. Abgesichert wurde er von jeweils fünf starken Wachsoldaten zu seiner rechten und zu seiner linken Seite. Die Wachsoldaten waren mit Speer und Kurzschwert bewaffnet. Heinrich sprach mit lauter und bestimmender Stimme: »Liebe Edlen und Grafen aus Sachsen. Konrad, unser König, ist zu keiner Zeit in der Lage, unser Land zu verteidigen, sei es vor den Ungarn, den Slawen oder den Normannen. Wir müssen ihm immer wieder Männer zur Verfügung stellen, die überall, ob in Schwaben, Franken oder Bayern, die Gebiete verteidigen. Der Kampf um Lothringen, welches wir an König Karl III. von Westfranken verloren haben, hat uns viel Kraft und Zeit gekostet. Unsere Burgen, Häuser und Familien schützt keiner, wenn wir mit Konrad in Kampfhandlungen verwickelt sind. Deswegen schlage ich euch vor, dass wir gemeinsam eine Urkunde verfassen und unsere Unabhängigkeit gegenüber dem ostfränkischen Reich erklären. Damit wir wieder in der Lage sind, unsere Heimat, vor allem vor den reitenden Ungarn zu schützen. Wir werden uns die Mainzer Besitzungen von Thüringen und Sachsen zurückholen!« Heinrich hatte die Zuhörer überzeugt, denn viele dachten wie er.

Das Schreiben wurde auf Pergament verfasst und mit einem Boten zu Konrad dem König entsandt. Gleichzeitig verließen zahlreiche Truppen die Pfalz, um die Besitzungen des Mainzer Bischofs in Thüringen und Sachsen zu besetzen. Damit dehnte Heinrich sein Gebiet auch auf Thüringen aus. Das konnte Konrad, der ostfränkische Herrscher, nicht zulassen. Sofort forderte er Heinrich in einem Schreiben auf, diese Gebiete, die er nun besetzt hielt, wieder freizugeben.

Ansonsten würde es zu Kämpfen kommen. Im Sommer des Jahres 915 zog Konrads Bruder, Eberhard, mit einem Heer nach Sachsen, um Heinrich von seinem Machtanspruch zu entheben. Auf der Pfalz Werla bereitete man sich nun auf die Auseinandersetzung vor. Massenhaft Kämpfer waren bereit, mit Heinrich in die Schlacht zu ziehen.

Die Erde bebte, als die Reiter, von Herzog Heinrich und den Edlen angeführt, die Pfalz verließen. Bei der Eresburg erlitt Eberhard, der Bruder des Königs, eine verheerende Niederlage. Heinrich und seine Mannen hatten die Angreifer in eine Falle gelockt und sie damit vernichtend geschlagen. Eberhard, der nicht direkt in die Kampfhandlungen eingebunden war, konnte fliehen und Konrad von seiner Niederlage berichten. Der König war außer sich. Diese Schmach konnte er nicht einfach auf sich sitzen lassen. Auch mochte er nicht dulden, dass Herzog Heinrich zu mächtig wurde, denn damit war auch seine Königskrone in Frage gestellt. Also musste er alle verfügbaren Männer unter Waffen bringen, um gegen Heinrich zu Felde zu ziehen. Dies hatte aber den Nachteil, dass während dieser Kampfhandlungen die übrigen Gebiete nahezu schutzlos waren. Dies nutzten die Ungarn zu einigen Überfällen. Durch die Bruderkriege wurde das ostfränkische Reich zusätzlich geschwächt.

Das Heer, welches der König gegen Heinrich aufstellte, war so gewaltig, dass Heinrich keine Möglichkeit sah, sich dagegen zu erwehren. Der Herzog beschloss, sich dem König freiwillig zu unterwerfen und anschließend eine Schwurfreundschaft zu schließen. König Konrad und Herzog Heinrich einigten sich auf die Anerkennung der bestehenden Herrschaftsverhältnisse des Königs und das gegenseitige Respektieren der Machtbereiche. Somit verzichtete Konrad auf weitere militärische Angriffe und der Sachsenherzog versprach, die alemannischen und bayerischen Herrscher nicht gegen den König von Ostfranken zu unterstützen. Somit konnte sich der König nun besser den Konflikten mit den bayerischen und alemannischen Machthabern widmen. Aufgrund der Kinderlosigkeit König Konrads und seiner Ehefrau Kunigunde, war die Königskrone nicht gesichert. Konrad sprach darüber offen mit Heinrich und die beiden Männer einigten sich, dass Heinrich die Nachfolge an der Spitze des ostfränkischen Reiches antreten sollte, falls der König einst im Kampfe fallen sollte. Konrad hatte stets Heinrichs Mut, Tatkraft und sein Geschick, ein Heer zu führen, bewundert. Und dass der fünf Jahre ältere Heinrich reif genug für eine solche Aufgabe war, hatte er in seinen Augen zweifelsfrei bewiesen. Von dieser Zeit an war der Sachsenherzog ein verlässlicher Partner von König Konrad.

Im Jahre 916 führte Konrad sein Heer gegen den Herzog Arnulf zu Bayern. Hierbei wurde der König im Kampf erheblich verletzt. Die Mönche konnten seine Wunden nicht mehr heilen und so war das Ende des Königs absehbar. Es wurde ein Bote des Königs der Ostfranken entsandt, um ein letztes Gespräch mit Heinrich zu ermöglichen. Der Sachsenherzog erhielt die Botschaft und machte sich sofort auf den Weg zu König Konrad nach Weilburg. Heinrich machte sich von der Pfalz Werla aus, mit einem Trupp von 50 bewaffneten Männern, auf die Reise. Ihr Ziel erreichten sie nach fünf Tagen. Die Weilburg war eine schöne Burganlage, an der Lahn gelegen. Von dieser Burg aus konnten die Herrscher weit ins Land blicken. Das Umfeld war sowohl durch waldreiche Gebiete, als auch durch eine gute Landwirtschaft mit ertragreichen Böden geprägt. Die Besitzungen in diesen Gebieten hatten König Konrad einen kleinen Wohlstand ermöglicht.

Als sie in die Nähe der Weilburg, einer aus massivem Stein erbauten Wehrburg, mit mehreren Wehrtoren kamen, klangen dem Trupp schon Hornsignale entgegen. Die beiden voranreitenden Soldaten trugen Lanzen mit dem Wappen von Herzog Heinrich, welches die Wachsoldaten von Weilburg schon von weitem erkannten. Die Tore wurden schon weit aufgestellt, so dass der Sachsenherzog direkt zum Herrscherhaus durchreiten konnte. Die aus Stein gemauerte Burg hatte etwas Sicheres und Beschützendes an sich. Heinrich konnte mit dem Pferd weiter reiten, ohne absteigen zu müssen. Er sprang dann rasch von seinem schwarzen Hengst und ging strammen Schrittes zum Herrscherhaus. Hier öffnete ihm sofort ein Wachsoldat die Tür. Hastig durchquerte er eine Empfangshalle, die reichlich mit Wappen und Waffen des Gebietes verziert war. Von dort aus gelangte er, wieder geführt durch einen Wachsoldaten, in das Krankenlager des Königs. Er bat um Einlass. Heinrich trat ein und kniete auf dem massiven Holzboden des Schlafgemachs des Königs neben dessen Bett nieder. Konrad sprach mit zittriger Stimme: »Heinrich, komm näher. Meine Tage sind gezählt. Ich werde mich von den Wunden aus dem Kampf in Bayern nicht wieder erholen. Sie lassen es kaum zu, dass ich als König mein Land regiere. Deshalb möchte ich dir nun schon gewisse Aufgaben übertragen und zu gegebener Zeit auch die Krone weitergeben. Du bist für mich der Herrscher, dem ich es zutraue, das Ostfrankenreich zu einigen und von den äußeren und inneren Feinden zu befreien.« Heinrich sprach: »Ich danke dir mein König und ich werde alles tun, um dein Vertrauen zu rechtfertigen.« Dann kniete Heinrich abermals vor Konrad nieder und der König zeichnete ein Kreuzzeichen auf Heinrichs Stirn. Heinrich verabschiedete sich herzlich von Konrad. Daraufhin verließ der Sachsenherzog das Krankenlager des Königs. Heinrich wurde durch einen älteren Wachsoldaten, der nicht mehr schnell zu Fuß war, in die Schreibstube, der Weilburg gebracht. Hier erwartete ihn schon der Erzbischof, Hatto von Mainz. Heinrich kniete vor dem Erzbischof nieder, dieser sprach: »Erhebt euch Herzog Heinrich, wir haben wichtiges zu besprechen. Es ist der Wille Konrads, dass ihr König werdet. Konrad hat dies in seinem Testament so festgehalten. Dieses Testament wird als Niederschrift mit Boten an die Herzöge in Schwaben, Franken und Bayern versandt. Sie müssen diesem Testament noch zustimmen und dann steht eurer Krönung zum König nichts mehr im Wege. Eine Salbung durch die Kirche werde ich dir aber verwehren müssen, weil du schon in zweiter Ehe verheiratet bist und mit Hatheburg einen Sohn gezeugt hast, obwohl Hatheburg für die Kirche bestimmt war.« Vom Erzbischof erhielt Heinrich auch weitere geheime Informationen auf Pergament, welche die weitere Vorgehensweise bestimmten, damit Heinrich König werden konnte. Außerdem händigte er Heinrich ein Pergament aus, auf welchem jene herrschenden Personen aufgeführt waren, die an seiner Seite stehen würden, wenn er König wird und auf die er sich verlassen konnte.

4.6 Die Pagen lernen schreiben und lesen

Josef Meier, ein Mönch aus Mainz, war im Jahre 916 in den Dienst von Herzog Heinrich getreten. Er war für die Schreibstube des Königs und die Schreibarbeiten sowie das Verfassen von Urkunden zuständig. Die Herstellung von Schriften und Büchern war den Priestern und Mönchen vorbehalten. In der Regel befanden sich die Schreibstuben in Klöstern. Das Pergament wurde aus Schafs-, Ziegen- oder Kalbshäuten hergestellt und auf das richtige Format zugeschnitten.[23] Hier hatte aber Heinrich einen Schreiber auf der Pfalz Werla, weil das nächste Kloster zu weit entfernt war. Der Mönch baute sich auf der Pfalz eine Schreibstube auf. Hier sollten wir Pagen, das Handwerk der Schreibkunst erlernen.

Gottlieb, Gisbert, Antonius und ich waren ausgewählt worden, sich in Schreibkunst zu üben. So wurden wir vier im Februar des Jahres 917 in die Schreibstube des Mönchs bestellt. Dies hatte den Vorteil, dass wir nicht raus in die Kälte mussten, sondern uns in der warmen Schreibstube aufwärmen konnten. Der kleine und dickliche Mönch, der schon so um die 45 Jahre zählen musste, sagte: »Kommt rein ihr Burschen! Hier ist euer neuer Arbeitsraum.« Dieser Raum

---

[23] Vgl. von Dr. Hans-Peter von Peschke, Mittelalter, Tessloff Verlag 2004, Seite 28

war im I. Stock des Palastes der Pfalz Werla. Hier kannte ich mich durch meine Pagentätigkeit schon gut aus. Das Schreibzimmer war mit fünf Schreibpulten eingerichtet. Vier davon waren in der Richtung von West nach Ost platziert, während das Lehrerpult oder das Pult des Mönches, von Ost nach West ausgerichtet war. Die Schreibpulte waren nicht wie normale Esstische gebaut. Jedes von Ihnen hatte stattdessen eine schräge Dreiecksplatte. Dies war notwendig, damit die Schreiber besser schreiben konnten. Vor jedem Schreibpult stand ein kleiner Hocker ohne Rückenlehne, welcher aber mit einem Ziegenfell gepolstert war. Der Raum hatte fünf große Fenster und die Schreibpulte waren so platziert, dass genügend Tageslicht auf die hölzernen Arbeitsplätze fiel. Im Schreibraum, an der Wand Richtung Norden, befand sich ein großer, verschließbarer, hölzerner Schrank. Hier wurden sämtliche Bücher aufbewahrt. Schon beim Bau des Palastes auf der Pfalz war darauf geachtet worden, dass dieser Raum schon von den ersten Sonnenstrahlen am Vormittag durchflutet und erhellt wurde. Auch verfügte das Zimmer über fünf Fenster in Richtung Süden und ein großes Fenster in Richtung Westen. Dieses letzte Fenster ermöglichte es, noch bis zum späten Nachmittag die Schreibstube zu nutzen. Zur Schrankseite hin standen mehrere Tische, die zur Ablage dienten. Hier wurden unter anderem Schreibfedern von Gänsen, Schreibfarbe, Wasserbehälter, Wischtuch, Pergamente und sonstiges Schreibmaterial bereitgehalten. Der kleine Mönch sprach: »Als erstes üben wir, die lateinischen Buchstaben, mit Kreide auf Schiefertafeln zu schreiben. Hierfür nehmt euch Kreide, einen Wasserbehälter und eine Schieferplatte von dem Tisch dort. Mit Hilfe eines vierkantigen Stabes müsst ihr euch zuerst Striche ziehen, damit ihr die Wörter auf die Linie schreiben könnt.« So bereiteten wir zunächst unsere Schiefertafeln vor. Neben seinem Lehrerpult hatte der Mönch eine große Schreibtafel aus Schiefer. Darauf schrieb er den ersten Buchstaben, ein i. Diesen Buchstaben hatten wir dann auf die Linie zu schreiben, welche wir vorher auf unserer Tafel gezogen hatten. Dies war eine anstrengende und nervige Arbeit und wir wünschten uns wieder zu unseren alltäglichen Arbeiten zurück. Da wir aber eingeteilt waren und benötigt wurden, konnten wir nicht weg und mussten weiter üben. Gottlieb, der etwas dick und groß war, hatte sich gut vor seinem Pult platziert. Schon nach kurzer Zeit hatte er Erfolg und die Schreibfertigkeiten mit Kreide und Schiefertafel gelernt. Er war von uns allen immer der Schnellste und Beste und bekam auch viel Lob vom Mönch. Gisbert und Antonius mussten länger üben, aber nach einer gewissen Zeit beherrschten auch sie die Schreibkunst ganz ordentlich. Nur mir fiel das Schreiben schwer, sodass ich immer der Langsamste war und den Anderen hinterherhing. Aber der Geistliche sagte: »Das ist nicht so schlimm, nur durch das ständige Üben kommt der Lernerfolg und die Schnelligkeit.« Neben den anderen Diensten und Übungen, die wir auf der Pfalz Werla zu verrichten hatten, war es uns nach fast zwei anstrengenden Jahren gelungen, unsere Fertigkeiten so weit zu erlernen, dass wir das lateinische Alphabet und Wörter auf Schiefertafeln schreiben konnten. Außerdem konnten wir nun schon Texte aus Büchern oder die auf Pergament geschrieben worden waren, lesen. Nun kam es zu einer weiteren, schwierigen Aufgabe – das Anfertigen einer Niederschrift aus bestehenden Büchern. Hier war besondere Geschicklichkeit gefragt, aber nur einer von uns hatte die Fertigkeiten, so sauber und fein mit dem Pergament zu arbeiten. Der Mönch war am Verzweifeln: »Ihr scheint ja doch nur grobe Handwerker zu sein! Gottlieb ist am besten von euch allen. Wir werden fleißig weiter üben müssen.«

Ich hatte also vergeblich gehofft, von der zermürbenden Schreibarbeit erlöst zu werden und wieder mehr Zeit mit meinen Kameraden beim Bogenschießen, Reiten oder bei der Küchenarbeit verbringen können. Die für Gisbert, Antonius und mich schwierige Schreibarbeit, schien kein Ende zu haben. Doch irgendwann hatte der Geistliche Meier Erbarmen mit uns und sagte: »Ich habe mit dem Herzog Heinrich gesprochen und werde mir aus dem Kloster Mönche schicken lassen, damit ihr die Schreibarbeiten nicht mehr ausführen müsst. Es ist doch besser, wenn hier Kräfte tätig werden, die jeden Tag nur das eine machen, nämlich schreiben. Ich danke euch trotzdem für euren Eifer und wünsche euch auch weiterhin viel Erfolg bei eurer Ausbildung. Dich, Gottlieb, will ich weiter einmal pro Woche bei mir in der Schreibstube sehen. Du hast großes Talent«. Wir jubelten innerlich und dankten dem Lehrer Meier für die lehrreiche Zeit. Hatten wir doch ein Handwerk gelernt, was zu dieser Zeit nur wenige Menschen beherrschten. Wir konnten Bücher lesen und schreiben.

5

Herzog Heinrich wird König

Dann, im Dezember des Jahres 918, verstarb König Konrad in Weilburg. Die Beerdigung sollte in Fulda stattfinden. Auch Heinrich, der Sachsenherzog, machte sich auf den mühsamen Ritt nach Fulda, für den man fünf bis sechs Tage einplanen musste. Es hatte in diesem Dezember schon reichlich Schnee gegeben. Zum Glück hatte sich gerade wieder milderes Wetter durchgesetzt und so waren die Wege nach Fulda zwar matschig, aber frei. Den Pferden als auch den Reitern verlangte der Ritt nach Fulda einiges ab. Müde und abgekämpft kamen die Sachsen in Fulda an. Hier wurden sie sofort von einem Edlen empfangen. Zum Nächtigen wurden Heinrich und sein Gefolge in eine große Herberge gebracht. Heinrich erfuhr, dass die vier Herzöge des Ostfrankenreichs zu den Sargträgern erklärt worden waren. Neben Heinrich waren dies die Herzöge aus Bayern, Schwaben, Franken und Sachsen.

In Fulda gab es mehrere Kirchen. Es war die Stadt im Ostfrankenreich, wo die Gebeine des Heiligen Bonifatius aufbewahrt wurden. Er war der Missionar Germaniens. Die Hauptkirche, die Bonifatiuskirche, war auch Pilgerstädte vieler Bewohner des Ostfrankenreiches, welche sich von dem Besuch in der schönen, mit reichlich Statuen, Heiligenbildern und christlichen Symbolen ausgestatteten Bonifatiuskirche, Heilung von Krankheiten und Wunden sowie Glück versprachen. In dieser edlen Kirche war Konrad, im offenen Eichensarg aufgebahrt. Hier nahmen seine Familie und die Adligen von ihm Abschied. Er lag im Sarg eingebettet, als ob er schlafen würde. Bekleidet war er mit seiner Königstracht, um seinen Hals hing eine gewaltige Kette mit verschieden bunten Edelsteinen. Auf seinem Kopf thronte die Königskrone. Die Trauerandacht wurde durch den Erzbischof von Mainz und dem Mönch des nahe gelegenen Klosters durchgeführt. Die Kirchen des Ortes läuteten schon den ganzen Tag die Todesglocken, zu Ehren von König Konrad. Die Bonifatiuskirche war mit Menschen gefüllt und es muss den Anwesenden wie Schauer über den Rücken gelaufen sein, als so viele Menschen sangen und beteten. Am Ende der Trauerfeier wurde der Sarg zugenagelt und die vier Herzöge trugen Konrad im Eichensarg, zum Grab der Familie auf dem Friedhof, in der Nähe der Bonifatiuskirche.

Der Erzbischof hielt eine ergreifende Rede und alle, die am Grab von Konrad dem I. standen, hatten Tränen in den Augen. Der König war mit nur 31 Jahren von uns gegangen, seine Herrschaft war nur von kurzer Dauer.

Im April 919 war Heinrich in der Nähe, der Quedlinburg, mit der Zucht seiner Vögel zugange. Er hatte in seinen Käfigen schöne und stolze Raubvögel wie Adler, Habichte und Falken, gefangen. Diese Vögel verstanden es, Hasen und Rehe zu jagen, damit sie dann für die Jagdgesellschaft schnell zu leichter Beute werden konnten. Die Raubvögel waren so abgerichtet, dass sie das Wild immer in die Nähe der Jäger scheuchten und diese dann das Tier, mit Bogen oder Lanze, erlegen konnten. Auch heute sollte es wieder so weit sein, als sich Heinrichs Vogelstellerei, einem Trupp von Soldaten näherte. Sie überbrachten die Nachricht, dass Heinrich sich am 01. Mai in Fritzlar einfinden sollte. Hier wollten der Bischof von Mainz und die Edlen von Franken und Sachsen, Heinrich zum neuen König des Ostfrankenreiches ausrufen.

Heinrichs Ernennung zum Herrscher der Ostfranken, erfolgte am 1. Mai 919 in Fritzlar. Er wurde auch der Gleiche unter den Gleichen genannt. Von den Herzogtümern Schwaben, Franken und Bayern verlangte er Gefolgstreue. Während Konrad von Franken sich auf Kirche und Bischöfe gestützt hatte, lehnte Heinrich der I. die Salbung ab, die ihm der Mainzer Erzbischof anbot. So war es einst mit dem Bischof besprochen worden. Dadurch erhielt er aber das Einverständnis der einzelnen Stammesherzöge und dies war ein wichtiger Schritt. Zum ersten Mal wurde im Jahre 919 von einem »*Regnum teutonicorum*, einem Reich der Deutschen« gesprochen. Heinrich wollte sich nicht über die anderen Herzöge stellen, er wollte einer von Ihnen sein. Eine Salbung hätte ihn höhergestellt.«[24][25]

Heinrich erhielt bei der Ernennung zum König, die königlichen Abzeichen, die Konrad von Franken besessen hatte. Sie wurden immer dem nächsten König weitergegeben. Die goldenen Spangen mit dem wuchtigen Krönungsmantel, das edle Schwert und eine wunderbare Krone der alten Könige. Seine schwierigste Aufgabe war es nun, die zum Teil zerstrittenen Herzogtümer zu einigen.[26]

Das Land Heinrichs des I. bestand aus den vier Gebieten Sachsen, Franken, Schwaben und Bayern und hatte, als zentrales Gebiet in Mitteleuropa, mit einer Vielzahl von äußeren Feinden zu tun. Im Norden waren es die Normannen, welche auch schon bis Burgund vordrangen. Die Slawen, die sich durch das Ostfrankenreich bedroht fühlten, machten im Osten Probleme. Auch die Araber von Spanien, Korsika und Sardinien waren schon in Burgund und im Herzogenland Schwaben eingefallen. Im Westen waren es Frankreich und Lothringen, die

---

[24] siehe Die Deutsche Geschichte, Bd. 1, S. 65–67, Weltbild 2002
[25] siehe Konstam, Angus: Atlas des mittelalterlichen Europa, S. 48–49, Wien 2001
[26] siehe Otto der Große, Helmut Hiller, Seite 38, List Verlag 1980

ebenfalls durch das Reich Karls des Großen auf das Ostfrankenreich Ansprüche stellten.[27]

Im Südosten bedrohten die Magyaren (Ungarn), die sich mit den Awaren vereinigt hatten, als absolute Übermacht das Land. Bereits seit dem Jahre 900 plünderten und brandschatzten sie das alte Ostfrankenreich (Deutschland) in regelmäßigen Abständen. Um 907 erlangten sie einen Sieg gegen die Bayern. Ebenso bedrohten sie die Länder Oberitaliens und Frankreichs.[28]

Auch innerhalb des Reiches kam es immer wieder zu Auseinandersetzungen um die Königskrone, weil die Fürsten sich nicht unterordneten, sondern sich gleichberechtigt fühlten. Für den einfachen Bauern hatte dies den Vorteil, wenn er mit seinen Lehnsherren unzufrieden war, dass er oft unerkannt seinen Wohnsitz verändern konnte, nachdem sein zu Hause von Feinden zerstört oder vernichtet worden war.

Die Ländereien waren nur dünn besiedelt und von vielen waldreichen Gebieten geprägt. Zwischendurch wurden die Wälder von kleinen Orten unterbrochen, welche oft nur durch schmale Trampelpfade miteinander verbunden waren. Die wuchtigen Bäume dieser Wälder hatten bei den Germanen immer eine besondere Bedeutung. Deshalb fanden keine sinnlosen Abholzungen statt, wie dies in Italien und den sonstigen südlichen Ländern geschah.

So bot dieser herrliche Wald auch für die schlechten Jahreszeiten, genug Nahrung und erbrachte genügend Heizmaterial, um in der kalten Jahreszeit zu überleben. Wenn man aber in den großen Wäldern zur Jagd ging, musste man sich gut bewaffnen, denn im dichten dunklen Wald lauerten eben auch Gefahren, wie Bären und Wölfe.

---

[27] siehe Otto der Große, Helmut Hiller, Seite 31, List Verlag 1980
[28] siehe Konstam, Angus: Atlas des mittelalterlichen Europa, S. 24/25, Wien 2001u. Die deutsche Geschichte, Bd.1, S. 66, Weltbild 2002

Nachts trauten sich die Einheimischen nicht in den schwarzen Wald, weil man teils immer noch abergläubisch war und dachte, in den grausigen Wäldern hausten Geister, Kobolde und sonstige schreckliche Kreaturen. Der Transport zum Austausch von Handelswaren durch die jeweiligen Gebiete, erfolgte über Lastesel, Pferde und kleine zweirädrige Wagen. Es gab auch gut befestigte Straßen. Sie waren Überbleibsel aus der Römerzeit, die sogenannten Römerstraßen. Allerdings wurden diese nicht mehr gepflegt.

Im zehnten Jahrhundert lebten in den deutschen Landen damals schätzungsweise fünf Millionen Menschen.[29]

Die riesigen Wälder bestanden vornehmlich aus einer Vielzahl von großen Eichen und fetten Buchen. Auch die vorhandenen Wasserwege wurden schon zu dieser Zeit gut als Beförderungsmöglichkeit genutzt. Besonders im Westen waren die Flüsse Maas, Rhein, Schelde usw. wichtige Handelswege, an denen auch schon zur Römerzeit bedeutende Marktplätze standen.[30]

Das Weltbild der damaligen Bevölkerung war stark eingeschränkt. Die Erde war eine Scheibe und im Himmel thronte Gott, der Vater, mit den Heiligen und Engeln. Jerusalem war der Mittelpunkt der Erde. An Erdteilen waren nur Europa, Afrika und Asien bekannt. Die Erdteile wurden durch Wassermassen begrenzt, an deren Rand man abstürzen und in die Unterwelt (Hölle) gelangen würde. In der Hölle wohnte der Teufel, der die Sünder bestrafte.[31]

Der christliche Glaube, der zu der Zeit, im Mittelalter ausgeprägt war, wich stark gegenüber dem urchristlichen Glauben ab. Im urchristlichen Glauben war der Verzicht auf die Tötungsgewalt eine Selbstverständlichkeit. Waffen zu tragen, war dem frühen Christen

---

[29] siehe Otto der Große, Seite 14, Paul List Verlag & Co. KG München
[30] siehe Otto der Große, Seite 21–25, Helmut Hiller, List Verlag, München 1980
[31] siehe. Simek, Rudolf, Erde und Kosmos im Mittelalter, Bechtmünz Verlag, Augsburg 2000

zu jeder Zeit untersagt. Auf keinen Fall durfte ein Christ Soldat werden. Dem Christentum gelang es aber nicht, in einer Welt, in der die Tötungsgewalt an der Tagesordnung stand, diese radikale Position durchzuhalten. Während der römischen Christenverfolgung starben viele Christen den Märtyrertod. Kaiser Konstantin baute das Christentum weiter zur Staatsreligion aus. Die urchristliche Gewaltfreiheit war bald vergessen. Weltliche und geistliche Herrscher handelten gegen die christlichen Werte, obwohl sie angeblich Vertreter Christus auf Erden waren.[32]

Alle Menschen zu dieser Zeit fühlten sich in der Hand und im Schutz des christlichen Gottes. Nach dem damaligen Verständnis, handelte es sich dabei um einen strengen, herrischen Gott. Der große Gott hatte einen ständigen Kampf, mit dem schrecklichen Teufel auszutragen. Durch diese Anwesenheit des grausamen Teufels, waren die Menschen damals sehr furchtsam. Bereits Papst Gregor vertrat im 6. Jahrhundert die Meinung, dass schon eine einfache Erkrankung eine Strafe Gottes war. Im zehnten Jahrhundert waren die germanischen Götter keinesfalls verdrängt. Es wurde versucht, den neuen Glauben mit dem alten, germanischen Glauben in Einklang zu bringen. Die Ängste vor den Dämonen, welche durch den Glauben an Jesus Christus vertrieben wurden und beleidigt sein könnten, wurden immer wieder deutlich. Neben dem christlichen Glauben tauchten auch immer wieder verschiedene Aberglauben auf, wie z. B. jener, dass die Zahl Elf nun zu einem Symbol der Sünde wurde, weil sie die zehn Gebote übertrat. Man glaubte auch sehr stark an Wunder.

Ein großer Wegbereiter des christlichen Glaubens war der Adel. Viele Angehöre adliger Familien wurden Geistliche.[33]

---

[32] siehe Baudler, Georg, Ursünde Gewalt, Das Ringen um Gewaltfreiheit, Patmos-Verl. 2001, Seite 257
[33] siehe Hiller, Helmut, Otto der Große, List Verlag München, 1980 Seite 11 bis 14

König Heinrich der I. war mit seinem Heer nach Schwaben gezogen, da Herzog Burchard II. ihn, Heinrich, als König nicht anerkannte. Der König hatte es mit einer starken Streitmacht geschafft, sämtliche Burgen und den Herzog Burchard zur Unterwerfung zu zwingen. Dem Siegeszug des Sachsenkönigs war entgegen gekommen, dass sich der Schwabenherzog im Streit mit Rudolf II. aus Hochburgund befand und sich so keinen zweiten Frontenkrieg leisten konnte.[34]

Von den Türmen der Pfalz Werla, die mit königlichen Fahnen geschmückt waren, welche sich sanft im Wind bewegten, konnten die Wachen in der Ferne ein Heer an Soldaten ausmachen.

Es waren König Heinrich und seine Truppen. Die Tore wurden weit aufgestellt und der König konnte auf seiner großen Pfalz bis zum Palast reiten. Die Reiter machten einen ausgeruhten Eindruck. Sie hatten Schwaben wieder ins ostfränkische Reich eingegliedert.

Nachdem der König seine Familie begrüßt und sich zwei Stunden ausgeruht hatte, bestellte Heinrich der I., seinen Hofmarschall Lothar zu sich. Er wollte ihn in der Schreibstube, in seinem Herrschaftssitz empfangen. Lothar lief vom Gesindehaus über den gepflasterten Festungsplatz, in dessen Mitte ein schöner Lindenbaum stand, zum stolzen Herrscherhaus. Dort wurde er von den Wachsoldaten durch eine breite Tür ins Gebäude eingelassen. Er trat ein in die große Halle, welche für gewisse Festlichkeiten und Versammlungen genutzt wurde. Die große Halle war mit großen Fenstern versehen, die mit buntem Glas verziert waren. In der Halle standen viele Tische, die gut und gerne 100 Seelen Platz bieten konnten. Auf einer Empore stand ein einzelner Tisch für fünf Personen. Dies musste der Thronsitz des Königs sein, von wo er sprach und richtete, wenn er seine Versammlungen oder sonstige Veranstaltungen hielt. An den Wänden hingen große Fackeln, die den Raum erhellten, wenn es draußen

---

[34] Vgl. Helmut Hiller, Otto der Grosse, Seite 40, List Verlag 1980

schon dunkel war. Weiterhin zierten Schilder, Tücher und Waffen die Wände. Auch verschiedene wilde Tiere, die auf der Jagd erlegt worden waren, wie ein Adler, ein Wildschweinkopf und ein Wandteppich von einem Bären mit Kopf, hatten an der Wand einen Platz gefunden. Von diesem herrschaftlichen Raum, hatte man Zugang zum Turm, zur Schreibstube des Königs (Arbeitszimmer) und den Gemächern des Königs. Die Zugänge zu den beschriebenen Zimmern wurden jeweils von Soldaten bewacht. Auf der rechten Seite des riesigen Raumes befand sich, etwa mittig, ein großer Kamin. Darin loderte ein Feuer und die Äste von trockenem Holz krachten. Lothar fragte einen der Soldaten: »Ist der König in seiner Schreibstube?« Der Soldat erwiderte: »Ja, dort hinten rechts, mein Herr.« Lothar ging zur Tür, die ihm der Mann gewiesen hatte und bat den dort wachhabenden Soldaten, ihn beim König anzumelden. Er öffnete die Türe und Heinrich bat Lothar herein. Er trat ein und kniete vor dem König nieder. »Steht auf, mein guter Mann«, sagte Heinrich, der auf einem großen Stuhl saß. Der König stellte ihm seinen Schreiber Josef Meier, einen Mönch aus Mainz, vor, der alles Gesagte auf Pergament festhielt. Heinrich erzählte Lothar, wie wichtig er für ihn in den nächsten Jahren sein würde. Als Hofmarschall sei er verantwortlich für Ross und Reiter. »Wir müssen in unseren Landen ein Meldungswesen aufbauen, damit wir schneller Bescheid wissen, wenn Gefahr droht. Zurzeit sind wir in einer fast hoffnungslosen Situation. Im Norden drohen uns die Normannen und Slawen, im Osten die Ungarn und im Inneren des Landes sind viele mit uns uneins. Ich werde nicht von allen als König anerkannt.« Nach einer kurzen Pause sprach er weiter: »Arnulf von Bayern hat sich anno 919 zum Gegenkönig ausrufen lassen und mich damit als König nicht anerkannt.«[35] Heinrich blickte Lothar an: »Es ist ungewiss, ob ich mein Königreich behaupten kann, aber ich

---

[35] Vgl. Pförtner, Das Römerreich der Deutschen, Seite 50, 1967 Econ Verlag Düsseldorf-Wien

werde es versuchen. Unser Land ist von allen Grenzen angreifbar. Lothar, erarbeite ein Meldewesen, damit schnell Berichte unter unseren Hauptorten ausgetauscht werden können!« befahl der König. »Ich werde dies tun mein König. Gebt mir vier Tage Zeit.« sprach Lothar. Zum Schreiber, Josef Meier aus Mainz, sagte der König: »Halte folgendes auf Pergament fest: ›Hiermit verfüge ich, Heinrich I., dass sich jeder neunte Mann im Alter von mindestens sechzehn Jahren, der in Sachsen lebt, bei seiner nächsten Burg zu melden hat und sich dort in der Waffen- und Reitkunst übt und als Krieger angelernt wird. Die andern acht Männer haben sich um den Ackerbau, Obstanbau und um die Felderwirtschaft zu kümmern. Hierbei sind die Klöster mit einzubeziehen, damit die Ernte erfolgreich wird.‹«

Durch diese Verordnung war es möglich, dass in den deutschen Landen mittelfristig, 140.000 Mannen mit Rittern in der Lage waren, ihre Gebiete zu verteidigen.[36] Weiter forderte Heinrich: »Es sind Vorräte anzulegen für Mensch und Tier, damit bei einem langen Winter, die Menschen nicht verhungern müssen oder die Pferde und Kühe aus Nahrungsmangel notgeschlachtet werden. Weiterhin soll jeder neunte sächsische Junge im Alter von sieben bis vierzehn Jahren, ebenfalls in der Waffen- und Reitkunst unterrichtet werden.« Heinrich befahl ebenfalls, dass Lothars Sohn Siegesmund, nun auch als Page am Königshof tätig werden solle, denn es gab dort viel zu erledigen. Lothar bedankte sich beim König und verließ das Schreibzimmer. Es war inzwischen Mittag geworden und seine Frau Guthie wartete schon mit dem Mittagstisch. Lothar berichtete, was der König ihm aufgetragen hatte und was in Zukunft die Aufgaben der Familienmitglieder sein sollten. Nach dem Mittagsmahl ging Lothar zum Gemach des Hofmarschalls, um seine Arbeit zu verrichten.

---

[36] Vgl. Pförtner, Das Römerreich der Deutschen, Seite 54, 1967 Econ Verlag Düsseldorf-Wien

Im Herbst 919 näherte sich der Pfalz Werla eine Gruppe von zwanzig gut gerüsteten Soldaten zu Pferd sowie zwei Pferdekarren mit Zeltplane. Gemeinsam mit Reinhard, einem anderen Pagen, konnte ich von der inneren Pfalzmauer aus, den Anmarsch dieser Truppe gut beobachten. Wir hatten gerade etwas freie Zeit und waren nun sehr gespannt, wer uns wohl hier in der Pfalz besuchen würde. Die Ankömmlinge fuhren bis zum königlichen Palast vor. Aus dem Pferdekarren sprangen zwei hübsche junge Mädchen, eine mit langem blonden Haar und die andere mit langem dunklen Haar. Sie waren edel gekleidet, dies ließ vermuten, dass sie von höherer Geburt waren. Wie wir später erfuhren, waren die beiden die neuen Kammerzofen der Königin. Sie waren 14 Jahre alt und hießen Elisabeth und Martina. Die blonde Elisabeth kam aus Erfurt an den Hof und die dunkelhaarige Martina verließ ihr Elternhaus in Nordhausen. Sie sollten der Königin zur Hand gehen und sie im Palast unterstützen.

5.1 Reitende Kuriere als Übermittler

Zum Abendessen zeigte unser Vater Lothar uns, wie er in Sachsen und in Franken, die wichtigen Mitteilungen verbreiten wollte. In einer Entfernung von 25 Kilometern sollte ein Haltepunkt gebaut oder eingerichtet werden, an dem die Pferde gewechselt werden sollten. Die Wegstrecke konnte auch auf 30 Kilometer ausgedehnt werden, wenn sich in der Nähe eine Burg, Pfalz, Stadt, Dorf, Kloster oder ähnliches befanden. Diese Entfernung war ungefähr die Strecke, die ein Pferd, ohne großen Geschwindigkeitsverlust zurücklegen könnte. Danach ließ dessen Ausdauer nach und das Pferd wurde langsamer. Jeder Kurier sollte fünf Haltepunkte abreiten. Die durchschnittliche Geschwindigkeit betrug 16 Kilometer pro Stunde. Ein Reiter konnte somit in fünf Stunden 80 Kilometer zurücklegen und hatte dann dreimal sein Pferd gewechselt. Dies war aber nur auf ausgebauten Wegen möglich. Im Mittelgebirge oder auf bergigen Wegen, kam man langsamer voran und die Strecke verkürzte sich um die Hälfte. Auf den Passstraßen über die Alpen, müsse die Geschwindigkeit wegen der großen Gefahr abzustürzen, angepasst werden, bis nunmehr auf Schrittgeschwindigkeit.[37] Mit diesem Vorgehen konnten innerhalb eines Tages in ganz Sachsen, Mitteilungen zu jedem Grafen oder Entscheidungsträger und Betroffenen gelangen. Bei optimalen Witterungsverhältnissen und ohne Regen war hiermit die Möglichkeit gegeben, innerhalb von 24 Stunden ein Einzugsgebiet von 384 Kilometern abzudecken.[38] So konnten an einem Tag sämtliche Informationen in Sachsen und in der Hälfte von Franken verbreitet sein. Nach zwei Tagen wussten die Herzöge und andere Entscheidungsträger, in der anderen Hälfte von Franken sowie in Schwaben und Bayern Bescheid.

Am nächsten Morgen stellte Lothar diesen Plan Heinrich I. vor und der war begeistert. Die Arbeitsstube war hell von den wärmenden Sonnenstrahlen und auch der König strahlte. Heinrich sprach voller Freude zu Lothar: »Lass Josef Meier herbeikommen. Wir wollen die Haltepunkte planen und alles auf Pergament festhalten.« Es verging nur wenig Zeit und schon kam Lothar, mit dem Priester Josef in die Arbeitsstube des Königs. »Wir werden zunächst die Punkte von Werla aus festlegen.« Die Herren nahmen sich ein leeres Pergament in der Größe eines Sachsenschildes. In die Mitte dieses Pergamentes setzte Lothar einen Punkt für die Pfalz Werla. Im Norden beginnend, wurden in einem Abstand von 25 Kilometern die ersten Haltepunkte festgelegt und dann nach Osten, Süden und Westen gleichermaßen vorgegangen. In nordwestlicher Richtung, auf dem Weg nach Hildesheim, wurde auf halber Strecke ein Haltepunkt festgelegt, welcher

---

[37] Vgl. Karl der Grosse, Weltbild, Hermann R. P. Mielke Seite 155
[38] Vgl. Leipziger Volkszeitung, Seite 5, Geschichte dpa, 09. Januar 2004

neu errichtet werden musste. Nach Magdeburg zu wurde ebenfalls auf halber Strecke ein Haltepunkt festgelegt. Hier konnten die Männer auf eine kleine befestigte Siedlung zurückgreifen. Somit konnte ein Kurier, Magdeburg und Hildesheim, jeweils als zweiten Haltepunkt Richtung Ost und Nordwest erreichen. Ein Haltepunkt, wenn er neu errichtet wurde, verfügte über eine 30 Mann starke Truppe, die immer 30 Pferde im Bestand hatte. Von diesen 30 Pferden sollten immer 15 Pferde voll ausgeruht sein, so dass sich bis zu fünfzehn Männer schneller durch das Land bewegen konnten. Im Süden erreichten die Reiter Bodfeld innerhalb einer Strecke. Weiter ging es nach Südwesten, Phölde erreichte man ebenfalls über einen Haltepunkt in einem kleinen Dorf. Im Westen lag die Reichsabtei Gandersheim. Auf dem Weg dorthin, wurde ein neuer Haltepunkt, nach 25 Kilometern aufgebaut. Es wurde beschlossen, in einem Kriegszustand die freien Haltepunkte an Mannschaft zu verringern und die Soldaten einem Grafen, Fürsten oder dem König zum Kampfeinsatz zuzuordnen.

Da mein Vater Lothar uns in seine Arbeit einweihte, konnten wir ihn bei dieser interessanten Aufgabe begleiten. Hierdurch lernten wir in den folgenden Tagen viele Orte in unserem Herrschaftsgebiet Sachsen, Franken, Schwaben und Bayern kennen. Das ganze Informationssystem war so aufgebaut, dass auch mehrere Mitteilungen in verschiedene Richtungen den Haltepunkt verlassen konnten, ohne dass es zu Verzögerungen, aufgrund fehlender Kuriere oder Boten kam. Zu Haltepunkten wurden auch alle Hauptorte, Pfalzen oder größere Städte wie Hamburg, Würzburg, Salzburg, Speyer ausgewählt. Dort wurden dann keine zusätzlichen Pferde und Soldaten benötigt, weil in diesen Stationen und Orten auf die vorhandenen Einheiten zurückgegriffen werden konnte. Hier waren die Haltepunkte dem Fürsten, Grafen, Bischof usw. unterstellt.

Innerhalb von zwei Wochen hatten König Heinrich I., Lothar Billunger und der Mönch Josef Meier die Haltepunkte in Sachsen, Franken, Schwaben und Bayern bestimmt. So war zum Beispiel Mainz, über 18 Haltepunkte zu erreichen. Was bedeutete, dass bei optimalen Witterungsverhältnissen die Mitteilung in zwei Tagen eintraf. Bei schlechten Witterungsverhältnissen, konnten sich die Informationsflüsse aber auch auf vier Tage ausdehnen. Wir hatten für uns ein, für diese Zeit, optimales Mitteilungsmodell erfunden. Nun waren wir in der Lage, noch schneller gegen Angriffe von außen zu reagieren. Auch die Verordnung Heinrich des I., Burgen zu befestigen und mehr Männer als Kämpfer auszubilden, erhöhte die Verteidigungskraft in den deutschen Landen.

Gleichzeitig wurde die Pferdezucht vorangetrieben. Das Pferd war eins der meistbenutzten Fortbewegungsmittel. Es wurden Waldflächen gerodet und für die Pferde hergerichtet. Es sollte stets genug Weideland vorhanden sein, auf dem diese für uns so wichtigen Tiere grasen konnten.

Es sollte einige Monate bis zum Herbst dauern, ehe mit Hilfe von Mitteilungen an die Hauptorte und einer entsprechenden Rückantwort sichergestellt werden konnte, dass dieses Informationssystem sehr gut funktionierte.

5.2 Geburt des Sohnes Heinrichs, Oktober 919

Im Jahre des Herren 919, im Oktober, schenkte Mathilde ihrem Mann Heinrich dem I. einen zweiten Sohn, welcher ebenfalls auf den Namen Heinrich getauft werden sollte. Zu diesem Anlass sollte ein großes Fest stattfinden. Eingeladen wurden, der Herzog von Franken und sämtliche Grafen von Sachsen. Auch die geistlichen Träger beider Länder waren geladen.

Die Planung war in vollem Gange. Jeder auf der Pfalz Werla hatte sich zur Vorbereitung und Absicherung der Festlichkeiten zu melden und wurde zu gewissen Arbeiten eingeteilt. Wir Pagen wurden als Mundschenke und Träger des Essens, von der Küche zur Festtafel eingesetzt. Für die Tafel des Königs waren die schönen Kammerzofen Elisabeth und Martina zuständig. Der Mönch Josef Meier und der Priester Alexander Heilig, bereiteten in der Kirche auf dem Hauptplatz der Pfalz Werla, den Taufgottesdienst vor. Sie stellten einen Chor aus 20 Frauen und 20 Männern zusammen. Die Proben des Kirchenchores begannen schon drei Wochen vor dem Festtermin. Wenn wir zu unserer Arbeit, oder zum Unterricht in der Kirche, oder auf den Übungsplatz für das Bogenschießen liefen, konnten wir den stimmgewaltigen Chor hören. Es sollte wahrlich ein großes Ereignis werden.

Die Zeit verging schnell. Die Pfalz wurde einen Tag vor der Taufe Heinrichs, mit großen, grün-weißen Fahnen geschmückt. An diesem Tag fanden sich auch die Musikanten, Tänzer, Händler und Schausteller ein. Auf der Pfalz Werla herrschten nun marktähnliche Zustände. Der Marktplatz auf der äußeren Vorburg war überbelegt. Hier standen weit gereiste Händler mit seltenen Gewürze, edlen Tüchern, stabilen Holzwerkzeugen sowie verschiedene Tanzgruppen. Außerdem sorgten, ein alter Schausteller mit einem dressierten braunen Bären, kräftige Jäger mit ihren dressierten Raubvögeln und feine Musiker mit Trommeln, Harfen, Flöten und Hörnern für Unterhaltung. Zur Freude von uns Jungen fanden ebenso Wettbewerbe im Bogenschießen, als auch im Messer- und Axtwerfen und vielen anderem statt.

Die Musiker und Tänzer führten untereinander einen Wettbewerb durch. Die Besten sollten zum morgigen Fest, auf der Hauptburg der Pfalz Werla, im Palast des Königs, für musikalische und tänzerische Unterhaltung sorgen.

Dann war der Tauftag Heinrich's da. Mein Bruder Siegfried und ich, hatten uns als Pagen, schon früh am Morgen in der Hofküche einzufinden. Auch die Kammerzofen Elisabeth und Martina waren schon zugegen. Die dicke Berta bat uns, schnell am Tisch ein Frühstück einzunehmen. Ich setzte mich neben Elisabeth, welche mir von den beiden am besten gefiel. Ich hatte die beiden Kammerzofen schon etwas kennengelernt, wenn ich zum Teil im königlichen Palast als Page eingeteilt war. Nach einem schnellen Frühstück arbeiteten wir in der Hofküche, die direkt am Palast gebaut war. Hier herrschte schon reges Treiben und in der Küche waren noch mehr Tische als sonst aufgestellt. Auf diesen lagen allerlei Lebensmittel, die gekocht, gebraten oder gebacken werden sollten. Siegfried und ich waren zunächst die einzigen Pagen. Offensichtlich waren die anderen so früh noch nicht aus den Betten gekommen. »Fein«, sagte Berta, »das ihr da seid. Holt schon mal Feuerholz, damit wir unsere Feuerstellen schon anfeuern können. Ihr werdet heute bestimmt zehnmal gehen müssen.« Als Siegfried und ich schon unsere erste Runde mit dem Feuerholz hinter uns hatten, waren auch die anderen Pagen Gottlieb, Gisbert, Antonius und Reinhard eingetroffen, nur von Burghard war noch nichts zu sehen. Da dachte ich schon: ›Der arme Kerl! Wenn der zu spät kommt, bedeutet das, eine handfeste Strafe.‹ In solchen Fällen gab es oft einen Satz heiße Ohren, wenn man von der dicken Berta eine kräftige Ohrfeige bekam. Manchmal fiel ihr Schlag so derb und wuchtig aus, dass man von der einen in die andere Ecke flog und erstmal nur Sterne sah. Auch konnte es einen auf den Hintern geben, dass man mehrere Tage nicht mehr richtig sitzen konnte. Wenn die dicke alte Köchin Berta gereizt oder in Hektik war wie jetzt, hatten wir nichts zu lachen. Am besten hielt man sich dann in großem Abstand von ihr auf. Aber trotzdem machten wir unsere Späße über Berta, wenn wir sicher waren, dass sie uns nicht hörte. So hatte sich bei uns ein Spruch eingeprägt: »Willst du den Sternenhimmel sehen, musst du nur zur geladenen Berta gehen.«

Eva war in der Küche damit beschäftigt, Gemüse und Gewürze zu zerkleinern. Sie holte sich sofort Gisbert, Antonius und Reinhard zu Hilfe. Dies war für uns nun nicht gerade schön, hofften wir doch, durch die vermehrte Anzahl an Pagen, schneller mit dem Feuerholzholen fertig zu werden. Nachdem wir das dritte Mal zurückkamen, hatte sich auch Burghard eingefunden. Sofort nahmen wir ihn zu unserer ›Feuerholztruppe‹ und Berta fiel es gar nicht auf, dass wir am Anfang nicht vollzählig gewesen waren. Es war noch früh am Morgen und so um die zweite Nachmittagsstunde, sollte die Taufe Heinrich's, in der Pfalzkapelle von Werla stattfinden. Als wir so etwa zehn Uhr in der Früh mit dem Holzschleppen fertig waren, erlebten wir eine freudige Überraschung. Unsere geliebte Königin stand in der Hofküche und gab ihr Rezept ab, für »Mathildes Liebling«, einen Essigkuchen.

Hierfür wurden folgende Zutaten benötigt: Mehl, Butter, Honig, Salz, Sultaninen (Sultaninen sind eine Sorte Rosinen) und die gemahlenen Gewürze Zimt, Nelken, Koriander, Natron. Hinzugegeben wurden Milch und Weinessig.[39] Die genauen Maßeinheiten hatte Königin Mathilde auf einem kleinen Pergament niedergeschrieben und der dicken Berta überreicht, die zu meinem Erstaunen äußerst gut lesen konnte. Wir hatten nun die Aufgabe, alle Zutaten heranzuschaffen. Elisabeth und ich sollten auf dem Markt in der Vorburg, die noch fehlenden Zutaten besorgen. Ich strahlte voller Glück, endlich konnte ich der Küche, welche ich an diesem Tag besonders als Gefahrenzone empfand, wieder für eine gewisse Zeit entkommen. Auch hatte ich ein schönes Mädchen an meiner Seite. Elisabeth war 905, also im selben Jahr wie ich geboren. Wir liefen von der Hauptburg durch das Tor zur zweiten Vorburg. Alle Tore waren heute weit geöffnet, da man in der Mittagsstunde mit dem Eintreffen der restlichen Gäste rechnete.

---

[39] Vgl. von Uta Zimmermann-Krause, Kaiserlich Speisen wie Otto der Große, Magdeburg: Edition Mitteleuropa bei Ost- Nordost, 1. Auflage 2005, Seite 132

Viele Edle waren schon einen Tag früher angereist und vertrieben sich nun ihre Zeit auf dem großen Markt, in der äußeren Vorburg. Völlig außer Puste standen wir schließlich am alten Brunnen an der äußeren Vorburg und ich ließ einen hölzernen Eimer in den tiefen Brunnen hinunter. Ich schöpfte frisches Wasser und zog den schweren Eimer, über die hölzerne Winde wieder hinauf. Zuerst gab ich der schönen Elisabeth einen Schluck kühles Wasser aus einem einfachen Holzbecher, der neben dem Brunnen stand. Sie sagte: »Sehr lieb von dir, Christian.« Nun nahm auch ich mir einen erfrischenden Schluck und danach gingen wir weiter. Am großen Markt angelangt, fragte ich einen Mann in strahlender Rüstung:

»Herr Soldat, können Sie uns zeigen, wo hier der Stand für Gewürze ist? Wir müssen für die Hofküche noch ein paar Besorgungen machen.« Der Soldat sagte freundlich:

»Nichts leichter als das, meine Kinder, ich führe euch hin.« Schnell waren wir am richtigen Stand und lasen dem Gewürzhändlers unsere Zutatenliste, für die Zubereitung von »Mathildes Liebling«- Essigkuchen vor. Wir waren schnell fertig mit unserer Aufgabe, eigentlich zu schnell. Elisabeth schlug vor, dass wir uns etwas mehr Zeit nehmen sollten, aber ich sagte: »Das ist mir zu gefährlich. Die dicke Köchin Berta hofft immer auf schnelle Erledigung ihrer Aufträge.« Als wir kurz danach bei Berta in der Küche standen und sie beim Überprüfen der Zutaten bemerkte, dass eine fehlte, ahnten wir, dass der ›glorreiche Sternenhimmel‹ nicht mehr weit weg war. Wir hatten nämlich den guten Zimt vergessen. Ich stellte mich tapfer vor Elisabeth und schon krachte es. Doch was war das? Es gab keinen Sternenhimmel! Berta hatte wohl zu viel Kraft in der anstrengenden Vorbereitung des königlichen Festmahls gelassen. Als sie dann auch noch auf die gute Elisabeth einschlagen wollte, sprang ich schnell dazwischen und flehte: »Gute Berta, verschont Elisabeth! Ich habe den Zimt auf dem langen Weg verloren.« Die alte Köchin hielt inne und brüllte uns an: »Dann beeilt euch und bringt mir den Zimt ran, aber zügig!« Wir waren froh, dass wir wieder loskonnten und aus der großen Küche verschwinden konnten, denn dort herrschte heute große Hektik. Die anderen Pagen, mit meinem Bruder, hatten heute nichts zu lachen. Als wir wieder zum Markt liefen, hielt Elisabeth plötzlich meine Hand und sagte »Halt!« Ich erschrak etwas, blieb stehen und blickte sie fragend an. Elisabeth zog sich an mich heran und gab mir einen Kuss auf die Wange. »Danke Christian, dass du mich vor der Monsterhand von Berta gerettet hast.« Es wurde mir direkt warm ums Herz und ich war leicht errötet. Dies sah Elisabeth und flüsterte mir zu: »Christian, du brauchst nicht verlegen zu sein. Ich mag dich!« Mein Herz schlug noch schneller. Wir hatten noch den Zimt zu besorgen, also liefen wir weiter. Eigentlich konnten wir Berta ja auch verstehen. Die Köchin war in großem Stress, denn ging das Ganze heute schief, war Berta verantwortlich. Sie würde wohl ihre Arbeit, ihre geliebte Küche verlieren. Wo sollte sie dann hin? Dies wollte und konnte die alte dicke Frau, die ihre Küche brauchte, nicht zulassen. Deswegen musste alles nach ihren Anweisungen getan werden und gelingen. Und es gelang! Als wir dann den Zimt in der Küche ablieferten, kamen uns schon die leckeren Düfte von gebratenem Wildschwein, Hasen und Schweinebraten entgegen. Wir hatten großen Hunger, aber es gab nichts zu essen, denn es musste alles pünktlich fertig werden. Die Einzige, die aß und das nicht zu knapp, war Berta. Sie probierte alles, was gekocht wurde. Sie sagte, sie müsse ja auch wissen, ob das Gekochte schmeckt. Deshalb nannten wir sie unter uns auch oft ›die Vorkosterin‹ des Königs. Barbara beauftragte uns, im Palast weiße Tischdecken und Tücher auf die hölzernen Eichentische zu legen. Danach mussten die Tische mit edlen Krügen und großen Schalen bestückt werden. Alle Tische, auch der Tisch auf der Empore für die Königsfamilie, wurden mit Schalen voller Äpfel, Birnen und Nüssen bestückt. Insgesamt platzierten wir 68 Krüge. Nach dieser schnellen Arbeit hatten wir endlich eine längere Pause. Wir konnten erstmal gehen, sollten uns aber in der ersten Stunde am Nachmittag, wieder hier an der Hofküche einfinden. Berta legte noch schnell ihre Mannschaft für den Küchendienst fest und befahl: »Gottlieb, Gisbert, Antonius und Siegfried helfen in der Küche und bringen das Essen in den Palast.«

»Christian, Reinhard und Burghard melden sich beim Mundschenk Joachim im Bier- und Weinkeller.« Das war eine sehr gute Aufgabe. Joachim, der Mundschenk, war immer freundlich und nett und hatte seinen großen Bier- und Weinkeller mit den edlen Getränken, voll im Griff. Zur genannten Zeit machte ich mich dann mit Reinhard und Burghard zum Kellermeister auf. »Guten Tag ihr Burschen«, sagte Joachim und wir grüßten zurück: »Guten Tag, Herr Mundschenk.« Joachim forderte zuerst drei Krüge Honig aus der Küche und einen mittleren Löffel. »Aber bringt mir keinen Schöpflöffel für Suppen.« Wir holten die Krüge aus der Küche, dann erzählte uns Joachim, wofür der süße Honig benötigt wird. Der gelagerte Wein war ziemlich sauer und hoch im Alkohol. »Ihr müsst die Gäste fragen, ob sie lieber einen honigsüßen oder einen trockenen Wein trinken möchten.« War süßer Wein gefragt, kam dann etwas Honig in den Krug. Die Zeit bis zum Festmahl verging wie im Flug und in der dritten Nachmittagsstunde war der Saal im Palast, mit 67 Personen gefüllt, die von der Tauffeier in der schön geschmückten Pfalzkirche zu Werla, hereingekommen waren. Am Tisch auf der Empore saßen König Heinrich I. und die schöne Königin Mathilde mit dem ältesten Sohn Otto und den beiden hübschen Töchtern Gerberga und Hadwig. Der kleine Heinrich lag in einer Kinderwiege gleich neben dem Stuhl der Königin. Nur Tankmahr, der uneheliche Sohn Heinrichs aus erster Ehe, fehlte. Seine Rechte wurden immer mehr beschnitten und er war eigentlich ein armer Kerl. Tankmahr hatte auch oft darunter zu leiden, dass nicht er, sondern Otto des Königs Lieblingssohn war, auf den sich die Zukunft des gesamten Landes ausrichten sollte.

Vor der Königsfamilie hatten sich die Edlen, mit ihren gut gekleideten Frauen und die herrschenden Geistlichen aus Franken und Sachsen, ihre Plätze gewählt. Im steinernen Kamin loderte bereits ein großes Feuer, so dass in dem großen Raum eine angenehme Wärme herrschte. Jeder von uns jungen Pagen musste einen großen Tisch mit Getränken übernehmen, an welchem ungefähr 20 Taufgäste saßen. Das war schon eine anstrengende Arbeit. Die königliche Tafel auf der Empore wurde mit Essen und Getränken, durch die beiden Mägde Elisabeth und Barbara und die Kammerzofen Elisabeth und Martina versorgt. Elisabeth, die Zofe, sah heute sehr fein aus. Sie trug ein schönes grünes Kleid, das um die Hüfte mit einem breiten weißen Gürtel unterteilt wurde. Ihre langen Haare hatte sie zu einem Pferdeschwanz zusammengebunden. Wenn sie sich bewegte, schwang der Pferdeschwanz leicht hin und her. Sie war ein schönes Mädchen! Der breite Tisch, an dem der König mit seiner Familie speiste, war reichlicher mit dem guten Essen bestückt. Das geschnittene Fleisch war in doppelter Menge aufgetragen worden, als das Fleisch für die übrige Festgesellschaft.[40]

Bevor die Gäste den Saal des Palastes betraten, mussten alle in extra auf Tischen aufgebauten Behältern mit Wasser, ihre Hände waschen. Weiße Tücher zum Trocknen der Hände lagen daneben.

Vor dem festlichen Mahl stand Heinrich der I. auf und brachte einen Spruch zum Wohl seines Sohnes Heinrich, der Familie und seines Landes. Er bedankte sich bei allen, die gekommen waren, für die reichlichen Geschenke und dass sie, den langen und schweren Weg nicht gescheut hatten. Er verwies auf die kritische Lage, weil Arnulf von Bayern sich zum Gegenkönig ausgerufen hatte. Zum Schluss wünschte er allen eine gesegnete Mahlzeit.

---

[40] Vgl. Uta Luise Zimmermann-Krause, Kaiserlich speisen wie Otto der Große, edition mitteleuropa, Seite 80

Danach ging der Kampf um den Nachschub los. Ich hatte ein schlechtes Los gezogen. Mein großer Tisch war mit gut genährten Äbten und geistlichen Führern aus Franken und Sachsen besetzt. Diese hatten einen riesigen Durst. Einen Vorteil hatte ich jedoch gegenüber Reinhard und Burghard, denn ich brauchte keine Mischungen mit dem süßen Honig vorzunehmen. Die Männer tranken alles, vor allem viel Alkohol. An meinem Tisch saßen die Bischöfe und Stellvertreter von Minden, Hildesheim, Halberstadt, Paderborn sowie die Äbte und ihre Stellvertreter aus Herford, Gandersheim, Fritzlar, Hersfeld und Fulda. Hinzu kamen die beiden Geistlichen der Pfalz Werla, Josef Meier und Alexander Heilig. Alle meldeten sich auf einmal, aber es war für mich einfach zu merken, was sie wollten. Die einen tranken Bier und die anderen den trockenen Wein. Ich brachte von beiden Getränken immer reichlich an den Tisch und es war niemals verkehrt. Anfangs war es aber oft zu wenig, so dass ich mich immer (schnell) beeilen musste. Einmal fragte der Bischof von Fulda: »Mein Sohn, wie heißt Du?« Ich antwortete ihm: »Christian«! »Ein sehr schöner Name«, bemerkte er »Aber, mach hin mein Junge, wir haben reichlich Durst«. Als ich in einer halben Stunde über 60 Getränke an meinem Tisch verteilt hatte, meinte der Mundschenk zu mir: »Junge, wo bringst du die vielen Becher Bier und Wein hin?« Ich erwiderte nur: »Zu den geistlichen Herren.« »Na gut, das ist verständlich. Die Herrschaften haben immer einen großen Durst.« sagte Joachim lachend. Zum Abschluss des Festmahls wurde die Nachspeise gereicht 'Mathildes Liebling'-Essigkuchen. Er mundete allen Gästen sehr gut, so dass nichts übrigblieb. Der Mundschenk hatte die Nachspeise angekündigt, so dass es nach dem Essen einen Applaus, speziell für die Nachspeise gab. Königin Mathilde stand auf und bedankte sich bei den Gästen für deren Kompliment. Die Geistlichen tranken viel und dadurch hatte ich den Vorteil, dass sich mein Tisch als erster auflöste. Die geistlichen Herren zogen sich schon früh, so etwa in der 9. Stunde, zurück.

Sie verließen den Saal nicht mehr ganz aufrecht und mit wackligen Beinen. Der nun anstehende Tanz war nicht in ihrem Sinne.

Bevor der Tanz begann, trat noch kurzerhand ein alter Dichter, in einem grün-roten Gewand auf und gab ein Gedicht zu seinem Besten:

»Lieber König! Liebe Festgesellschaft! Ich möchte euch nun mit meinem Gedicht beglücken:

Heut ist ein wunderschöner Tag,
den so mancher hier sehr mag.
Des Königs Sohn Heinrich wurde getauft,
hatten die Mönche, hier, viel Bier und Wein verbraucht.
Gab es für euch reichlich zu essen,
mussten andere sich im Kampfe messen.
Hier wollen wir die Geburt des Königssohns feiern
und nicht gehen, um zu bekriegen die Bayern.
Lasst euch das Essen schmecken im Mund
und leert die Becher voll Wein und Bier nicht wie ein Hund.
Dem König und seiner Frau wünsch ich viel Glück,
dem neugeborenen Sohne, dass er wird von der Welt nicht erdrückt.
Nun Leute, seid fröhlich und habet viel Spaß,
und denkt daran: stets alles nach Maß!«

Der Dichter im feinen Gewand mit blauen Hosenbeinen und edlen Schuhen, verbeugte sich und verabschiedete sich von der Gesellschaft, unter lautem Beifall der Taufgäste.

Laute Sänger, gute Musiker und schöne Tänzerinnen traten nun ein. Alle waren mit farbenprächtigen Kostümen bekleidet. Unter ihnen waren ein dicker Trommler, ein hagerer Flötenspieler, einer mit der Fidel und ein kleiner Hornbläser. Es war schon ein Genuss, die edlen und glänzenden Kleidungsstücke zu bewundern. Solche Farben kannten wir bei unseren Kleidungsstücken nicht. Ich kam mir in meinem einfachen braunen, langen Hemd, welches mit einem Gürtel unterteilt war und den wollenen, schwarzen Hosenbeinen vor, als würde ich Kleidung ohne Farbe tragen, oder als habe man mich in einen Sack gesteckt. Dann begann endlich der Tanz für alle. Die freien Tische wurden zur Seite gestellt und der Platz als Tanzfläche genutzt.

Die jungen hübschen Tänzerinnen tanzten vor der Königsfamilie und jeder junge Page, hatte seine Augen auf diese Tänzerinnen gerichtet. Nur ich nicht. Ich hatte meine Augen und mein Herz an die schöne Kammerzofe Elisabeth verloren.

Da die Geistlichen schon gegangen waren, konnte ich Burghard und Reinhard an den anderen Tischen unterstützen. Hier saßen die Edlen aus Franken an einem Tisch und die Sachsen an einem gesonderten Tisch. Die anderen Jungen räumten ab und halfen in der Küche beim großen Abwasch.

Der Herr der Musik- und Tanztruppe forderte die Herrschaften auf, zu tanzen.

Durch den gemeinsamen Tanz lockerte sich die Gesellschaft auf und die Franken und Sachsen vermischten sich nun an den beiden Tischen. Auch der König gesellte sich zu den Tischen und führte hier und da ein Gespräch. Es war etwa elf Uhr am Abend, als der König mit seiner Familie den Festsaal verließ. Elisabeth winkte mir im Gehen noch kurz zu. Sie blickte fröhlich und zufrieden. Ihre Arbeit war nun beendet und sie konnte sich in ihrer schönen Kammer, welche sie sich mit Martina teilte, in ihr bequemes Bett legen. Wir Pagen aber schauten uns fragend an. Hatten wir doch alle das Gefühl, die Festveranstaltung wollte kein Ende nehmen. Ich erzählte, was an meinem Tisch so gut geklappt hatte und schlug den anderen vor, dies nun so, auf die anderen beiden Tische anzuwenden. Wir brachten also mehr

Bier und Wein auf einmal zu den Gästen. Auf deren Tischen standen noch viele leckere Sachen, reichlich von dem Braten vom Wild und Schwein. Wenn wir es also schafften, die Herrschaften schnell betrunken zu machen, hatten wir Chancen, etwas vom Festbraten abzubekommen. Es gelang uns. Ohne dass die Festgesellschaft es bemerkte, machten wir diese betrunken und etwa um Mitternacht, war der Saal geräumt. Gerade wollten wir uns an die Essensreste heranmachen, da brüllte die fette Berta in den Saal, in dem sich jetzt nur noch die Pagen befanden: »Zack, Zack, abräumen! Die Reste in die Küche bringen und dann ab ins Bett!«

So waren wir erstmal damit beschäftigt, die stabilen Stühle heranzurücken, die Essensreste in die Küche zu tragen und abschließend den großen Festsaal zu reinigen.

Als wir müde und geschafft in die Hofküche eintraten, lag Berta schnarchend auf einem Stuhl, der in der Ecke stand. Zu unserer Überraschung war der Küchentisch mit einer weißen Tischdecke gedeckt und zwei Kerzen standen strahlend darauf. Er war mit sämtlichem übrig gebliebenen Essen gedeckt und Barbara sprach lächelnd zu uns: »Setzt euch hin, ihr Pagen. Nun esst auch einen Teil vom Festmahl. Der Tag ist gut gelaufen, auch dank euch.« Klasse! Nun konnten wir uns mit den guten Sachen den Bauch vollschlagen und gingen mit dicken Bäuchen nach Hause. Barbara sagte uns noch: »Ihr braucht morgen erst, zur neunten Stunde am Morgen zu kommen. In der Küche ist so weit alles in Ordnung. Ihr seid gute Helfer.«

6

Die Pfalz Werla als Lernort für Knappen und Pagen

Die riesige Burganlage der Pfalz Werla war für uns Pagen ein idealer Standort, um unsere geistige und körperliche Entwicklung voran zu bringen.

Wir erreichten außerordentliche körperliche Fertigkeiten im Bogenschießen, Axt-, Messer-, Speerwerfen und Schwertkampf. Kein Junge in unserem Alter oder bis zu zwei Jahren älter, konnte sich aufgrund des ständigen Übens mit uns messen. Wir waren Ihnen haushoch überlegen.

Unsere Zielgenauigkeit erhöhte sich von Woche zu Woche. Auch über die zehn Meilen Grenze hinaus kannten wir in der Nähe der Pfalz jeden Baum und jeden Strohhalm. In unserer Freizeit waren wir viel außerhalb der Pfalz unterwegs. Dies war aber nur im Frühjahr und im Sommer möglich.

Oft traf ich mich dann mit Elisabeth. Wir rannten schnell den schmalen Hohlweg hinunter und suchten uns eine kleine Lichtung oder ein schönes Versteck in den Bäumen, wo wir in Ruhe miteinander reden konnten. Hier tauschten wir auch gegenseitig erste Zärtlichkeiten und Küsse aus. Wir waren richtig ineinander verliebt.

Im Herbst und im Winter näherten sich mancherlei Raubtiere der Pfalz. Sie hofften in der Nähe der Menschen den einen oder anderen Happen mit abzubekommen. In diesen Zeiten war hier äußerste Vorsicht geboten. Deshalb durften sich nur bewaffnete Männer und in einer Gruppe von mindestens fünf Personen durch die Winterlandschaft bewegen. So war man einem Wolfsrudel oder einem Bären nicht hilflos ausgeliefert, sondern blieb von ihnen unbehelligt oder könnte sich gegen ihre Angriffe verteidigen.

Auch die Hilfe in der Küche prägte uns. So wussten wir nun, wofür mancherlei Gewürze und Kräuter gut waren, wie welche Speisen zubereitet wurden und welches Getränk am Besten mundete. Heimlich probierten wir im Fassbierkeller einiges aus.

Ordnung und Fleiß wurden belohnt und schlechte Leistungen wurde auch bestraft.

Täglich meldeten wir uns in der neunten Stunde in der Küche. Hier wurden wir mit allerlei Diensten, die uns meist schon bekannt waren, betraut. Vor dem Mittagsmahl hatten wir immer noch Unterricht im kleinen Gebetsraum der Kirche. Dieser war ein von der Kirche noch mal extra abgetrennter Raum, wir nannten ihn auch die kleine Kapelle. Hier konnten die Bewohner der Pfalz, auch wenn die Anzahl nicht so groß war, gemeinsam beten und singen, ohne dass sie sich in der großen Kirche verloren vorkamen. Neben unserem Unterricht wurde dieser Raum auch vom Kirchenchor als Probenraum genutzt. Die Kapelle bekam ihr Licht über bunte kleine Fenster, die, wenn die Sonne strahlte, diesen kleinen Raum in verschiedenen Farben erhellte. Hier hatten wir auch einmal die Möglichkeit uns zurückzuziehen und von schönen Dingen zu träumen. Die Fenster waren mit verschiedenen Motiven versehen. Auf einem war ein Reiter auf hohem Ross, auf einem anderen das königliche Wappen, ein Löwe auf gelbem Grund und noch viele andere Dinge.

In der Mitte des Raumes war ein kleiner Altar mit einem Kreuz mit Jesus Christus. An den Wänden hingen Bilder der heiligen Maria (Mutter Jesu, Mutter Gottes) und vom heiligen Josef. An den Wänden und auf dem Altar brannten Kerzen, die wiederum für zusätzliche Helligkeit sorgten. Hier war ich auch oft mit Elisabeth gewesen und hatte mit ihr gemeinsam zwei Kerzen angezündet. Anschließend wünschten wir uns gemeinsam etwas und knieten nieder und beteten.

Unsere geistigen Fähigkeiten wurden durch die beiden Priester, die auf der Pfalz Werla ansässig waren, geschult. Wir lernten die lateinische Sprache lesen und schreiben.

Der Priester, Alexander Heilig, erklärte uns auch den Unterschied zwischen Kurz- und Langzeitgedächtnis. Er sprach: »Liebe Kinder, was ihr heute schweres lernt, habt ihr morgen schon wieder vergessen, wenn ihr es nicht tut. Das heißt, das Gelernte muss ständig und in gewissen Abständen wiederholt werden. Dies führt dann dazu, dass sich das Gelernte vom Kurzzeitgedächtnis ins Langzeitgedächtnis fest einprägt und ihr diese Mitteilung immer wieder abrufen könnt. Außerdem sollt ihr nicht voreingenommenen dem Lernstoff gegenüberstehen. Ihr müsst mit voller Begeisterung das neue Wissen aufnehmen. Wer Freude am Lernen hat, der lernt auch schneller.«

Der Priester gab uns im Unterricht eine Aufgabe und beauftragte uns: »Sucht mir zehn Wörter, die ihr mit den Zahlen eins bis zehn verbinden könnt und schreibt diese auf Pergament nieder. Macht euch Gedanken, welche Zahl mit welchem Symbol verbunden werden kann. Ich nenne euch ein Beispiel: für die Zahl Eins könntet ihr einen Baum nehmen.« Nun machte ich mir Gedanken, welches Bild zu welcher Zahl passen könnte. Als erstes nahm ich für die Zahl eins einen Speer und schrieb es mit einer weißen Gänsefeder auf Pergament nieder. Schnell hatte ich meine Wörter gefunden:

I = Speer
II = ein paar Schuhe
III = Zaun
IV = Pferd
V = Vase

VI   = Topf mit Löffel
VII = Tage
VIII = Burg
IX   = Haus, wenn man es kippt
X   = Zielscheibe

Wir alle sollten unsere gefundenen Wörter vorlesen.
Gisbert begann als erster. Er las sein Geschriebenes vor:

I   = Schwert
II   = Busen – und alle lachten.
III = Heilige drei Könige
IV   = Tisch
V   = Vogel
VI   = Hexe
VII = Zwerge
VIII = Nacht
IX   = Mann und Frau
X   = Gebote

Als alle vorgelesen hatten, wiesen einige Pergamente der Pagen noch
Lücken auf, aber Herr Heiliger sagte: »Hervorragend! Es ist wichtig,
dass sich jeder zehn Symbole für die zehn Zahlen notiert hat. Sie
sollen euch helfen, in Zukunft Gehörtes und gewisses Gesprochenes
besser zu merken. Diese Wörter muß sich jeder von euch fest ein-
prägen! Hierbei müsst ihr folgende Regeln beherrschen, die ich euch
nun erklären werde.«

Er stellte sich vor uns, dass jeder ihn gut sehen und verstehen
konnte. Dann fuhr er fort: »Mit den zehn Wörtern, die jeder aufge-
schrieben hat, müsst ihr Dinge, die ihr euch merken sollt, verbinden
und euch kleine Geschichten oder kurze Sätze dazu ausdenken. Ich
gebe euch jetzt zehn Begriffe, die ihr mir dann in der richtigen Rei-

henfolge vortragt. Es geht um einen Einkauf auf dem Markt. Verschiedene Waren sollen gekauft werden. Auf der Liste stehen: Eier, Äpfel, Mehl, Holz, Decken, Butter, Brot, Schweinefleisch, Salz und Honig.« Er blickte uns an und sprach weiter. »Entscheidend ist, dass ihr euch eure zehn festen Wörter genau einprägt, als feste Begriffe in eurem Langzeitgedächtnis. Dann müsst ihr die zehn kurzfristigen Wörter von der Einkaufsliste mit den anderen, festen Wörtern in einer Geschichte verbinden. So könnte zum Beispiel eine solche Verknüpfung aussehen.«

Der Priester Heilig überlegte kurz und sagte dann:

»Ein **Speer** durchstößt ein *Ei*.

Ein paar **Schuhe** sind mit vielen *Äpfeln* gefüllt.

Am **Zaun** steht ein Sack mit *Mehl*.

Ein **Pferd** hat im Maul ein Stück *Holz*.

In der **Vase** liegt eine dicke *Decke*.

In einem **Topf** mit einem **Löffel** wird die *Butter* platt gedrückt.

Alle **Tage** essen wir *Brot*.

Auf der **Burg** wurde *Schweinefleisch* gebraten.

Im **Haus** konnte kein *Salz* gefunden werden.

An der **Zielscheibe** klebte *Bienenhonig*.

Bei den Geschichten, die ihr euch ausdenkt, könnt ihr ruhig übertreiben. Lustige Sachen merkt man sich besser.[41]

Auch müsst ihr euch beim Lernen Ziele setzen. Man kann gewisse Sachen nicht schon nach einem Tag beherrschen, das wird jedem hier klar sein. Dass ihr aber in zwei Jahren viele Fähigkeiten haben könnt, wenn ihr richtig lernt, wird für euch eine wichtige Erfahrung sein und hierbei will ich euch helfen. Hier noch etwas wichtiges: Es lernt

---

[41] Vgl. von Joyce Brothers/Edward P.F.Eagan , In 10 Tagen zum vollkommenen Gedächtnis, , Weltbild Verlag Augsburg 2001

derjenige am schnellsten, der die meisten Sinne dabei einsetzt. Wer also laut liest, lernt schneller als der, der nur leise liest.« Dann fragte er uns: »Wie viel Sinne setzt jemand ein, wenn er laut vorliest?«

Ich meldete mich schnell und prompt sollte ich die Antwort geben. »Also,«, sagte ich, »beim lauten Lesen wird der Sprachsinn, der Sehsinn und der Gehörsinn angewendet.« Der Herr Heilig grummelte etwas vor sich hin und dann sagte er schnell: »Richtig, Christian! Beim lauten Lesen werden drei Sinne verwendet. Aber meine lieben Schüler, noch schneller lernt ihr, wenn ihr euch selber die Arbeit macht.« Und dann gab er uns noch eine Aufgabe. »Nächste Woche, sprechen wir über unsere gemeinsamen Werte, die zehn Gebote. Ich wünsche euch noch einen schönen Tag!«

Mit rauchenden Köpfen gingen wir aus der Kapelle. Trotzdem war es für mich heute ein sehr interessanter Vormittag gewesen. Ich ging nach Hause, denn bald war Mittagszeit. Vorher verabredeten wir uns noch zum Treffen am Tor vier, denn heute Nachmittag hatten wir frei.

Es sollten Wagen, voll mit trockenem Heu, eintreffen, welches für den Pferdestall bestimmt war.

Gisbert, Antonius, Reinhard, Burghard und ich trafen uns dann wie verabredet am Tor vier. Und wir hatten auch schon einen Plan. Einer sollte Wache stehen und pfeifen, wenn die Kutsche mit dem Stroh kommt. Ein zweiter sollte die Soldaten am Tor ablenken und die drei anderen Jungs sollten versuchen, durch den Schacht auf die Kutsche zu springen. Wer welche Aufgabe übernahm, knobelten wir mit fünf kleinen Holzzweigen aus. Zwei von diesen fünf Stöckchen waren kürzer. Wer die zwei kürzeren zog, sollte entweder pfeifen oder die Wachposten weglocken.

»Gib mal eins her!«, sagte ich und schon hatte ich ein kurzes in der Hand. Daraufhin schlug ich vor: »Dann werde ich das Pfeifsignal geben.« Somit musste Gisbert, der das andere kurze Stück gezogen hatte, die Wachposten ablenken. Also ging ich durch das Tor und grüßte die Wachsoldaten freundlich. Vor dem Tor ließ ich mich auf einem großen Stein nieder. Von dort aus wollte ich dann mein Pfeifsignal geben, sobald die Kutsche mit dem Stroh ankäme. Dann näherte sich endlich die Kutsche mit einem alten Gaul und geführt von einem alten Mann mit langen grauen Haaren und einfacher brauner Kleidung, unserem Tor. Als sie noch gut hundert Fuß entfernt war, gab ich ein Pfeifsignal. Nun war es an Gisbert, die Wachsoldaten wegzulocken. Er ging auf die beiden Wachsoldaten am Tor vier zu und log: »Frau Barbara in der Küche hat heute für euch einen Apfelkuchen gebacken und würde sich freuen, wenn ihr ihn jetzt essen kommt.« Barbara war auf der ganzen Pfalz als Schönheit bekannt und dies konnten sich die beiden Wachsoldaten nicht entgehen lassen. Es war sowieso kein Feind im Anmarsch und durch die unteren Tore wurden die Fremden, die zur Pfalz kamen, schon genauestens kontrolliert. Einer der beiden sagte: »Dann werden wir dies tun!«. Beide machten sich auf den Weg zur Hofküche, um ihren erwarteten, frisch gebackenen Apfelkuchen zu bekommen. Antonius, Reinhard und Burghard liefen so unbemerkt die steile Treppe zum Tor vier hoch. Auf der Plattform des Tores war viel Platz und sie konnten von hier aus, über die Turmmauern hinweg, viel von der schönen Pfalzanlage erkennen und bis in die naheliegenden, grünen, dichten Wälder schauen. Gisbert machte sich nach Hause auf und ich traf mich mit Elisabeth und ging dann etwas später nach Hause. Wir hatten vereinbart, am nächsten Morgen von den drei Verrückten zu erfahren, wie der Sprung gewesen war.

Die große Heukutsche fuhr durch das Tor und die drei Pagen sprangen gleichzeitig durch den breiten Schacht auf das weiche Heu. Der Sprung hatte genau zum richtigen Zeitpunkt stattgefunden, etwas später und alle drei wären auf den harten Boden geknallt. Aber so lagen die drei glücklich im großen Heuhaufen der Kutsche und lachten vor Freude. Was sie nicht wussten, Bogenmeister Franziskus hatte den Sprung von einer Wehrmauer in der Nähe des Tores beobachtet. Er machte sich zum großen Pferdestall auf, an dem der Kutscher sein Stroh abladen wollte. Dort warteten schon drei gut genährte Helfer, die für ein schnelles Entladen bereit standen. »Halt!« rief Franziskus dem Kutscher und den drei beleibten Helfern zu. »Hier sind drei fremde Gäste mitgereist.« Und siehe da, beim Abladen kamen sie hervor: Antonius, Reinhard und Burghard. Die Helfer und der Kutscher hielten die Jugendlichen fest. Der Bogenmeister nahm sich jeden Pagen einzeln vor und gab Ihnen zur Begrüßung zehn feste Schläge. Diese krachten laut auf deren Hintern, so dass die drei anschließend weinend und jammernd nach Hause gingen. »Das soll euch eine Lehre sein! Ihr wisst gar nicht, was euch hätte passieren können!«, gab Ihnen Franziskus mit auf den Weg und verdeutlichte Ihnen die Gefahr. »Ich will hoffen, dass so was nicht mehr vorkommt!«, brüllte er abschließend. Am nächsten Tag, als die drei Gisbert, Siegfried und mir die Geschichte während der Arbeit in der Hofküche erzählten, konnten wir uns vor Lachen nicht mehr halten. Ihnen tat der Hintern so weh, dass sie den ganzen Tag nicht mehr sitzen konnten. Das Lachen hatte dann ein Ende, als die dicke Berta durch die Küche schrie: »Hier wird nicht gelacht, sondern gearbeitet, sonst gibt es gleich einen auf den Hintern.« Sofort wurde es still, denn nun war die Lage sehr ernst. Mein Bruder Siegfried hatte das schnell erkannt und hielt uns an, mit vollem Eifer weiter zu arbeiten.

Die Woche verging schnell und so trafen wir uns bald wieder in der Kapelle, wo uns der Priester Herr Heilig begrüßte. »Letzte Woche habe ich von den zehn festen Symbolen oder Wörtern gesprochen, die in eurem Langzeitgedächtnis gespeichert werden sollen, womit ihr Bezeichnungen im Kurzzeitgedächtnis aufnehmen sollt. Heute nun will ich euch die zehn Gebote erklären, auf welchen unsere Rechtsprechung und unsere Werte aufbauen. Diese Gebote werdet ihr euer ganzes Leben immer wieder in der Kirche hören. Sie werden so tief in euer Langzeitgedächtnis eindringen, dass sie für euch euer Gewissen werden. Die Gebote werden Regeln sein, mit denen wir mit Menschen mit denselben Werten gut und zusammenleben können. Sie zeigen uns an, was richtig oder falsch ist. Für jeden christlichen Mensch sind die **zehn Gebote** feste Regeln und jeder Mensch weiß somit, was er Gutes oder Böses getan hat. Die zehn Gebote sind keine Verbote. Es hat kein Mensch das Recht über Andere zu richten. Wer sich nicht an die Gebote hält, richtet sich selbst. Es heißt, eine Frau, die Ehebruch begangen hatte, sollte von den Pharisäern gesteinigt werden. Jesus aber sagte zu den Pharisäern: »Wenn einer von euch ohne Sünde ist, der werfe bitte den ersten Stein auf die Sünderin. Die Pharisäer merkten, dass sie nicht ohne Sünde waren und keiner warf den Stein auf die Sünderin.«

Er fuhr fort: »In der Schöpfungsgeschichte steht:

›**Am Anfang war das Wort und das Wort war bei Gott und Gott war das Wort und er erschuf Himmel und Erde**‹. Gott befahl es werde Licht und es wurde Licht und so nahm die Enstehung der Welt und des Lebens seinen Lauf. Die Wörter, die Sprache ist das, was uns Menschen von den Tieren unterscheidet. Wir sind in der Lage, die Sprache in Form von geschriebenen Wörtern weiterzugeben, sodass jeder das geschriebene Wort nachlesen kann.[42]

Die Menschen haben immer wieder bewiesen, was sie alles erschaffen können. Es wurde die Schrift (das geschriebene Wort), das Rad, Schiffe, Häuser, Städte, Straßen, Handwerkszeug, usw. erfunden. Obwohl die ersten Menschen auf einer ganz primitiven Stufe lebten und außer dem gesprochenen Wort nichts hatten, haben sie sich immer weiterentwickelt. Heute wissen viele Menschen durch das gesprochene oder geschriebene Wort, wie zum Beispiel die Felder bewirtschaftet werden müssen, Häuser gebaut und Rüstungen her-

---

[42] Die Bibel in heutigem Deutsch, Seite 3, 1 Mose/Genesis, Balzers, Lichtenstein 1994

gestellt werden. Die geschriebenen Wörter (Bücher) werden von den Kirchen und Klöstern aus gepflegt und verbreitet. Sie lehren die Menschen lesen und schreiben und verfügen über eine außerordentliche Ausstattung an Bibliotheken ...

Er machte eine kurze Pause, dann sprach er weiter:

»Das **erste Gebot** lautet: ›**Ich bin der Herr dein Gott, Du sollst keine fremden Götter neben mir haben.**‹ Alle weltlichen Herrscher wie Julius Caesar und weitere Könige und Kaiser hatten keinen Bestand. Als diese Herrscher gestorben waren, wurden auch meist ihre Denkmäler zerstört. Zu Zeiten, als die Menschen Götter in Form von Bäumen, Luft oder als Sonne anbeteten, waren sie oft sehr verwirrt und beängstigt.

Neben Gott gibt es keine anderen Götter. Deshalb sollen keine Götterbilder gefertigt werden. Die Menschen sollen sich nicht vor etwas niederwerfen und es anbeten. Gott verlangt von den Menschen die ungeteilte Liebe. Wer sich von Gott abwendet, den bestraft er, sogar seine Kinder, Enkelkinder und Urenkel. Dem Menschen, der aber Gott liebt und seine Gebote befolgt, dem wird Gott Liebe und Treue erweisen über Tausende von Generationen hinweg.

Im **zweiten Gebot** steht, man soll Gottes Namen nicht missbrauchen. Gott wird jeden bestrafen, der es tut. Kein Mensch hat das Recht über Gott zu lästern und ein jeder Mensch soll auch nicht über andere Menschen lästern. Wer lästert, beleidigt seinen Gegenüber und aus einer verbalen Auseinandersetzung kann dann schnell ein handfester Streit werden.

Das **dritte Gebot** lautet: ›Am siebten Tag sollst du ruhen.‹

Es soll alles ruhen, auch deine Familie, deine Untertanen und die Tiere. Der Tag gehört dem Herrn, deinem Gott. Du sollst deinen Geist schweifen lassen, aus dem Alltagstrott ausbrechen. Die Muskelkraft soll ruhen und der Geist sich entfalten. Du sollst über deine Fehler nachdenken und neue Ideen sollen wachsen. Hier danken wir Karl dem Großen, der für uns alle diesen freien Tag, den Sonntag, eingeführt hat.

Im **vierten Gebot** heißt es, du sollst Vater und Mutter ehren.

Wenn du dies tust, wirst du lange leben und dir und deiner Familie wird es gut gehen. Die Familie ist die Einheit, in die sich jeder zurückziehen kann. Die Kinder fühlen sich meist zur Mutter hingezogen, die ihre absolute Bezugsperson ist. Die meisten Menschen können ihren Eltern zu Lebzeiten deren Aufopferung für sie nicht mehr zurückgegeben. Sie geben es oft an ihre Kinder weiter. Auch Eltern haben Fehler und auch dies sollte man anerkennen. Ohne Vater und Mutter wäre kein Leben des Menschen möglich. Deine Familie wird dir Rückhalt geben und dich in schlechten Zeiten auffangen.

Das **Fünfte Gebot** sagt: ›Du sollst nicht morden.‹

Jedes Menschenleben ist zu achten. Es gibt keinen Grund andere Menschen zu morden. Das Recht sich zu verteidigen, wenn andere das eigene Leben oder das der Familie bedrohen, bleibt erhalten. Hier spricht man nicht von morden.

Im **sechsten Gebot** steht: ›Zerstöre keine Ehe. Begehe keinen Ehebruch.‹ Das Leid der Familie und der Kinder wird groß sein, wenn die Ehe zerbricht. Nur bei den Kindern, die eigenes Fleisch und Blut sind, hat man langfristig den Anspruch sich Vater und Mutter zu nennen.

Das **siebte Gebot** verheißt uns: ›Beraube niemanden seiner Freiheit und seines Eigentums.‹ Wer stiehlt muss damit rechnen, Menschen Leid zu zufügen. Er muss auch damit rechnen, dass sich der Bestohlene verteidigt und es zur handfesten Auseinandersetzung kommt. Der Bestohlene und seine Familie können sogar ihre Lebensgrundlage verlieren, wenn das Gestohlene von großem Ausmaß ist.

Das **achte Gebot** ›Lüge nicht.‹, versteht ihr alle. Man sagt Lügen haben kurze Beine, denn aus Lügen können schnell Missverständnisse und großes Unglück geschehen. Menschen, die lügen, werden irgendwann von ihren Lügen eingeholt. Deshalb bleibt bei der Wahrheit!

Im **neunten Gebot** gibt uns Gott mit auf den Weg: ›Begehre nicht deines Nächsten Frau.‹ Viele Männer sind nicht immer zu Hause. Es ist nicht gerecht, verheiratete Frauen zu begehren, wenn man selber ledig ist und man viel Zeit hat, um eine verheiratet Frau zu werben. Der Ehemann kann ja zum Beispiel für den Erwerb des Lebensunterhaltes der Familie auf weiter Wanderschaft sein.

Das **zehnte Gebot** besagt: ›Habe keinen Neid gegenüber anderen.‹ Nicht immer ist alles, was die Anderen besitzen, auch ihr Eigentum, denn Gegenstände können auch geliehen oder noch nicht bezahlt sein. Auch hat der Andere vielleicht durch einen sparsamen Lebenswandel nun mehr als man selbst. Versuche selbst etwas aufzubauen, sei stolz auf dein Leben. Schaue nicht auf Andere.«[43]

Nach diesen langen Ausführungen des Priesters fragte Gisbert: »Herr Heilig, was wäre wenn sich alle Menschen an die zehn Gebote halten würden?« Herr Heilig antwortete: »Eine gute Frage. Ich denke, wir hätten dann Frieden auf Erden!« Weiter sprach Herr Heilig: »Die zehn Gebote sind im Judentum, Christentum und im Islam verankert.

Durch die Geburt Jesus Christus, er wuchs im jüdischen Glauben auf, wurden die zehn Gebote für die gesamte Menschheit zugänglich. Sie waren vorher nur im jüdischen Glauben verankert und somit isoliert. Die ersten Christen waren Menschen mit jüdischem Glauben. Von da an bis heute, traten immer wieder Menschen des jüdischen Glaubens dem christlichen Glauben bei.«

Der Sonntagsgottesdienst in der Kirche der Pfalz Werla war Pflicht. Wir trafen uns immer dort um die zehnte Stunde und feierten mit vielen Bewohnern und König Heinrich I. den Gottesdienst. Für mich war

---

[43] Die Bibel, in heutigem Deutsch, Seite 158 und 159, 5 Mose, Deuteronomium 5.6, Balzers Lichtenstein 1994

es immer angenehm mit meinen Geschwistern und Freunden Lieder zu singen, gemeinsam zu beten und die Worte des Priesters zu hören.

Wir waren alle vom regen Treiben auf der Pfalz Werla beeindruckt. Hier war immer etwas los. Der Handel mit vielen Waren, ob mit Tüchern in verschiedenen Farben, Tieren, Pferden, Kühen Hühnern oder Nahrung in verschiedenen Varianten florierte gut. Ritter, Soldaten und edle Leute trafen sich und Feste wurden gefeiert. Es fanden große Truppenbewegungen mit oder ohne den König statt, Kinder wurden geboren, Ehen geschlossen und Menschen starben. Mitten in diesem regen Treiben, konnten wir uns als Pagen gut weiterentwickeln.

6.1 Der Wald als Lernort

Der Wald war bei den Germanen heilig und dies setzte sich auch bei den Sachsen fort.

Die Aufgabe des Jägers Hubertus war es, uns den Nutzen des Waldes begreiflich zu machen, dazu zählte er uns unter anderem die Tiere auf, welche im Wald lebten. Hubertus nannte Rehe, Wildschweine, Hirsche, Füchse, Hasen und verschiedenes Federvieh. Der Wald war zu gewissen Zeiten auch ein Hauptnahrungslieferant. Dort wuchsen viele wohlschmeckenden Beeren, gesunde Kräuter, dicke Nüsse und nahrhafte Pilze. Das gute Holz half uns über den kalten Winter zu kommen. Es wurde auch genutzt, um stabile Bauten zu erstellen oder zu reparieren.

Nun war der Tag gekommen, an dem der Jäger Hubertus mit uns den Wald in der Nähe der Pfalz Werla erkunden und uns anhand der vielfältigen Natur viele Sachen erklären wollte.

Wir versammelten uns in den frühen Morgenstunden eines schönen, sonnigen Herbsttages. Die Pagen waren alle anwesend und so trotteten wir auf dem schmalen Hohlweg, den wir gut kannten, auf dem kürzesten Weg in den nahegelegenen Wald.

An meiner Seite ging Tankmahr, der sich oft über den Jäger lustig machte. Er fragte mich: »Was ist grün und läuft durch den Wald?« Ich sprach: »Weiß ich nicht«. Tankmahr antwortete: »Jäger Hubertus als Baum verkleidet«. Wir mussten laut auflachen, so dass Herr Hubertus auf uns aufmerksam wurde. Er sagte barsch: »Was gibt es hier zu lachen? Seid ruhig und aufmerksam! Es wird für euer späteres Leben und für euer Überleben sehr wichtig sein, was ihr heute von mir lernt.«

Wir überquerten die Oker, einen sauberen, glasklaren Fluss im Norden der Pfalz. Das klare Wasser war ruhig und wir suchten uns eine seichte Stelle. Ganz ohne nasse Füße war kein überqueren möglich. Ich zog mein altes Schuhwerk aus, schritt ins kalte Wasser des schmalen Flusses und sprang direkt wieder zurück. Das Wasser war sehr kalt, aber der Jäger befahl: »Ihr müsst alle hier durch!« Da nahm ich Anlauf und rannte so schnell ich konnte durch den seichten Fluss. Ich war als einer der ersten über den Fluss, doch das schnelle Laufen brachte mit sich, dass nun nicht nur meine Füße nass waren, sondern auch ein Teil meiner wärmenden Kleidung. Die Anderen hatten mich beobachtet und mir diesen erbärmlichen Vorgang nachgemacht. Der Jäger brüllte: »Seid ihr verrückt?! Ihr könnt froh sein, dass wir einen milden Herbst haben und eure Sachen schnell wieder trocknen werden. Ansonsten wäre die Gefahr groß, dass ihr eine gefährliche Erkältung bekommen könntet.«

Wir hatten uns nun schon ein gutes Stück in den bunten Wald mit Herbstlaub hinein begeben, da machte Hubertus halt und wir versammelten uns um eine riesige Eiche, deren Blätter in roter und gelber Farbe glänzten. »Schaut euch den Baum gut an und sagt mir dann wo Norden ist!« Antonius zischte sofort: »Norden ist dort, wo es dunkel ist und die Männer mit Hörnern auf dem Kopf rumlaufen.« Wir krümmten uns vor Lachen und mussten uns den Bauch festhalten.

Auch der Jäger musste lachen, und antwortete: »Dies ist ein guter Spruch, den werde ich mir merken«. Aber dann sprach unser Lehrer mit energischem und bestimmendem Ton: »An einem Baum könnt Ihr gut erkennen, wo Norden ist. Seht hier an der Eiche, wo das grüne Moos wächst, ist Norden. Wo die Sonne nicht scheint, hat das Moos gute Möglichkeiten zu wachsen. Die Sonne geht im Osten auf (am Morgen), im Süden nimmt sie Ihren Mittagslauf, im Westen wird sie untergehen und im Norden (am Abend) ist sie nie zu sehen. Das lässt sich gut merken und ihr könnt so immer leicht die Richtung ermitteln, wenn ihr in einem unbekannten Wald seid. Auch der Stamm eines Baumes hilft uns. Er ist meist dort dicker, wo die Sonne hin scheint, also im Süden. Und die Pflanzen richten sich nach der Sonne aus. Dies mag einmal für euch wichtig sein, um den rechten Weg in euer Lager, zu eurer Heimatburg oder zu einer Stadt zu finden.« Der Tag war sehr lehrreich und fürs erste machten wir uns wieder auf den Rückweg zur Pfalz. Es sollten noch mehrere Tage folgen, in denen wir den Nutzen des Waldes kennenlernten.

Der nächste Tag kam schneller als wir dachten und wieder ging es über den schmalen Hohlweg in den nahegelegenen Wald. Jäger Hubertus versammelte alle Pagen an einer breiten Lichtung mit vielen schönen Eichen, wo jeder genug Platz hatte. Der Jäger Hubertus erzählte: »Ich werde euch heute zeigen, woran ihr erkennt, ob sich Wildschweine und Bären in der Umgebung aufhalten. Bitte folgt mir.« Er ging mit uns zur größten Eiche, die mit stämmigen Ästen und bunten Blättern ausgestattet war. Der Baum musste ungefähr 40 Meter hoch sein. Er drehte sich um, blickte in die Runde und fragte: »Wo ist Gottlieb?« Gottlieb hörte das. Er war über eine überstehende Wurzel gestolpert und lag gerade auf dem Boden, so dass Herr Hubertus ihn nicht sehen konnte. Gottlieb rief: »Ich bin dort, wo die Erde mich haben wollte!« Alle drehten sich um und lachten. »Also gut, dann sind ja alle anwesend.«, bemerkte der Jäger, »Nun kann ich fortfahren. Hier seht ihr eine alte Eiche. Es wird behauptet, dass sie schon 700 Jahre auf dem Buckel haben soll. Diese Lichtung hier ist ein besonderer Ort. Hier soll einmal eine Siedlung gewesen sein und diese Eiche wurde von den Germanen als Heiligtum verehrt. Diese stämmige Eiche und die übrigen Eichen werfen im Herbst eine Vielzahl von Früchten, den Eicheln. Diese werden von Wildschweinen gesucht, die sie dann sofort auffressen. Die Blätter werden braungelb, danach rötlich und dann fallen sie ab. Für Dachstühle, Böden, den Bau von Möbeln, Fässern, Häusern, Hütten und Kirchen wird das Holz gern genommen. Weil sich hier gern Wildschweine aufhalten, ist dies auch der Ort, wo Bären leichte Beute machen können. Auch für uns Menschen ergibt sich hier die Möglichkeit, in schlechten Zeiten reichlich Nahrung zu besorgen.[44]

Außerdem kann man mitten im Wald eine Heuraufe aus Holz mit einem Dach bauen. Hirsche und Rehe finden im Winter wenig Futter. So werden diese Tiere schnell angelockt und sind für uns Menschen ebenfalls leichte Beute.«[45]

Der Jäger Hubertus ging nun zu einem weiteren Baum, welcher rechts, etwa 30 Fuß von uns entfernt, stand. Wir folgten ihm und er sprach zu uns: »Dieser schöne Baum, der Lindenbaum, dessen Blätter nun im feinen Rot erstrahlen und demnächst abfallen werden, hatte schon für die Germanen und auch für uns heute einen vielfältigen Nutzen. Die getrockneten Blüten, welche im Juni geerntet wurden, können mit Wasser zu einem wohlschmeckenden Getränk gebraut werden. Wenn die Blätter im Frühjahr noch jung sind, können sie

---

[44] Abenteuer Wald Vgl. A, C, D – Carlo Trinco, E –. Crozat, Bäume und Sträucher, Herbst, Eiche, MCMXCVII Literary Rights International Inc – German version – Printed in der EU Atlas Verlag
[45] Vgl. Abenteuer Wald Edito-Service SA – P. & G. Pusztai, Tier- und Umweltschutz, Fütterung, Eine Heuraufe für Rehe, MCMXCIX Literary Rights International Inc – Printel in EU, German version, Atlas Verlag

auch als Grünnahrung (Salat) verwendet werden. Werden die Blätter getrocknet und zermalen und mit Mehl gemischt, kann daraus sogar Brot gebacken werden. Der Lindenbaum ist für uns besonders wichtig und nach einem langen Winter kann er für uns einer der ersten Nahrungslieferanten sein. Die Samen dieses Baumes, die viel Öl enthalten, sind ebenfalls essbar. Weiterhin nutzen wir das weiche, leichte Holz des Lindenbaumes, um daraus Kruze oder die Figuren unserer Heiligen zu schnitzen, wie die Jungfrau Maria und den Aposteln. Viele heilige Figuren in unserer schönen Pfalzkirche stammen wurden aus dem Holz einer Linde von dieser Lichtung hergestellt. Ihr werdet diesen Baum auch oft auf einem Dorfplatz als Ortsmittelpunkt finden. Gern werden an diesem Baum dann Versammlungen und Gerichtssitzungen abgehalten.«[46]

Er zeigte auf die Wiese zu unseren Füßen und sagte: »Nun setzt euch alle hin!« Dann fragte er uns Pagen: »Wer von euch kennt die drei Tiere der Wildnis, die für uns Menschen gefährlich werden können?«. Burghart antwortete schnell und vorlaut: »Die Ratte, weil sie unsere Vorräte auffrisst, der Fuchs, weil er den Menschen angreift und auch die Hühner frisst, und die Schlange, weil sie hinterlistig ist und wir durch einen Biss schnell sterben können«. Der Jäger lachte etwas verschmitzt und belehrte uns: »Ich sehe Burghart, du hast dir Gedanken gemacht. Aber der Fuchs hat Angst vor dem Menschen, wie die meisten wilden Tiere und flüchtet vor ihm. Die Ratte stellt auch keine große Gefahr dar, auch wenn sie eine Plage ist. Die Schlange, gut, die schlägt zu, wenn sie sich bedroht fühlt. Aber die gefährlichsten wilden Tiere sind der Bär, der Wolf und das Wildschwein. Sie können es durchaus mit einem Menschen aufnehmen. Deshalb will ich euch über diese Tiere mehr erzählen.«

---

[46] Vgl. Abenteuer Wald, Edito-Service SA – T. Desaily/Ch. Dumoux, Bäume und Sträucher, Herbst, Sommerlinde, MCMXCVIII Literay Rights International Inc – German version, Atlas Verlag

»Der Bär hat in freier Natur ein Revier von 20.000 bis 40.000 Hektar, ein Weibchen davon die Hälfte. Ein Bär hinterlässt Spuren. Auf einem weichen Boden kann dabei gut seine große Hinterpfote und seine etwas kleinere Vorderpfote erkannt werden. Wo er auftaucht findet ihr zerkratzte Bäume, ausgehobene Wespennester, Kot und Haare des Bären. Die Haare eines Bären und dessen Pfoten kann ich euch morgen auf der Pfalz Werla zeigen. Dann könnt ihr schnell erkennen, ob ein Bär in der Nähe ist.[47]

Im Winter hält der Bär über drei Monate Winterschlaf. Bären werden meist als Zwillinge geboren und in einem Ausdauerlauf kann der Bär schneller als der Mensch werden (50 km/h). Wenn ein Bär sich auf die Hinterbeine stellt, kann er eine stattliche Größe von über drei Metern erlangen. Seine vier Fußabdrücke haben fast das Maß eines ausgewachsenen Menschen.[48]

Mit Vorliebe reibt er seinen Rücken an einem Baumstamm, weil er sich nicht selber am Rücken kratzen kann. Er hat meist einen persönlichen Kratzbaum, den er mit seinen Krallen zurecht ritzt und kehrt oft dahin zurück. In der Regel wittert der Bär den Menschen in einer Entfernung von 100 Metern und flüchtet. Nur wenn er bedroht wird, verletzt ist oder an Hunger leidet, greift er den Menschen an. Braunbären sind gute Schwimmer und vertreiben durch ein Bad in einem Bergsee oder Fluss den Schmutz und das Ungeziefer an ihrem Körper.[49]

[47] Vgl. Abenteuer Wald, Edito-Service SA – Benoit Charles, Tiere- und Umweltschutz, Säugetiere, der Braunbär, MCMXCVIII Literay Rights International Inc – Printed in EU, German version, Atlas Verlag
[48] Vgl. Abenteuer Wald, Edito-Service SA – Jean Grasson, Säugetiere, Frühling, Bär, MCMXCVII Literary Rights International Inc – German version – Printed in EU, Atlas Verlag
[49] Vgl. Abteneuer Wald, Edito-Service SA – Jean Grosson, Säugetiere, Sommer, Bär, MCMXCVII Literary Rights International Inc – German version – Printed in EU, Atlas Verlag

Dann ist da der Wolf. Der Wolf ist ein Fleischfresser, er frisst am Tag durchschnittlich bis zu 2,5 kg Fleisch. Hat er über mehrere Tage Hunger gelitten, kann er auch bis zu 10 kg Fleisch in wenigen Minuten verschlingen. Oft begnügt er sich mit kleiner Beute, manchmal auch mit Pflanzen. Auf große Pflanzenfresser wie Elche, Rehe und Hirsche hat er es auch abgesehen. Diese werden dann vom gesamten Rudel gejagt. Durch die Führung des Leitwolfes wird zum Beispiel der Hirsch mit verschiedenen Angriffen umzingelt und in die Falle gelockt. Dort hat er keine Überlebenschance und wird erlegt.[50] Wölfe sind auch nächtliche Jäger und bevor sie zur Jagd gehen, heulen die Wölfe im Chor den Mond an. Über eine Entfernung von sechzehn Kilometern ist das Heulen der Wölfe zu hören. Hier lauert dann große Gefahr! Ein einzelnes Tier oder ein einzelner Mensch sind so einem Wolfsrudel meist nicht gewachsen. Ein Wolf schläft nicht lange, aber am Tage gönnt er sich mehrere Nickerchen. Die Wölfe laufen gern hintereinander, im Gänsemarsch. Dabei setzt jeder Wolf seine Pfoten in die Spuren seines Vorgängers. Daher ist es oft schwer auszumachen, ob ein Rudel aus drei oder zehn Wölfen besteht. Anhand der Schnauze sieht jeder die Angriffshaltung des Wolfes. Ein aufgerissenes Maul und abstehende Ohren deuten auf eine Drohung hin. Ist das Maul halboffen, so dass seine Zähne den Unterkiefer berühren und blitzen die Augen aggressiv, so ist dies eine Angriffshaltung. Wenn die Ohren zurückliegen und das Maul geschlossen ist, ist der Wolf hingegen bereit, sich zu unterwerfen. Ein weiteres Zeichen der Überlegenheit ist ein aufgerichteter Schwanz. Ist er nur leicht erhoben, so drückt der Wolf eine Drohung aus. Wenn er aber den Schwanz zwi-

---

[50] Vgl. Abenteuer Wald Edito-Service SA – Jean Grosson, Säugetiere, Sommer, Wolf, MCMXCVII Literary Rights International Inc – German version – Printed in EU, Atlas Verlag

schen die Hinterbeine klemmt, so zeigt er wiederum Unterwerfung und Angst.[51]

Sein Gebiss ist doppelt so stark wie das eines Schäferhundes. Deshalb ist der Schäferhund einem Wolf oft unterlegen.[52]

Wölfe können im Galopp eine Geschwindigkeit von 40 km/h bis 60 km/h erreichen. Sie haben ein Gewicht von 20 bis 50 Kilogramm, einzelne Exemplare auch bis 75 Kilogramm. Sie haben eine gute Ausdauer und können an einem Abend bis zu 70 Kilometer zurücklegen.

Und dann ist da noch das Wildschwein. Es hat eine Haut, so dick wie ein Panzer. In der Winterzeit und im Herbst kann die Haut vor allem am Kopf und an der Vorderseite mehrere Zentimeter dick werden. Dieser Panzer schützt die Tiere beim Kämpfen während der Brunftzeit in der zweiten Jahreshälfte. Deshalb sind die Verletzungen selten tödlich.[53]

Wenn die Wildsau junge Wildschweine bekommen hat, welche Frischlinge heißen, werden Wildschweine sehr aggressiv, wenn sich Menschen den Jungtieren nähern.«[54]

Durch diese Erfahrungen über die wilden Tiere und Raubtiere im Wald, die Geräusche der Luft, in den Bäumen und Sträuchern, das Mondlicht in der Nacht, Wegelagerern und Räubern, konnten wir uns nun vorstellen, warum sich viele Menschen vor dem Wald fürchte-

---

[51] Vgl. Abenteuer WaldEdito-Service SA – Jean Grosson, Säugetiere, Winter, Wolf, MCMXCVII Literary Rights International Inc – German version – Printed in EU, Atlas Verlag
[52] Vgl. Abenteuer Wald, Edito-Service SA – Ivan Stalio, Säugetiere, Herbst, Wolf, MCMXCVIII Literary Rights International Inc – German version – Printed in EU, Atlas Verlag
[53] Vgl. Abenteuer Wald, Edito-Service SA – Grégorgy Vacher, Säugetiere, Herbst, Wildschwein, MCMXCVII Literary Rights International Inc – German version – Printed in EU, Atlas Verlag
[54] Abenteuer Wald, Edito-Service SA – Grégorgy Vacher, Säugetiere, Frühling, Wildschwein, MCMXCVII Literary Rights International Inc – German version – Printed in EU, Atlas Verlag

ten. Der Wald war nicht leise, sondern voller unheimlicher Geräusche, wenn man diese nicht kannte oder nicht zuordnen konnte. Waren im Wald keine Geräusche zu hören, dann hatte dies oft zu bedeuten, dass die Tiere geflüchtet waren und Menschen, Feinde und Räuber, in großer Anzahl, im Wald unterwegs waren.

Nach dem Unterricht hatte ich wieder etwas Zeit, mich mit der schönen Elisabeth zu treffen. Sie trug ein feines Kleid und hatte ihre dunklen Haare wieder zu einem langen Pferdeschwanz gebunden. Ich drückte sie zur Begrüßung und gab ihr einen dicken Kuss auf ihren Mund, dann liefen wir schnell zur unteren Pfalzanlage und suchten uns in einer Scheune, auf einem höher gelegenen Heuboden, ein schönes Versteck. Hier planten wir unsere Zukunft und probierten manche Liebelei aus. Es war eine schöne Zeit mit Elisabeth.

6.2   Aufbau einer Bärenfalle durch die Pagen, 919

Wir Pagen waren ständig gefordert und unsere Ausbildung ging straff weiter.

Es war im Frühherbst im Jahre 919, als wir Pagen beschlossen, in der Nähe der Pfalz Werla eine Bärenfalle zu bauen. Der Herbst war ziemlich mild, die Blätter in den Laubwäldern färbten sich in verschiedenen Farben. Das rot, gelb, orange und grün des Blätterwaldes war ein schöner Anblick.

Hubertus hatte uns den Auftrag erteilt und uns erklärt, wie die Bärenfalle zu errichten ist. Gottlieb, Gisbert, Antonius, Reinhard, Burghard und meine Wenigkeit machten uns an einem frühen und sonnigen Morgen über den Hohlweg am Ortsrand, mit allerlei Werkzeug und Material bepackt, Richtung Nordosten auf den Weg. Wir gingen zu dem Ort, den der Jäger uns gezeigt hatte und wo sich die Bären offenbar gern aufhielten. Von dort liefen wir dann Richtung Süden, von wo die Bären jedes Jahr kamen. Dabei mussten wir die Oker überqueren. Im späten Herbst trieben sich die Bären immer in der Nähe der Pfalz Werla herum, um genug zu fressen zu finden und über den Winterschlaf zu kommen. Denn wo Menschen wohnten waren auch Tiere nicht fern, wie große Kühe, fette Schafe, dicke Hühner, gut genährte Ziegen, Pferde und anderes Getier. Die wilden Raubtiere hofften, dort auf leichte Beute zu stoßen. Besonders alte und kranke Tiere konnten schnell erlegt werden.

Ein erlegter Bär hatte wiederum viele Vorzüge. So konnte sein Fell weiterverarbeitet werden. War der Bär noch nicht so alt, konnte man auch von seinem Fleisch essen. So waren Bärenlenden, Bärenzungen oder Bärentatzen durchaus genießbar. Auch die Bärenhaut war nützlich. Hieraus ließen sich, nach einem aufwendigen Verfahren, mehrere Seiten Pergament herstellen. Seit dem Spätherbst 918 trieb sich ein alter Bär in der Nähe der Pfalz Werla umher. Jetzt war er im südlichen Raum gesichtet worden. Die Leute in der Pfalz und der Umgebung erzählten sich mancherlei Schauergeschichten. Es musste sich um ein Ungeheuer handeln, das riesengroß war. Der alte Bär war auch schon Ställe eingebrochen und hatte dort Kühe und Schafe gerissen. Auch erzählte man, dass sich ein Knecht ihm entgegen stellen wollte und durch den Schlag der Bärentatze getötet wurde. Soldaten, die im letzten Spätherbst unterwegs waren, waren auch schon vor dem Bären geflüchtet. So ein hungriger und gewaltiger Bär machte kein Halt vor Menschen, wenn er Hunger hatte. Die Menschen beschrieben den Schädel des Bären als scharf und kantig und wenn er auf seinen Hinterbeinen stand, sah er aus wie der Teufel persönlich. Sein Hals war mager und lang mit struppigen Zotteln.[55] Letztes Jahr hatte er es ganz schlimm getrieben. Doch keiner hatte sich getraut, den Bären zu jagen und zu erlegen. Dies war auch der Tatsache geschuldet, dass Heinrich I. mit seinen Mannen oft unterwegs war, um die Grenzen

---

[55] Vgl. Trygve Gulbranssen, Und ewig Singen die Wälder, Bertelsmann Lesering 1959 Seite 5

seines Landes zu sichern. Südlich der Pfalz Werla, in der Nähe des Okerflusses, wo noch ein großer, dichter Wald bestand, verließen wir den Hauptweg und gingen einen kleineren, abgelegenen Weg in südlicher Richtung. Dies war der Weg, den die Bären wählten. Nach einer Stunde Marsch, so ungefähr in der achten Stunde, stießen wir auf eine Lichtung. Hier mussten schon einmal Bauern Holz gerodet haben, um dieses Land als Ackerfläche zu nutzen. Nicht weit entfernt stand ein zerfallenes Bauernhaus. Hier mußte der alte Bär schon mehrfach sein Unwesen getrieben haben, weshalb der ansässige Bauer überfordert gewesen war und sein Anwesen verlassen hatte. Auf der gerodeten Fläche bauten wir unsere Bärenfalle. Mit Hilfe der mitgebrachten Hacken und Schaufeln gruben wir schnell ein mehrere Meter tiefes Loch in die Erde. Wir schwitzen wie die Tiere, der Schweiß rann uns das Gesicht herunter. Es brannte unangenehm, wenn er in die Augen kam. Wir wischten uns dann sofort den Schweiß aus unseren Gesichtern. Unsere Hände schmerzten sehr, denn für so eine schwere Arbeit waren sie nicht ausgelegt. Es bildeten sich schnell Blasen und Schwielen bei der intensiven Arbeit mit Hacke und Schaufeln. Dann kamen auch noch die Waldstechmücken, von unserem Schweißgeruch angelockt, und saugten an uns wo sie nur konnten. Schnell waren wir voller Blutflecken. Gottlieb hatte schon keine Lust mehr und wollte aufgeben. Aber ich und die Anderen sagten: »Weitermachen, koste es, was es wolle.« Nach ungefähr vier Stunden hatten wir eine stattliche Grube von etwa vier mal fünf Metern und einer Tiefe von fünf Metern ausgehoben. Dies war nun das erste Werk. Jetzt galt es, dieses Loch wieder so zu verstärken, dass es Lasten aushalten konnte. Hierfür hatten wir auf der Pfalz eigens Bretter hergestellt mit den Maßen, die das ausgehobene Erdloch abdeckten. Gottlieb, der von uns allen am stärksten war, sah aus als hätte er die Pocken. Der arme Kerl war am meisten von den Waldmücken gekennzeichnet. Scheinbar war sein Blut bei den Parasiten sehr beliebt, was wiederum gut für uns war.

So war er froh, dass er den Blutsaugern nun entfliehen konnte. Er machte sich mit Antonius und Burghard auf den Weg, um in der Pfalz Werla mit einer Karre, die für das Loch bestimmten Bretter, Speere, Spieße und Gestelle für die Waffen zu holen. Mit ihrer Rückkehr konnten wir erst am frühen Nachmittag rechnen. Also bereiteten wir nach einer kurzen Pause schon alles für die Abdeckung vor und legten vor allem grünes Moosgras für die Abdeckung der Falle bereit. Die Bäume, welche in nördlicher, südlicher, westlicher und östlicher Richtung dem Loch am nächsten waren, markierten wir mit einem Messer. Wir ritzten ein X in die Bäume. So konnten wir später unser Erdloch wiederfinden. Dann machten Ränder des Loches rechts und links breiter und gruben dort etwa 50 Zentimeter tief. Dies diente als Ablagefläche für die Bretter. Am frühen Nachmittag kamen die Drei dann geschafft an. Sie hatten Proviant mitgebracht, so dass wir eine Brotzeit machen konnten. Wir ließen uns den leckeren, geräucherten und gut duftenden Schinken mit hart gekochten Eiern, festen Möhren, saftigen Äpfeln, gut gebackenem Schwarzbrot und köstlichem Wasser schmecken. Als wir uns gestärkt hatten, sprangen ich und Reinhard in die tiefe Grube und ließen uns von den Anderen die schweren Holzgestelle, die langen Speere und die stabilen Spieße geben, die dem grausamen Bären, wenn er im Spätherbst in diese Falle tappen würde, den Tod bringen sollten. Die Waffen richteten wir, mit Hilfe des Gestelles, schräg im Loch auf, so dass, wenn der Bär hier hineinstürzte, er auf jeden Fall aufgespießt würde. Das stabile Gestell aus Holz hatten wir mit dem Jäger Hubertus und dem Schmied Siegfried innerhalb mehreren Wochen auf der Pfalz Werla gebaut. Die aufgestellten Waffen und Spieße sahen vom Rand des Loches aus wie der Rücken eines Igels. Schnell legten wir Abdeckbretter darüber. Sie waren länger als die Fläche des Loches und passten gut in die Aussparungen, welche wir an den beiden Rändern gegraben hatten. Über diese Bretter brachten wir dann wieder reichlich Erde und Moos auf. Danach stellten wir uns vorsichtig auf die Fläche. Die Bretter trugen unser Gewicht, bei der Masse eines Bären würden sie aber wohl nachgeben. In mehreren Wochen würde es nicht mehr den Anschein haben, dass sich hier ein Loch befand. Aber würden die Bretter nachgeben, dann würden die gefährlichen, spitzen Waffen, die oder das wilde Tier töten, welches in die Grube stürzte. Die Bretter waren so gearbeitet, dass sie nach mehreren Monaten Witterungseinflusses, an Stabilität verlieren würden, das Loch aber noch nicht einbrach. Vor dem Abdecken hatten wir noch ein Fass mit süßem Honig in dem Loch platziert. Der Bär würde den guten Honig wittern und bei der Suche nach ihm über die Grube laufen, einstürzen und dann zu Tode zu kommen.

Müde und geschafft und nach Schweiß stinkend machten wir uns auf dem Heimweg. Auf der Pfalz Werla hatte man extra für uns Pagen im Waschhaus Holzbottiche mit heißem Wasser bereitgestellt. Hier konnten wir uns waschen und von den Strapazen des Grubenbauens entspannen. Nun saßen fünf von uns in den Bottichen und mussten erstmal laut auflachen, als Gottlieb hereinkam, Anlauf nahm und mit vollem Gewicht in den für ihn bestimmten Bottich sprang. Es gab eine riesige Wasserfontäne und der ganze Boden war mit Wasser überspült. Doch das war noch nicht alles. Wir konnten unser Gelächter noch nicht beenden, denn die dicke Berta hatte hier im Waschhaus ihre Wäsche hängen. Kaum hatten wir über die dicke Köchin gesprochen, keifte sie auch schon zur Tür herein. »Ich schau euch nichts ab, badet weiter ihr Lakeien.« Sie konnte dieses Wort nicht mehr zu Ende aussprechen. Denn schon rutschte sie auf dem nassen, klitschigen Boden aus und krachte mit voller Wucht auf ihren fetten Hintern. Ihre gute Polsterung an dieser Stelle hätte einiges abgefangen, sonst hätte sie sich bestimmt etwas gebrochen. Wir konnten uns vor Lachen nicht mehr halten. Berta stand für ihre Verhältnisse schnell wieder auf und schrie: »Das werde ich mir merken!«, stampfte aus dem Waschhaus hinaus und hielt dabei ihren schmerzenden Po fest. Immer wieder, wenn wir uns in die Gesichter schauten, mussten wir weiter lachen. Es war so schön, der strengen Alten mal eins ausgewischt zu haben.

Nach dem Abendbrot fielen wir in unsere Betten und schliefen den Schlaf der Gerechten.

Den nächsten Tag hatten wir frei bekommen, denn die Lehrmeister waren mit den Soldaten des Königs unterwegs und suchten Wege, wie den Ungarn beizukommen sei, damit die Bedrohung nachlässt. Wir machten uns auf zum bunt gefederten Hahn, im Hühnerhof auf der Pfalz Werla. Der Hahn war das Wecksignal für die ganze Pfalz. Wenn er krähte, dann begann die Burganlage zu leben und die Arbeiter und Bauern standen auf und gingen ihren Verrichtungen nach. Wir wollten den Hahn heute solange zum Krähen bringen, dass er seine Stimme verlieren und am nächsten Morgen die Burganlage nicht aufwecken konnte. Gottlieb, Gisbert und ich schlichen uns zum Hühnerhof. Hier stolzierte der Hahn zwischen seinen Hühnern umher. Er musste sich bei den vielen Hennen fühlen, wie der König auf Erden. Der Hühnerhof war in der Nähe der Küche, weil die Hühner die Königsküche mit reichlich frischen und guten Eiern versorgen sollten. Die Gefahr also, dass die fette Berta uns entdecken könnte, war groß. Aber wir ließen uns nicht abschrecken. Ich fing an zu krähen und trat somit als Mitbewerber dem Hahn gegenüber. Der dachte, ich wollte ihm seine Hühner streitig machen. Der Hahn fing an zu krähen und Gisbert und Gottlieb setzen ebenfalls mit ein. Es war ein lauter Weitstreit und der Hahn hörte nicht mehr auf, bis er heiser war. Der Kopf des bunt gefiederten Hahns viel zur Seite und man hörte nur noch ein krächzen. Es kam dann so, wie es kommen musste. Auch noch am nächsten Morgen hatte der Hahn keine Stimme und so verschlief die gesamte Burganlage. Wir hatten unser Ziel erreicht.

6.3 Die Pagen und Tankmahr erlegen einen Bären

Es war im Spätherbst des Jahres 920. Weite Gebiete des Landes waren zu dieser Zeit oft von einer dichten Nebeldecke verhüllt. Die Menschen heizten in ihren Hütten mit gutem Holz aus den nahe gelegenen Wäldern. Aus der Ferne war es ein schöner Anblick, wenn die weißen Rauchschwaden aus den Häuschen hervor zum Himmel hinaufstiegen. Am schönsten war dieses Schauspiel bei strahlend, blauem Himmel. Die Nächte brachten schon etwas Frost mit und die Sonne verlor langsam an Kraft. Die Nächte wurden länger und die Tage kürzer und auch insgesamt wurde es kühler. Die Menschen zehrten von den Vorräten, die sie im Sommer angelegt hatten, wie Korn und Hafer, woraus Brot und Brei gemacht wurde. Auch mancherlei Obst, wie Äpfel und Birnen, war eingelagert worden und konnte nun in der schlechten Zeit verzehrt werden. Wir in der Pfalzanlage hatten alle Vorteile und gutes Essen, während die Landbevölkerung oft Mangel erleiden musste. Es war genau die Zeit, in der die Bewohner sich abends in der Pfalzanlage zusammenhockten. Sie saßen bei einem oder mehreren kühlen und gut gezapften Bieren in der Gaststätte oder in gemütlicher Runde in der Stube und in vielen Hütten zusammen. Hier wurden Geschichten erzählt und verschiedenem Aberglauben nachgekommen. So wurde erzählt, welche Unwesen sich im Walde herumtrieben. Manch einer behauptete, er hätte riesige Tiere gesehen mit einem Maul so groß wie eine Toreinfahrt zur Burganlage. Diese Ungeheuer hätten dann die Menschen mit samt den Tieren verschlungen. Auch wurde erzählt, dass sich keiner nachts aus dem Haus begeben sollte, sonst würde er vom Teufel höchstpersönlich weggefangen.

So passte es in der Jahreszeit, dass sich wieder ausgehungerte Bären und Wölfe in der Nähe der Burganlage Werla aufhielten. Die wilden Tiere suchten in dieser schlechten Zeit oft die Nähe menschlicher Ansiedlungen und wir wussten durch den Jäger Hubertus, dass sie sich dort bei Kühen, Pferden, Schweinen, Schafen und anderen Haustieren leichte Beute erhofften. Für die Soldaten und König Heinrich I. war dieser Herbst eine sehr kräfteaufreibende Zeit. Die Ungarn führten einen Angriff nach dem anderen. Sie wollten die Macht König Heinrichs I. aus dem Ostfrankenreich brechen. Ein schwacher König in den deutschen Landen war für sie günstig, denn dann konnten die Ungarn nach Belieben ihre Plünderungszüge fortsetzen. Genau in dieser Zeit hatte sonst keiner Zeit, sich mit den Bären und Wölfen zu befassen, die sich in der Nähe der Pfalzanlage umhertrieben.

Wir Pagen aßen gerade gemeinsam zu Mittag, als der Jäger Hubertus Ende November in die Küche eintrat und sprach: »Jungs, jetzt wird es ernst! In der Nähe der Pfalzanlage ist ein Bär gesichtet worden. Nun könnt ihr zeigen, welchen Mut ihr habt und diesen Bären erlegen.«

Gesagt, Getan. Am nächsten Morgen, so gegen die neunte Stunde, machten wir uns über den Hohlweg auf, genau zu dem Ort, wo wir im letzten Herbst die Bärenfalle aufgebaut hatten. Wir hatten Langspeere, Pfeil und Bogen und sächsische Kurzschwerter dabei. Außerdem zogen Gottlieb, Gisbert und Antonius eine Karre. Ich führte die Truppe an, weil meine Orientierung von allen am besten war. Auch Tankmahr hatte keine Furcht und sich mit uns auf den Weg gemacht, gefolgt von Reinhard und Burghard. Ein Holzeimer mit frischem Honig sollte dazu dienen, den Bären anzulocken. Er sollte dann in die Falle krachen und sein Leben ausgelöscht werden. Der Karren hielt uns ziemlich auf und so erreichten wir erst nach gut zwei Stunden unser Ziel. Wir machten Witze und riefen: »Bär, bist du schon zu Hause?«, und wir brummten und grunzten im Duett. Den Honigeimer befestigten wir in der Bärengrube, welche wir vorsichtig geöffnet hatten. Es vergingen mehrere Stunden, unser Brot hatten wir schon aufgegessen und wollten gerade wieder aufbrechen, als aus dem Wald in südlicher Richtung ein Brummen zu hören war. Und dann sahen wir ihn. Es war ein Bär von gewaltiger Größe und er musste im besten Alter sein, angesichts des Tempos mit dem sich das Vieh fortbewegte. Wir gerieten in Panik. Ich erinnerte mich, dass der Jäger Hubertus uns im Unterricht oft gesagt hatte, dass wir auf den Bäumen Zuflucht suchen sollten, wenn wir von einem Bären angegriffen würden. Der Bär könne nur am Baumstamm rütteln, aber dort hinauf klettern könnte er nicht, weil die Äste sein Gewicht nicht tragen könnten. Ich rief: »Auf die Bäume!«, und wir rannten alle los. Die Waffen und unser Essen hatten wir vor lauter Schreck liegen gelassen. Wir brachten uns auf den umliegenden Bäumen in Sicherheit. Ich war mit Reinhard auf einem Baum. Gottlieb und Gisbert hatten den Baum westlich von unserem bestiegen. Tankmahr und Antonius waren östlich von uns in Sicherheit und Burghard hatte einen Baum noch ein Stück weiter von ihnen erklommen. Von hier aus konnten wir in Ruhe das Treiben des Bären beobachten. Das üble Tier machte sich über unsere Vorräte her und fraß alles auf. Uns schenkte der fette Vierbeiner dabei keine Beachtung, für die nächsten zwei Stunden schien sein nicht aufhörender Hunger gestillt. Er lag auf der Lichtung und entspannte sich nach seinem Fressgelage. Unser Plan, dass der gefährliche Bär in die gebaute Bärenfalle tappte, ging nicht auf. Eine erfolgreiche Flucht von unserer Seite war im Moment nicht sinnvoll, denn der Bär war doch ziemlich schnell. Das Vieh konnte solch ein Tempo aufnehmen, dass ein oder zwei Mann von uns ihr Leben verlieren würden. Was sollten wir also machen? Laut um Hilfe schreien? In der Pfalz Werla würde uns niemand hören. Die Waffen waren auch zu weit weg. Unsere Hoffnung war, dass der Bär doch noch in die Bärenfalle tappte. Das geschah aber nicht. Als der Bär genug gerastet hatte, machte er sich auf zu den Bäumen, wo er uns gesehen hat. Er trottete zu dem dicken Baum auf dem Burghard war und rüttelte an ihm. Burghard rief um Hilfe und auch wir hatten eine Heidenangst, denn Burghard wäre fast durch den Ruck des Bären am Baum hinuntergerutscht. Gerade noch rechtzeitig konnte er sich an einem Ast festhalten. Dann fassten Reinhard und ich einen Entschluss. Wir beide mussten von dem Baum herunter und uns hinter dem Loch der Falle aufbauen. Wenn der Plan gelang, würde der gefräßige Bär geradewegs auf uns zu laufen und in die vorbereitete Falle tappen. Mit seinem Sturz in die Grube wären wir unser Problem los. Ich zählte bis drei und dann sprangen wir von den stabilen und sicheren Ästen herunter. Der wilde Bär bemerkte uns zunächst nicht. Er war zu sehr damit beschäftigt an dem Baum zu wackeln, auf dem Burghard saß und um Hilfe schrie. Er hatte hier wohl Hoffnung auf reichlich Beute. Von dem jungen Bär und Burghard ausgesehen, standen wir nun hinter dem Loch. Reinhard und ich fingen an zu rufen und Fratzen zu schneiden. Nun bemerkte uns der Bär. Wir warfen auch kleine Steine nach dem Bären, die ihn am Körper trafen. Der Bär zuckte nur leicht, drehte sich zu uns und stellte sich auf die Hinterbeine. Dann gab er entsetzliche Laute von sich. Mir rutschte das Herz in die Hose und am liebsten wäre ich weggerannt. Doch dann wäre das Monster nicht in die Falle gestürzt, hätte sie bei meiner Verfolgung bestimmt verfehlt. So mussten wir also stehen bleiben. Wir hielten uns beide an den Händen fest und brüllten so laut wir konnten. Der Bär stürzte mit einer wahnsinnigen Geschwindigkeit auf uns zu, und wir merkten, wie der Boden bebte, als er näherkam. Er riss sein Maul auf in der Hoffnung, einen von uns beiden im nächsten Augenblick zu fressen. Aber da hatte er die Rechnung ohne uns gemacht! Erst war genau auf der Falle angelangt und verlor nun den Boden unter den Füssen. Die Falle krachte zusammen und der junge Bär stürzte auf die Speere und Spieße, die ihren Zweck erfüllten. Ein lautes Brüllen und Ächzen durchdrang die Lichtung, dann verstummte der Bär für immer. Wir schauten hinab, das wilde Tier lag regungslos in der Grube. Sein Maul war noch offen und durch den Kopf und die anderen Körperteile hatten sich Speere und Spieße gebohrt. Sein Blut floss in Strömen.

Die Falle hatte ihre Bestimmung erfüllt. Nun legten wir Seile um das tote, schreckliche Tier und zogen es aus dem Loch hinaus. Wir brauchten mehrere Versuche, dann schafften wir, mit allen Mann das Vieh auf den Karren zu verfrachten und machten uns schleunigst auf den Rückweg zur Pfalz Werla. Der Weg war sehr beschwerlich. Der Bär musste gut und gerne 200 Kilogramm auf die Waage bringen. In der Pfalz Werla angekommen, staunten die Menschen und viele schlugen uns auf die Schulter und sagten: »So ein Wahnsinn, ihr habt den Bären erlegt!«

Der Jäger Hubertus kam auf uns zu und befahl uns das tote Tier in sein Lager zu bringen. Dort wollte er den Bären ausnehmen und das Fell vom toten Körper trennen. Das Fell und den Kopf würde er dann bearbeiten und als Wandschmuck für den König anbieten. Die Bärentatzen und die Bärenlenden wollte er morgen braten und uns als Festschmaus überreichen.

Die große Haut des Bären sollte mehrere Tage in eine Kalklauge gelegt und anschließend gründlich von Haaren, Fett und anderen Anhaftungen gereinigt werden. Danach würde die Bärenhaut zum Trocknen auf einen großen Holzpflock gespannt. Die Holzpflöcke, die mit Kordeln mit der Haut verbunden waren, konnten regelmäßig nachgezogen werden. So wurde die Haut und das daraus entstehende Pergament dünn und glatt.[56]

Hubertus befahl: »Aber nun gehen wir erstmal in die Küche. Berta hat euch eine warme Gemüsesuppe gekocht.« Dazu gab es Roggenbrot und Wasser. Wir stärkten uns und anhand der Geräusche, die wir machten sah Berta, dass es uns schmeckte. Berta lobte uns: »Ich bin stolz auf euch. So weit ich weiß hat es noch keine Pagen gegeben, die einen Bären erlegt haben. Das war Klasse!«

---

[56] Siegfried Both, Die Schreibstube im Kloster des Mittelalters, Michael Imhof Verlag Seite 30 bis 31

Der Jäger und Berta wollten von uns wissen, wie wir die Tat vollbracht hatten. Tankmahr fing an zu erzählen und wir gaben unsere Kommentare dazu. Als wir dann in unser Nachtlager gingen, wollten auch meine Geschwister und Eltern die Geschichte hören. Den Anderen ging es daheim nicht anders, auch sie kamen vorerst nicht zur verdienten Nachtruhe.

Am nächsten Tag war in der großen Aula der Pfalz eine Versammlung. Jeder wollte hören, wie die Geschichte mit Tankmahr, den Pagen und dem Bären gewesen war. Wir waren alle stolz auf uns. Diese Geschichte hatte uns, auch weit über die Pfalz Werla hinaus, den ersten Ruhm eingebracht. Sie wurde fortan flussaufwärts und flussabwärts erzählt.

Nun kam der Winter des Jahres 920 mit großen Schritten. Es gab reichlich Schnee und dies zur Freude von uns Pagen und auch Tankmahrs, der oft mit uns unterwegs war. Neben unseren Pflichten und Aufgaben als Pagen vertrieben wir uns die Zeit, indem wir auf Schildern den Hohlweg hinunterrutschten. Es machte großen Spaß und Sieger war der, der mit seinem Schild am weitesten kam. Erst galt es aber den Hohlweg, zwischen Bäumen und Gestrüpp, heil herunterzukommen. Gottlieb krachte mit seinem Schild gleich zum Anfang gegen einen Baum und sich dabei so verletzt, dass er humpelnd und weinend nach Hause ging. Wir aber ließen uns nicht abschrecken und rasten pfeilschnell den Berg hinunter. Am Fuße des Berges angekommen, mussten wir dann auf der freien Ebene so weit kommen, wie es ging. Dann setzten wir dort eine Markierung aus Holz. Tankmahr war der Beste und er schaffte es in der Ebene am weitesten. Sobald wir freie Zeit hatten, saßen wir auf den Schildern und machten uns über den Schnee den Hohlweg herunter. Mittlerweile war der Hohlweg so vereist, dass wir selbst Mühe hatten, auf dem Rückweg den Berg wieder hinaufzukommen. Wanderer, Soldaten, Bauern und andere, die diesen Weg im Winter als Abkürzung nehmen wollten, konnten dies vergessen. Sie waren verzweifelt und fluchten, denn sie mussten den Rückmarsch angetreten und den längeren Weg zur Pfalz Werla nehmen. Der Winter blieb zu lange. Überall im Lande war zu hören, dass die Menschen Hunger litten. Es bestand die Gefahr, dass nun das Vieh, die Kühe, Pferde und andere Tiere notgeschlachtet werden müssten, um die Ernährung sicher zu stellen. Heinrich I. ließ den Schreiber Alexander Heilig ein Rundschreiben verfassen, dass die Bevölkerung zuerst im Wald nach Nahrung suchen soll und erst, wenn es nicht mehr anders gehe, müssten Tiere geschlachtet werden um die Versorgung zu gewährleisten. Für die Pferde und Kühe wurden Bäume gefällt, sie konnten sich an den jungen Trieben und an der Baumrinde satt essen. Es war zwar nicht deren gewohnte Nahrung, aber es half weiter, so dass doch der Großteil des Viehbestandes, dass Frühjahr erreichte.

Nicht nur die Natur hatte uns zugesetzt. Zu allem Überfluss fielen im Frühjahr 921 die Ungarn erneut in das wehrlose Land ein.[57] Sie hatten durch den langen Winter ebenfalls nur wenige Raubzüge durchführen können. Diese Überfälle sollten sich noch über mehrere Jahre hinziehen. Heinrich I. geriet mit seinem Königreich immer mehr in eine fast aussichtslose Verteidigungsrolle.

6.4 Die Raubvögel Heinrich I.

Der Jäger hatte mit uns heute etwas Besonderes vor. Er wollte uns an diesem grauen Herbstmorgen die Vögel des Königs zeigen. Die Pagen Gottlieb, Gisbert, Antonius, Reinhard, Burghard, mein Bruder Siegfried und ich trafen uns am großen Tor, dem Durchgang zur zweiten

---

[57] Vgl. Pörtner das Römerreich der Deutschen, Eccon Verlag, Düsseldorf-Wien Seite 53

Vorburg. Auf der rechten Seite des Tores war ein kleines Gebäude, in welchem die Raubvögel in Käfigen untergebracht waren. Während wir auf den Jäger warteten, meinte Reinhard zu uns: »Ich kann mir gar nicht vorstellen, dass der König so viele Vögel hat. Mir wurde immer erzählt, jeder habe nur einen Vogel.« Wir schauten uns an und es dauerte einen Augenblick, dann machte es »klick« und wir konnten uns vor Lachen nicht mehr halten. Nicht lange dauerte es und der Jäger Hubertus kam mit zwei Gesellen mit strammen Schritten auf uns zu und meinte: »So, wir haben heute sogar die Möglichkeit, euch die Vögel bei der Jagd zu zeigen. Es ist ein Wolfsrudel in der Nähe der Burganlage unterwegs. Aber zuerst zeige ich euch mal die Raubvögel, von denen wir dann zwei auf die Wolfsjagd mitnehmen.« Wir traten nun in das kleine Gebäude ein, nachdem der Jäger die alte Tür nur mit viel Mühe hatte öffnen können. »Hier seht ihr den ersten Vogel, es ist die Schleiereule. Sie ist ein Nachtgreif. Sie sucht die Nähe des Menschen und nistet in Dachstühlen, Scheunen und Kirchen. Sie ist für uns sehr nützlich und ernährt sich hier auf der Pfalz vor allem von Mäusen und Ratten. Sie hat ein herzförmiges Gesicht und wirkt durch den Schein einer Fackel ganz weiß, tatsächlich aber sind nur Bauch und Brust weiß. Rücken und Flügel sind goldbraun gefärbt und von grauen Partien durchsetzt. Vorsicht ist hier wie bei allen Raubvögeln geboten, denn die Zehen sind meist mit spitzen und scharfen Krallen versehen.«[58]

Wir gingen zum nächsten Käfig. »Das hier sind ein Habicht und ein Habichtweibchen. Das Habichtweibchen ist etwa ein Drittel größer als das Männchen. Wenn Paarungszeit ist, fliegen Männchen und Weibchen spiralförmig mit langsamen Flügelschlägen und breit gefä-

---

[58] Vgl. Abenteuer Wald, Franck Bouttevin, Gismonde Curiace, Gilbert Houbre, Philippe Marle, Amélie Veaux, Schleiereule, Vögel der Felder, Wiesen und Moore, Literary Rights International, Inc – Printed in EU German version, Atlas Verlag

chertem Schwanz hoch in den Himmel hinauf. Dann schweben sie einen Augenblick, bis sie plötzlich im Sturzflug mit geschlossenen Flügeln gemeinsam Richtung Erde stürzen und sich dann kurz vorher wieder abfangen und gemeinsam weiterfliegen.[59] Meist sitzt der Habicht auf einem niedrigen Ast oder einem Pfahl und beobachtet genau seine Umgebung auf der Suche nach der nächsten Mahlzeit, um dann schnell zu zuschlagen. Der Habicht ist ein Raubvogel, der auf der Suche nach Nahrung geschickt und schnell zwischen Bäumen hindurch fliegen kann. Sobald er eine Beute erspäht hat, stürzt er sich auf sie. Mit seinen Fängen erstickt er seine Beute und tötet sie. Sein erlegtes Tier bringt er an einen ruhigen Ort und verschlingt es dort.«[60]

Wir waren alle sehr beeindruckt über das Wissen des Jägers und die edlen Vögel. »Nun kommen wir zu dem Herrscher der Lüfte!« gab Herr Hubertus kund. »Hier auf der Pfalz Werla haben wir zwei Exemplare, die uns der Herzog Arnulf von Bayern, für unseren König Heinrich I., als Geschenk übergab. Sie werden die Königsadler genannt. Hierbei handelt es sich um ein Adlerpaar, die ein Leben lang zusammenbleiben. Ihre Flügel können eine Spannweite von über zwei Metern erreichen. Die Krallen an jedem Fuß sind scharf wie eine Waffe. Die des Daumens sind sechs bis sieben Zentimeter lang und die Kralle durchstößt jedes Tier wie mit einem Dolch. Auch der Schnabel ist nicht zu verachten. Mit ihm zerreißt er seine Beute. Deswegen haben wir den Schnabel mit einer Haube geschützt.«[61] Der Jäger Hubertus befahl:

---

[59] Vgl. Abenteuer Wald, Editio – Service SA – Anne Romby, Der Habicht, Vögel, Frühling, MCMXCVIII Literary Rights International, Inc – Printed in EU German version Atlas Verlag
[60] Vgl. Abenteuer Wald, Editio – Service SA – Anne Romby, Der Habicht, Vögel, Herbst, MCMXCVIII Literary Rights International, Inc – Printed in EU German version Atlas Verlag
[61] Vgl. Abenteuer Wald, Editio – Service SA – Jean Grasson, Der Königsadler, Winter, Vögel, MCMXCVIII Literary Rights International, Inc – Printed in EU German version Atlas Verlag

»Burghard, nimm dort von der Wand vier feste Handschuhe und gib sie uns. Wir werden nun den großen Adlerkäfig öffnen und die beiden Adler herausnehmen. Dies geht aber nur mit diesen festen Lederhandschuhen, die der stolze Adler mit seinen gefährlichen Krallen nicht durchstoßen kann.« Ein starker Geselle des Jägers und Hubertus selbst, zogen sich die Lederhandschuhe, die bis zum Oberarm reichten, über. Dann öffnet der zweite, etwas dünne Geselle die stabile Käfigtür des Adlergeheges. Wir Pagen waren etwas beunruhigt und wichen aus Angst, erst einmal mehrere Meter zurück. Der erfahrene Jäger und seine treuen Gesellen entnahmen sehr geschickt, die wilden Tiere, aus dem stabilen Käfig. Die Adler waren scheinbar gut dressiert und ahnten schon, dass es jetzt wieder in die freie Natur ging. Mit Seilen sicherte der zweite Geselle dann die Adler am Jäger und am ersten Gesellen, damit die Raubvögel nicht unkontrolliert verschwinden konnten. Dann setzen sie den beiden Adlern kleine Hauben auf den Kopf, damit sie nichts mehr sehen konnten. So wurde die Gefahr gebannt, dass die Adler ihren Schnabel als Waffe gegen die Männer einsetzten. Danach gingen wir gemeinsam die Pfalz Werla hinunter bis zur äußeren Vorburg. In der Nähe der bei vielen Soldaten beliebten Schänke, bestiegen wir mit den drei Männern die Pfalzmauer. Wir hatten Glück. In der Nähe befand sich ein Wolfsrudel mit vier Wölfen. Es machte sich über Knochen und Essensreste her, welche die Bauern der Pfalz dort verstreut hatten. Der Jäger und sein Geselle, die jeder einen Adler getragen hatten, entfernten fast gleichzeitig die Hauben der Raubvögel, dann befreiten sie die Tiere von den Seilen, mit denen sie die Königsadler bis dahin im Griff hatten. Die Adler flogen mit breiten Flügeln in Richtung der Pfalzmauer, wo die Wölfe waren. Mit ihren gesenkten Köpfen, beobachteten sie das Treiben der Wölfe auf der Erde. Dann stürzten sich die flinken Adler auf die vier erstaunten Wölfe, die vor lauter Schreck aufheulten. Die ängstlichen Wölfe flüchteten, jeder für sich alleine, in drei Himmelsrichtungen, einer nach Norden, der andere nach Nordosten, einer nach Westen und einer nach Osten. Die aggressiven Adler stürzten sich auf den alten Wolf, der in östlicher Richtung versuchte, zu entfliehen. Innerhalb kurzer Zeit hatte sich die scharfe Kralle, eines der edlen Tiere, in den Rücken des langsamen Wolfes gebohrt. Der arme Wolf fing elend zu heulen an, zugleich kam der zweite Adler herbei und es dauerte nicht lange, da war der Wolf tot. Von den anderen Wölfen war weit und breit, nichts mehr zu sehen. Der Jäger sagte: »So sehen Raubtiere der Lüfte aus.« Die beiden Adler fraßen sich erstmal satt an dem Wolf. Als der Jäger Hubertus mit einer kleinen Pfeife ein Signal gab, erhoben sich die Tiere und kamen wieder zurück zur Pfalzmauer geflogen. Wir Pagen gingen vor Angst in Deckung, denn jeder von uns hatte Angst, die wendigen Adler könnten auch uns angreifen. Aber sie landeten auf den ausgestreckten, starken Armen des Jägers und des Gesellen. Sofort wurden ihre Köpfe und Schnäbel wieder mit den kleinen Hauben bedeckt und sie mit den Seilen wieder gesichert. Der Jäger Hubertus befahl uns: »Ihr seid für heute entlassen und könnt nach Hause gehen. Wir drei werden die Vögel, hier in der Nähe der Schänke, in einen Käfig setzen und uns noch ein kühles Bier genehmigen.« Nun war für uns die Lehrstunde beendet und wir gingen gemütlich nach Hause.

6.5 Die Pagen werden zu Knappen

Mittlerweile waren auch meine Brüder Siegesmund und Hermann als Pagen auf der Pfalz Werla unterwegs. Es war schön zu sehen, dass auch sie voll mit eingebunden wurden und eine gute Ausbildung bekamen. Wenn wir uns über den Weg liefen, klatschten wir uns gegenseitig ab und machten auch mal ein paar kleine Streiche. Für mich sollte diese schöne Zeit bald zu Ende gehen.

An einem heißen Sommertag im Jahre 921war unsere Zeit als Pagen vorbei. Wir, die ältesten Pagen auf der Pfalz Werla, wurden nun als Knappen einem Ritter zugeteilt. Die Pflichten eines Knappen waren zum Beispiel, dem Ritter beim Anlegen der Rüstung zu helfen und mit ihm in den Kampf zu ziehen.[62]

Damit sollten unsere Verdienste der letzten Jahre gewürdigt werden, in denen wir als Pagen, unter anderem einen Bären erlegt hatten. Dies war schon eine große Tat gewesen und zum anderen hatten wir nun ein Alter erreicht, in dem wir den Dienst als Knappe aufnehmen konnten. Die Pfalz Werla wurde festlich geschmückt, Blumen in allen Farben schmückten die Wege und Gebäude. Die Wappen der Ritter, in deren Dienst wir treten sollten, waren mit ihren verschiedenen Farben und Schildern auf der Pfalz ausgestellt.

Nun kam unser großer Moment. Gottlieb, Gisbert, Antonius, Reinhard, Burghard, mein Bruder Siegfried und ich waren ordentlich gekleidet und uns zu Ehren, wurde in der Kirche eine Feier abgehalten. Aus ganz Sachsen waren Ritter gekommen. Wir wurden jeweils einem Ritter aus der näheren Umgebung zugeordnet. Die Ritter kamen von folgenden Burgen und Pfalzanlagen: Duderstadt, Nordhausen, Erwitte, Gronc, Gröningcn und Erfurt[63]. Sie stellten auch meist die Männer, die Heinrich I. begleiteten, wenn er durch die Lande zog. In der Kirche standen nun die edlen Ritter nebeneinander, vorn neben dem steinernen Altar. Sie hatten feinste Gewänder angelegt und erwarteten uns. Wir Knappen betraten gemeinsam die Kirche und wurden nach vorn geführt. Heinrich I., der mit seinem Thron ebenfalls vor dem Altar thronte, stand auf und sprach mit fester Stimme: »Verehrte Anwesende. Wir möchten euch hiermit kundgeben, dass folgende Pagen ihre Lehrzeit erfolgreich beendet haben. Sie werden

---

[62] Vgl. Das Große Buch der Ritter, Tessloff Verlag, Seite 13
[63] Vgl. Otto der Grosse, Magdeburg und Europa,Essay, Verlag Philipp von Zabern, Mainz, Seite 35

nun einem Ritter zugeordnet, bei dem sie die Ausbildung als Knappen fortsetzen können. Sie werden viel lernen, damit sie später einmal selbst Ritter werden und unser Land verteidigen können.« Dann wurden wir der Reihe nach aufgerufen. Mein Herz klopfte laut bis zum Hals. Wem würde ich zugeordnet? Wenn ich nicht mehr auf der Pfalz bleiben könnte, würde ich meine große Liebe Elisabeth womöglich verlieren. Auch meine Kameraden waren nervös. Heinrich begann und schickte Gottlieb zum Ritter aus Duderstadt. Der Ritter hob die Hand und Gottlieb ging zu ihm und stellte sich vor ihn. Dies wiederholte sich, bis wir alle zugeordnet waren. Gisbert stand vor dem Ritter von Nordhausen, Antonius vor dem Ritter von Erwitte, Reinhard vor dem Ritter von Grone und Burghard vor dem Ritter von Gröningen. Mein Bruder Siegfried war dem Ritter aus Erfurt zugeteilt worden und ich stand vor meinem Vater Lothar, der ebenfalls Ritter und Hofmarschall des Königs war. Ich empfand große Freude, denn zu meinem Glück, durfte ich am Hofe des Königs bleiben. Ich war durch meinen Vater, auch direkt dem König untergeordnet, zur Stärkung der Hausmacht Heinrichs I. und zur besseren Verständigung in der Nachbarschaft. Besser konnte es nicht laufen, ich blieb zu Hause und war immer in Reichweite meiner Liebsten. Der Tag endete mit einem großen Fest. Wir tanzten und aßen reichlich in der Aula. Wir waren nun allesamt Knappen und so durften wir auch zum ersten Male, in geringem Maße alkoholische Getränke zu uns nehmen, welche die Stimmung bei uns hoben. Ich hatte die Ehre mit Elisabeth zu tanzen, die anderen bekamen jeweils auch ein Mädchen, in ihrem Alter zugeordnet. Elisabeth neckte mich und sagte mehrmals: »Du traust dich nicht, mich zu küssen.« Der Gedanke reizte mich, denn ich wollte das ja auch. Aber wie sollte ich das hier hinbekommen, vor dem König und der versammelten Mannschaft? Als wir so über den Holzboden tanzten, kam mir eine Idee. Links und rechts neben der Tanzfläche, hingen lange braune Vorhänge herab. Hier tanzte ich langsam mit

Elisabeth heran und wir drehten uns in den Vorhang ein. Die Gäste konnten nur unsere Füße sehen, die sich im Tanzschritt bewegten. Ich aber nutzte die Gunst der Stunde und gab ihr einen dicken Kuss auf den Mund. Dann drehte ich mich andersherum und wieder aus dem Vorhang heraus. Als wir auf der Tanzfläche weitertanzten, gab es einen regen Beifall für unsere scheinbar witzige Darstellung (Vorstellung?). Elisabeth aber lächelte mir ins Gesicht. Sie hatte nun ihren Willen bekommen, ohne dass irgendeiner etwas gemerkt hatte.

In den nächsten Wochen wurden Vorbereitungen getroffen, denn Heinrich I. hatte vor, mit seinem Gefolge und den neuen Knappen, dem Fürsten von Bayern, im Kampfe entgegenzutreten. Hierfür wurden auf der Pfalz Werla und in der Umgebung umfangreiche Vorbereitungen getroffen. Es mussten die Pferde für den Weg bereitgestellt werden. Waffen, Proviant, Zelte, Feuerstellen aus Eisen, Holz und vieles mehr musste auf Pferdelastkarren verladen werden. Auf dem Weg nach Augsburg wurde aber kein Vieh mitgenommen. Es bestand die Möglichkeit, an genug Pfalzen halt zu machen und sich dort mit frischem Wasser, Bier und Nahrung zu versorgen. Es war eine Herausforderung für alle, den Transport durchzuführen.

6.6 Heinrich I. auf dem Weg nach Bayern zu König Arnulf, 921

Als neuer König musste Heinrich schon einmal, nur wenige Monate nach seiner Krönung, seine Krone verteidigen. Er zog mit einem großen Heer nach Schwaben und unterwarf Herzog Burchhard und das Volk der Schwaben, mit all seinen Burgen, im Sommer 919.[64]

Inzwischen waren mehrere Jahre vergangen. Wir Knappen waren herangewachsen und hatten uns prächtig entwickelt.

---

[64] Vgl. Otto der Große, List Verlag 1980, Seite 40

Im Jahre des Herrn 921, lies Heinrich I. durch einen Boten ausrichten, dass sich mein Vater Lothar zu ihm in die Schreibstube begeben sollte. Es war Gefahr im Verzug. Arnulf, der sich ebenfalls als
König in Bayern hatte ausrufen lassen, wollte sich nicht dem Sachsenkönig Heinrich unterordnen. Der König erklärte Lothar die Pro-
blematik und auch, dass er Arnulf von Bayern über einen Boten dazu
aufgefordert hatte, seine Gegenkrone niederzulegen. Der Bayer hatte
den Boten sang und klanglos abtreten lassen und wiederum mittei-
len lassen, dass er gar nicht daran denkt seine Krone niederzulegen.
Ebenso könnte dies der Sachsenkönig tun und sich ihm, dem König
von Bayern, unterwerfen. Heinrich I. befahl Lothar, die Pferde auf der
Pfalz Werla und zehn Karren mit Gespann zu besorgen. Binnen zwei
Wochen wollte er mit einem Heer von 10.000 Mannen aufbruchsbereit
sein und den Bayernkönig dazu zwingen, seine Krone niederzulegen.
Es mussten unzählige Sachen herbeigeschafft werden, viele hundert
Edle mit Dienern, die die gepanzerten Reiter und ihre Pferdeknechte
bildeten. Hierfür ließ der König Boten aussenden, die den Fürsten
und Grafen des Reiches die Nachricht überbrachten, dass ein Feldzug
gegen die Bayern bevorstand. Jeder der Edlen hatte für sich einen
Karren mit Proviant, ledernen Zelten, eisernen Feuerkesseln, warmen
Decken und reichlich Kleidungsstücken, notwendigem Hausrat, guten
Werkzeugen und mit Schatullen mit Schmuck und Münzen anzulegen, so dass diese für den Kriegszug nach Bayern reichten. In den
folgenden zwei Wochen sammelten sich viele Menschen um die Pfalz
Werla. Auf den ersten Blick glich das einer Belagerung, weil viele
der Ankömmlinge außerhalb der Pfalzanlage in Zelten lagerten. Das
hatte den Vorteil, dass das Heer schneller aufbruchsbereit war. Wir
Knappen waren voll mit eingebunden, auch sollte dies unsere erste
Schlacht werden. Wir wurden durch die Hektik der Vorbereitung und
dem regen Treiben auf der Pfalz Werla voll mit angesteckt, so dass uns
auch einige Fehler passierten, die aber durch erfahrene Kontrolleure

wieder ausgebessert wurden. Die vielen bunten und großen Zelte und die davorstehenden Fahnen, mit verschiedenen Farben und Wappen, waren sehr beeindruckend. Durch die Wappen konnte mit Bestimmtheit zugeordnet werden, aus welcher Region die Männer kamen, wenn man sich mit der Wappenkunde auskannte. Zwei Tage vor Aufbruch des Königstrosses in Richtung Bayern hatte ich die Ehre, gemeinsam mit dem Waffenmeister Dietrich, die einzelnen Lager zu besichtigen. So konnte ich den Männern bei ihrem Training in der Waffenkunst zuschauen und mir etwas abschauen, um mich auch selbst im Kampfe zu üben.

Es war meine erste große Schlacht.

König Heinrich I. schloss mit seinen Truppen, Arnulf von Bayern in Regensburg ein. Es kam zu keinen großen Kampfhandlungen, denn der Gegenkönig erkannte schnell die Übermacht des Sachsenkönigs. Schließlich nahm er das Verhandlungsangebot an. Hier verkaufte sich der Herzog Arnulf von Bayern nun so gut es ging. Immerhin erreichte er, dass das bis dahin dem König vorbehaltene Recht, die Bischöfe und Äbte des Herzogtums in Bayern zu ernennen, an den bayerischen Herzog Arnulf überging. Der Bayernherzog verhielt sich von nun an königstreu. Er sicherte aber seinem Land eine besondere Rolle zu, die diesem Land für immer erhalten bleiben sollte.[65]

Mein Vater Lothar hatte mich schon als Kind, den Umgang mit den Pferden gelehrt. Zurück auf der Pfalz Werla sagte er dann zu mir: »Christian, nun werde ich dir, mein über die Jahre erlangtes Fachwissen über die Pferde weitergeben. Wir werden immer mehr Pferde brauchen, diese auch für die Landwirtschaft einsetzen. Denn Pferde sind leistungsfähiger als die Kühe.«[66]

---

[65] Vgl. Pförtner, Das Römerreich der Deutschen, Econ Verlag, Düsseldorf und Wien, 1967, Seite 51
[66] Vgl. Professor Dr. Dr. med. ver. Habil Peter Thein, Handbuch Pferd, Buchverlag GmbH & Co. KG., München 2003 Seite 23

Mein Vater ging mit mir zu den eingezäunten Pferdewiesen auf der Pfalz. Er erklärte mir: »Christian wie du hier auf den drei eingezäunten Wiesen sehen kannst, unterscheiden wir zwischen drei Pferdearten. Die Pferde auf der ersten und großen, umzäunten Wiese, sind einfache Reitpferde. Diese Pferde nehmen wir, wenn wir nicht auf die Schnelligkeit der Pferde angewiesen sind. Dieses Pferd hat den Vorteil, dass es eine große Ausdauer hat und gegenüber uns Menschen sehr kontaktfreudig ist, aber es ist auch sehr vorsichtig und wach. Wir nehmen dieses Pferd für weite Entfernungen. Unsere Boten, die überall die Nachrichten verbreiten, reiten auf diesen Pferden. Auf der zweiten, umzäunten Wiese dort, haben wir nur wenige große Pferde stehen, wie du sehen kannst. Sie sind massig und haben einen großen Kopf. Diese Pferde nehmen wir vorwiegend für die Landwirtschaft, zur Bearbeitung der Felder oder zum Ziehen von Baumstämmen aus dem Wald. Sie sind dreimal leistungsfähiger als Kühe, Ochsen oder Stiere.« Wir gingen ein Stück weiter und kamen zu einer dritten Umzäunung. »Hier handelt es sich um Pferde, die furchtlos, schnell, angriffslustig und sehr sensibel sind. Wenn sie länger mit ihrem Reiter zusammen sind und er ihr Vertrauen erworben hat, sind diese Pferde aber sehr anhänglich und kontaktfreudig.« Ich fragte: »Aber Vater, warum sind denn hier kleine und auch große Pferde?« Mein Vater antwortete: »Das hast du richtig erkannt. Diese Pferde unterscheiden sich zwar in ihrer Größe, sind aber vom Typ her ähnlich. Wir verwenden sie in einem schnellen Kampf gegen unsere Feinde.«

Über längere Zeit brachte mein Vater mir, auch den Umgang mit den Pferden bei. Das Pferd musste mich, zum Beispiel, als Lehrmeister anerkennen. Damit war ich als Ausbilder der ranghöchste Artgenosse. Erst dann konnte man mit der Ausbildung des Pferdes beginnen. Die Unterordnung ist dem Pferd angeboren, aber wenn das Pferd den Ausbilder nur ranggleich oder rangnieder oder gar als Feind anerkennt, ist eine Ausbildung des Pferdes durch diesen Lehrmeister nicht möglich. Der Mensch muss sich mit seinem Verstand und nicht mit Gewalt, als ranghöherer Artgenosse gegenüber dem Pferd durchsetzen. Macht ein Pferd unter menschlicher Anweisung einen Fehler, dann geschieht dies nur, wenn es seinen Lehrmeister nicht verstanden hat. Das Pferd muss Vertrauen zum Menschen bekommen. Verständigungsmittel zwischen dem Lehrmeister und dem Pferd sind vielfältig. So gibt es Berührungshilfen mit der Hand, auch liebt das Pferd Streicheleinheiten. Ebenso ist eine Vertrauensprüfung mit der Hand möglich, wenn das Pferd mit seiner Nase und seinem Maul, die Hand des Lehrmeisters sanft berührt. Außerdem sind Stimmhilfen wichtig. Das Pferd spürt an der Stimme, wie sein Gegenüber drauf ist. Und wie das Gewicht des Reiters, mit dessen Verlagerung und mit Hilfe von Zügeln und Fußarbeit der Lehrmeister das Pferd lenken kann, spielt eine große Rolle. Ebenso wie die Futterbelohnung (Möhren oder Brot), sind auch Touchierhilfen mit der Gerte (diese aber nie als Prügel anwenden), für die Ausbildung des Pferdes wichtig. Am Zaumzeug kann man ein Pferd führen oder mit Longen kann man auch passive Bewegungen auslösen. Die Berührung mit der Gerte, das Touchieren, lässt beim Pferd reflexartig das Bein heben. Nur im Notfall kann mit einem einmaligen Schlag mit der Peitsche, oder der Gerte, in einer unumgänglichen Situation, auf einen groben Fehler des Pferdes hingewiesen werden. Das Pferd ist von der Urform her ein Fluchttier, es muss gewisse Vorgänge oder Abläufe verstehen und muss sich daran gewöhnen, dass der Lehrmeister dem Pferd immer wieder hilft, die Anweisung richtig zu befolgen. Wenn bei der Ausbildung des Pferdes Angst oder Unsicherheit entsteht, muss wieder von Neuem begonnen werden. Eine Überforderung des Pferdes hinsichtlich des Körpers und des Lernvermögens, bedeutet immer einen Rückschritt in der Ausbildung des Vierbeiners. Die Übungen sollten täglich wiederholt werden. Das Üben wird dann abgebrochen, wenn das Pferd die Übung richtiggemacht hat. Danach soll das Pferd belohnt werden. Auch die Stallhaltung und die Fütterung waren wesentlich entscheidend für die Pferde. Ich sollte viele Jahre brauchen, um die Ausbildung der Pferde durchführen zu können. Bei einigen Pferden scheiterte ich. Hier übernahm dann meist mein Vater die weitere Ausbildung des Pferdes.[67]

Im November des Jahres 921 machte sich Heinrich I. dann, mit uns und einem großen Heer und guten Pferden, auf, nach Bonn am Rhein. Hier beabsichtigte er, Frieden zu schließen mit Karl, dem Einfältigen. Er wollte ein Gegengewicht zu dem langhalsigen Reginar schaffen, der sich als König von Lothringen hatte ausrufen lassen. Karl, der Einfältige und Heinrich I. trafen sich auf einem Boot, welches mitten im Rhein verankert war. Dieser Ort der Zusammenkunft sollte ein Zeichen dafür sein, dass keiner dem anderen unterlegen war und ein Symbol der Freundschaft für die Friedensschließung bedeuten. Die Mitte des Rheins sahen die Könige als Grenze zwischen ihren Reichen an und so hatte keiner die Grenze überschritten.

Lothringen wurde dem Westreich zugeordnet. Heinrich I. war es aber wichtiger, dass sein Königreich, das Ostfrankenreich, nun auch im Westfrankenreich anerkannt war. Im Gegenzug erkannte Heinrich I. das Westfrankenreich an. Das Glück war aber, Karl dem Einfältigen nicht lange hold und so kam es, alsbald zu einem Aufstand in Lothringen. Er musste gegen die Aufständischen in Lothringen und ebenso noch gegen den kapetingischen Gegenkönig Robert kämpfen. König Robert wurde kurze Zeit später in einer Schlacht getötet. Karl, der König des Westfrankenreiches, wurde 923 abgesetzt. Die Adligen von Lothringen riefen aber den König des Ostfrankenreiches ins Land, somit wurden in Lothringen freundschaftliche Beziehun-

---

[67] Vgl. Professor Dr. Dr. med. ver. Habil Peter Thein, Handbuch Pferd, Buchverlag GmbH & Co. KG., München 2003 Seite 138–145

gen zum Reich der Deutschen gepflegt, die sie vor den Wirren des Westfrankenreichs schützten.[68]

Die ersten drei Jahre hatte Heinrich I. nur einen Schreiber, den Herrn Josef Meier. Im Jahr 922 wurde der Mainzer Erzbischof Heriger, zum Leiter der »königlichen Kapelle«, welcher sich als ein guter Griff, mit einer hervorragend funktionierenden Kanzlei erwies. Er wurde der Erzkaplan des Königs.[69] Das Erzbistum Mainz war das zuständige Bistum für die deutschen Lande. Es umfasste die Gebiete von Sachsen, Franken und Schwaben. Bayern nahm nach wie vor eine Sonderstellung ein. Der Erzbischof verfügte über fünf Schreiber, einer von Ihnen war dann auch Josef Meier. Nun konnten Urkunden angefertigt, Verträge ausgehandelt und Schriftverkehr mit anderen Königs- und Fürstenhäusern gepflegt werden.[70] Auf der Pfalz Werla wurde extra auf dem oberen Burghof, ein vornehmes Haus für die Schreiber bestimmt. Dort wurde auch eine Bibliothek, eigens für die Aufbewahrung der Pergamente, Urkunden und Verträge errichtet. Die Kirche hielt das gesprochene Wort in Form von handgeschriebenen Pergamenten fest. Es war die Grundlage, sowohl für Verträge, als auch für die Unterweisung der Bauern und Landbevölkerung in ihre Arbeit. Auch wurden verschiedene heilende und vergiftende Wirkungen von Pflanzen, auch zum Teil mit Bildern der Pflanzen, dokumentiert. In dieser Zeit fertigten eine Vielzahl der alten Klöster, im ehemaligen Ostfrankenreich, Niederschriften an, welche als Arbeitsgrundlage für die neuen Klöster gelten sollten. Das geschriebene Wort kam in jede Pfalz, so dass in den neuen Städten und Pfalzen immer wieder Mönche lebten, die lesen und schreiben konnten. Sie konnten den so genann-

---

[68] Vgl. Otto der Große, List Verlag München, Seite 41 und 42
[69] Vgl. Helmut Hiller, Otto der Große, List Verlag München Seite, 42
[70] Vgl. Matthias Puhle, Otto der Große, Magdeburg und Europa, Verlag Philipp von Zabern 1785, Mainz, Seite 347

ten Dummen dann erklären, wie sie richtig Häuser bauten, die Felder bewirtschafteten, Kranke heilten, Verträge schlossen usw.

7
Unterwerfung von Lothringen, 925

Im Jahre 925 wurde der ehemalige Herrscher Karl vom Westfrankenreich dann, von Leuten aus seinen eigenen Reihen, gefangen genommen. Der König der Sachsen, Heinrich I. fühlte sich nun nicht mehr
an die Bonner Eide gebunden. Er marschierte in Lothringen ein und
es gelang ihm, Lothringen zu unterwerfen und Frieden zu schaffen.
Damit hatte der Bonner Vertrag von 921, der auf dem Rhein geschlossen wurde, keinerlei Gültigkeit mehr. Lothringen aber war für Heinrich I. sehr wichtig. Der König versprach daher Giselbert von Lothringen, seine Tochter Gerberga als Frau. Damit versuchte Heinrich I. in
den nachfolgenden Jahren, Lothringen enger an das Ostfrankenreich
zu binden. Somit verfügte Heinrich I. im Jahre 925, über fünf Herzogtümer. (Sachsen, Franken, Bayern, Schwaben und Lothringen.)[71]
   Lothringen war ein Land, was reich an Einnahmen und Ertrag
war. Hier konnten gute Korn-, Obst- und Weinernten erreicht werden,
da guter Boden vorhanden war. Schon die Römer hatten sich dieses
bevorzugten Gebietes bemächtigt. Hier befand sich auch die älteste
Stadt Germaniens, Trier. Die alten Römerbauten erinnerten immer
noch an die glorreiche Römerherrschaft. Es herrschte Wohlstand im
Land und es waren neben Trier, viele bekannte Städte entstanden,
wie Köln oder Aachen, was die Lieblingspfalz Karl des Großen mit
seinem Kaiserthron war, aber auch Lüttich oder Metz. Die Flüsse wie

---

[71] Vgl. Pörtner das Römerreich der Deutschen, Eccon Verlag, Düsseldof-
Wien, Seite 51

Rhein, Mosel oder Saar wurden schon zu Zeiten der Römer als Transportwege genutzt und so blühte der Handel. Auch hatte man sich hier schon länger an die Rodung von Waldflächen gemacht, um weite Flächen für den Ackerbau und die Viehzucht zu gewinnen. Im Gegensatz dazu, lebten die Sachsen ja noch in waldreichen Gebieten.

Gerberga, die Tochter des Königs, sollte sich für die Heirat mit Giselbert von Lothringen bereithalten. Auf der Pfalz Werla wurde aus diesem Anlass, in vier Wochen ein großes Fest geplant. Gottlieb und Siegesmund hatten die Aufgabe, mit den beiden Töchtern des Königs, einen Tanz einzuüben. Hinzu kamen noch Martina mit Reinhard sowie Elisabeth und ich. Wir mussten dazu viermal pro Woche, in den Gemächern des Königs erscheinen. Während Gottlieb sich im Tanze mit Gerberga übte, war Siegesmund, mein Bruder, der Partner von Hadwig. Meine Tanzpartnerin Elisabeth, übernahm bei uns beiden das Kommando. Sie war geübt, denn sie hatte schon sehr früh am Hofe ihres Vaters in Erfurt, Unterricht im Tanz bekommen. Auch Martina und Reinhard machten beim Tanz eine gute Figur. Barbara, die Hofdame, die für die Erziehung der Kinder am Hofe Heinrichs zuständig war, begleitete uns. Sie war ein Blickfang mit ihren langen blonden Haaren, der schlanken Statur und war gut bedacht mit ihren Körperformen. Sie kümmerte sich hauptsächlich um meinen Bruder Siegesmund und Hadwig. Siegesmund hatte Hadwig im Arm und wusste noch nicht, welchen Fuß er wie, vor den anderen setzen sollte. Mehrmals schon hatte er Hadwig auf den Füssen gestanden und sie hatte dann gejammert: »Der Trottel tritt mir immer auf die Füße!« Mein Bruder tat mir leid, aber die schöne Barbara erbarmte sich und nahm ihn in den Arm. Sie flüsterte ihm zu: »Mein guter Junge, lass dich nicht nervös machen. Das kriegen wir schon hin.« Sein Kopf war ungefähr auf ihrer Brusthöhe. Bei diesem Anblick konnte Siegesmund nur noch mehr nervös werden. Sie schwebte mit ihm durch den Raum, auf dem glatten hölzernen Boden entlang und gab Kommandos, wie er sich zu bewegen hatte. Dies war offensichtlich genau die richtige Methode für ihn, denn nach zwei bis drei Wochen hatte Siegesmund keine Probleme mehr, auf Kommandos mit vor und zurück, rechts und links, seine Partnerin beim Tanz zu begleiten. Auch Gottlieb, Gerberga, Elisabeth und ich sowie Reinhard und Martina, die noch zu uns gestoßen waren, entwickelten sich prächtig im Tanz.

Die Zeit war schnell vergangen und nun sollte das große Fest stattfinden. Gerberga sollte die Frau von Giselbert von Lothringen werden. Die Hochzeitsvorbereitungen auf der Pfalz Werla liefen auf Hochtouren.

Nun kündigten Hornbläser die Ankunft von Giselbert auf der Pfalz Werla an. Der Lothringer ritt auf einem schwarzen Hengst durch die Burganlage bis zum oberen Pfalzplatz. Dort wurde er von Heinrich I. und seinen Männern empfangen. Anschließend begab er sich in die Kirche. Dann kündigte Glockengeläut die bevorstehende Hochzeit an. Die Braut, in einem weißen Brautkleid, wurde auf ihrem 100 Meter langen Weg, der mit Blumen belegt war, von ihrem Vater Heinrich in die Kirche geleitet. Der Bräutigam Giselbert von Lothringen kniete in der Kirche vor dem Altar. Heinrich I. geleitete seine Tochter durch die Kirche, bis sie sich neben Giselbert knien konnte. Dann setzte sich der König in die vorderste Reihe. Giselbert und Gerberga gaben sich vor dem Bischof zu Mainz das Eheversprechen und wurden von ihm, zu Mann und Frau erklärt. Zur Hochzeit von Gerberga und Giselbert war die Kirche mit Edlen und Geistlichen gefüllt und das gemeinsame Singen der Kirchenlieder, rief bei mir eine Gänsehaut hervor. Meine Familie war ebenfalls geladen und hatte auf den hinteren Bänken Platz genommen. Wir Knappen bekamen von der Hochzeit nicht viel mit, denn es standen und saßen zu viele Personen vor uns. Nach der Trauung bewegte sich die Hochzeitsgesellschaft zur Aula. Es war ein großes Fest, bei dem reichlich guter Wein und hefetrübes Bier floss und gut gespeist wurde. Die Aula auf der Pfalz war festlich geschmückt. An den Seiten hingen große Fahnen mit den jeweiligen Wappen der Herrscher von Lothringen und der königlichen Sippe. Die gesamte Halle war mit Tischen und Bänken bestückt. Es fanden rund 100 Gäste Platz. In der rechten Ecke saßen prächtig gekleidete Musiker, mit verschiedenen Instrumenten. Auf jedem Tisch stand ein Blumenstrauß in den schönsten und prächtigsten Farben. Auch auf dem Podest, wo der Königsstuhl aus Eiche stand, war eine Tafel mit weiteren Stühlen für die Königsfamilie hergerichtet. Hier saßen die Königsfamilie und Giselbert von Lothringen, neben seiner Frau Gerberga. Genau wie zur Taufe Heinrichs, waren wieder viele Edle und Geistliche anwesend. Beim Tanz wurden zunächst Hadwig und Siegesmund vorgeschickt, um zu zeigen, was sie gelernt hatten. Dann kamen wir anderen hinzu. Ich hatte die schöne Elisabeth im Arm, die mich und die Tanzschritte voll im Griff hatte, so dass auch wir eine gute Figur machten. Reinhard und Martina hatten sich gefürchtet, vor so vielen Leuten aufzutreten, deshalb kamen sie nicht nach vorn. Auch wir waren anfangs noch etwas nervös, aber nach anfänglichem Stocken, tanzten wir flott über den Holzboden. Der König und die Königin und die geladenen Gäste, klatschten lauthals Beifall für unseren Tanz. Otto, der erstgeborene Königssohn, zeigte mit dem Daumen nach oben und zollte Siegesmund Anerkennung, wie gut er mit seiner Schwester getanzt hatte. Nach diesem Tanz kam das Brautpaar an die Reihe. Sie tanzten drei Lieder hintereinander durch. Die gesamte Hochzeitsgesellschaft ließ das Brautpaar hochleben. Am übernächsten Tag machte sich Giselbert von Lothringen, mit seiner Frau Gerberga und seinem Gefolge auf, die Pfalz Werla zu verlassen. Sie wurden von dem König und seiner Familie und allen Bewohnern der Pfalz herzlich in Richtung Lothringen verabschiedet. Heinrich I. hatte mit dieser Heirat Lothringen endgültig als fünftes Herzogtum dazugewonnen und dadurch, dass Giselbert nun sein Schwiegersohn war, hoffte er auf eine enge familiäre Bindung.

7.1 Ein Fürst der Ungarn wird gefangen genommen, 926

Der Himmel im Frühjahr 926 war von Wolken verhangen, die Stimmung war getrübt und depressiv. Otto, der Königssohn, hatte beim Grafen von Merseburg, eine Ausbildung als Page und Knappe genossen. Er hatte dort hervorragende Leistungen erbracht und war er ebenfalls dem kämpfenden Heer des Königs zugeordnet worden. Tankmahr, der unehelichen Sohn Heinrich I., war schon lange in Merseburg als Verwalter tätig, sodass wir, zu ihm den Kontakt nahezu verloren hatten.

Mir wurde nun, wegen meiner Erfahrungen übertragen, auf Otto aufzupassen. Dies war nicht immer leicht, denn er war voller Tatendrang. Für Heinrich I. war immer sehr wichtig, dass sein Sohn immer der Schnellste und der Erste war. Heinrich hatte seinen Sohn gelehrt, dass die höchste Tugend eines Mannes die Einfalt sei. Einfalt bedeutet einig zu sein mit sich selbst. Gelehrsamkeit würde den Zweifel nähren und die Bildung würde verweichlichen. Das Bücherwissen würde das Eine oder das Andere als gut oder schlecht auslegen, die Entschlusskraft würde gestört. Es galt vielmehr, den Körper zu stählen und die Ausdauer zu verbessern. In einem gesunden Körper wohne auch ein gesunder Geist. Die Widerstandsfähigkeit musste gestärkt werden und auch Strapazen mussten überwunden werden. Schmerz dürfte ebenfalls nicht nach außen gezeigt werden. Der König und dessen Söhne mussten als unbesiegbar gelten. Niederlagen durften nicht hingenommen werden. Es musste immer wieder genug Kraft, für einen neuen Anfang da sein.[72]

Dies würde die Aufgabe, auf Otto aufzupassen, nicht immer einfach machen. Denn er war manchmal wie ein Besessener und musste unbedingt vorne bei der Schlacht dabei sein.

Es herrschte nervöses Treiben auf der Pfalz Werla.

Heinrich I. befahl allen Leuten der Pfalz, sich in der großen Aula zu versammeln. Auch ich, als Knappe, war auf dem Übungsplatz, in der Nähe des Gebäudes, als viele Menschen in die große Aula strömten. Der Bogenmeister Franziskus befahl uns den Bogen niederzulegen und ebenfalls mit der Bevölkerung der Pfalz, in die große Aula zu gehen. Wir machten dies und schoben uns hinein. Die Aula war ein großes Gebäude mit riesigen Säulen, die das Dach trugen. Es erinnerte an riesige Hallen, die in Rom standen, so erzählten die nun hier ansässigen Geistlichen. Zwei Hornbläser, die edel gekleidet waren, kündeten die Ankunft des Königs an. Heinrich schritt durch die Menge im großen Saal, ging acht Stufen auf eine Erhöhung und setzte sich dann auf seinen großen Eichenstuhl, welcher mit großen grünen Kissen bestückt war. Rechts neben ihm standen zehn Ritter, die sich mit ihm hier auf der Pfalz befanden. Links von ihm standen noch weitere zehn Soldaten. Der Mönch, Josef Meier, Leiter der königlichen Kapelle und zuständig für das Abfassen der Urkunden und die Eröffnung von Versammlungen, sprach laut und mit nachhaltiger Stimme: »Hört ihr lieben Leute, der König hat euch etwas Wichtiges zu sagen.« Daraufhin übernahm Heinrich I. das Wort: »Liebe Bewohner der Pfalz Werla. Wie ihr alle wisst, haben uns die letzten Winter geschwächt und genau in dieser Lage, führten die Ungarn einen Überfall nach dem anderen gegen uns durch. Wir haben schon oft gegen sie gekämpft, aber die-

---

[72] Vgl. S. Fischer-Fabian, Die Deutschen Cäsaren, 1977 Droemer Knaur Verlag, S. 22

ser Kampf scheint aussichtslos. Erst gestern konnten meine Männer und ich, dem Pfeilhagel der Ungarn, der sich dunkel über uns herabsenkte, nur knapp entkommen. Viele Männer wurden verwundet und einige mussten mit ihrem Leben bezahlen.« Er wurde lauter und energischer. »Wir können diese Schlacht vielleicht nicht gewinnen, aber wir werden uns nicht diesen Teufeln ausliefern und werden kämpfen bis zum letzten Mann. Wir lassen uns unser Leben und unsere Freiheit nicht so einfach nehmen. Und wir werden beten und hoffen, dass ein Wunder geschieht. Deshalb bitte ich euch nun, kniet alle nieder, damit wir gemeinsam das Vater Unser beten können.« Die Rede Heinrichs I. war sehr beeindruckend, nicht nur für mich. Ich selbst hatte durch die Rede, ein schlechtes Gefühl in der Magengegend bekommen. Heinrich I. hatte uns nichts Gutes verkünden können.

Aber es geschah wirklich ein kleines Wunder. In den nächsten Wochen ließen die Angriffe der Feinde nach. Die Pfalz Werla konnte an den beschädigten Stellen ausgebessert werden und die Bauern, Jäger und Bewohner konnten sich außerhalb der Pfalz bewegen und sammelten Beeren, ernteten Getreide, erlegten Wild. Es wurden Vorräte im Vorratslager angelegt, denn man musste sich in nächster Zeit, auf eine längere Belagerung einrichten. Auf der Pfalz Werla war ein reger Durchlauf, immer wieder kamen neue Soldaten und Ritter an und verließen die Anlage nach mehreren Tagen wieder, um in der Schlacht gegen die Ungarn zu kämpfen. Ich war bei der Versorgung der Soldaten mit eingebunden und hatte wenig Zeit für andere Dinge. Diese Zeit ging auch für Elisabeth, meine Freundin, verloren. Wenn wir nicht in Kampfhandlungen waren, jagten wir oft außerhalb der Pfalz nach Wild, um die Versorgung in der Pfalz sicherzustellen.

Aber so kam es auch, wie es kommen musste oder auch kommen sollte. Eines frühen Morgens ging ich mit meinen Brüdern Siegesmund und Hermann sowie Otto, des Königs Lieblingssohn, von der Pfalz Werla aus, über den schmalen Hohlweg im Norden zur Jagd.

Wir gingen dann in Richtung Süden über die Oker. Hier hatten wir im Herbst 919 eine Bärenfalle gebaut, die wollten wir uns noch mal anschauen. Auch war dort immer reichlich Wild unterwegs. Nachdem der Bär in die Falle gestürzt war, hatten wir die Falle jedes Jahr wieder ausgebessert und mit Brettern abgedeckt, so dass sie für den nächsten Herbst, wieder für den Bärenfang bereit gewesen wäre. Aber es tappte kein Bär mehr hinein, ganz so, als ob sie wüssten, dass hier Todesgefahr lauerte. Die Lehrmeister Siegfried und der Bogenmeister Franziskus hatten uns eigentlich verboten, zu dieser Zeit die Pfalz zu verlassen. Das hatte uns aber wenig gekümmert, denn es war schließlich wichtig, die Pfalz mit Nahrung zu versorgen. Nach ein paar Stunden erreichten wir unser altes Meisterwerk. Die Falle war noch gut in Schuss. Die Bretter waren etwas morsch, würden also einkrachen, wenn jemand drauftrat. Die Falle könnte also ihren Zweck noch erfüllen. Von Weitem hörten wir plötzlich ein lautes Grollen. Es war aber weit und breit kein Gewitter zu sehen. Otto legte sich auf den Boden und drückte dann sein Ohr auf die Erde. Dann sprach er mit zitternder Stimme zu uns: »Ich glaube die Ungarn greifen uns wieder an.« Ich sagte: »Der Weg zur Pfalz ist zu weit. Wir müssen uns auf den Bäumen verstecken.« Siegesmund stieg auf einen Eichenbaum westlich der Falle, Otto und ich kletterten auf eine Eiche, die östlich am nächsten stand und Hermann wählte den Baum, der südlich stand. Es wäre schlimm gewesen, wenn die Ungarn den Königssohn hätten gefangen nehmen können. Wir hatten keinen Augenblick zu spät gehandelt, denn nun jagten die ungarischen Teufel schon die Lichtung entlang. Zu unserem Erstaunen, wurden sie von den Soldaten Heinrichs I. verfolgt. Einem ungarischen Reiter, edel gekleidet, wurde die Bärenfalle zum Verhängnis. Sein schönes schwarzes Pferd stürzte in die Falle, der Reiter wurde vom Ross geschleudert und prallte mit voller Wucht gegen einen breiten Eichenbaum. Dort blieb er bewusstlos liegen. Es kam nun zu Kampfhandlungen und noch einige Ungarn verloren in unserer Nähe ihr Leben. Schreie, das Klirren der Schwerter und Kampfeslärm übertönten alles. Die ungarischen Reiter flüchteten auf ihren Pferden und die Soldaten des Königs folgten ihnen. Nach einer Weile war nichts mehr zu hören. Nun konnten wir uns in Ruhe von den Bäumen wagen. Wir beschlossen, uns den edlen Kämpfer näher anzuschauen. Otto sagte uns: »Nach der Kleidung, den Waffen und dem Schmuck, die dieser Mann trägt, muss es sich hier um einen Anführer der Ungarn handeln.« Wir beschlossen, diesen Feind mit in die Pfalz Werla zu schleppen. Vorab fesselten und knebelten wir ihn, denn wir hatten gemerkt, dass er noch leicht atmete und sein Herzschlag ging. Ein solch gefährlicher Kämpfer konnte auch plötzlich wieder losschlagen. Hermann und Siegesmund nahmen die Beine, Otto und ich nahmen jeweils einen Arm. Wir vier mussten öfter Rast einlegen. Auf dem langen Weg wurde die Last immer schwerer. Wir hielten uns aber immer nur kurz auf, denn wir mussten immer noch mit Angreifern rechnen. Auf halber Strecke erwachte der Ungar und schimpfte laut mit uns. Wir aber verstanden kein Wort und mussten lachen, weil die Sprache so komisch klang. Also erreichten wir unter diesen Umständen, doch recht zügig die Pfalz. Als wir auf der Pfalzanlage mit unserer Beute ankamen, wurden wir gefeiert und mit Freuden empfangen. Wir brachten den Ungarn zum Schmied Siegfried, der ihn sogleich in das Verließ an der Aula brachte. Die Aula war gleichzeitig Gerichts- und Versammlungsgebäude, so dass auch hier ein Kerker oder Verließ von Nöten war, wenn Recht gesprochen wurde. Wir konnten nun in Ruhe und voller Stolz nach Hause gehen. Am nächsten Tag machte es auf der Pfalz Werla schnell die Runde, dass wir einen edlen Ungarnfürsten gefangen hatten. Heinrich I. war sehr stolz auf uns.

Und die Größe unserer Tat sollte sich erst noch zeigen. Denn es dauerte nur zwei Tage, bis in der Nähe der Pfalz Werla ungarische Reiter auf schwarzen Pferden und mit wehenden weißen Fahnen auftauchten. Mein Bruder Siegesmund und ich verfolgten die Ankunft und beobachteten die Reiter von dem Fangtor aus, das zur Hauptburganlage und somit zur Aula und zum Palast führte. Der Sachsenkönig hatte die Aula herrichten lassen, dort wurden die fünf Reiter empfangen. Wir machten uns auch dorthin auf und mischten uns unter die Menschen. Der König thronte auf seinem großen Eichenstuhl, flankiert von edlen Rittern und Soldaten. Die Ungarn betraten die Aula, legten am Eingang ihre Waffen nieder und gingen bis auf zwanzig Fuß auf den König zu. Dort verbeugten sie sich vor Heinrich I. Der König sprach zu ihnen: »Was ist euer Begehren?« Einer von ihnen sprach in unserer Sprache: »Verehrter König, wir möchten Ihnen einen Tausch anbieten. Wir hörten, dass ihr einen von den Unseren gefangen genommen habt. Wir versprechen euch ungeheure Summen an Gold und Silber, im Tausch für den Bruder des Ungarnfürsten,[73] der in unserem Land ebenfalls den Rang eines Fürsten trägt.« Heinrich I. antwortete: »Ich erbitte zwei Tage Bedenkzeit. Danach werden wir euch ein Angebot unterbreiten. In den zwei Tagen mögen die Waffen ruhen. Sollte nur einer von euch den Waffenstillstand brechen, werden wir den Gefangenen hinrichten.« Der Gesandte sprach: »Tut dies nicht. Die Belohnung für euch soll sehr hoch ausfallen.« Danach zogen die Ungarn ab. Heinrich I., Lothar, der Erzbischof Heriger und mehrere Ritter zogen sich zur Beratung zurück. Heinrich eröffnete das Gespräch: »Wie können wir diesen Ungarn entgegentreten und für uns das Beste herausholen und was ist für uns am besten?« Lothar schlug vor: »Ein langer Frieden wäre für uns ein Segen. Dann könnten wir uns von den Angriffen erholen.« Der Erzbischof sprach: »Das wäre wirklich eine gute Sache. Wir werden aber bestimmt für diese Zeit, zusätzlich noch einen Tribut zahlen müssen. Aber wir sollten dies tun, auch wenn es uns viel kosten wird. So hätten wir die Mög-

---

[73] Vgl. Pörtner, Das Römerreich der Deutschen, Econ Verlag Düsseldorf – Wien , Seite 53

lichkeit, in Ruhe die Versorgung der Bevölkerung wieder auf normale Füße zu stellen und Vorräte anzulegen.«

Heinrich legte nach den Gesprächen fest:

»Wir werden kein Gold und Silber von den Ungarn fordern.

Stattdessen werden wir versuchen, einen Frieden auf neun Jahre zu schließen. Um diesen Frieden zu stärken, werden wir den Ungarn zusätzlich Tribut zahlen. Dies soll dazu dienen, dass wir in Sachsen systematisch auf- und umrüsten. Es soll die Verteidigungskraft und die Angriffsbereitschaft gestärkt werden. Der Aufbau von Fluchtburgen soll dazu dienen, dass sich die Landbevölkerung vor Angriffen schützen kann. Weiterhin sollte es möglich sein, dort die gesamten Viehbestände der Umgebung aufzunehmen, damit die Angreifer nicht auf Nahrungsmittel stoßen können. In den Fluchtburgen sollen Vorratslager angelegt werden, damit die umliegende Bevölkerung dort, im Verteidigungsfall, Unterschlupf finden kann. Aber auch für eine lange Winterzeit sollten die Vorratslager benutzt werden, um die Grundversorgung der Bevölkerung sicherzustellen. Die Stadt- und Burgmauern müssen befestigt und verstärkt werden. Es ist ebenfalls ratsam, einen Wall um wichtige Orte zu ziehen. Dies gilt für Siedlungen, Klöster und Stifte.«

Nach zwei Tagen kamen die Gesandten der Ungarn wieder. Sie wurden abermals in der Aula empfangen. Zu unserem Erstaunen, musste auch der Bruder des gefangenen Ungarn mit dabei sein. Das sahen wir daran, dass es für die Ungarn sehr wichtig war, dass der Gefangene freikam. Der König sprach: »Wir möchten Ihnen unsere Vorschläge unterbreiten. Wir wollen kein Gold oder Silber von Euch. Stattdessen sind wir bereit, euch einen Tribut dafür zu zahlen, dass wir einen neunjährigen Frieden schließen.[74] Wir brauchen den Frieden

---

[74] Vgl. Pörtner, Das Römerreich der Deutschen, Econ Verlag Düsseldorf – Wien, Seite 53

mit euch, damit wir uns mit den Feinden im Norden und den Slawen auseinandersetzen können. Wir möchten dies auf Pergament festhalten. Der Schreiber des Erzbischofs Heriger sowie ein Schriftkundiger aus euren Reihen, sollen dies hier und heute niederschreiben. Solltet ihr damit einverstanden sein, haben wir hier vor mir, zwei hölzerne Schreibpulte stehen, wo wir gegenseitig unsere Verträge unterschreiben können.«

Der Ungarnfürst und seine Männer befürworteten diesen Vertrag und ein Schreiber der Ungarn und der Mönch Meier machten sich an ihr Werk. Es wurden zwei Schreiben angefertigt, die gegenseitig unterschrieben wurden. Sie waren in Latein verfasst, das auch dem Schreiber der Ungarn bekannt war. Der König setzte sein Siegel darunter. Dann setzte auch der Ungarnfürst mit seinem goldenen Siegelring, den er an der linken Hand trug, sein Siegel in das rote Wachs auf dem Pergament auf. Der Frieden für neun Jahre war besiegelt. Die in der Aula anwesenden Sachsen waren zufrieden und jubelten lauthals. Die beiden ungarischen Brüder lagen sich in den Armen und bedankten sich bei Heinrich I., dass er das Leben des gefangenen Ungarn verschont hatte. Sie dankten auch für die Großzügigkeit und versprachen, sich an die Abmachung zu halten.

Nachdem die Ungarn die Pfalz Werla verlassen hatten, bestellte Heinrich I. den Schreiber Josef Maier und Lothar zu sich und sagte: »Lasst es unser gesamtes Land wissen, dass wir nun neun Jahre Frieden haben werden.«

7.2 Auf dem Weg nach Bayern/Augsburg

Meine Freundin Elisabeth wurde von Jahr zu Jahr unzufriedener. Sie war schon lange im besten, heiratsfähigen Alter, aber ich konnte sie nicht zur Frau nehmen, da ich mich, trotz meines Alter von 21 Jahren, immer noch im Stand eines Knappen befand. Es war mir unter diesen Umständen nicht möglich, eine Familie zu gründen. Und nun kam hinzu, dass wir uns wieder auf den Weg nach Bayern machten. Diesmal aber nicht um Krieg zu führen, sondern um mit den Bayern zu feiern. Der Grund war der lange Frieden, den wir mit den Ungarn geschlossen hatten.

Es war so um die sechste Stunde, an einem frühen Sommermorgen, als wir mit rund 500 Mannen aufbrachen. Hierzu gehörten auch wir Knappen und unsere Ritter (Panzerreiter). Etwa einhundert gepanzerte Ritter gehörten unserem Trupp an. Hätten wir uns im Kriegszustand befunden, wäre die Zahl wesentlich höher gewesen. Doch schließlich statteten wir Arnulf von Bayern ja einen Freundschaftsbesuch ab. Außerdem gehörten fünfzig zweispännige Pferdewagen zum Gefolge. Sie waren mit je zwei Personen besetzt und führten die Zelte und Nahrungsmittel mit. Panzerreiter konnten meist nur von großen Grundbesitzern oder Kirchen beziehungsweise Klöstern gestellt werden. Der Wert eines solchen Panzerreiters belief sich auf ungefähr 15 Arbeitspferde oder auf bis zu 45 Kühe. Um einen solchen Panzerreiter zu unterhalten, bedurfte es den Erträgen aus mindestens 150 bis 300 Hektar Land. Ein Panzerreiter wurde oft von zwei, ebenfalls berittenen und bewaffneten Knappen und Dienern begleitet. Zur Ausrüstung des Panzerreiters zählten zwei Pferde, ein Schild, welches das Wappen des Reiters trug, Rüstung und Helm. Die Angriffswaffen der Reiter waren eine Stoßlanze, ein langes, zweischneidiges Hiebschwert für den Nahkampf, Wurfspieße, Äxte, Keulen, Messer sowie Pfeil und Bogen. Die drei wichtigsten Schutzgegenstände, Panzer, Helm und Schild, wogen nur 12 kg. Die Panzerreiter beherrschten den Kampf zu Fuß und auch mit dem Pferd. Das geringe Gewicht der Rüstung des Panzerreiters und der Schutz des Pferdes, sicherten eine hohe Mobilität zu Pferde und erlaubten es, sich auch in schwerem Gelände zu bewegen.[75]

Dem Trupp folgten noch 100 bewaffnete Mannen zu Pferd. Ihre Ausrüstung war Pfeil und Bogen, Kurzschwert, Messer und Lanze. Zusätzlich wurden 100 Pferde zum Wechsel für die Gespanne der Pferdewagen mitgeführt. Da wir alle mit den Pferden und ohne Fußtruppen unterwegs waren, kamen wir schnell voran. Der Sitz des Herzogs Arnulf in Augsburg war etwa 500 Kilometer von der Pfalz Werla entfernt. Wir würden hierfür eine Marschzeit von zehn bis elf Tagen benötigen. Die Reise konnte aber auch noch länger dauern, wenn in den jeweiligen Orten, auf unserem Weg, wichtige Entscheidungen zu treffen waren, der König in den Orten von den Oberen um Rat gefragt würde oder gar ein festliches Mal für ihn vorbereitet worden war. Es war wieder eine sehr lange Reise durch die Gebiete der Sachsen, Franken und Bayern. Wenn uns der Weg durch kleine Orte führte, standen dort meist überall Menschen, die uns zujubelten. Wir hatten endlich Frieden mit den Ungarn und so konnte sich die arme Bevölkerung hauptsächlich um ihren Broterwerb kümmern. Es war schön, dass die Menschen nun nicht immer damit rechnen mussten, von reitenden und brandschatzenden Ungarn überfallen zu werden. Durch den Frieden mit den Ungarn hatte Heinrich I. nun auch eher die Möglichkeit, den Feinden im Norden und Osten die Stirn zu bieten. Außerdem konnte er seine eigene Machtstellung innerhalb der deutschen Lande besser ausbauen.

So diente auch der Besuch beim Fürsten Arnulf von Bayern dem Zweck, Heinrichs Reich nach außen und innen zu ordnen. Der Weg führte uns über schlecht gebaute Wege, durch hohe grüne Bäume hindurch. Ich konnte schön die Umgebung beobachten, denn mein Platz war neben dem Kutscher des Pferdewagens, auf dem sich der

---

[75] Vlg. Matthias Puhle, Otto der Große, Magdeburg und Europa, Katalog, Seite 255

Proviant, die Waffen und Nachtlager für das Gefolge meines Vaters und dem Gefolge des Ritters von Erfurt befanden. Vorneweg ritten zehn gepanzerte Reiter, die den Weg freihielten, denn oft war die Straße so eng, dass diese bei solch einem langen Transport nur in einer Richtung beritten und befahren werden konnte. Es war zeitweise lustig, in die Augen der Wartenden zu sehen, die etwas genervt an einer Gablung oder an einem breiten Wegesrand warten mussten. Es konnte jeweils eine Weile dauern, bis unser Tross vorbeigezogen war. Nach einer Rast zur Mittagszeit, erreichten wir das erste Tagesziel am Abend, den Ort Ellrich. Wir lagerten auf einer großen Lichtung, in der Nähe der Quedlinburg. Wir Knappen waren damit betraut, mit den einfachen Soldaten, das Nachtlager mit Feuerstellen, für 500 Mann herzurichten. Aus langen Holzstangen, die wir in die Erde rammten, bauten wir schnell eine kleine Hütte und deckten sie mit wasserdichten Lederhäuten ab. In die kleine Hütte legten wir Felle und hatten somit in jeder Hütte Schlafplätze für zehn Personen. Somit fanden jeweils zwei Panzerreiter mit Ihrem Gefolge darin ein Nachtlager. War eine Holzstange morsch oder brüchig, gingen wir in den nahegelegenen Wald und suchten in den Bäumen nach guten Ästen, die wir für die Hütte gebrauchen konnten.[76] So mussten von uns um die fünfzig Hütten errichtet werden. Gottlieb und Gisbert stellten sich so ungeschickt an, dass ihre Hütte zusammenfiel. Die beiden waren zu faul, um neue Holzstangen aus dem Wald zu holen und versuchten es einfach nochmal. Es war wichtig, dass erkannt wurde, wann eine Holzstange nicht mehr zu gebrauchen war. Der Ritter von Duderstadt, dessen Knappe Gottlieb war, beobachtete dieses Schauspiel und brüllte: »Hey, ihr törichten Kerle! Geht in den Wald und holt neues Material, so wird das nichts hier!« Schnell machten sich Gottlieb und

---

[76] Vgl. Abendteuer Wald von Thierry Desailly, Spiel und Spaß, Hütten, MCMXCVII Literary Rights International, German version – Printed in EC Atlas Verlag

Gisbert nun auf und bearbeiteten mit einer Axt die Äste eines, nicht weit vom Lager entfernten Baumes. Hier hatten sie aber nicht auf die Länge der Holzstange achtgegeben, so dass die Hütte am Ende auf der linken Seite höher war, als auf der rechten. Der Herr von Duderstadt sah dies und befahl den beiden abermals, neue Holzstangen zu besorgen. Wir waren längst fertig und konnten jetzt mit Belustigung zusehen, wie die beiden armen Kerle die Hütte bauten.

In der Mitte des Lagers, stand eine zehnmal größere Hütte als die anderen. An deren Seiten standen Fahnenmasten mit dem Wappen des Königs. Es war klar, dass der König die größte Hütte brauchte, denn hier konnten sich auch die Edlen mit dem König versammeln. Man saß oft noch lange bis in die Nacht hinein und sprach über die Lage des Landes oder erzählte von erlebten Abenteuern. Für Unterhaltung sorgten außerdem Gruselgeschichten und mancherlei Geschwätz und Lächerlichkeiten. Am westlichen Rand des Lagers wurde eine Feuerstelle gebaut. Diese wurde gut abgesichert, denn es bestand die Gefahr, dass die Feuerstelle einen Waldbrand verursachen könnte. Auch musste diese beim Verlassen mit Erde oder Wasser gelöscht werden. In dieser Feuerstelle wurden mehrere, größere Spieße, zum Grillen von erlegtem Wild und Töpfe mit Suppen aufgebaut. Herangeschaffte Baumstämme und Holzblöcke dienten als Sitzgelegenheiten und wurden in Kreisform um die Feuerstelle hergerichtet.

Die erste Nacht war eine Qual. Wir konnten nicht schlafen, denn der Wald war voller Geräusche von wilden Tieren und der Wind ließ die Blätter der Bäume wild rascheln. Aber das war noch nicht der größte Lärm. In meiner Hütte nächtigten wir mit zehn Personen, auch mein Vater war mit dabei. Hier schliefen außerdem der Ritter von Erfurt und mein Bruder Siegfried, welcher sein Knappe war. Siegfried lag neben mir und wir versuchten zu schlafen, doch das Schnarchen und Röcheln im Zelt war grausam. Erst in den frühen Morgenstunden konnten wir einschlafen. So fühlten wir uns am nächsten Tag schlapp und müde.

Unser nächstes Ziel war Sondershausen, eine kleine Siedlung. Hier mussten wir auch wieder auf einer großen, grünen Wiese rasten. Der Ort wäre überfordert gewesen, unseren riesigen Tross aufzunehmen. Am nächsten Tag ging es weiter nach Erfurt. Der Ritter von Erfurt, der uns ja begleitete, hatte seine Leute wissen lassen, dass ein Trupp von 500 Mann im Anmarsch war und die Absicht hatte, in Erfurt zu nächtigen und zu speisen. Erfurt, eine kleine beschauliche Stadt, mit gut ausgebauten Festungsmauern, erwartete uns und empfing uns am Osttor. Auch hier kannte der Jubel der Menschen keine Grenzen und das Volk war voller Dank und Freude für den Frieden, den Heinrich I. errungen hatte. Wir wurden allesamt in eine große, geschmückte Halle geladen. Dies sollte zugleich auch unserer Nachtlager werden. Hier spielte eine kleine Gruppe von Musikern. Die Edlen und die Soldaten tranken Wein und Bier. Manche der Truppe schliefen schon auf dem Tisch, andere vergnügten sich mit holden Frauen. Wir verdingten uns beim Würfelspiel. Wer die höchste Zahl würfelte, hatte gewonnen. Der König und seine engsten Leute zogen sich, gemeinsam mit Otto, in extra für ihn, vom Gefolge des Ritters aus Erfurt, hergerichtete Gemächer zur Nachtruhe zurück. Wir nahmen die Schaffelle aus den Lastkarren und suchten uns eine Ecke in der Festhalle, wo wir schlafen konnten. Ohne große Probleme schliefen wir schnell ein. Diesmal war uns der Geräuschpegel egal, denn wir brauchten den ersehnten Schlaf. Die beiden zurückliegenden Tage der Reise, hatte an unseren Körpern gezerrt. Am vierten Tag ging es dann Richtung Coburg. Hier machten wir auf halber Strecke Rast, um wieder auf einer großen Wiesenfläche, unser Nachtlager aufzubauen. Tags darauf ging es weiter nach Coburg, wo der fünfte Haltepunkt unserer Reise geplant war. Ich saß noch nicht lange neben dem Kutscher, als die Achse unseres Pferdewagens laut krachte. Der gesamte Wagen viel nach links ab und ich flog kopfüber in die Böschung, welche aber nicht tief war und zu meinem Glück, landete ich im hohen weichen Gras. Sofort waren mehrere Helfer zur Stelle und richteten den Wagen wieder auf. Einige Leute kamen zu mir gelaufen und kümmerten sich um mich und fragten, ob ich Schmerzen hätte. Ich sagte: »Mir geht es gut, aber so bin ich auch noch nicht abgestiegen!« Die Leute um mich herum lachten. Die Reparatur des Wagens beanspruchte eine längere Zeit und so erreichten wir erst am späten Abend Coburg. Der Ort bestand aus einer festen Burganlage und einer Ansammlung von kleinen Häusern. Auch hier war es wieder unmöglich, unseren Tross aufnehmen. Hätten wir mit 500 Mann dort ohne Bezahlung gegessen, wäre dies für die kleine Burg und den Ort, eine unmögliche Belastung gewesen und hätte hier wohl den Notstand bedeutet. Von dem wenigen Vieh, was hier im Bestand war, wäre wenig übriggeblieben. Wir waren also wieder darauf angewiesen, unser eigenes Lager aufzubauen. Für jeden von uns war es eine Ehre, diese Reise mitzumachen. Wo wir auch hinkamen wurden wir gefeiert, überall war es eine Freude, dass Heinrich I. einen Frieden mit den Ungarn erreicht hatte. Unser nächstes Ziel war dann Bamberg, wo wir wieder eine feste Bleibe hatten. Dies half natürlich und wir sparten die Zeit für den Auf- und Abbau unseres Lagers. Die Stadt Bamberg, erstmals im Jahre 902 urkundlich erwähnt als Castrum Babenberg, liegt nahe der Mündung der Regnitz in den Main.[77] Danach ging es weiter nach Fürth. Auch hier fanden wir feste Unterkunft und gute Verpflegung. Hier befand sich im Land der Franken ein Königshof, der es uns ermöglichte, dort Halt zu machen.[78] Auf dem Schlussweg Richtung Augsburg machten wir dann zunächst in Weißenburg Halt, wo wir wieder gezwungen waren, unser Lager zu bauen. Dann ging es zur letzten Rast vor Augsburg. Diese machten wir in Harburg, welche

---

[77] Vgl. die Grosse Coron Enzyklopädie, Band 2, Stuttgart -- Wien, Seite 7
[78] Vgl. Stadtgeschichte Schwabach Internet, Zeittafel

schon zu Römerzeiten eine befestigte Anlage hatte. Am nächsten Tag ging es dann straff auf Augsburg zu. Diese letzten Tage kamen wir zügig voran, da wir mehrere Tage die Römerstraßen nutzen konnten. Dies erleichterte die Fortbewegung unseres Trupps zu Pferde und mit Pferdegespannen erheblich.

Das schöne Augsburg war eine alte römische Stadt, die 15 v. Chr. als Römersiedlung (Augusta Vindelicorum) gegründet worden war. Ab dem 8. Jahrhundert war Augsburg Bischofssitz und seitdem ein bedeutender Ort und deshalb Regierungssitz des Herzogs Arnulf von Bayern. Augsburg zählte, neben Kempten und Trier, zu den drei ältesten Römerstädten Germaniens. Sie liegt zwischen den Flüssen Lech und Wertach.[79]

Schon von Weitem konnten wir die wuchtigen Stadttore erkennen, denen wir uns vom Norden aus näherten. Auf den Türmen wehten Fahnen mit dem Wappen des Herzogs Arnulf von Bayern im Wind. Mehrere gut gekleidete Hornbläser gaben unser Ankommen preis. In Augsburg liefen umfangreiche Vorbereitungen, schließlich wollten die Augsburger und der Herzog, den König gebührend empfangen. Bisher war Bayern ein Land, das meist zuerst von den reitenden Ungarn gebrandschatzt und zerstört wurde. Der Dank hier war groß.

7.3   Am Hofe des Herzogs zu Bayern

Am großen Stadttor im Norden wurde die hölzerne Zugbrücke vor unseren Augen heruntergelassen, als wir noch etwa achthundert Meter von Augsburg entfernt waren. Die beiden großen hölzernen Flügeltore wurden weit aufgestellt. Am Eingang erwartete uns eine große Menschenansammlung, worin auch der Herzog mit anwesend

---

[79] Vgl. die Grosse Coron Enzyklopädie, Band 1, Stuttgart – Wien, Seite 377

sein musste. Ihn konnte ich an den edlen Kleidern erkennen, die von der übrigen Empfangsgesellschaft abwichen. Der König und zehn seiner gepanzerten Reiter ritten vorne weg und wurden in Empfang genommen.

Schon beim Einzug in die Stadt konnten wir erkennen, dass hier schon fast 900 Jahre Geschichte und Kultur stattgefunden hat. Wir ritten vorbei an edlen, massiven und aus Stein gebauten Häusern, die mit Fahnen des Herzogs zu Bayern und Fahnen des Königs Heinrich I. geschmückt waren. Die gesamte Stadt glich einem Festplatz. Überall standen große bunte Buden und Hütten von Händlern aus dem ganze Lande, die ihre Ware feilboten. Es war schwer, sein eigenes Wort zu verstehen, denn ständig versuchte einer der Händler, seine Waren, den Bürgern anzupreisen. Wir wurden in unser großes Lager, welches aus gut gebauten Häusern bestand, geführt. Der König und Otto bekamen im Herrenhaus des Herzogs zwei edle Zimmer. Wir anderen wurden auf die umliegenden Häuser verteilt, welche in der Regel als Wohnraum des Wachpersonals und der Soldaten genutzt wurden. Zuerst mussten die Pferde versorgt und untergebracht werden, danach bekamen wir unser Nachtlager zugewiesen. Wir schliefen im ersten Stock, denn die Fläche im Erdgeschoss wurde als Vorratslager und Pferdeställe genutzt. Wir gingen eine steile Holztreppe hinauf und betraten ein großes Zimmer, in dem fünf stabile Doppelstockbetten aus Eichenholz standen. Wie auch im Freien, nächtigten hier wieder der Ritter von Erfurt mit seinem Gefolge, zusammen mit meinem Vater und mir. Da der Tag schon weit fortgeschritten war, legten wir uns zur Ruhe und freuten uns auf den nächsten Tag. Wie auch auf unserer Heimatpfalz, befand sich hier in der Nähe eine große Aula, in der Versammlungen und andere Zusammenkünfte abgehalten werden konnten. Diese sollte in den nächsten Tagen als Versammlungsort und für die Feierlichkeiten dienen. Der Morgen begann mit einem festlichen Gottesdienst, zu dem der Bischof, den König und sein Gefolge, zur Messfeier geladen hatte. Die Kirche war mit bunten Fenstern versehen, die den Kreuzweg Jesus Christus darstellten. An den Wänden und Säulen hingen verschiedene Figuren. Eine Figur in der Nähe meines Platzes, stellte die Mutter Gottes in farbiger Pracht mit dem Jesuskind dar. Die Kirche hatte sonst noch viele kleine Kunstdenkmäler zu bieten, welche die Fantasie beflügelten und zum Träumen anregten. Der Bischof von Augsburg hielt eine ergreifende Rede über Einheit, Zusammenhalt und den Glauben an unseren Gott, der uns beigestanden hatte und immer beistehen wird. Es war schön, die Menschen zu sehen, wie sie gemeinsam sangen und beteten. Es entstand ein richtiges »Wir-Gefühl«, wir gehören zusammen, wir sind ein Volk. Gestärkt mit dem Segen des Bischofs wurde die Messe beendet und wir gingen in die Aula zum Festmahl. Hier war für fünfhundert Leute reichlich eingedeckt worden. Die einfachen Soldaten und Knappen fanden hierin aber keinen Platz. Nur die einhundert Edlen (Panzerreiter), zu denen auch mein Vater und der Ritter von Erfurt zählten und damit auch mein Bruder Siegfried und ich, fanden uns in der Halle ein. Die übrige Gesellschaft bestand aus den Geistlichen und Edlen aus der Region in und um Augsburg. Die Feier war ein berauschendes Fest, mit vorzüglichen und üppigen Speisen und alkoholischen Getränken. In der linken Ecke des Saales saß eine Gruppe von sieben, in blaue Gewänder gekleidete, Stadtmusikanten. Jeder von ihnen spielte ein anderes Musikinstrument. Ein etwas dicker Musiker blies in ein Krummhorn, ein zweiter, dünner Mann spielte mit einer Drehleier und der ihm am nächsten stand, hatte eine Fidel. Am hinteren Ende der Musikgruppe saß ein Mann an der Trommel und vor ihm saßen drei Musiker, deren Instrumente eine Schalmei, eine Blockflöte und eine Zauberharfe waren.[80] Es war ein lustiger Abend, an dem viel gesungen, aber wenig getanzt wurde. Auch mein Bruder und ich hatten

---

[80] Vgl. von Dr. Hans-Peter von Peschke, Mittelalter, Tessloff Verlag 2004, Nürnberg, Seite 19

nicht vom Wein lassen können, sodass wir, uns zu späterer Stunde zu unserem Nachtlager schleppen mussten. Der nächste Tag war zur freien Verfügung und wir erkundeten die Stadt Augsburg und dessen Umgebung.

Für den nächsten Tag dann, hatte Herzog Arnulf aber zum Kräftemessen der Knappen und Ritter, auf einer großen grünen Wiese nahe Augsburg, gerufen. Im Westen war ein blauweißes Zelt und im Osten ein grünweißes Zelt aufgestellt, jeweils mit großen Toren hin zum Spielfeld. Das blauweiße Zelt war das Lager der Bayern und das grünweiße Zelt war das Lager der Sachsen. Zwischen den Zelten war ein Feld mit einer Größe von etwa einhundert Metern Länge und vierzig Metern Breite markiert, rechts und links flankiert von großen hölzernen Tribünen. In der Mitte des Feldes lag ein Ball, gefertigt aus Schweineleder und einem Inneren aus Stroh. Die Mannschaften standen zu Beginn des Spiels, in ihren Zelten. Ziel war es, den Ball in das gegnerische Zelt zu befördern und gewonnen hatte die Mannschaft, welche den Ball häufiger in das fremde Zelt schaffen konnte als der Gegner. War der Ball in das gegnerische Zelt gebracht, geworfen oder geschossen worden, gab es einen Punkt. Danach wurde der Ball wieder in der Mitte platziert und wieder stürmten beide Mannschaften, von ihrem Zelt aus, auf die Mitte zu und versuchten den Ball zu erobern. Alle Mittel, die durch die Körperkraft möglich waren, waren erlaubt. Begonnen wurde pro Mannschaft mit 15 Mann. Wer jedoch während eines Spieles die Feldbegrenzung übertrat, musste für dieses Spiel ausscheiden. Er durfte dann aber beim nächsten Spiel wieder mitspielen. Hierüber wachten Linienrichter, welche die Übeltäter dann des Feldes verwiesen. Die Zelte der beiden Lager durften vom Gegner nicht betreten werden. Wer sich verletzte und nicht mehr eingesetzt werden konnte, schied für die gesamte Wiesenschlacht aus. Somit war die jeweilige Mannschaft geschwächt. Wurde der Ball aus dem Feld geschlagen, geworfen oder geschossen, so begann das Spiel erneut am Mittelpunkt.

In unsere grünweiße Mannschaft wurden die Knappen Gottlieb, Gisbert, Antonius, Reinhard, Burghard, Siegfried und ich berufen. Otto, der zunächst nicht bestimmt war, aber auch mitmachen wollte, stieß noch zu uns. Außerdem kamen noch die Ritter von Duderstadt, Nordhausen, Erwille, Grone und Gröningen, sowie der Schmied Siegfried und der Mundschenk des Königs, Joachim, hinzu. Die Bayern mussten nun ebenfalls dieselbe Anzahl an Knappen und Männern benennen und anschließend gingen die Mannschaften in ihr jeweiliges Lager. Es waren zahlreiche Schaulustige erschienen, unter ihnen waren auch die übrigen Sachsen, die diesem seltsamen Spiel beiwohnen wollten. Die Tribüne der Edlen war mit der Familie des Herzogs, ihm selbst und dem König Heinrich besetzt.

Der Hofredner, ein kleiner dicklicher Mann, übernahm das Wort und tönte in die Menge: »Liebe Leute, herzlich heiße ich euch willkommen, zu diesem großen Ereignis. Wir danken Gott für diesen herrlichen Tag! Hiermit möchte ich euch kundtun, dass zur Rechten hier, ist unser König. Ihn begrüßen wir mit lautem Händegeklappere. Dem Gewinner der Wiesenschlacht sei ein Festmahl in unserem großen Festsaal versprochen.« Es war erstaunlich, welche Kraft der Redner seiner Stimme geben konnte. Dies hatte von uns keiner erwartet. Nun setzte unter den anwesenden Zuschauern ein wahnsinniger Beifall und Lärm ein. Nachdem der Beifall verklungen war, fuhr er mit kräftiger Stimme fort: »Und ebenfalls unseren Herzog begrüßen wir, mit den Worten ›Hipp Hipp, Hurra. Der gute Herzog, der ist da!‹« Kaum war er still, brüllte die Masse diesen Text.

Nun wurde das Spiel, durch ein Signal der beiden Hornbläser, auf dem hölzernen Turm in der nordwestlichen Ecke, gestartet. Die Dauer wurde durch eine Sanduhr geregelt, welche an der Haupttribüne stand. Sie sollte etwa eine Stunde betragen. Das Hornsignal ertönte und wir rannten wie die Wilden auf den Ball zu. Die stämmigen und hochgewachsenen Bayern waren aber schon eher da und brachten den Ball unter ihre Kontrolle. Sie versuchten direkt, zwei Mann von uns ins Seitenaus zu befördern. Wir erkannten dies zum Glück rechtzeitig und eilten Ihnen zu Hilfe. So retteten wir sie vor dem Ausscheiden. Mit einer solchen Schwächung, wäre unsere Mannschaft sicher nicht mehr in der Lage gewesen, diese Wiesenschlacht zu gewinnen. Was wir nicht erkannt hatten war, dass dies nur ein Ablenkungsmanöver gewesen war, denn ein Spieler der Bayern rannte nun mit dem Ball direkt auf unser Zelt zu und versenkte ihn darin. Nun führten die Bayern mit einem Punkt. Der Ball wurde von einem Knecht wieder auf den Mittelpunkt des Spielfeldes gelegt und wir mussten erneut unsere Startpositionen, in unserem Zelt einnehmen. Die Masse feuerte ihre heimische Mannschaft an und brüllte: »Bayern, Bayern, Bayern!«

Nun übernahm Otto das Kommando. »Wir dürfen nicht so kopflos herumlaufen! Der Ball ist es, auf den wir uns konzentrieren müssen. Und wir müssen mehr zusammenbleiben, damit wir nicht angreifbar sind!« Er sagte: »Ich bin der schnellste Läufer von uns und werde versuchen, den Ball zu erobern und zu sichern. Ihr bleibt ungefähr fünf Meter hinter mir, als Gruppe. Es ist entscheidend, dass ihr als Einheit kämpft, jeder muss auf seinen Nachbarn aufpassen. Dann werde ich mit dem Ball durch euch durchlaufen, mir einen Weg suchen, wie ich den Ball ins gegnerische Zelt befördern kann.« Kaum waren diese Worte von Otto gesprochen, ging es los. Die Bayern und wir Sachsen rannten auf die Mitte zu, um den Ball zu erhaschen. Otto aber war als erster am Ball, sein Plan ging auf. Die Sachsen und die Bayern stürzten aufeinander. Es hagelte Tritte und Schläge, blaue Flecken und Augen und zahlreiche blutige Nasen gab es gratis. Otto fand schnell einen Weg heraus und rannte wie besessen auf das gegnerische Zelt zu. Er warf den Ball mit voller Wucht ins blauweiße Bayernzelt. Nun stand es also Eins zu Eins. Das Spiel startete wieder von Neuem und der mitgereiste Anhang der Sachsen sang: »Wir wollen Sachsen siegen sehn, oh wie wäre das schön, oh wie wäre das wunderschön.« Die gegnerischen Fans brüllten: »Bayern vor, mach ein Tor.« Doch nun hatten wir Mut geschöpft und einen Plan und wähnten uns im Vorteil. Vor dem nächsten Hornsignal befahl Otto: »Jeder nimmt einen Gegner und ringt ihn zu Boden. Ich werde wie gehabt, den Ball aufnehmen und versuchen wieder einen Punkt zu machen.« Der Hofredner brüllte: »Nun steht es 1:1, hoffen wir auf ein spannendes Spiel!« Die Hornsignale gaben den erneuten Start bekannt und abermals stürzten wir uns in Richtung der Mitte. Otto war so schnell, dem kam keiner bei. Es lief aber nicht wie vorher geplant, denn nun jagten ihm drei Bayern hinterher. Den Ball unter seinen rechten Arm geklemmt, versuchte Otto, den Gegnern durch seine Schnelligkeit auszuweichen. Ich sah dies und rannte in Ottos Richtung. Dieser rief: »Christian, fang den Ball!« und mit einem kräftigen Wurf schleuderte er den Ball in meine Richtung. Ich konnte ihn gut aufnehmen und rannte nun, so schnell ich konnte, zur rechten Seitenlinie. Hier war Platz, denn außer einem einzigen Bayern, konnte mich keiner mehr aufhalten, den Ball ins gegnerische Zelt zu bringen. Dieser schwere Kerl stürzte sich also auf mich, doch ich konnte ihm geschickt ausweichen. Stattdessen landete der Bayer im Seitenaus und war damit ausgeschieden. Nun war der Weg ins gegnerische Zelt frei und ich schaffte wieder einen Punkt für uns. Somit führten wir mit 2:1. In der Folgezeit schaffte es keine der beiden Mannschaften, einen Punkt zu erzielen. Die mitgereisten Sachsen brüllten nun noch lauter: »Auf Ihr Sachsen, kämpfen und siegen!«

Ein Blick auf die große Sanduhr verriet, dass höchstens noch fünf Minuten zu spielen waren, da sich nur noch wenig von dem dünnen, gelben Sand in dem oberen Teil befand. Den dicklichen Redner, dem schon die Schweißperlen auf der Stirn standen, strengte das laute Brüllen sichtlich an: »Liebe Leute, wie ihr seht, steht es 2:1 für unsere

Gäste aus Sachsen! Es bleibt nur noch wenig Zeit für unsere Bayern, den Ausgleich zu erzielen.« Otto sprach: »Wir lassen uns den Sieg nicht mehr aus der Hand nehmen. Spielen wir jetzt unsere Wendigkeit aus. Das bedeutet, ich werde den Ball nehmen und an euch weiterspielen, sobald ich auch nur annähernd in Bedrängnis gerate. Ihr macht dies mit euren Mitspielern genauso. Werft den Ball aber genau und sicher. So retten wir uns über die Zeit und gewinnen das Spiel.« Zum letzten Mal ertönte das weit klingende Hornsignal aus den langen Rohren. Und unser Plan ging auf. Durch unsere Wendigkeit und Geschicklichkeit, hatten die Bayern keine Möglichkeit mehr, an den Ball heranzukommen. Sie liefen oft ins Leere. Die Zeit verrann und wir fuhren den Sieg für uns ein. Sowohl die mitgereisten Sachsen, als auch die einheimische Bevölkerung spendeten uns Beifall. Nun konnten wir am Abend unser gewonnenes Festmahl genießen.

Am Abend, beim Fest in Augsburg, ertränkten wir unsere Schmerzen mit Bier und Wein. Doch am nächsten Tag wussten wir nicht, welche Schmerzen nun größer waren, die im Kopf, im Bauch oder die blauen und grünen Flecken an unseren Körpern. Während die meisten unserer Truppe noch mehrere Tage feierten, ruhten wir uns nach diesem Tag erstmal aus, um für die Heimreise gut gerüstet zu sein. Es ging dann ohne große Zwischenfälle heimwärts.

Endlich wieder auf der Pfalz Werla angekommen, lief ich direkt zur Kammer von Elisabeth. Doch dort erhielt ich von der Kammerzofe Martina, eine für mich herzzerreißende Nachricht. Sie erzählte mir: »Als ihr in Bayern unterwegs ward, kamen Weinhändler aus dem fernen Rheinland, welche die Pfalz Werla mit gutem Rheinwein versorgten. Hier hat Elisabeth einen edlen Mann kennen und lieben gelernt, der auch eine Burg und viele Weinberge sein Eigen nennen konnte. Als die Händler dann nach einer Woche wieder den Rückweg antraten, ist Elisabeth einfach mitgefahren, um diesen Edlen zu heiraten.«

Sie war weggegangen, ohne für mich eine Nachricht zu hinterlassen. Meine Brust zog sich, bei diesen Worten zusammen und mir drohte mein Herz zu brechen. Ich lief zum Pferdestall und nahm mir erstmal ein treues Pferd und ritt durch die große Pfalzanlage, ins weite Land hinein. Ich war verzweifelt, meine große Liebe war für immer fort. Aber was sollte ich machen? Wahrscheinlich würde ich sie auch nicht mehr zurückgewinnen können, selbst wenn ich gewusst hätte, wo sie jetzt lebte. Ich hatte ja nichts, ich war nur Knappe! Ich ritt viele Stunden umher. Am Abend machte ich mich mit Tränen in den Augen, wieder zur Pfalz Werla zurück, brachte das Pferd in den Stall und ging zu meiner Familie. Dort warteten meine Leute schon mit dem Abendessen auf mich. Ich stärkte mich und ging zu Bett. Meine traurigen Gedanken hielten mich aber die ganze Nacht wach.

7.4   Reichstag in Worms, 926

Der Frieden bot Heinrich und seinem Gefolge die Möglichkeit, die Gebiete der deutschen Lande aufzusuchen und königliche Versammlungen abzuhalten. Schon nach kurzer Zeit brachen wir wieder auf, diesmal sollte uns unsere Reise über Quedlinburg nach Worms führen. Mein Liebeskummer war noch nicht erloschen, aber diese Reise brachte mich endlich wieder auf andere Gedanken.

Der Weg nach Worms, am Rhein entlang, war einer der wichtigsten in seiner Zeit. Hier war für November 926, kurz nach dem Friedensschluss mit den Ungarn, ein Reichstag einberufen worden. Die Stadt Worms lag in einem Gebiet, wo der Boden den Menschen viel Nahrung und Wohlstand brachte. Worms war ursprünglich eine keltische Siedlung gewesen und trug unter der römischen Herrschaft den Namen Civitas Vangionum. Seit dem vierten Jahrhundert hatte hier stets ein Bischof seinen Sitz. Ab dem fünften Jahrhundert war

Worms das politische und kulturelle Zentrum des Burgunderreiches. Danach wurde Worms fränkisches Königsgut.[81]

Wir starteten von Quedlinburg aus, an einem schönen Herbstmorgen Ende Oktober. Die Wälder mit ihren bunten Blättern, boten einen prachtvollen Anblick. Der Weg, immerhin 370 Kilometer weit, musste in einer Woche zurückzulegen sein. Wieder waren wir, wie nach Augsburg, mit 500 Mann mit Pferden und Pferdekutschen unterwegs.

Auf dem Reichstag waren wichtige Dinge zu klären. Zuvor hatte Heinrich I., nachdem Burchard II. von Schwaben, im Frühjahr 926 während Kämpfen bei Novara gefallen war, den fränkischen Konradiner Hermann zum neuen Herzog von Schwaben ernannt. Der Nachfolger von Burchard II., war bei den Schwaben aber wenig anerkannt. Dies merkte Herzog Hermann und ehelichte alsbald die Witwe von Burchard II. Somit übernahm er auch dessen Burgen und Vasallen. Herzog Hermann war nun der oberste Lehnsherr in Schwaben. Die Verfügung über die Kirche in Schwaben ging auf Heinrich I. über und die außenpolitischen Einsätze des alten Herzogs in Burgund und in Italien, durfte Herzog Hermann, urkundlich festgeschrieben, nicht mehr fortsetzen. Auch wurde in jenem Jahr 926, das Elsaß von Lothringen abgetrennt und dem Herzog von Schwaben, als ein besonderes Herzogtum, unterstellt.

Hier musste nun Heinrich, den Herzog von Bayern wieder ruhigstellen und vermachte ihm die schwäbischen Gebiete Vintschgau und Engadin. Ebenfalls zum Reichstag war der burgundische König Rudolf II. gekommen. Seine italienische Königskrone hatte er im Sommer 926, an Hugo von der Provence verloren. Er suchte nun Anlehnung an den deutschen König. Als Geschenk brachte er die hei-

---

[81] Vgl. Vgl. die Grosse Coron Enzyklopädie, Band 15, Stuttgart – Wien, Seite 299

lige Lanze mit nach Worms, auch als Dank für den Frieden mit den Ungarn, die ebenfalls weite Gebiete von Burgund brandschatzten und zerstörten. Laut der Aussage König Rudolf II. handelte es sich um die Lanze, mit welcher der gekreuzigte Christus, von einem römischen Soldaten in die Seite gestochen worden sein soll. Die Lanze sollte dem Kämpfer, der sie trägt, Glück bringen. Es hieß über die »Heilige Lanze«, dass sich in der Mitte des Lanzenblattes, ein vergoldeter Nagel befindet. Es soll einer der Nägel gewesen sein, mit denen Jesus Christus ans Kreuz geschlagen wurde. Durch den Besitz der Heiligen Lanze fühlten sich die damaligen Herrscher unbesiegbar.[82]

Heinrich I. gab Rudolf II. von Burgund für dieses Heiligtum Gold und Silber und die Stadt Basel, die eigentlich zu Schwaben gehörte. Mit seiner Unterwerfung erkannte Rudolf II., die Oberherrschaft Heinrich I. über Burgund an. An den folgenden Tagen fanden zahlreiche Sitzungen statt. Unter anderem wurde in diesen Tagen des Jahres 926, im Reichstag eine Burgenordnung für alle Gebiete in Ostfranken beschlossen. Die Gebiete an der Grenze wurden in Burgwarde eingeteilt. Die Burgwarde waren Gebiete mit jeweils einer befestigten Burg als Mittelpunkt. Es wurde für diese Burgen, neben einem Wall und Graben, auch der Bau von Mauern aus Stein vorgeschrieben. Anstoß und Vorbild hierfür war sichtlich Worms, wo die Römer Mauern aus Stein errichtet hatten. Innerhalb dieser Grenzgebiete (Burgwarde) sollte ein Teil der Bauern für den Ausbau und die Ausstattung der Burg sorgen, während die anderen die Höfe unterhielten und die Felder bestellen sollten. Für den Kriegszustand oder bei Missernten, sollten in den Burgen Vorräte an Nahrungsmitteln und Waffen bereitgehalten werden. In Zeiten des Friedens, dienten die Burgen als Gerichts- und Versammlungsorte, damit sich schließlich viele Männer in dieser Burg auskannten und im Notfall dort einsetzbar waren.

---

[82] Vgl. von Helmut Hiller, Otto der Große, Seite 43 bis 46, List Verlag München 1980

Das Prinzip der germanischen Fluchtburgen hielt wieder Einzug. Weiterhin wurden nach den Beschlüssen in Worms, die Quedlinburg, die Merseburg, die Eresburg, Werla, die Steterburg, die Klöster Hersfeld und Corvey sowie weitere Burgen und Orte stärker befestigt. Dies sollte dazu dienen, sich vor zukünftigen Überfällen der Ungarn zu schützen und sich zur Wehr zu setzen. Zur Merseburg ist noch zu erwähnen, dass Heinrich I., finstere Verbrecher hierherbringen ließ, welche in besonderen, schweren Kämpfen eingesetzt werden sollten. Für ihren Einsatz in solch schweren Kämpfen, sollten dann diese Verbrecher Haftverschonung erlangen.

Der König führte ebenso den Heerbann ein. Dies hieß vor allem in Sachsen, dass alle Knaben und Männer über dreizehn Jahren, zur Verteidigung des Landes herangezogen werden sollten. Die Pferdezucht sollte ebenfalls weiter vorangetrieben werden. Denn nur durch ein stark berittenes Heer, war der König mit seinen Mannen in der Lage, jedem Feind schnellst möglich entgegenzutreten.

Es sollte eine Dreifelderwirtschaft im Land eingeführt werden, damit genug Hafer und Gras vorhanden war, um die Pferdezucht voranzutreiben. Oft wurden nun die leistungs-fähigeren Pferde für den Ackerbau eingesetzt, anstelle von Kühen und Ochsen.«[83]

Nach diesen Sitzungen wurden wir entlassen und konnten uns vor der Rückreise, noch die Stadt Worms anschauen.

Eine der Haupteinnahmequellen in diesem Gebiet war der Weinanbau. Oft war dieser auch in den Händen der Kirchen und der Klöster, die die Nachfolge der römischen Verwaltung angetreten hatten. Hier in der Stadt gab es viele Weinkeller und die Winzer, meist Mönche, waren im Herbst damit beschäftigt, ihre Ernte in ihr Haus zu bringen.

---

[83] Vgl. von Helmut Hiller, Otto der Große, Seite 43 bis 46, List Verlag München 1980

Nun hatten sie die Weinkeller voll mit jungem, neuen Wein.[84] Die Weinrebe kam ursprünglich aus dem Gebiet Kaukasien oder Mesopotamien, um ca. 6.000 vor Christus. Ungefähr 1.000 vor Christus gelangte diese dann ins römische Reich, von wo aus die Römer, die Weinrebe dann mit nach Germanien genommen hatten.[85]

Für die Herstellung des Weins wurden die Weintrauben (Rebe) im Herbst von Hand, mithilfe eines Messers vom Rebstock abgeschnitten. Während des Transportes wurde dann der Wein in Blätter gehüllt, damit die Trauben nicht zerquetscht wurden und so nicht unnötig Wein verloren ging. Jeder Tropfen war kostbar. Danach wurden die Reben in ein offenes Fass geschüttet und entweder kamen Menschen zum Einsatz, die durch das Herumlaufen im Fass, die Trauben zerquetschen oder es wurde eine Presse mit Gewinde verwendet, welche die Weintrauben zerquetschte. Nun wurde die flüssige Masse, die sogenannte Maische, bestehend aus den Weintrauben und den Stielen, in andere offene Gärfässer gebracht. Durch die Gärung wird der Traubenzucker zu Alkohol und ist der Wein am Ende durchgegoren, hat sich der gesamte Traubenzucker in Alkohol verwandelt. Die Gärung konnte durch Erhitzen beschleunigt oder durch kühlere Lagerung verlangsamt werden. Durch das bei der Gärung entstehende Kohlendioxid, werden die Schalen und Stile dann nach oben getrieben. So entsteht ein »Hut«, der den Most (jungen Wein) vor Oxidation schützt. Damit dieser lange genug hält und nicht austrocknet, musste er aber regelmäßig untergestoßen oder aufgebrochen werden. Durch eine längere Lagerung in der Maische, wurde auch erreicht, dass die Trauben ihren vollen Geschmack abgaben. Danach wurde der Wein in eine Korbpresse geschafft. Es musste Acht gegeben werden, dass der Wein

---

[84] Vgl. von Hugh Jonson und Jancis Robinson, Der Weinatlas, Seite 14, Gräfe und Unzer Verlag GmbH, München
[85] Vgl. von Hugh Jonson und Jancis Robinson, Der Weinatlas, Seite 13, Gräfe und Unzer Verlag GmbH, München

in der Korbpresse, von oben nach unten, eine andere Qualität hatte. Ganz unten lagerte der Presswein, der mehr Struktur und eine dunkle Farbe hatte, als der Wein, der in der Korbpresse oben war. Nun konnte man den Wein entweder extra abschöpfen, oder wieder miteinander vermischen. So konnte man Weine in unterschiedlichen Geschmacksrichtungen, Qualitäten und Farben erhalten. Als Endlagerung kamen für den Wein dann Eichenfässer in Frage.[86] Mitten in diesem Prozess waren wir nun vor Ort. Ich machte mit Gisbert und Antonius die Runde. Wir suchten einige Weinkeller auf und probierten den jungen Wein. Im ersten Weinkeller mit schönem Kellergewölbe, nahmen wir auf breiten Holzbänken an einem Tisch Platz. Das Kellergewölbe war mit vielen Fackeln und Kerzen ausgeleuchtet. Hier herrschte reger Betrieb. Sowohl Wanderer als auch Bewohner der Stadt, gingen ein und aus. Wir bestellten für uns drei einen Krug jungen Wein und bezahlten ihn gleich. Nach einem Trinkspruch auf unsere Gesundheit, tranken wir den Wein, der uns wie Traubensaft mundete. Er hatte noch nicht mit der Gärung begonnen. Dies konnten wir daran erkennen, dass noch keine Gärbläschen im Wein aufstiegen. Nach nicht allzu langer Zeit bekamen wir Magendrücken. Ich sagte zu den anderen: »Ich muss aufs Brett! Ich glaube mein Magen hat den Wein nicht vertragen.« Auch meinen beiden Freunden ging es nicht anders und wir rannten wie die Wilden, gekrümmt, zum nächsten Abort, um schleunigst unsere Notdurft zu verrichten. Dieses schlechte Erlebnis hatte unseren Durst auf Wein aber nicht vermindert und wir gingen lachend in den nächsten Weinkeller. Hier kam uns ein kleiner, dicker Mönch mit brauner Kutte entgegen. »Wollt ihr von meinem köstlichen jungen Wein trinken?«, fragte er »Jawohl!«, antworteten wir alle drei gleichzeitig. Die schlechten Erfahrungen in dem anderen Weinkeller hatten uns nicht abgeschreckt. »Dann nehmt an diesem breiten Tisch

---

[86] Vgl. von Hugh Jonson und Jancis Robinson, Der Weinatlas, Seite 13, Gräfe und Unzer Verlag GmbH, München

Platz.« erwiderte er. Der Raum war gut gefüllt und einige Gäste hatten wohl schon zu tief in den Becher geschaut. Na ja, wir mussten erstmal kosten. Dann kam der Mönch zurück und brachte uns seinen neuen jungen Wein. Wir tranken und er mundete uns so gut, dass wir gleich noch mehr bestellten. In diesem jungen Wein stiegen Gärbläschen auf, auch war er etwas trüber, doch er schmeckte hervorragend. Wir tranken noch einige Becher und gingen dann etwas angetrunken zu unserem Nachtlager. Als ich am nächsten Morgen erwachte, sah ich aus, als ob ich die Pocken hätte. Ich fragte meinen Vater, was das wohl für eine Krankheit sei. Daraufhin belehrte mich mein Vater: »Die bei der Weingärung entstehende Hefe reinigt den Magen und das Blut und treibt alles schlechte aus dem Körper. Die Pickel sind in ein paar Tagen wieder weg.«

Als wir uns dann von Worms aus wieder auf den Rückweg machten, sah ich noch bei einigen anderen, die wie wir den jungen Wein genossen hatten, dass sie mit fetten Pickeln gezeichnet waren. In den ersten Tagen auf unserem Nachhauseweg wichen uns viele Menschen aus, denn sie dachten, wir hätten die Pocken.

Der Reichstag in Worms war ein voller Erfolg gewesen. Er führte dazu, dass Burgen und Orte zu Fluchtburgen aufgebaut wurden. Eine neue, berittene Armee entstand und neue Ausrüstungen und Kampftechniken wurden entwickelt. In der Bevölkerung wurde der christliche Glaube gestärkt. Die Ritter und Kämpfer sollten den Tod nicht fürchten und die Heilige Lanze war als Symbol der Unbesiegbarkeit überall mit dabei.

7.5 Ritterschlag der Knappen Siegfried und Christian

Im Jahre des Herren 927 wurde ich, nur einen Tag nachdem wir auf die Pfalz Werla zurückgekehrt waren, zum König gerufen.

Vor dem Arbeitszimmer stand ein großer Wachsoldat, welcher mir die Anweisung gab, in das königliche Arbeitszimmer einzutreten. Ich kniete voller Ehrfurcht nieder, weil ich Angst hatte, irgendetwas Falsches getan zu haben und sagte: »Zu ihren Diensten mein Herr.« König Heinrich sprach zu mir: »Nimm Platz mein treuer und guter Kämpfer. Ich möchte deinen Bruder und dich zum Ritter schlagen. Beide erhaltet ihr Orte, die dann noch benannt werden, als euer Eigen. Dennoch seid ihr aber weiterhin den herrschenden Königen Untertan und ihnen gegenüber abgabepflichtig. Ich fordere von euch, das heißt von deiner Familie, mit all deinen Brüdern, wenn die Zeit einmal gekommen ist, treue Gefolgschaft und Schutz für meinen Sohn Otto. Ein König braucht starke und ehrliche Männer, denen er vertrauen kann und sichere Gebiete, in die er sich zurückziehen kann. Orte, wo er nicht in ständiger Angst leben muss, überfallen oder ermordet zu werden. Der Ritterschlag für dich und deinen Bruder soll in zwei Wochen, hier in der Kirche der Pfalz Werla erfolgen. Anschließend wird ein großes Fest zu euren Ehren stattfinden.«

Für diese große Ehre dankte ich dem König, auch im Namen meines Bruders und meiner Familie und verabschiedete mich mit einer tiefen Verbeugung.

Das war ein erfolgreicher Tag für meine Familie und mich, hatten wir doch bald mehrere Ortschaften, die wir unser Eigen nennen konnten. Dadurch hatten wir auch die Möglichkeit bekommen, zu heiraten und eine eigene Linie zu gründen. Mein Bruder Siegfried kam nach wenigen Tagen aus Erfurt, um sich ebenso für den Ritterschlag vorzubereiten. Wir begrüßten uns herzlich und sprachen viel über die alten Zeiten.

Dann beschlossen wir, gemeinsam die alte Köchin Berta zu besuchen. Sie war zwar streng gewesen, doch sie hatte uns auch viel mit auf den Weg gegeben. Sie prägte uns mit ihrem Sinn für Ordnung, Zuverlässigkeit und Pünktlichkeit. Wir klopften an der Hofküche und traten ein. Alles sah noch so aus wie früher. Das Feuer loderte und es roch wie immer nach leckerem Gebratenen. Nur die dicke Berta war nicht zu sehen. Stattdessen kam uns Eva entgegen, eine der jungen Köchinnen, die nun auch schon 28 Jahre zählte. Sie hatte immer noch die schönen langen Haare und war auch immer noch ein Blickfang, einfach eine Frau zum Verlieben. Sie sah uns und jubelte vor Freude: »Hallo Christian, Hallo Siegfried, wie geht es euch?« Sie nahm uns nach und nach in die Arme und drückte uns fest. »Uns geht es gut und du sieht auch ganz gut aus, aber wo ist die Berta?« fragte ich. Dann sprach Eva etwas traurig: »Berta hat den letzten Winter nicht überstanden. Sie ist im stolzen Alter von 66 Jahren von uns gegangen. Ihr alter Körper hatte nicht mehr genug Kraft, eine Erkältungskrankheit zu überstehen. Sie hätte sich bestimmt gefreut euch wiederzusehen.« Danach unterhielten wir uns noch über die alten Zeiten. Später verabschiedeten wir uns herzlich und gingen zum Nachtlager unseres Vaters. Dort warteten bereits unser Vater Lothar, unsere Mutter Guthie und unsere Schwester mit dem Abendbrot. Nach einem Tischgebet nahmen wir das Abendmahl zu uns. Als wir aufgegessen hatten, sprach unser Vater: »Siegfried und Christian, euch wird großes Glück zu Teil. Ihr erhaltet eure eigenen Herrschaftsgebiete und seid nun in der Lage, irgendwann eine eigene Familie zu gründen.« Er segnete uns, indem er uns mit seinen Fingern ein Kreuzzeichen auf die Stirn zeichnete. Wir wünschten uns allen eine gute Nacht und gingen zu Bett.

Am nächsten Tag ging ich gemütlich durch die Burganlage der Pfalz. Ich merkte nicht, dass mir jemand folgte. Hier und dort führte ich ein kurzes Gespräch. An der Pfalzgaststätte öffnete ich die knarrende Holztür und trat ein. Die Gaststätte war gut gefüllt. Der dicke Wirt kam auf mich zu und fragte: »Und mein Junge, was begehrt dein Herz?« Ich nahm Platz und bestellte ein Bier. Der Wirt brachte mir dann einen Tonkrug, mit einem halben Liter hefetrüben Bier. Ich nahm erstmal einen Hieb, es war ziemlich erfrischend. Schnell hatte ich den Krug geleert und verabschiedete mich wieder. Ich ging die alten Wege entlang, die wir früher als Kinder gelaufen waren. In einer engen dunklen Gasse ergriff eine Person von hinten meine Hand und zog mich in einen dunklen Vorsprung. Es war Hadwig, die schöne Tochter der Königin. Sie drückte mich freudig und gab mir einen Kuss auf den Mund. Dann flüsterte sie mir zu: »Christian, verzeih mir. Aber ich habe dich immer geliebt und jetzt, wo du bald dein eigener Herr sein wirst, kannst du mich ja zur Frau nehmen.« »Hadwig« sprach ich »das geht nicht! Das wird der König nicht zulassen, dafür kenne ich ihn zu gut. Eine Beziehung zwischen uns beiden hat erstmal keine Zukunft.« Ehe ich mich versah, schlug Hadwig mit ihrer flachen, zarten Hand einen kräftigen Hieb auf meine Wange, sodass es laut knallte. Ich dachte, wie in alten Zeiten, die dicke Berta hätte mich getroffen. Wütend rannte die schöne Hadwig weg und schrie: »Dann lassen wir es halt!« Mir stockte der Atem. Sie war ein schönes Mädchen, aber viel zu jung für mich und noch dazu die Tochter des Königs! Ich konnte froh sein, dass diesen Vorfall niemand mitbekommen hatte.

Zum Glück verbrachte ich in den nächsten Tagen viel Zeit mit meiner Familie auf der Pfalz Werla. Mit meinen 22 Jahren konnte ich stolz sein, nun zum Ritter geschlagen zu werden und eine Burg zu erhalten. Es war eine schöne Zeit und ich genoss die Tage. Abends ging ich ab und zu mit meinem Bruder zur Schänke und wir nahmen ein leckeres Bier und unterhielten uns lange. So rückten die Tage bis zum Ritterschlag immer näher.

Nun war der Morgen unseres großen Tages gekommen. Wir wurden im Haus unseres Vaters mit edlen Gewändern eingekleidet. Dann machten sich Siegfried und ich auf den Weg und wir gingen gemeinsam zur Kirche der Pfalz. Auf dem Weg dorthin schenkten uns die Bewohner der Pfalz Werla Beifall und jubelten uns zu. Einigen von ihnen gab ich die Hand, sie freuten sich alle mit uns. Vor der Kirche warteten mein Vater und der Ritter von Erfurt, die für mich und meinen Bruder die Patenschaft übernommen hatten. In diesem Moment dachte ich daran, dass ich auf der Pfalz Werla und mit dem Königsgefolge, eine schöne Pagen- und Knappenzeit verbracht hatte.

Als wir in die prunkvoll geschmückte Kirche eintraten, waren die Holzbänke der Kirche bereits gut besetzt. Auch die freien Reihen waren mit stehenden und staunenden Menschen gefüllt.

Unsere Familie durfte mit auf den vorderen Bänken Platz nehmen.

Der König thronte, sitzend auf einem großen Eichenstuhl mit gut gepolsterten Fellen, auf einer Empore vor dem Hochaltar. Von dort hatte er die gesamte Kirche im Blick. Zu seiner Rechten und Linken, saßen jeweils vier Edle aus den deutschen Landen, sowie drei hohe Geistliche aus Mainz. Unter ihnen der Erzbischof Heriger, welcher das gesprochene Ritual des Ritterschlages durchführen sollte, während dann der König mit seinem Schwert, den Ritterschlag vollzog.

Wir nahmen Platz und die Feier begann mit einem Lied zur Lobpreisung Gottes. Meine Hände waren mit Schweiß bedeckt und mein Herz schlug mir bis zur Halsschlagader (Anmerkung: mein Herz schlug mir bis zum Hals, wäre die bessere Wortwahl) hinauf, so sehr war ich aufgeregt. Doch durch ein innerliches Gebet kam ich zur Ruhe und wurde langsam selbstsicherer.

Es war stets der Wunschtraum meines Bruders und mir, Ritter zu werden und nun waren wir an unserem Ziel angelangt. Es war immer unser Bestreben gewesen, unserem Vater nachzueifern und diese Ritterwürde zu erlangen. Beide waren wir nach der Pagenzeit unterschiedliche Wege gegangen. Mein Bruder war in die Dienste des Ritters von Erfurt getreten. Ich selbst hatte das große Glück, auf der Pfalz Werla und damit im direkten Umfeld der Königsfamilie, meinen Weg bis hierher, zu dem Tag, an dem ich die Ritterwürde erlangen sollte, beschreiten zu können. Beide wurden wir mit den notwendigen höfischen Umgangsformen eines Ehrenmannes bekanntgemacht, wie Höflichkeit, Ehre, Beständigkeit, Treue und Mäßigung. Auch wussten wir, mit dem Schwert und den Waffen eines Ritters umzugehen. Durch viele Erfolge, in verschiedenen Schlachten, hatten wir uns die Ehre erworben, nun in den Stand der Ritter aufgenommen zu werden. Unsere beiden Paten, die bis zum heutigen Tag für uns verantwortlich gewesen waren, hatten dies vorgeschlagen und König Heinrich I. hatte ihren Vorschlag mit unterstützt und für gut befunden und dies wurde heute in die Tat umgesetzt.[87]

Erzbischof Heriger aus Mainz sprach folgende Worte: »Kniet nieder Ihr Knappen, Siegfried und Christian!« Wir traten gemeinsam mit unseren Paten nach vorn, knieten auf dem Steinboden nieder und legten unsere Hand auf die Bibel, die vor uns lag. Meine Knie schmerzten etwas auf dem kalten Steinboden, doch die Aufregung über das, was jetzt vor sich ging, wog alles andere auf.

Wieder sprach der Erzbischof mit lauter und fester Stimme zu uns:

»Warum wollt Ihr Knappen in den Ritterstand aufgenommen werden? Wenn Ihr Ehre und Reichtum wollt, seid Ihr nicht würdig!

---

[87] Vgl. Burg Olbrück ein Burgführer, Herausgeber: Verbandsgemeinde Brohthal, Autorin: Tilla von der Goltz, Erste Auflage 2005 Seite 26

Wenn Ihr zum Ritter geschlagen werden wollt, dann sprecht folgenden Eid.«

Wir knieten vor dem Bischof, dem König und einigen Edlen aus den deutschen Landen und sprachen mit lauter und klarer Stimme, sodass es jeder in der großen und schönen Kirche, bis in der letzten Ecke, hören konnte.

»Wir geloben alle Lehren der Kirche zu glauben und ihren Geboten zu folgen, die Kirche zu schützen und die Schwachen zu verteidigen. Wir geloben unsere Pflichten den Lehnsherren gegenüber zu erfüllen, sofern sie nicht gegen Gottes Gebote sind.
Wir geloben immer für das Recht und gegen die Ungerechtigkeit und das Böse zu kämpfen.«[88]

Damit war der Eidspruch beendet. Der Geistliche befahl uns jetzt aufzustehen und die beiden Ritter, die hinter uns standen, hatten nun die Aufgabe, uns die Ritterrüstung anzulegen. Beide Ritter bürgten auch für unseren einwandfreien Lebenswandel und unseren christlichen Glauben. Als wir beide die stabile Ritterrüstung trugen, befahl uns der Erzbischof, uns abermals niederzuknien. Nun kam König Heinrichs Tat, die Schwertleite oder der Ritterschlag. Er stellte sich zunächst herrschaftlich vor Siegfried und sprach folgende Worte, während er mit dem Königsschwert nacheinander auf seine rechte, dann auf die linke Schulter schlug und dann leicht gegen den Hals:

»Zu Gottes und Marienehre, diesen Schlag und keinen mehr, sei tapfer, ehrlich und gerecht, besser Ritter als ein Knecht.« Dann band er Siegfried das Schwert um, setzte ihm den Helm auf, gab ihm ein Schild mit dem Wappen von Sömmeringen und schnallte ihm die goldenen Sporen an.

---

[88] Vgl. Burg Olbrück ein Burgführer, Herausgeber: Verbandsgemeinde Brohthal, Autorin: Till von der Goltz, Auflage 2005 Seite 26

Dann fuhr der König fort: »Hiermit ernenne ich dich, Siegfried, zum Ritter von Sömmeringen.« und übergab Siegfried eine Urkunde. Dann sprach König Heinrich den selben Spruch während des Ritterschlages zu mir. Er ernannte mich zu Christian, Ritter von Frohse. Die beiden Orte, welche Heinrich in unsere Obhut übergab, lagen nördlich, nämlich Sömmeringen und südlich, hier Frohse von Magdeburg. Damit war klar, welche Absicht der König damit hatte. Wir sollten die Beschützer des zukünftigen Königs Otto, an seinem neuen Hauptort, Magdeburg, sein.[89][90]

Nachdem Siegfried und ich unsere Ritterwürde mit unseren Orten erhalten hatten, brach riesiger Beifall in der Pfalzkirche aus und die Bewohner von Werla, jubelten mit einem dreimaligen, lauten und schallenden: »Hurra, Hurra, Hurra, die neuen Ritter sind da!« Nun machten wir uns zum Palast der Pfalz auf, wo ein großes Festmahl hergerichtet war. Vor dem Palast übergab der König meinem Bruder und mir jeweils ein edles, schnelles und starkes Pferd, welches mit reichlich Zaumzeug und bequemem Sattel geschmückt war. Siegfried, erhielt ein schönes schwarzes Pferd und ich ein edles, braunes Pferd.

Nun traten wir also ein. Die Aula war mit großen Fahnen, schönen Blumen und edlem Wandschmuck ausdekoriert. In der linken Ecke, auf einer hölzernen Empore, saß eine Musikantentruppe von sieben Männern, in grünen Gewändern. Ihre Instrumente waren eine große Trommel, kleine Flöten und zwei Leier. Auf der Empore nahm die Königsfamilie Platz, an dem hölzernen Tisch davor wir, die beiden neuen Ritter. Davor wurden die Schilder mit den Wappen der beiden Orte Sömmeringen und Frohse präsentiert. Die große Feier uns

---

[89] Vgl. Otto der Grosse, Magdeburg und Europa, Verlag Phlipp von Zabern, Mainz, Band I Essays, Seite 35
[90] Vgl. Burg Olbrück ein Burgführer, Herausgeber: Verbandsgemeinde Brohthal, Autorin: Tilla von der Goltz, Erste Auflage 2005 Seite 27

zu Ehren begann. Zur Eröffnung trat eine Tanzgruppe aus Sachsen, mit vier Frauen und Männern auf, danach gab es reichlich zu Essen. Es wurden gebratenes Wildschwein und Hase gereicht. Nachdem die Gesellschaft gut gespeist hatte, wurde zum Tanz gebeten. Ich hatte schon nach dem Tisch des Grafen von Merseburg Ausschau gehalten, hier saß eine schöne junge Frau. Es war Hidda, die Tochter des Grafen von Merseburg. Ich nahm all meinen Mut zusammen und ging an den Tisch des Grafen. Meinen Blick zu der hübschen Hidda gewandt sprach ich: »Verehrte Dame, möchtet ihr mit mir den ersten Tanz wagen?« Hidda antwortete belustigt: »Gern, es könnte nichts Schöneres geben, als mit Dir zu tanzen.« Daraufhin nahm ich sie bei der Hand und führte sie auf die hölzerne Tanzfläche, wo schon reges Treiben herrschte. Wir tanzten recht geschickt zwischen den anderen Paaren. Einmal wollte ich sie drehen, sie hielt dagegen und zischte mit energischer Stimme: »Hier wird nicht gedreht.« »In Ordnung« sprach ich »dann gibst du das Kommando, wenn gedreht wird.« So passte alles gut und wir tanzten noch eine ganze Weile. Dann machte ich den Vorschlag: »Lass uns etwas spazieren gehen. Ich könnte dir die Pfalz Werla zeigen.« Hidda stimmte dem zu: »Ja, es wäre an der Zeit sich etwas auszuruhen.« Also verließen wir den Tanzsaal. Der Himmel war sternenklar und der Mond schien hell, sodass man auch in einer dunklen Nacht seinen Weg finden konnte. Wir gingen ein Stück nebeneinander her. Zwischen zwei Häusern zog ich sie in eine dunkle Ecke und gab ihr einen dicken Kuss auf den Mund, gleichzeitig berührten meine beiden Hände ihren Po und ihren Rücken. Ich flüsterte ihr zu: »Wir können in eine Scheune gehen, die hier in der Nähe ist.« »Das ist eine gute Idee.« raunte Hidda zurück. In dieser Scheune, mit reichlich eingelagertem Stroh, hatten wir schon als Kinder gespielt und waren von dem höher gelegenen Boden auf den tieferen gesprungen. Leise knarrend öffnete ich die Holztür. Ich kletterte mit Hidda auf den oberen Boden, wir küssten uns leidenschaftlich und hatten uns bald entkleidet. Dann streichelten unsere Hände die nackten Körper und wir liebten uns. Nach einer ganzen Weile gingen wir glücklich zur Feiergesellschaft zurück, wo wir bis in den frühen Morgen tanzten. Ich brachte sie noch zu Ihrem Nachtlager und schlief schließlich glücklich ein. Bis zur Mittagsstunde schlief ich tief und fest. Gleich nach dem Aufwachen, machte ich mich wieder auf den Weg zum Lager des Grafen von Merseburg. Doch dieser war schon in der Frühe abgereist.

Ich war etwas traurig, aber zum Glück hatte ich doch noch wichtigere Aufgaben zu erledigen, als einer jungen Frau hinterher zu reisen. Es tat schon weh, eine weitere Liebe davonziehen zu lassen, aber ich war Ritter von Frohse und hatte nun die Aufgabe, meine Besitzungen in Augenschein zu nehmen und die Verwaltung zu übernehmen. Es gab einiges vorzubereiten.

Am fünften Tag nach jener Feier wurde ich zu König Heinrich bestellt. Mein Bruder Siegfried war schon vor zwei Tagen verabschiedet worden und mit 15 Mann Richtung Sömmeringen unterwegs, um dort in seine Burg einzuziehen. Ich trat nun in das edle Arbeitszimmer des Königs ein und kniete nieder. Heinrich befahl: »Steht auf, mein guter Ritter Christian! Nun wird es Zeit, dass du nach Frohse gehst, um dort deine neuen Güter zu verwalten. Dort wirst du eine hölzerne Befestigung finden, die du mit Hilfe der Baumeister und der Bauern zu einer steinernen Festung ausbauen sollst. Dann musst du immer darauf achten, dass genug Vorräte an Nahrung und Waffen, vorhanden sind. Frohse liegt direkt an der Elbe und es besteht immer die Gefahr, dass ihr von kriegerischen Slawen überfallen werdet. Scheue dich nicht, uns einen Boten zu schicken, wenn du Hilfe brauchst. Ich gebe dir 15 Mann mit, davon sind zwei Mönche, zwei Waffenmeister, zwei Jäger und neun Soldaten. Ich wünsche dir viel Glück und alles Gute.« Auch ich dankte dem König und verabschiedete mich in meine neue Heimat.

7.6 Frohse als Burgort für Ritter Christian

Am nächsten Tag machten wir uns mit drei Pferdegespannen und Wagen sowie den neun Soldaten und ich zu Pferde auf den Weg. Das Sommerwetter war gut, sodass wir innerhalb von zwei Tagen, nach Ritten durch große Waldgebiete, die Burg Frohse erreichten.

Frohse lag unterhalb von Magdeburg und der Elbe und hatte einen Übergang zur slawischen Seite, wenn die Elbe geringes Wasser führte. Die hölzerne Befestigungsanlage Frohse hatte zwei hölzerne Tore, eines im Norden mit direktem Übergang zur Elbe und eines im Westen. Auch die Gebiete, die zur Sicherung der Nahrung gebraucht wurden, waren mit hölzernen Palisaden umzäunt. Sie schützten die Schweine, Kühe, Hühner und Ziegen vor den Wölfen und Bären, die sich in den nahen Wäldern heimisch fühlten. Durch die Zäune wurde aber auch das Korn, vor den Rehen und Wildschweinen geschützt, welche die Felder sonst als Nahrungsquelle nutzen würden. Trotzdem wurde auch in der Nähe der Befestigungsanlage Nahrung angepflanzt, um die wilden Tiere wie Wildschweine und Rehe anzulocken und von höher gelegenen Jagdständen aus zu erlegen.

Nun standen wir also mit 15 Mann vor dem hölzernen Tor. Ich rief mit lauter Stimme: »Ich bin der Abgesandte des Königs Heinrich I. Mein Name ist Christian, Ritter von Frohse und ich soll nun die Verwaltung dieser Befestigungsanlage übernehmen. Ich bitte euch nun, die Tore für euren neuen Herren und sein Gefolge zu öffnen und uns hereinzulassen.«

Die Wachsoldaten öffneten eilig die hölzernen Tore, sodass wir in das Innere reiten konnten. Hier empfing uns der jetzige Verwalter Kurt mit den Worten: »Herr Christian, Ritter von Frohse, ich heiße euch und euer Gefolge recht herzlich willkommen. Wir haben euch erwartet und ein leckeres Mal im Herrenhaus vorbereitet.« Wir stiegen von unseren Pferden ab und übergaben diese den Knechten. Dann folgten wir dem

Verwalter zum hölzernen Herrenhaus. Dieses Haus hatte einen kleinen Turm, von wo aus man die Elbe und die nahegelegenen Gebiete, bis zur Waldgrenze, überblicken konnte. Der Verwalter öffnete die Tür und sprach: »Tretet ein meine Freude, es ist angerichtet.« Vor uns stand eine Tafel für 16 Personen, reichlich gedeckt mit Wildbret, Brot und Früchten aus der Jahreszeit. Ich setzte mich neben den Verwalter und bat auch die beiden Mönche, Johannes und Stefanus, sich neben mich zu setzen. Während des Essens sprach ich mit dem Verwalter Kurt: »Ich möchte nach dem Essen gern die Anlage besichtigen. Die beiden Mönche werden uns begleiten. Es wäre außerdem gut, die Waffenmeister zur Schmiede und zur Waffenkammer zu führen, damit sie in Augenschein nehmen können, wie die Verteidigungskraft ist.« Der Verwalter nickte zustimmend und gab Anweisungen. Nach dem Essen ging es dann zum Rundgang, während die Waffenmeister, wie besprochen, ihre Wege gingen. Vor den Unterkünften der Soldaten befand sich ein Hängekäfig mit einem Gefangen, der offenbar schon einige Wochen dort hing, denn die Zeit in der Gefangenschaft hatte bei ihm schon einige Spuren hinterlassen. Der geschundene Mann jammerte: »Habt Erbarmen, mein Herr!« Ich fragte den Verwalter: »Was hat dieser Mann verbrochen?« Kurt sagte: »Er hat ein paar Eier gestohlen.« Ich gab den Befehl, den Mann frei zu lassen. »Geh deines Weges!« sagte ich zu dem Gefangenen. »Und jetzt beseitigt den Hängekäfig! Wir brauchen so etwas nicht. Es soll in Zukunft alles wie unter normalen Menschen geklärt werden. Wer gegen bestehendes Recht verstößt, soll die Burganlage verlassen und muss sehen, wie er alleine in der Wildnis klarkommt. Es wird für denjenigen eine Lehre sein, sich zu bessern, denn ein einzelner hat keinen Schutz. Nur zusammen sind wir stark!« Dann gingen wir zum Pferdestall. Hier standen schon unsere erschöpften Pferde und außerdem noch fünf gute und gesunde Pferde der Verteidigungsanlage. Die Stallung war gut gebaut, sodass jedes Pferd auch genügend Platz fand, um sich niederzulegen und auszuruhen. Es war uns schließlich bekannt, dass ein jedes Pferd im Ursprung ein Fluchttier ist und außerdem, dass ein Pferd stehen bleibt, wenn nicht genügend Platz im Pferdestall ist. Doch damit kann der Effekt der Erholung nicht eintreten. Eine großzügig bemessene Stallanlage, garantierte also stets optimal ausgeruhte Pferde. Wir gingen weiter und erreichten nach wenigen Schritten die Waffenschmiede, in welcher gerade ein älterer Mann, mit der Herstellung eines Bogens zu Gange war. Auch die Waffenmeister standen schon in der Waffenschmiede und begutachteten die schon fertiggestellten Bögen. Das Material der Bögen war nicht so gut und es wurde beschlossen, am nächsten Tag in den Wald zu gehen und nach besserem Bogenholz zu suchen. Danach erreichten wir ein kleines, gut gepflegtes Holzhaus. Unser Verwalter sagte: »Das ist unser Vorratslager.« und öffnete die Holztür. Die Mönche und ich schauten hinein, die Vorräte an Fleisch, Getreide und Früchten waren reichlich und konnten die Menschen in der Befestigungsanlage, gut und gerne über einen strengen Winter bringen. Ich lobte den Verwalter: »Das haben sie recht ordentlich gemacht, eine Nahrungsgrundlage für schlechte Zeiten ist sehr wichtig.« Neben dem Vorratslager befand sich ein massiver Brunnen, der die Menschen und Tiere hier mit frischem Wasser versorgte. »Nun möchte ich euch unsere kleine Siedlung und die bäuerlichen Einrichtungen und Stallungen zeigen.« sprach der bisherige Verwalter. Durch das Tor im Norden, welches zum Übergang zur Elbe führte, erreichten wir den Zugang zur Siedlung. Auch hier war alles sehr ordentlich angelegt und wie schon erwähnt, mit hölzernen Palisaden geschützt. In der Nähe der Wohnhäuser erblickte ich sogleich einen Pranger, in dem ein Mann gefesselt und gekrümmt stand. Seine beiden Hände und sein Kopf stachen aus den hölzernen Öffnungen hervor, er stöhnte: »Mein Herr, habt Erbarmen mit mir und lasst mich frei!« Auch hier fragte ich den Verwalter: »Was hat der Mann verbrochen?« Kurt antwortete: »Er wollte am Sonntag nicht arbeiten, da haben wir ihn an den Pranger gestellt.« Ich befahl: »Lasst den Mann frei! Ein jeder von uns braucht auch einmal Zeit zum Ausruhen. Wenn wir den Leuten den Sonntag frei geben, so führt diese Erholung auch meistens zu einer Leistungssteigerung an den anderen Tagen. Zerstört den Pranger, ich will so etwas hier nicht mehr sehen!« Zur Siedlung gehörte auch eine kleine Kapelle. In dieser wurde immer am Sonntag, eine kleine Messe gelesen. In der kleinen Kapelle fanden etwa 30 Leute Platz, an den Wänden war in Bildern, die Lebensgeschichte von Jesus Christus dargestellt. Im Boden eingelassen, befand sich eine große Platte von zwei Meter mal einem Meter Größe. Auf ihr stand, in lateinischer Sprache ›Bete und arbeite.‹ Die kleine Kapelle war massiv aus Stein gebaut und konnte als Bestand gesehen werden, die auch nach den Umbaumaßnahmen erhalten bleiben sollte. Gegenüber dem kleinen Eingang, der im Norden lag, thronte am östlichen Ende der Kapelle ein kleiner Altar. In dessen Mitte stand eine große Kerze mit der Jahreszahl 934 und den griechischen Zeichen Alpha für Anfang und Omega für Ende.

Es war durch die lange Besichtigung schnell Abend geworden und nun saßen der Verwalter und die beiden Mönche und ich beim Kerzenschein an einem Tisch. Wir tranken warme Brühe und aßen Brot dazu. Ich begann zu erzählen: »Ich habe die Burg Frohse nicht ohne Grund vom König erhalten. Wir sollen die nächste Burg zu Magdeburg sein und ich soll diesen wichtigen Ort, als befestigte Burganlage weiter ausbauen. Zunächst müssen wir in der Nähe einen Steinbruch finden und dann diese Burg so weiterausbauen, dass sie 2.000 Mann unter Waffen beherbergen kann.« Die Mönche, die bei uns waren, waren ebenfalls gute Baumeister und hatten Skizzen im Pergament, für den Bau einer Burganlage mitgebracht. Der Verwalter Kurt erzählte uns auch noch von einem nahegelegenen Kloster, welches sich der Heilung von Kranken verschrieben hatte. Es musste das Kloster sein, in dem Gottlieb, ein Freund aus der Knappenzeit, untergekommen war. Er hatte für sich entschieden, dass er kein Ritter werden wollte. Stattdessen wollte er sein Leben voll der Kirche widmen. Ich erinnerte mich, dass er in der Schreibkunst immer der Beste von uns gewesen war. Nachdem meine Gedanken zu Ende waren und ich noch einige Worte mit meinen neuen Leuten gesprochen hatte, wünschten wir uns eine gute Nacht und begaben uns zur Ruhe. Nun ging ich die Holztreppe hinauf und in mein Zimmer, welches auf der rechten Seite lag. Die Wände in den Fluren waren reichlich mit Waffen und Tiertrophäen geschmückt. Teilweise waren die Tiere so gut nachgearbeitet, dass sie den Anschein erweckten lebendig zu sein.

Ich hatte ein großes Zimmer mit einem edlen Bett, worin ich gut schlief. Am nächsten Tag wurde ich am frühen Morgen durch die östlichen Sonnenstrahlen geweckt, die durch mein Fenster schienen. Gleich nach dem Frühstück begab ich mich mit den beiden Mönchen, auf die Suche nach einem Steinbruch. Wir fanden ihn recht schnell, im Norden, nicht weit von der Befestigungsanlage entfernt. Es war ein Steinbruch mit reichlich Vorrat an guten Steinen, um eine feste Burganlage zu bauen. Es mussten noch etliche Ochsen und Karren herangeschafft werden für den Transport der Steine, dies ging aber relativ schnell. Nach wenigen Tagen erreichten die ersten Steine Frohse, wo sie zunächst erst einmal in einem Außenlager gelagert wurden. Die Mönche zeichneten Pläne, wie die Burganlage auszusehen hatte. Ich war begeistert und stolz, denn wenn alles fertig war, würden bestimmt viele im Lande, mit Neid auf meine Burg blicken. Wir wussten zu diesem Zeitpunkt noch nicht, dass wir von der anderen Seite, das heißt von den Slawen, kritisch beobachtet wurden.

Es war ein milder Sommer, sodass wir sehr schnell mit unseren Baumaßnahmen vorwärtskamen. Wir hatten schon ein steinernes Eingangstor im Norden stehen, als vom Wachturm ein Hornsignal ertönte, was auf Gefahr hindeutete. Schnell hatten sich auf der slawischen Seite, hunderte Krieger versammelt. Sie waren mit Schwertern, Bögen und Lanzen bewaffnet. Ein Gesandter der Slawen ritt, mit einem schwarzen Hengst, auf das Nordtor unserer Befestigungsanlage zu. Er bat um Einlass und wurde zu mir ins Herrenhaus gebracht. Ich empfing den Mann und sprach: »Was führt euch zu uns?« Der Slawe, ein Mann in edler Kleidung, mit grauen, langen Haaren und einem Oberlippenbart antwortete mir. »Wir bieten euch an, eure Leben zu verschonen. Wir geben euch drei Tage Zeit, Frohse zu verlassen, ansonsten werden wir diese Befestigungsanlage zerstören und eure Leben vernichten!« Ich erwiderte mit bestimmter Stimme: »Was haben wir euch angetan, dass ihr uns umbringen wollt, wenn wir unser Zuhause nicht verlassen?« Der Slawe sprach zornig und mit lauter Stimme: »Ihr habt unser Land besetzt! Es gehörte immer zu unserem Stamm und unseren Vorfahren!« Nun war mir klar, hier war keine Verhandlung mehr möglich. Ich sprach zu ihm: »Ich werde mich mit meinen Leuten beraten und gebe euch nach dem dritten Tag Bescheid, ob wir die Befestigungsanlage räumen.«

Der Slawe musste, nach seinem Auftreten zu urteilen, ein Anführer gewesen sein. Ich sicherte ihm freies Geleit zu. Er schwang sich auf seinen schnellen, schwarzen Hengst und ritt voller Eile wieder zu seinen Truppen, auf der slawischen Seite der Elbe. Nun war mir klar, warum Heinrich I. Frohse zu einer kampfstarken Burg aufbauen wollte.

Was sollte ich machen? Ich beriet mich mit den beiden Mönchen, den beiden Waffenmeistern und Kurt. Wir setzen uns in die gute Stube an unseren Esstisch. Auf dem Tisch stand ein großer, geräucherter Schinken, der an einem kleinen Holzpfahl aufrecht auf dem Tisch stand. Mit einem großen scharfen Messer konnten wir uns dünne Scheiben abschneiden und diese, auf das dazugereichte Brot legen. Dazu war reichlich Wasser aus dem Brunnen auf dem Tisch und Äpfel von der letzten Ernte. Ich fing an und sprach: »Es wäre sicher gut, Frohse zu verlassen. Mit unseren 40 Kämpfern haben wir keine großen Möglichkeiten, den etwa 200 slawischen Kriegern lange standzuhalten. Was meint ihr dazu?« Daraufhin antwortete Kurt: »Wir werden einen Teufel tun, Frohse zu verlassen! Wir haben den Angriffen der Slawen immer standgehalten. Wir müssen die Palisaden und die Tore besetzen und mit den Pfeilen unserer Langbögen auf die Slawen schießen. Sie werden es dann schon mit der Angst zu tun kriegen und das Weite suchen. Außerdem sollten wir heute noch einen Kundschafter nach Magdeburg entsenden, wo wir um Nachschub der königlichen Truppen bitten.« Auch die Waffenmeister und die Mönche stimmten Kurt zu. Dann sagte ich: »So soll es sein! Schickt einen guten Soldaten, mit dem schnellsten Pferd nach Magdeburg, damit schnell Hilfe herbeieilen kann. Wir haben immerhin drei Tage, um uns vorzubereiten!« Noch in der Nacht, im Schutze der Dunkelheit, schickten wir einen Soldaten nach Magdeburg. Wenn alles gut ging, konnten wir schon nach zwei Tagen mit großer Hilfe rechnen. Die Wachen auf den Toren und den hölzernen Wehrgerüsten wurden verstärkt. Die Herstellung von guten Pfeilen in großen Mengen war in vollem Gange, sodass, von den zwei Toren und den Wehrgerüsten, viele hunderte Pfeile abgeschossen werden konnten. Auch die Bauern mit ihren Familien kamen in das Innere der Festungsanlage. Die Männer verstärkten unsere Soldaten an den Verteidigungsstellen. Die örtlichen Gegebenheiten waren so gut, dass wir einen ersten Angriff der Slawen würden abwehren können.

Doch auch am Morgen des dritten Tages, waren noch keine Truppen von König Heinrich in Sicht. Die Slawen versammelten sich ihrerseits auf der anderen Seite der Elbe und marschierten nun zu Fuß, geschützt mit kleinen und tragbaren mannshohen Schildern, auf unsere Befestigung zu. »Es müsste doch bald die Verstärkung eintreffen.« bemerkte ich bei (zu) meinen Leuten, aber es waren weit und breit keine Truppen in Sicht. Als sich die Slawen zum Angriff bereitmachten, gab ich den Bogenschützen Kampfbefehl. Die Slawen konnten sich unserem Pfeilhagel nicht lange erwehren. Schon nach einer Stunde zogen sie sich zurück. Als wir dann am Abend in der Stube saßen, gab ich dem Verwalter Kurt Recht. »Es war doch so, wie ihr gesagt habt, denn die Slawen haben schnell das Weite gesucht.«

Wir gingen zu Bett und schliefen gut. Als am nächsten Morgen ein Wachposten auf dem Nordtor laut rief: »Ein Reiter nähert sich der Burg!« rannte ich so schnell ich konnte zum Nordtor, um zu sehen, wer sich da näherte. Als ich auf dem Tor stand, erkannte ich unseren Soldaten, welchen wir losgeschickt hatten, um Hilfe zu holen. Aber warum kam er allein und wo war die Verstärkung?

Als der Reiter nahe vor unserem Tor stand, sahen wir, dass er tot war. Die Slawen hatten ihn mit einer Holzstange am Pferd befestigt, sodass er aufrecht reiten konnte. Das gute Pferd hatte den Weg, wieder alleine zurück nach Frohse, gefunden. Hilfe war also keine zu erwarten, denn unsere Gegner hatten den Reiter abgefangen und getötet. Während wir uns noch mit dem toten Reiter beschäftigen, sammelten sich auf der anderen Seite der Elbe wieder die Slawen zum erneuten Angriff gegen uns. Nun waren sie mehr und uns zahlenmäßig überlegen. Auch führten sie einen Rammbock mit, welcher mit vier hölzernen und stabilen Rädern bewegt wurde. Nur in wenigen Stunden wären sie nun in der Lage, unsere Befestigung dem Erdboden gleich zu machen. Ich sprach zu meinen Leuten: »Wir haben kein Erbarmen von den Slawen zu erwarten, hat unser erster Pfeilhagel doch viele Freunde dieser Männer getötet. Wir werden aber bis zum letzten Mann kämpfen und auf ein Wunder hoffen müssen.«

Diesmal waren die Slawen besser gegen unsere Pfeile geschützt, sodass viele von ihnen der Burg immer näherkamen. Dies war noch nicht die größte Gefahr, aber der Rammbock näherte sich auch immer mehr unserem Nordtor. Plötzlich spürte ich einen Schmerz am Hinterkopf und es wurde dunkel um mich. Ich glaubte, meine letzte Stunde hätte geschlagen und ich würde im Jenseits erwachen.

Als ich irgendwann später meine Augen öffnete, war alles dunkel. Mein Kopf schmerzte noch immer und ich fragte mich, ob das Dunkle der Himmel sein könnte. Ich bewegte meine Arme und mit meinen Händen tastete ich die Umgebung ab. Schließlich stellte ich fest, dass ich in einer Art Sarg lag. Hatten mich meine Männer lebendig begraben, um mich vor den Feinden zu schützen? Rufen wollte ich nicht, ich lauschte, ob noch Feinde in der Nähe waren. Dann drückte ich mit etwas Kraft von unten gegen eine Platte, die über mir lag. Die Kraft reichte nicht, um die Platte zu bewegen. Ich erkundete zunächst weiter meine Umgebung. Das Loch, in dem ich lag, hatte eine Tiefe von etwa einem Meter. Hinter meinen Kopf war ein kleiner Luftschacht, der mich mit Frischluft versorgte und ich lag auf einer Art Felldecke. Nach weiterem Tasten im Dunkeln bemerkte ich, rechts und links neben mir, stabile, große Holzbalken und einen hölzernen Hammer. Ich versuchte die Balken aufzurichten, doch sie mussten länger als einen Meter sein, denn ich konnte sie nur soweit setzen, dass sie schräg zur Deckenplatte standen. Mit dem Hammer klopfte ich gegen das untere Ende des Balkens. Zum Glück war der Boden aus Stein und so bewegte sich der Balken, auf dem festen Untergrund immer mehr in die Senkrechte und die Platte begann sich zu heben. Mit Hilfe der beiden Balken konnte ich also die Platte anheben. Nun war ich in der Lage, die schwere Platte anzuheben und aus dem Loch zu kriechen. Ich blickte mich vorsichtig um und wusste, wo ich war. Ich war in der kleinen Kapelle und hatte unter der Platte gelegen, auf welcher stand ›Lebe und arbeite‹. Meine lieben Kameraden hatten mein Leben gerettet und mich in einem besonderen Versteck geschützt. Die Kapelle war im Inneren stark verwüstet. Es war noch Nacht und ich wusste nicht, wie viele Tage, seit der Schlacht schon vergangen waren. Die Tür zur Kapelle stand offen, hier hatte offensichtlich kein Kampf stattgefunden. Die Kapelle wurde nicht als Rückzugsort genutzt, meine Freunde wollten scheinbar nicht, dass mein Versteck entdeckt wird. Auch außerhalb der Kapelle war alles verwüstet, nur noch wenige Zäune standen. Die Slawen hatten auch die komplette Befestigungsanlage niedergebrannt. Es musste schon vor zwei Tagen geschehen sein, weil, es war weit und breit kein Feind mehr zu sehen. Nur meine Leute waren ermordet worden und lagen auf der Befestigungsanlage verteilt. Mir standen die Tränen in den Augen. Die Wenigen, die sich offenbar noch ergeben hatten und nicht im Kampfe ihr Leben verloren hatten, waren geköpft worden. Die Slawen hatten ihre Köpfe anschließend, an deren eigenen Lanzen aufgespießt und in den Boden gerammt.

Im Schutz der Dunkelheit machte ich mich den Weg in Richtung Magdeburg. Plötzlich hörte ich, wie sich aus der Ferne, eine Vielzahl an Reitern näherte. Ich versteckte mich hinter einem Felsvorsprung. Als die reitende Truppe sich mir näherte, erkannte ich an deren Sprache, dass es sich um Sachsen handelte. Sofort sprang ich aus meinem Versteck und rief: »Hier, ihr Leute steht der letzte Überlebende der Befestigungsanlage Frohse.« Es war mein Bruder Siegfried aus Sömmeringen, mit seiner Truppe. Wir umarmten uns und er freute sich, dass ich die Schlacht überlebt hatte. Die Kunde des Überfalls hatte nach dem Brand, der auch in Magdeburg zu sehen war, schnell seine Runde gemacht. Sofort hatte der König, Siegfried den Befehl erteilt, mir mit 200 Mann zu Pferde, zu Hilfe zu eilen. Für meine Leute war es zu spät gewesen. Ich erhielt erstmal ein Pferd und auf Befehl, musste ich mit mehreren Soldaten nach Quedlinburg, zum König reiten, um ihm Bericht zu erstatten, was geschehen war.

Nach ein paar Tagen erreichten wir die schön gelegene Quedlinburg. Schnell wurde ich zum Arbeitszimmer des Königs gebracht. Ich trat ein und berichtete meinem König unter Tränen was geschehen war. Anstatt mich zu verurteilen, gab Heinrich der I. mir, mit seinen Worten Unterstützung: »Christian, mein Freund, es tut mir sehr leid, was mit deiner Burg Frohse und mit deinen Männern geschehen ist. Uns war nicht bewusst, dass ihr euch dort in Gefahr befinden würdet. Schließlich haben wir Sachsen in den letzten Jahren dort gut mit den Slawen zusammengearbeitet und deren ablehnende Haltung den Ungarn gegenüber, bestärkte uns in der Annahme, es bestünde keine Gefahr und Ihr wäret dort sicher. Aber das war ein Irrglaube. Ich möchte dich bitten, dennoch nach Frohse zurückzukehren. Du bekommst ausreichende Unterstützung. Wir werden dir 500 Männer unterstellen, welche sowohl im Kampfe, als auch in der Baukunst einsetzbar sind. Auch werden wir versuchen, Bauern für die Landwirtschaft zu gewinnen, die sich dort ansiedeln und sesshaft werden. Außerdem werden dich drei Mönche und zwei Baumeister begleiten, welche dich beim Aufbau einer neuen Burganlage unterstützen. So solltest du es schaffen, in einem Jahr damit fertig zu werden. Die Mönche sollen den Menschen den christlichen Glauben vermitteln und sie lehren, wie die Bauern mit der Landwirtschaft zu arbeiten haben, um den besten Ertrag einzufahren.

Wie du weißt, ist diese Verteidigungsanlage für mich sehr wichtig, weil sie nach meinem Tod als Vorburg oder Schutzburg, für Magdeburg dienen soll. Sie soll eine der Burgen sein, welche Magdeburg und damit Otto und seine Familie, vor äußeren und inneren Feinden schützen sollen. Durch die Stärke der Soldaten hoffe ich, dass dich die Slawen von nun an in Ruhe lassen.«

Nach zwei Wochen hatte ich den riesigen Trupp zusammen und brach mit ca. 600 Leuten, wieder in Richtung Frohse auf. Zuerst bauten wir uns ein riesiges Zeltlager. Das größte Zelt in grünweiß, war mein Lager. Hier hatte ich ein Schlafgemach, einen Speise- oder Besprechungsraum mit ca. 18 Sitzplätzen, an einem großen hölzernen Tisch und einen Planungsraum, in dem die Baumeister und Mönche arbeiteten. Hier wurden auch, auf großen hölzernen Stehpulten, die Pergamente befestigt, auf welchen der Bau der Befestigungsanlage geplant und gezeichnet wurde. Als erstes mussten wir das gesamte Gelände, der alten Festungsanlage beräumen. Dies dauerte etwa eine Woche. Das einzige, was von der ehemaligen Anlage übrigblieb, war die kleine Kapelle, in welcher mir, durch meine treuen Kameraden, mein Leben gerettet wurde. Diese Kapelle mochte ich aber vor allem erhalten, um an meine ehemaligen und treuen, zu Tode gekommenen Burgbewohner zu gedenken. In der Nähe der ehemaligen Burganlage errichteten wir eine große Fläche als Vorratslager für Steine, Bauholz und sonstiges Baumaterial. Auch wurde sofort ein großer Vorratsspeicher aus Holz gebaut, der für die Speisen und Getränke gedacht war, denn wir hatten um die 600 Seelen mit Nahrung zu versorgen. Einige Soldaten, die auch Wild jagen konnten und die Mönche, erkundeten die Umgebung, auf der Suche nach Nahrungsmitteln und besuchten dabei auch das südlich, etwa eine Stunde zu Fuß von uns entfernt, gelegene Kloster Frohse. Mein ehemaliger Freund Gottlieb hatte sich dort als Abt niedergelassen und unabdingbar gemacht. Über seine Schreibkünste wusste ich noch Bescheid, hatte aber nicht gedacht, dass er noch sonstige Fähigkeiten hatte, um in einem Kloster zu bestehen. Dieses Kloster wurde von den Slawenangriffen verschont. Die Mönche dort, hatten sich auf die Heilkunst spezialisiert.

Auch die Slawen im nahen Umfeld nutzten dieses Kloster, um Kranke zur Genesung dort hinzubringen.

Als meine Leute zurückkamen, berichteten Sie, dass wir, wenn nötig, auch von dort Hilfe erwarten konnten. Auch brauen die Mönche dort ein vorzügliches Klosterbier. Es wäre also auch mal schön, den einen oder anderen Krug dieser Kostbarkeit zu leeren.

Zunächst stand der Bau des Herrenhauses auf dem Bergfried an und auch die Unterkünfte für die Soldaten, aus Stein gemauert, wurden auf dem Bergfried, neben dem Herrenhaus errichtet. Damit konnte ein Teil der Zeltlager schon abgebrochen werden, denn diese waren nicht sehr witterungsbeständig und bei größeren Regengüssen und Stürmen, machte diese Art von Behausung keinen Spaß. Durch die vielen, arbeitenden Hände war ein schnelles Ende abzusehen. Jeden Tag konnte ich die Burganlage wachsen sehen. Das Herrenhaus und ein Teil der Unterkünfte für die Soldaten standen schon nach drei Monaten.

Die guten Baumeister und die Arbeiter hatten hervorragende Arbeit geleistet. Felder wurden angelegt für Getreide, Obstbäume wurden gepflanzt und verschiedene Gemüsesorten wurden angebaut. In der Nähe wurde auch mit der Viehzucht von Kühen, Schafen, Hühnern und Schweinen begonnen.

Im vierten Monat hatten wir dann eine Toranlage mit Wassergraben und zwei Wachtürmen, in der Nähe des Elbübergangs zur slawischen Seite, errichtet. Auf den Wachtürmen waren Feuerstellen, von wo aus die Soldaten, Brandpfeile abschießen konnten. Von dort war der erste Zugang zur Burg möglich. Vor der Toranlage bauten wir einen Hundezwinger für drei Schäferhunde, die, wenn sich nachts Feinde oder Fremde der Burg näherten, durch lautes Bellen Alarm schlugen.

Wie Heinrich der I. vorhergesagt hatte, ließen sich die Slawen durch die starke Anwesenheit von Soldaten vorerst nicht mehr blicken und wir konnten in Ruhe an meiner neuen Burg weiterbauen. Nach nur zwei Jahren Bauzeit war die Burganlage Frohse an der Elbe, im Süden von Magdeburg, fertig. Eine herrliche Burg, die für 500 Soldaten Platz bot. Um die Burganlage herum, errichteten Bauern ihre Häuser und betrieben Landwirtschaft. Es entstand ein richtiges kleines Dorf, mit einer schönen Schänke, die ihr Bier vom nahegelegenen Klostergut bezog. Im Norden, zum Übergang der Elbe hin, war die Burg mit einem hölzernen Tor und einer Zugbrücke versehen. Der Weg führte dann zu einer Vorburg. Hier befand sich dann, in südlicher

Richtung, auch die kleine alte Kapelle. Vor der Kapelle wurde eine steinerne Figur gebaut, zum Gedenken an die Zerstörung von Frohse und ihre Opfer, die mit Namen in das Denkmal gemeißelt wurden. In der Vorburg standen Häuser für Soldaten bereit, außerdem hatten dort große Pferdeställe, Viehställe und ein Obst- und Kräutergarten ihren Platz. Die Vorburg verlief von Norden bis zum Süden und war eigentlich größer als die Hauptanlage. Sie war komplett von einem Wassergraben umgeben, der gefüllt, mit Wasser der Elbe, Schutz vor äußeren Feinden bot. Die Vorburg war auch mit einer steinernen Festungsmauer versehen und hatte drei Toranlagen. Eine im Süden, die weiter in die sächsischen Gebiete und zum Kloster Frohse führte. Diese hatte ebenfalls einen Wassergraben und eine Hängebrücke. Außerdem gab es die bereits erwähnte Toranlage im Norden und die Toranlage zur Hauptburg. Ebenfalls zur Vorburg gehörte noch ein steinerner Turm auf der östlichen, zur Elbe gewandten Seite.

Die Hauptburg lag etwas höher und von dem Bergfried, in welchem auch das Herrenhaus beherbergt war, konnten die Wachsoldaten, weit in die sächsischen und slawischen Gebiete blicken. Die Hauptburg hatte noch einen Turm in westlicher Richtung und einen zusätzlichen Torausgang in südlicher Richtung. Dieser konnte bei Gefahr, auch schnell als Fluchtweg genutzt werden, weil in östlicher Richtung, wieder eine Abgrenzung durch ein Tor und eine große Mauer aus Stein folgte. In der Hauptburg befand sich das Vorratslager für Nahrungsmittel, die Waffenkammer sowie ein Brunnen, der gutes Wasser hervorbrachte. Weiter befanden sich auf der Hauptburg noch Häuser für Bedienstete und Wachsoldaten und Pferdeställe. Vor allen Eingängen waren hölzerne Hundehütten gebaut worden und die Hunde darin, schlugen bei jeder Annäherung von Freund oder Feind Alarm. Alle Türme waren mit großen, bunten Fahnen in grünweißer Farbe und dem Wappen von Frohse geschmückt. Das Dorf hatte sich im Norden angesiedelt und wurde durch die Elbe und die Burganlage vor der slawischen Seite geschützt.

Der Bergfried, der mein Herrenhaus war, war zu einem vierstöckigen Wohnturm ausgebaut. Im tiefen Keller befand sich ein Lager für verderbliche Ware, weil sie dort gut gekühlt werden konnte. Das Erdgeschoss gliederte sich in zwei große Räume, die Burgküche mit einem großen Kamin, dessen Schornstein bis zum oberen Stockwerk fortgeführt worden war und mein großes Arbeits- und Besprechungszimmer. Auf der zweiten Ebene war ein großer Festsaal, der gut und gerne hundertzwanzig Menschen Platz bot. Im 2. Stock waren vier Gemächer für Gäste vorgesehen, die als Arbeitszimmer und Gästezimmer genutzt werden konnten. Im 3. Stock waren meine vier Gemächer, zwei Schlafgemächer, ein weiteres Arbeitszimmer und ein Ruhe- oder Esszimmer mit Kamin. Die beiden oberen Stockwerke verfügten jeweils über einen Abort. Die menschlichen Fäkalien landeten, in einer dafür vorgesehenen Sickergrube. In dem 2. und 3. Stock verfügten nur die beiden Zimmer, die in Richtung Westen lagen, über einen Kamin. Die anderen Zimmer wurden nicht beheizt. Die Wärme konnte aber trotzdem in diese Zimmer gelangen, wenn die Türen zu den Zimmern im Westen geöffnet wurden. Mein Schlafgemach, welches im Norden lag, eignete sich besonders gut in einem heißen Sommer, zur Nachtruhe, weil dieses Zimmer dann kühler war, als die anderen Zimmer. Im vierten Stock befand sich eine Waffenkammer mit Pfeilen und Langbögen, Wurfäxten, Speeren und Pech. Vom Turm aus konnte jeder abgeschossene Pfeil, auch die Außenanlagen der Turmmauer erreichen. Der Turm war der letzte Rückzugsort bei Angriffen auf der Pfalzanlage.

8
Der Kampf gegen die Slawen und Böhmen, 928/929

Das Jahr 927 verging durch die Baumaßnahmen auf meiner Burg, wie im Fluge und es war generell eher ruhig geblieben. Dadurch bot sich die Möglichkeit, in den Fürstentümern Sachsen, Franken, Schwaben, Bayern und Lothringen, die in Worms beschlossenen Maßnahmen umzusetzen. Im gesamten Land entstanden Fluchtburgen, die Anzahl der Panzerreiter stieg fortwährend, die Truppen zum Kampf erhöhten sich stetig. Trotz des Friedens, war überall im Land Ausnahmezustand, als wenn wir mitten im Krieg wären. Vorratslager wurden angelegt für Waffen, Brennmaterial und Nahrungsmittel für Mensch und Tier. Auch die Pferdezucht ging vorwärts und so stieg die Zahl der Tiere fortwährend. Ende 927 deuteten sich dann schon Unruhen in den slawischen Gebieten an. Die Sachsen waren immer tiefer in diese Gebiete eingedrungen, hatten dort Zwingburgen errichtet. Dies bedeutete gegenüber der slawischen Bevölkerung, dass man das einmal gewonnene Gebiet nicht mehr preisgeben werde. Bei einem Beutezug in einem slawischen Gebiet, hatte ein geschlagener, slawischer Fürst, Otto seine Tochter als Geschenk vermacht. Sie war eine schöne Frau von schlanker Natur, langen schwarzen Haaren, die sie mal offen, als Pferdeschwanz gebunden oder hochgesteckt trug, einfach eine schöne Frau. Auch wir, die wir den Angriffszug begleiteten, hatten ein Auge auf sie geworfen. Es viel uns auf, dass sie zum Teil auch noch nach dem Abendmahl, bei Otto zur Nachtruhe blieb.

Sie sollte die Unterwerfung ihres slawischen Volkes verstärken und dafür sorgen, dass sie immer in Frieden miteinander lebten. Otto hatte mit 15 Jahren also seine erste uneheliche Frau. Sie wurde als Liebhaberin geduldet. Aber als Slawin auf dem Thron der Deutschen, dies hatte Heinrich gesagt, war sie undenkbar. Sie schenkte Otto im Jahre 928 einen Sohn, welchen sie Wilhelm nannten. Dessen Thronfolge wurde ebenfalls ausgeschlossen, er sollte aber eine gute Ausbildung erhalten.[91]

Boten verbreiteten schließlich die Nachricht, dass sich im Herbst 928, die Edlen des Landes bereithalten sollten, um einen Krieg gegen die Slawen (Heveller) in Brennaburg (heute Brandenburg) zu führen. Stolze 5.000 gepanzerte Reiter, 20.000 Mann zu Fuß und 1.000 Pferdekarren, begleiteten den Trupp. Heinrich I. wollte nun seine Macht in den slawischen Gebieten stärken. Die Slawen hatten sich oft mit den Ungarn verbündet und zogen dann ebenfalls aus und plünderten durch die deutschen Lande.

Die Heveller hatten sich in die Brennaburg zurückgezogen. Es fand eine Belagerung statt, wir mussten im Winter auf Eis kampieren. Der kalte, eisige Winter zerrte an unseren Körpern. In den nahegelegenen Wäldern, besorgten wir uns reichlich Brennmaterial, mit dem wir Feuer schürten, an dem wir uns wärmen konnten. Der plötzliche Angriff Heinrich des I. hatte dafür gesorgt, dass die Burgbevölkerung keine Vorräte anlegen konnte. Der Winter schwächte die Slawen in der ansonsten gut befestigen Burg, sodass sie aufgeben mussten. Die Burg fiel uns kampflos zu. Das ganze Land der Heveller brachte Heinrich in seinen Besitz. Auch die Daleminzier wurden in einem Überraschungsangriff geschockt. Es war mein erster Kampf als Ritter. Wir ritten am frühen Morgen zum Lager der Daleminzier. Diese waren auf unseren Angriff nicht vorbereitet und wir trugen einen schnel-

---

[91] Vgl. von S. Fischer-Fabian, Die deutschen Cäsaren, Droemer Knau Verlag, Darmstadt 1977, Seite 22 und 23

len Sieg, mit wenigen Verlusten davon. Diese kamen aber nicht so ungeschoren davon, weil sie ihre Treueschwur gebrochen hatten. Der König traf eine, für uns bittere, Entscheidung. Unter großem Gejammer ließ er, durch 50 Ritter, alle Erwachsenen des Ortes erschlagen und die Knaben und Mädchen in die Sklaverei führen. Ich hatte mich durch eine List vor dieser Aufgabe gedrückt. Es war eine grauenvolle Entscheidung, die der König Heinrich, mit seinem Gewissen selbst verantworten musste. Mir ging dieses Morden sehr nahe. Ich träumte noch viele Nächte von dieser sinnlosen Tat und dachte, wir hätten die Menschen auch anders bestrafen können. Wir näherten uns anschließend mit unserem Trupp, nach mehreren Tagen, unserer starken Festung Walsleben, südlich der Elbe. Doch Rauchschwaden ließen uns schon von Weitem nichts Gutes erahnen. Als wir näherkamen, waren die Festungstore weit geöffnet. Üblicherweise gaben Hornsignale das Kommen des Königs bekannt, doch hier blieb es still. Eine Vorhut hatte die Lage erkundet und abgeschätzt, dass uns zumindest keine Gefahr drohte. Als wir nun die Festungsanlage betraten, waren wir fast alle den Tränen nahe. In der Mitte der Anlage, dort wo der steinerne Brunnen stand, waren auf zahlreichen Speeren unsauber abgeschlagene, blutige Köpfe der tapferen Sachsenmänner aufgespießt. Viele gut gebaute Häuser aus Eichenholz waren verbrannt. Von Frauen und Kindern fehlte jede Spur. Die Angreifer mussten diese mit verschleppt haben. Wir konnten dieses Morden der Daleminzier verstehen, hatten wir doch dasselbe getan.

Wir begannen mit der Beräumung der Festungsanlage und weil unsere Truppe so zahlreich war, hatten wir nach nur wenigen Wochen die Anlage wieder komplett hergerichtet. Sie war nun aber noch besser gegen alle Angreifer gerüstet. Dies war nur möglich gewesen, weil in unserem Kriegszug auch viele gut ausgebildete Baumeister und Handwerker waren, die sich auch sonst mit Burgen- und Festungsbau befassten. Diese waren stets wichtig, für eine eventuelle Belagerung. Denn innerhalb kurzer Zeit, konnten diese Männer aus Holz, von nahe gelegenen Wäldern, Sturmleitern, Rammböcke und große Steinschleudern erstellen, welche für die Erstürmung einer Festungsanlage notwendig waren.

Als das gewohnte Leben auf der Festungsanlage Walsleben wieder Einzug gehalten hatte, verließen wir die Anlage mit 3000 Reitern und ließen den Haupttrupp als Schutz zurück. Dieser Überfall hatte gezeigt, dass unsere Grenzen nicht sicher waren und immer wieder durch Feinde durchbrochen wurden. Heinrich war auf der Festungsanlage in Walsleben geblieben und kurierte dort eine Verletzung aus, welche behandelt werden musste und ihn zu diesem Halt zwang. Ebenso blieben mein Vater und mein Bruder Siegfried dort. Wir hatten uns nun den aufständischen Redariern und weiteren slawischen Stämmen, in einer Schlacht zu stellen. Hier war Eile geboten, denn diese Gefahr war nicht zu unterschätzen. Otto, eine größere Anzahl weiterer Ritter und ich versuchten schnell, den Aufenthaltsort der Feinde zu erreichen. Unten den Rittern war auch der erfahrene Gero von Merseburg. Er war der Bruder der schönen Hidda, welche ich von ihren früheren Besuchen bei Heinrich I. und seiner Familie, auf der Quedlinburg kannte. Der junge Otto hatte nun mit gerade einmal sechzehn Jahren den Oberbefehl über die 3.000 kampfbereiten und erfahrenen Reiter. Der König hatte immer betont und darauf gedrängt, stets ausgeruht in eine Schlacht zu ziehen. Nach einem langen Ritt hätte der Gegner leichteres Spiel, denn die kämpfende sächsische Truppe, wäre durch die langen Wege geschwächt. Wir mussten uns aufmachen nach Lenzen. Dort in der Nähe, so berichtete man uns, erwartete uns ein großes Slawenheer. Nach einem Tagesritt erreichten wir im September 928 diesen Ort.[92]

---

[92] Vgl. von Helmut Hiller, Otto der Große, Seite 46 bis 48, List Verlag München 1980

Hier machten wir Halt und bauten unser Nachtlager auf. Ich war mit im engsten Kreis, der zu Otto gehörte. Wir aßen nicht viel, denn das Abendessen wollte uns nicht schmecken. Auch wurden wir, in dieser sternenklaren Nacht, von den Stechmücken geplagt. So schliefen viele von uns erst am frühen Morgen ein. Die ganze Truppe war nur wenig ausgeruht, als wir am frühen Morgen zum Kampf aufbrachen. Zum Glück hatten wir aber in den zurückliegenden Tagen der Ruhe, genug Kraft tanken können. Wir ritten durch dichte Wälder, schmale Wege ohne Befestigung, als wir uns dem großen Berg Gorleben näherten. Im Tal warteten, geschützt hinter Palisaden, die Slawen. Es mussten ebenfalls reichlich über 2.000 Mann sein. Von Vorteil für uns war, dass die Slawen fast alle ohne Pferde waren. Otto sprach: »Lasst die 100 Pferdefuhrwerke in Brand stecken und jagt sie den Berg hinunter. So täuschen wir einen Angriff vor und durchbrechen gleichzeitig die Palisaden. Sie werden abgelenkt sein und wir haben dann den Weg frei, um die Slawen an einer anderen Stelle anzugreifen.« Die sächsischen Kämpfer schauten den Berg hinunter. Uns war allen etwas flau im Magen, denn für viele von uns sollte es die erste richtige Kampfhandlung werden. Bisher hatten wir doch oft die Gegner belagert oder überrascht und mussten keine Verluste hinnehmen. Nun aber war davon auszugehen, dass viele unserer Kameraden hier ihr Leben lassen würden.

Die Pferdewagen wurden in Brand gesteckt und jagten den steilen Berg hinunter, auf die feindlichen Truppen zu. Die meisten trafen ihr Ziel, die Palisaden wurden mit Wucht durchbrochen und große Teile der Zäune brannten nieder. Die Slawen hatten damit gerechnet, dass wir uns im Schutze der Pferdekarren ebenfalls den Hang des Berges heruntermachen würden und dachten, uns mit ihrem Pfeilhagel niederstrecken zu können. Aber Otto hatte den Angriff auf die schwachen Stellen an den Außenkanten befohlen. Dies war für unsere gut berittene Truppe ein Leichtes gewesen. Otto brüllte: »Ihr Sachsen, ihr kennt eure Befehle! Auf geht's – kämpfen und siegen!« Wir brüllten uns gegenseitig an, um uns selbst Mut zu machen. Die Angst war aus den Augen vieler gewichen, der Zorn war groß auf das, was in Walsleben geschehen war. Die Slawen wurden durch die brennenden Wagen abgelenkt und beschäftigt und feierten sich mit großem Jubel, wenn ein Wagen auch mal nicht sein Ziel erreichte. Wir griffen aber durch Taktik und Geschick die zwei schwachen Außenpunkte an. Vorne weg ritt Otto, mit einem Schwert in der Hand, auf den einen Außenpunkt Richtung Süden zu und ich, mit etwa der Hälfte der Truppe, hinter ihm her. Es ging schnell den Berg hinunter, wir hatten Glück, dass es trocken war und die Pferde guten Halt fanden. Gegen Norden ritt die andere Hälfte der Ritter und Soldaten. Die Slawen hatten einen gewaltigen Ansturm von vorn erwartet und ihre Soldaten vorwiegend dorthin versetzt. So hatten wir leichtes Spiel und drangen weit in die Reihen der Gegner ein. Überall kam es zu Kampfhandlungen. Schwerter krachten, Pferde wieherten, Pfeile durchbohrten menschliche Körper. Äxte zerschmetterten die Köpfe von starken Kämpfern und Schwerter führten anderen erhebliche Wunden zu. Es wurden Beine, Arme und Köpfe durch Schwerter und Äxte abgetrennt. Überall war das Jammern und Flehen von sterbenden und verwundeten Kämpfern zu hören. Befehlshaber brüllten in einem Stimmengewirr aus Slawisch oder Sächsisch.

Plötzlich wurde mein Pferd getroffen und wir stürzten beide mitten in die Feinde. Auch ich hatte mein Schwert schon gezogen und sprang nach dem Sturz, ohne Verwundung, sofort wieder auf. Im Handumdrehen war ich im Kampf mit drei Slawen, die mir von der Körpergröße und Muskelkraft her überlegen waren. Nur durch meine Geschicklichkeit und Wendigkeit, konnte ich mich zunächst den Todesstößen ihrer Waffen entziehen. Zum Glück dauerte es nicht lange und Antonius und Gero kamen mir zu Hilfe. Wir hatten uns immer geschworen, wenn jemand im Kampfe in Not ist, untereinander zu helfen. Nun war der Kampf ausgeglichen, jeder hatte einen Gegner. Ich kämpfte gegen einen bärtigen, großen Mann, der immerzu versuchte, mit seiner Axt auf mich einzuschlagen. Als ich der Wucht der Axt gekonnt auswich, traf der schreckliche Slave aus Versehen einen seiner Mitkämpfer und hielt kurz inne. Nun hatte ich die Möglichkeit, ihm mit meinem Schwert den Todesstoß zu setzen. Ich tat es und mein Schwert durchbohrte sein Herz. Der Kämpfer rang nach Luft und sank tot zu Boden, sein Blut drang mit voller Wucht aus seinem Oberkörper und spritze mir entgegen, sodass ich ebenfalls mit Blut beschmiert war. Antonius der arme Kerl, hatte im Kampf durch eine Ungeschicktheit sein Schwert verloren und so schlug der blonde Slave ihm, mit einem Hieb seiner Axt, den rechten Arm ab. Antonius schrie vor Schmerzen und sein Blut floss in Strömen. Gero konnte nach einem schwierigen Kampf, ebenfalls seinen Gegner erledigen. Wir konnten Antonius aber nicht mehr rechtzeitig helfen. Gemeinsam brachten wir dann den blonden Slawen, der gegen Antonius gekämpft hatte, zur Strecke.

Otto war mit dem Haupttrupp bis zur Mitte vorgedrungen, wo die Anführer der Slawen waren. Die meisten der Gegner waren im Kampfe gefallen. Einige Anführer konnte er gefangen nehmen. Der Kampf hatte weniger als eine Stunde gedauert. Auch in unseren Reihen gab es viele Tote und Verletzte. Nun kam die schwierigste Aufgabe, denn denjenigen, deren Leben nicht mehr zu retten war, mussten wir den Gnadenstoß verpassen. So ging es auch Antonius, unserem guten Freund und langjährigen Weggefährten, der noch immer aber stark geschwächt, um sein Leben stöhnte. Aber ihm war nach medizinischen Kenntnissen nicht mehr zu helfen, denn er hatte schon zu viel Blut verloren. Nachdem wir mit ihm gebetet hatten, setzte Gero ihm den Gnadenstoß. Ich drehte mich weg und musste bitterlich weinen. Wir hatten in ihm einen Weggefährten verloren, mit dem wir so viel erlebt hatten. So erging es noch weiteren Kameraden. Wir hatten etwa einhundert von unseren Rittern und Soldaten verloren.

Mit den gefangenen, slawischen Anführern ritten wir zur nächsten, größeren slawischen Festung, Gana. Hier hofften wir, die zahlreichen Frauen und Kinder aus Walsleben zu finden, die nicht bei den Toten in der Festungsanlage gewesen waren. Gana war eine große Anlage aus Holz. Als die Slawen sahen, dass ihre Anführer gefangen genommen worden waren, öffneten die wenigen zurückgebliebenen Soldaten die Tore und wir konnten ohne Widerstand in die Anlage eindringen. In offenen Käfigen fanden wir dort unsere Frauen und Kinder aus Walsleben. Die Freude über deren Rettung war groß. Der Slawenfürst bat Otto um Vergebung und machte Otto Versprechungen, ihn reich mit Gold und edlen Steinen zu beschenken, wenn er Gnade walten ließe. Otto, der die Vergeltung seines Vaters bei den Daleminziern miterlebt hatte und auch in seinem Weltbild geschockt war, nahm das Angebot, nach Absprache mit den anwesenden sächsischen Rittern an. Am nächsten Tag machten wir uns wieder auf den Weg zurück nach Walsleben, wo der König und die Anderen lagerten. Bis zu unserem Ziel, mussten wir einen Haltepunkt mit einem Nachtlager einrichten. Am nächsten Tag erreichten wir dann, mit unseren Soldaten und den befreiten sächsischen Frauen und Kindern, wieder die Festung Walsleben. König Heinrich I. ließ 500 Mann als feste Besatzung dort zurück, auch um anderwärtig Ordnung zu schaffen und das Burgleben zu sichern. Die Frauen von Walsleben waren ohne Männer, weil diese ja alle hingerichtet worden waren. Heinrich sprach zu ihnen: »Macht euch darüber keine Gedanken! Spätestens bis zum nächsten Frühjahr hat fast jede Frau, die jetzt noch ledig ist, einen Mann. Ähnliche Fälle haben wir schon zu genüge gehabt. So ist halt der Lauf der Dinge.« Dann ging es wieder zügig zurück nach Quedlinburg. Hier wurden wir von den Burgbewohnern herzlich empfangen. Die schöne Burganlage war kleiner als die Pfalz Werla, wurde aber oft vom König genutzt, um von hieraus zur Jagd zu gehen oder wenn er sich seiner Lieblingsbeschäftigung, der Vogelstellerei, widmete.

Auch ich blieb nun einige Zeit in Quedlinburg. Meiner Familie und mir fiel immer mehr auf, dass Mathilde nun ihren zweiten Sohn bevorzugte und ihn zum Lieblingssohn machte. Dies war auch irgendwo verständlich, schließlich waren König Heinrich, ihr Mann und Otto, nun des Öfteren unterwegs, um das Land vor Feinden zu verteidigen. Die Gefahr war groß, dass beide im Kampf getötet wurden. Somit wäre dann laut Mathilde klar gewesen, dass ihr Sohn Heinrich, die Thronfolge von seinem Vater erben würde. Daher kam der spätere Machtanspruch, den der Sohn Heinrichs für sich behauptete. Auch die Geliebte Ottos, die schöne Slawin, stieß bei Mathilde auf Ablehnung. Die Slawin hatte Otto im Jahr 927 (Anmerkung: War das nicht im Jahr 928?) einen unehelichen Sohn geschenkt, was ihm seine Mutter Mathilde nicht verzeihen konnte. Das ließ sie Otto spüren.

Nach dem Familienzwist, machte ich mich wieder auf den Weg zu meiner Burg Frohse, wo ich mit Freuden von meinen Freunden und Untertanen erwartet wurde.

Im Herbst 928 fasste Heinrich der I. auch den Entschluss, sich mitten im slawischen Gebiet festzusetzen. Es sollte eine Festung entstehen, die mehrere Monate einer Belagerung von Feinden, Slawen oder anderen, standhalten könnte. So wäre es immer möglich, einen Trupp zu formieren, welcher dann die Feinde von außen angreifen würde. Wie auch die Pfalzanlagen zu den Zeiten Karl des Großen, sollte auch hier ein Kloster mit einem Kirchenbau entstehen. Zum einen war es Heinrich I. wichtig, den christlichen Glauben unter die heidnische Bevölkerung zu bringen, aber zusätzlich sollte der Bevölkerung auch das Wissen, was in den Klöstern niedergeschrieben war, zugänglich und nutzbar gemacht werden. Die Kirche verfügte über großes Wissen, welches in zahlreichen Niederschriften festgehalten war und dass den Menschen bei Ackerbau, Viehzucht, dem Anbau und der Nutzung von Kräuter- und Heilpflanzen helfen sollte. Es gab auch Informationen zur Vorratshaltung, um einen strengen Winter überleben zu können. Dieses Wissen war durch die Mönche offen und konnte auch von den Menschen, die in der Nähe einer Pfalzanlage lebten, genutzt und angewendet werden.

Nun galt es, mitten im slawischen Gebiet, solch eine Burganlage zu finden. Heinrich I. hatte sich Gedanken gemacht und die Edlen und Großen seiner Länder zur Pfalz Werla geladen. Auch mein Vater und ich kamen mit dazu. Der Festsaal im Palast der Pfalz Werla war gut gefüllt und die Edlen des Landes wollten hören, was König Heinrich I. ihnen zu sagen hatte. Heinrich thronte auf einer Empore, neben ihm saß Otto, sechzehn Jahre jung, kampferprobt, hitzköpfig, wendig wie ein Fuchs und schnell wie ein Hengst. Ich hatte vom König den Auftrag bekommen, in den Schlachten und Kampfhandlungen, stets an Ottos Seite zu stehen. Bisher war es mir immer gelungen, ihn heil nach Hause zu bringen. Heinrich hatte mir im Vertrauen gesagt, er baue die Zukunft seiner Länder auf Otto auf. »Unser Leben ist endlich und keiner weiß, wann ihm die Stunde geschlagen hat. Wenn es so weit ist, kann es keiner mehr ändern.« hatte er damals zu mir gesagt. Mein Auftrag war klar. Ich hatte immer auf Ottos Leben zu achten.

Nachdem Heinrich nun dreimal mit seinem Königsstab auf den hölzernen Boden geschlagen hatte, kehrte Ruhe im Saal ein. Die Edlen hatten sich viel zu erzählen, doch nun war wichtig, was der König zu sagen hatte. Heinrich erhob sich von seinem großen Eichenstuhl, welcher mit Bärenfell belegt war und sprach mit lauter Stimme: »Meine guten und treuen Weggefährten! Ich danke euch für euren Mut und euren Einsatz, bei euren Diensten an meiner Seite. Ihr steht euren Mann und scheut das Risiko, vielleicht euer Leben zu verlieren, nicht. Wir haben mit den Ungarn nun einen lang ersehnten Frieden verhandelt und uns Ruhe erkauft. Dieser Umstand bietet uns nun die

Möglichkeit, den übrigen Feinden unserer Länder, in ihrem Treiben Einhalt zu gebieten. Ich möchte deshalb im nächsten Jahr, mitten im slawischen Gebiet, eine Pfalzanlage errichten. Diese soll ausreichend mit Vorräten und Waffen ausgestattet sein, so dass sie im Notfall einer großen Belagerung mindestens drei Monate standhalten kann.«

Vielstimmiges Murren unterbrach nun die Stille im Saal. Hatten die Anführer der Länder doch nun eigentlich einen langen Frieden vor sich gesehen und sich auf die Erträge aus der Landwirtschaft und aus dem Bergbau eingestellt. So konnte sich wieder etwas Wohlstand ihrer Herrschaftshäuser entwickeln. Heinrich I. fuhr energisch fort: »Ich verstehe euer Murren, aber die Angriffe aus den slawischen Gebieten, auf unsere Gebiete im Osten werden nur dann enden, wenn wir den Anführern der Slawen zeigen, wer der Stärkere ist. Und das sind wir, alle gemeinsam. Und warum müssen wir die Slawen zum Feind haben? In Frohse sehen wir, dass die Slawen auch bereit sind, mit uns zusammenzuarbeiten. Dort nehmen sie zum Beispiel regelmäßig unser Kloster Frohse in Anspruch, um ihre Kranken zu heilen. Hier können sie sich auch Wissen in der Landwirtschaft und Heilkunst aneignen und nutzen. Dies sehe ich absolut positiv. Warum sollen wir also nicht versuchen, mit den Slawen eine gemeinsame Zukunft zu entwickeln. Für mein Vorhaben habe ich einen Standort an der Elbe ins Auge gefasst. Es ist eine Burganlage aus Holz und nennt sich Meißen. Von der Burganlage Meißen aus, welche auf einem Hochplateau liegt, kann man in alle Himmelsrichtungen weit ins Land blicken. Es führt eine hölzerne Fähre zum anderen Elbufer. Feinde können bereits am Fuß des Berges, noch auf dem Weg zur Burg, gut mit einem Pfeilhagel, Katapulten und brennendem Pech in die Flucht getrieben werden. Einen Angriff, zur Eroberung Meißens, bestimme ich für das Frühjahr 929.« Heinrich I. hatte seine Gefolgsleute mit diesen durchdachten Worten überzeugt. Durch das Klopfen ihrer Schwerter auf den Boden, mit dem Handknauf nach unten und der Klinge nach oben, so dass es im hölzernen Boden keine Löcher gab, stimmten die Edlen und Ritter des Reiches zu. »So soll es also sein! Nun nehmt noch an dem Festmahl teil und lasst es euch schmecken! Dann wünsche ich euch eine gute Heimreise.« sprach Heinrich zu den Edlen. Diese dankten wieder mit dem Klopfen des Schwertes. Danach aßen sie reichlich und tranken viel. Es gab viele Gespräche untereinander, einige wurden im Laufe des Abends auch beim König vorstellig. Am Ende waren alle zufrieden und machten sich guter Dinge wieder auf den Weg in ihre Herrschaftsgebiete. Heinrich hatte ihnen gezeigt, dass er ein König zum Anfassen war.

Der Tag der großen, strategischen Schlacht im Frühjahr 928 rückte immer näher. Meißen war von der Pfalz Werla stolze 251 Kilometer entfernt. Für diesen Anmarsch würde man mindestens zehn Tage brauchen. Außerdem konnte es auf dem Weg dorthin, immer wieder zu Kampfhandlungen kommen. Der sächsische König, der diese Burganlage auf jeden Fall einnehmen wollte, hatte 10.000 Mannen mit Rüstungen, zu Pferde, mit voller Bewaffnung und etlichen Pferdekarren zusammengestellt.

Nun brachen wir auf. In meinem Zuhause, Frohse, machten wir unseren ersten Halt. Die Zelte wurden aufgeschlagen und ihre Vielfalt bildete ein Meer aus bunten Behausungen. In der Mitte stand aber nicht, wie sonst üblich, das Zelt des Königs. Ich hatte ihn auf Frohse willkommen geheißen und so schlief er in meiner Burg, in einem festen Bett. Er dankte mir für das angenehme Nachtlager und die gute Verköstigung.

In den nächsten Tagen kamen wir gut voran. Die Slawen liefen vor uns weg, denn sie hatten nicht damit gerechnet, dass ein so gewaltiges Heer, sich durch Ihr Land wälzen würde. Doch die Ruhe trog, denn als die Hälfte der Strecke zurückgelegt war, kamen wir an eine Stelle, wo der Weg durch eine schmale Schlucht führte. Es war erst gegen Mittag und trotzdem gab der König den Befehl, vor der Schlucht das Nachtlager aufzuschlagen. Er schickte Kundschafter aus, um die Gebiete um diese Schlucht zu erkunden. Es war zu gefährlich, hier blind durchzureiten, denn, wenn wir hier in eine Falle gerieten, wäre es sicher für viele von uns das Ende gewesen. Der Sachsenkönig hatte die Gefahr richtig erkannt. Nach wenigen Stunden kamen unsere Kundschafter zurück und berichteten dem König: »Mein König, die Höhen der Schluchten sind gefüllt mit slawischen Bogenschützen aus der Slawenfestung Gana. Durch diese Schlucht ist also erstmal kein Durchkommen!« Daraufhin sprach Heinrich: »Gut, ihr habt eure Aufgabe erfüllt und könnt euch zurückziehen.« Die Edlen und meine Wenigkeit berief er für den späten Nachmittag in sein Zelt. Heinrich berichtete uns, dass die Höhen der Schlucht mit slawischen Bogenschützen aus Gana besetzt waren, die darauf hofften, dass wir durchreiten würden. »Die Kundschafter haben etwa 200 Schützen auf jeder Seite ausgemacht. Ich habe folgenden Plan: Wir werden so tun, als ob wir den Weg durch die Schlucht nehmen. Wir werden das Heer aber aufteilen. Sechshundert unserer Krieger begeben sich möglichst unauffällig auf die beiden Höhen der Schlucht und haben die Aufgabe, die slawischen Bogenschützen zu beseitigen. Wenn der Weg frei sein sollte, geben sie uns ein Hornsignal. Dann werden weitere 600 Krieger zu Pferde durch die Schlucht reiten und den Weg freimachen. Am Ende der Schlucht vereinen wir uns wieder. Dann reiten wir aber nicht wie geplant weiter nach Meißen. Unser Ziel ist Gana. Diese Slawen, die Otto verschont hat, kämpfen nun gegen uns. Das kann ich nicht dulden! Wir müssen zunächst diese Festung zerstören, bevor wir uns nach Meißen aufmachen.« Dann sprach er zu mir: »Christian, du hast die Verantwortung für die Männer, welche die Bogenschützen auf den westlichen Höhen der Schlucht angreifen, während dein Freund Gisbert, die Männer auf den Höhen im Osten anführt.«

Ich blickte zu Gisbert und zeitgleich sprachen wir: »Zu Befehl! Wir werden Ihren Auftrag zu ihrer Zufriedenheit ausführen.« Wir entfernten uns mit unseren Männern von der Truppe und bewegten uns viele Kilometer zurück. Wir gingen davon aus, dass uns der Gegner beobachtete und es sollte ja nicht auffallen, dass wir einen Angriff planten. Auf Umwegen gelangten wir zu dem Tal, welches zu den Höhen der Schluchten führte. Wir bewegten uns über schmale Trampelpfade, die von der hiesigen Bevölkerung offensichtlich als Abkürzungen zu den umliegenden Orten genutzt wurden. In sicherer Entfernung zu unserem Ziel sprach ich zu meinen Männern: »Nun gilt es, äußerste Vorsicht zu waren. Wenn die Slawen uns zu früh bemerken, sind wir ihrem Pfeilhagel nahezu wehrlos ausgesetzt und noch dazu wäre unser gesamter Plan gefährdet, da sie gewarnt wären. Wir müssen so nah wie möglich an sie herankommen. Am besten warten wir die Dunkelheit ab und überraschen sie dann.« Ich hatte zunächst noch die Befürchtung gehabt, dass es zu dunkel sein könnte und wir nichts mehr erkennen würden. Doch am Himmel war kaum eine Wolke zu sehen und so würde uns der vorherrschende Vollmond genug Licht auf die Wege werfen. Ich teilte meine Männer nochmal und schickte sie in zwei Gruppen los. Jeder von uns wusste, dass wir ohne jede Verzögerung und ohne Rücksicht auf das eigene Leben sofort angreifen mussten, sobald wir erkannt wurden. Wir kamen ziemlich nah an das gegnerische Lager heran. Von der anderen Seite der Schlucht drangen laute, slawische Stimmen zu uns herüber. Gisbert hatte seinen Angriff offenbar gerade begonnen. Schreie, Rufe, Kommandos, Kampflärm, Todesangst und Schmerzrufe, schallten durch die Vollmondnacht und durch das Tal. Nun mussten auch wir angreifen. Ich rief mit lauter Stimme: »Männer zum Angriff! Versucht, so viele Gefangene wie möglich zu machen!« Die Slawen waren völlig überrascht und wir hatten sie schnell überwältigt, während auf der anderen Seite der Schlucht, noch immer Kampflärm zu hören war. Als auch dieser Lärm verstummte, gab ich das vereinbarte Hornsignal. Kurz danach ertönte das Hornsignal auch von Gisberts Seite. Die Höhen waren nun von uns besetzt und der Weg durch das Tal damit für den König und unsere Kameraden frei. Während meine Männer und ich auf unserer Seite etwa 150 Slawen gefangen nehmen konnten, war Gisbert auf seiner Seite doch in größere Kampfhandlungen verwickelt worden und hatte ungefähr 100 Männer eingebüßt, ohne Gefangene machen zu können. Die Gefangenen wurden auf die freien Pferde gebunden und von 30 Soldaten bewacht. So machten wir uns auf den Weg, ohne dass auch nur einer unserer Männer zurückbleiben musste. Die Pferde brachten uns zudem zügig voran. Nach unserem Zusammenschluss mit den vom König angeführten Truppen, bewegten wir uns in einem großen Tross auf Gana zu.

Gana war eine riesige, slawische Befestigungsanlage. Auf dem Weg dorthin überquerten wir zwischen den slawischen Orten Mutzschen und Grimma, den kleinen Muldefluss an einer seichten Stelle. Durch Meldereiter mussten die Slawen schon vorgewarnt worden sein, denn alle slawischen Dörfer, die wir durchquerten, waren menschenleer und sämtliches Vieh war fortgebracht worden. Als wir schließlich das Jahnatal erreichten und uns der Festung näherten, sahen wir noch von weitem, wie die Menschen dort mit Eile ihre Kühe, Schafe, Schweine und Ziegen in die Anlage trieben.

Wir schlugen unser Lager nahe der Fluchtburg Gana, aber in sicherer Entfernung von den dort positionierten Bogenschützen der Burg, auf. Die Befestigungsmauer bestand aus einer sechs Meter hohen Mauer, auf welcher sich ein hölzerner Wehrgang befand. Zwischendrin befanden sich immer wieder hölzerne Wachtürme, die eine Höhe von acht Metern hatten. Diese Türme waren nun überfüllt mit Bogenschützen, welche ihre gefährlichen Pfeile abschossen, sobald wir in die Nähe der Burg kommen würden.

Heinrich zog sich zur Beratung mit den Edlen, Otto und mir, in sein Zelt zurück. Der König sprach: »Gana ist das beste Beispiel dafür, dass es uns unsere Feinde nicht danken, wenn wir Ihnen das Leben schenken. Als Dank wollten sie uns vernichten, doch sie haben scheinbar nicht mit einer solchen Übermacht gerechnet. Die Fluchtburg Gana besteht aus vielen einzelnen Häusern mit Strohdächern. Die Festungsanlage ist im Norden, Osten und Westen von sumpfigem, weitläufigem Gelände umgeben. Außerdem wird sie von zwei Flussarmen der Jahna umschlossen, so dass ein Zugang nur von Südosten möglich ist. Ein Angriff macht also nur von Süden aus Sinn, deshalb habe ich hier unser Lager aufgeschlagen.« Anhand einer groben Zeichnung erklärte er weiter: »Der Zugang zur Burganlage, die eine Größe von etwa 3,5 Hektar hat, ist gut geschützt. Der Hauptzugang ist durch einen hohen Wall geschützt, welcher sich in einer Entfernung von etwa 200 Metern befindet. Auf diesem Wall und dem Platz davor, befinden sich massenhaft slawische Krieger. Nach unseren Schätzungen, handelt es sich dabei um etwa 2.000 Kämpfer. Hier wird die entscheidende Schlacht stattfinden. Gehen wir als Sieger aus ihr hervor, gehört Gana uns. Dann werden wir auch die Festungsanlage Meißen einnehmen können und mitten im slawischen Gebiet sesshaft werden. Als erstes gilt es, die Wallanlage zu stürmen. Auf ihr tummeln sich die slawischen Krieger, Bauern und Adlige. Die Bauern, die sogenannten Nahkämpfer, sind ausgerüstet mit Äxten, welche sie auch als Arbeitswerkzeug benutzen könnten. Sie sind nur einfach gekleidet. Die slawischen Bogenschützen sind gut ausgebildet und dafür bekannt, dass sie jederzeit in der Lage sind, einen Gegner mit ihrem Pfeilhagel zu vernichten oder auf Distanz zu halten. Diese Krieger und die Adligen tragen Eisenhelme und lederne Schutzkleidung, die den einen oder anderen Pfeil abwehren können oder auch mal einem Schwerthieb oder ein Axtschlag standhalten. Als Waffen haben die Krieger und Adligen ein Kurzschwert, einen Dolch für den Nahkampf, eine hölzerne Lanze mit einer scharfen Eisenspitze, um sich einem Angriff von Reitern zu erwehren und zum Schutz große Schilder, die vor einem Pfeilhagel auch genug Schutz für zwei Männer bieten.« Er blickte uns an und sprach weiter: »Wir werden durch unsere hervorragenden Baumeister, große, hölzerne Schleudern bauen lassen, die brennendes Pech und Steinbrocken in die Wallanlage schleudern. Haben wir erstmal die Wallanlage eingenommen, können wir uns an die Burgmauer und die Festung heranmachen. Ein sofortiger, totaler Angriff würde zu viele Männer kosten. Eine Belagerung würde auch zu lange dauern. Wie ihr bei unserem Eintreffen gesehen habt, wurde reichlich Vieh in die Anlage getrieben.« Wir stimmten dem König zu. Es würde also ein langer Kampf werden.

Nach ein paar Wochen konnten wir zwei unserer Angriffsgeschütze in Stellung bringen. Sie brachten aber nur wenig Erfolg, da die Wallanlage zu groß war. Der Sachsenkönig hatte die bisherigen Angriffe genau beobachtet und erkannt, dass der Pfeilhagel gegen unsere Truppen, nach ein paar Tagen stets nachließ. Deshalb ließ Heinrich I. seine Truppen aufteilen und immer getrennt voneinander angreifen. Bei den ersten zehn Angriffen, waren unsere Männer stets gut geschützt, gegen die Pfeile der slawischen Bogenschützen. Diese bemerkten seine List nicht und trafen mit ihren zahlreichen Pfeilen nur selten. Nach dem zehnten Tag unserer Angriffe merkten wir, dass der Beschuss mit slawischen Pfeilen nachließ. Nun konnten wir es wagen, die Wallanlage zu stürmen. Heinrich gab das Angriffssignal und 2.000 gut gerüstete Krieger, galoppierten auf die Wallanlage zu. Sie kamen bis vor die Wallanlage, dann wurde Meter um Meter gekämpft. Viele unserer tapferen Krieger verloren bei diesem Angriff ihr Leben. Nun kam ein zweiter Stoßtrupp, zu dem auch Otto und ich gehörten. An diesem elften Tag brachten wir die Wallanlage zu Fall. Vorbei an unseren gefallenen sächsischen Kameraden, stürmten wir dann in Richtung Festung. Dabei konnte auch das Heer, von berittenen slawischen Kriegern, nicht lange standhalten, welches den Weg zur Festung schützen sollte. Es wurde um jeden Meter hart gekämpft. Wir wechselten uns in den Kämpfen ab, aber die slawischen Krieger waren unter Dauerdruck. Für sie war keine Erholung möglich und sie waren auch nicht in der Lage, ihre Verwundeten in die Burganlage zurück zu transportieren. Innerhalb der Wallanlage war der Boden übersät mit toten sächsischen und slawischen Kriegern. Einige unserer Männer beseitigten die Leichen und begruben sie. So entstand in der Nähe der Burganlage ein großes Massengrab, denn wir machten keinen Unterschied, ob es ein sächsischer oder slawischer Gefallener war.

Als wir die Wallanlage komplett eingenommen hatten, schickte unser König einen Boten in die Festung. Er bot den Slawen, auf Pergament geschrieben an, ihr Leben zu verschonen, wenn sie sich ergeben würden. Doch dies kam ihnen nicht in den Sinn. Als Zeichen der Missachtung, wurde unser Bote getötet, sein Kopf abgeschlagen und aufgespießt und sein Körper über die Festungsmauer geworfen. Der aufgespießte Kopf wurde an seinem Pferd befestigt und aus dem Tor der slawischen Festung, auf uns zu gejagt. Die hier ansässigen Slawen hofften auf Verstärkung. Diese kam aber nie an, da Heinrichs Heer so gewaltig war und die anrückenden Kampftruppen der Slawen auf dem Feld schlug, oder nach Meißen vertrieb.

Nun gab Heinrich den Befehl, die Burganlage ohne Rücksicht auf Verluste einzunehmen. Da wir die Wallanlage genommen hatten, konnten unsere Geschütze so nahe herangebracht werden, dass wir die Festungsmauer zerstören konnten und viele Wohnhäuser in Brand setzten. Nach dem 19. Tag des Kampfes, drangen wir unter dem letzten, leichten, slawischen Beschuss, in die Festungsanlage ein. Nun begann für die Slawen ein ungleicher Kampf auf Leben und Tod. Sie waren uns an Waffen und in der Kampfkraft hoffnungslos unterlegen. Alle Erwachsenen wurden getötet und die Kinder sollten in die Sklaverei geschickt werden. Ein Sklave brachte ca. 300g Silber in Münzen. Dies war das Dreifache eines Schlachtrindes, oder einer Milchkuh, oder etwas mehr als ein Reitpferd. Dann gab der König den Befehl, die ganze Anlage zu zerstören. Die Beute der Plünderung stand seinen Kriegern zu.[93]

Nach einer Woche der Ruhe, brachen wir dann in Richtung Meißen auf. Zwei Kilometer vor Meißen, schlugen wir unser Lager auf. Von der Ebene aus konnten wir das Tal gut überblicken und die Erhebung vor der Elbe erkennen, auf welcher die stolze und riesige Festungsanlage aus Holz errichtet war. In ihr vermuteten wir etwa 2000 kampfbereite slawische Krieger. Im Tal gab es viele kleine Siedlungen mit Viehzucht und Landwirtschaft. Es musste sich um sehr ertragreichen Boden handeln, denn es hatten sich hier zahlreiche Bauern niedergelassen.

Heinrich hatte in meinen Augen, hier einen guten Standort gewählt, doch diese harte Nuss mussten wir erst knacken. Wir bauten ein riesiges Lager auf. Die Baumeister unseres Trupps gaben den Auftrag, im Wald eine große Anzahl an Bäumen umzulegen. Dann fand eine riesige Bautätigkeit statt. Es wurden Rammböcke, Sturmleitern, große Katapulte für Steine und Feuerbälle aus Pech erstellt. Einen Angriff von slawischer Seite, hatten wir nicht zu befürchten, denn die 2.000 Kämpfer wären gegen unsere 8.000 Männer, in einer offenen Schlacht hoffnungslos unterlegen. Auf der östlichen Seite der Elbe, beobachteten wir ein reges Treiben. Von dort erfolgte über Fähren, der Nachschub für die Festungsanlage Meißen. Dieser Nachschubweg im Osten war gut geschützt und wir hatten auch keine Möglichkeit, diese Stellen unmittelbar anzugreifen. Unser erstes Ziel war

---

[93] Vgl. Werner Ziegner Ostrau, Der Kampf um die Sorbenfestung Gana, Druck und Verlag Lommatzscher Druckpflege, Herausgegeben vom Heimtverein Jahna e. V. 2009, Seite 8 bis 18

es daher, die Festungsanlage von Westen aus anzugreifen und die Burganlage so weit zu zerstören, dass ein Einfall möglich sein würde. Auch auf unserer Seite funktionierte der Nachschub für die Truppen, mit Lebensmitteln von Sachsen und den umliegenden Orten gut. Genug Nahrung und ausreichend frisches Wasser, hielt die Moral und die Kampfstärke der Truppe hoch. So gingen einige Wochen emsigen Bauens und Vorbereitens ins Land.

Dann bat Heinrich seine Edlen und Ritter für den nächsten Tag zur Beratung in sein großes, grünweißes Zelt. Als wir uns alle versammelt hatten, sprach der König: »Es ist an der Zeit. Morgen werden wir die Festung angreifen.« Alle Anwesenden stimmten zu und machten anschließend ihre Truppen bereit.

Schon am frühen Morgen setzten unsere Angriffe durch die Katapulte ein, welche Pechbälle und schwere Steinbrocken, in Richtung der hölzernen Festung Meißen schleuderten. Der Himmel verdunkelte sich mehrmals durch den dichten Pfeilhagel. Die Katapulte waren gut geschützt, aber das reitende Heer musste erstmal in die Nähe der Burganlage kommen. Dann gab Heinrich seinen Männern das Kommando zum Angriff. Er selbst blieb zurück und beobachtete die Schlacht von Weitem. Unter großem Jubel, stürmte seine Armee auf die Burganlage der Slawen zu. Sein Sohn Otto zog sich ebenfalls eine Rüstung an und machte sich bereit, in die Kampfhandlungen einzugreifen. Dies bedeutete für mich, der ich für das Leben des Königssohnes verantwortlich war, dass ich ebenfalls mit in die Schlacht ziehen musste. Wir hatten die Aufgabe, mit einem hölzernen Rammbock ein Tor der Vorburg zu zerstören. Dies würde dann den ersten Weg frei machen zur Hauptburg. Unsere Katapulte zerstörten die Wehranlage von Meißen und überall brannte es. Es bot sich jetzt eine gute Möglichkeit, die Burganlage einzunehmen. Mit vielen Männern und Otto an meiner Seite, bewegten wir einen Rammbock auf das letzte Stück der hölzernen Burganlage, auf der Vorburg im Westen zu. Der Boden war etwas rutschig, aber wir kamen gut vorwärts, da wir vor den Rammbock erstmal zwei Pferde gespannt hatten. Diese hatten wir geschützt, doch etwa fünfzig Meter vor dem Tor brachen sie, von Pfeilen getroffen, zusammen. Nun mussten wir die Tiere erstmal aus dem Weg räumen, was uns viele Männer kostete. Wir standen unter starkem Beschuss der Bogenschützen und zahlreiche Pfeile durchbohrten ihre Körper. Männer, die nicht sofort Tod waren, lagen jammernd auf dem matschigen Boden. Jene, die noch laufen konnten, schleppten sich wieder zurück, um ihre Verletzungen behandeln zu lassen. Viele von uns kamen aber dicht an die Burganlage heran. Sie hatten sich, wie Otto und ich, gut mit großen Schildern geschützt. Ich bemerkte, wie wir durch eine Ölschicht liefen, da streckte sich Otto und schrie: »Vorwärts Männer! Nur noch wenige Meter und wir rammen das Tor ein.« Kaum hatte er die Worte gesprochen, traf Otto ein Pfeil und durchbohrte seine rechte Schulter. Er schrie voller Schmerz auf: »Verdammt mich hat es erwischt!« Er konnte nicht mehr weiterkämpfen. Schnell kamen noch mehr sächsische Kämpfer herbei, um Ottos und meinen Platz einzunehmen. Ich nahm mich des verwundeten Königssohnes an und versuchte, schnell den Rückzug anzutreten, denn Ottos Wunde musste behandelt werden. Es war Glück im Unglück, wie sich kurz danach herausstellte. Die Slawen hatten den Boden mit Öl getränkt und schossen nun Brandpfeile ab. Innerhalb kurzer Zeit brannte die gesamte Fläche vor der slawischen Burg. Wir mussten mit ansehen, wie viele unserer Männer verbrannten. Wir hörten ihre zahlreichen elenden Schreie und großen Jubel auf der slawischen Seite. Heinrich erkannte, dass die Schlacht heute nicht zu gewinnen war und ließ die sächsischen Hornbläser zum Rückzug blasen. Wir hatten etwa 1.000 Männer verloren, aber unsere Truppe war immer noch fast 7.000 Mann stark. Wir hatten jedoch die Verteidigungskraft Meißens unterschätzt. An einen Sieg war in der augenblicklichen Situation nicht zu denken. Heinrich ärgerte sich lautstark:

»Verdammt! Ich hatte nicht gedacht, dass es so schwer sein würde, die Burganlage einzunehmen.« Otto hatte Glück, seine Wunde heilte gut und war nach einer Woche schon fast vergessen.

Nach zehn Tagen bat der König erneut zur Besprechung in sein Kommandozelt. Die Lage war sehr angespannt. Der Nachschub funktionierte zwar von sächsischer Seite hervorragend, aber auch auf slawischer Seite war der Nachschub an Waffen, Nahrung und Menschen ungebrochen. Die Fähren brachten vom östlichem Elbufer her, immer neues Material zur Festungsanlage Meißen. Der König sprach zu Otto und den Edlen: »Wie sollen wir diese Schlacht zu Ende bringen? Wir sind in einer Situation, die als Unentschieden bezeichnet werden kann. Wir kommen nicht vorwärts und auch nicht zurück. Mittlerweile haben die Slawen auch die Schäden an ihrer Burganlage weitestgehend ausgebessert. Ich habe Boten entsandt, dass noch 2.000 Männer zu uns stoßen sollen, denn ich rechne damit, dass die Slawen sich jetzt immer weiter verstärken, um dann einen Entlastungsangriff gegen uns zu wagen.« Heinrich blickte in die Runde und sprach weiter: »Ich bin überfragt und weiß nicht, wie wir den Feind in die Knie zwingen können.« Ich nahm meinen Mut zusammen und übernahm das Wort: »Mein König, ich habe Ihnen einen Vorschlag zu machen. Durch meine Vorfahren bin ich der slawischen Sprache mächtig und auch einige meiner Männer sprechen diese Sprache. Wir haben hundert slawische Krieger in Gefangenschaft genommen. Wenn wir uns ihrer Bekleidung bemächtigen, gibt es vielleicht eine Möglichkeit, uns einer List zu bedienen. In dieser Verkleidung müssten wir dann aufbrechen und auf Umwegen versuchen, im Süden die Elbe zu überqueren, um dann über das östliche Elbufer, mit dem Nachschub der Slawen in die Burganlage zu gelangen. Bleiben wir unerkannt, könnten wir dann nachts ein oder zwei Tore besetzen und diese unbemerkt öffnen, damit ihr dort, in einem Überraschungsangriff einfallen könnt.« Der König überlegte kurz und sagte dann: »Dein Vorschlag ist sehr gut Christian und ich denke, wir sollten es wagen. Die Kleidung wurde den Slawen schon abgenommen und gereinigt. Nimm die Sachen und suche dir 100 Männer aus, mit denen du dich auf den Weg machst.« Die Gefangenen hatten sich damals über die frischen Sachen gefreut und nun sollte uns ihre Kleidung als Tarnung dienen.

Wir bewegten uns mehrere Tage, über schmale Wege und dichte Wälder Richtung Süden. Nach drei Tagen erreichten wir eine breite Stelle, die an der Elbe zum Fährbetrieb genutzt wurde. Wir riefen den Fährmann in slawischer Sprache und er kam mit seinem Floß, um uns über die Elbe zu schippern. Nach einem weiteren Tag Marschzeit, gingen wir wieder auf die Burg Meißen zu. Wir kamen mit vielen Slawen in Kontakt, die Nahrung, Waffen und Material zur Burganlage Meißen brachten. Unter ihnen waren auch weitere Kämpfer, die in die Schlacht gegen uns Sachsen ziehen wollten. Durch die Hektik und weil jede helfende Hand auf der Burg gebraucht wurde, kamen wir unerkannt in die Burganlage Meißen und gelangten ohne Probleme ins Innere. In einem unbeobachteten Moment, teilte ich meine Männer auf zwei Tore auf. Die Slawen hatten in der Zwischenzeit schon zwei Angriffe zu Pferd, gegen die Sachsen gewagt, mussten aber merken, dass sie den Sachsen so hoffnungslos unterlegen waren. Unter großen Verlusten hatten sie sich dann zurückgezogen. Meinen Männern hatte ich den Befehl gegeben, in der zweiten Nacht die beiden Tore in Richtung Westen zu öffnen, von wo dann unsere Männer einfallen konnten. Wir hatten uns zu je fünfzig Mann aufgeteilt, sodass wir, auf beiden Toranlagen die Mehrheit stellten. Dort fanden wir auch reichlich Pfeile und Brandpfeile vor. Nun hatten wir auch die Möglichkeit, von unserer Position aus, die Pech- und Ölkessel, die hier in der Burg standen und welche von uns mit einem Pfeil zu erreichen waren, in Brand zu stecken. Als der Abend gekommen war und wir in Überzahl die Toranlagen bewachten, rief ich laut in slawischer Sprache: »Männer, los geht's!« Die slawischen Soldaten, die mit uns auf der Toranlage standen, verstanden das Kommando nicht und wurden völlig überrascht. Erstaunt flogen sie über die Toranlage oder wurden von uns niedergestreckt. Dann schossen wir Brandpfeile in Richtung der Burganlage und schnell brannte unser näheres Umfeld. Große Hektik kam auf und die Slawen wussten nicht, was ihnen geschah. Unsere Truppen hatten sich zu Pferd unauffällig genähert und sahen nun die riesigen Brandstellen. Sie waren kampfbereit und dies war ihr Startsignal. Sofort machten sie sich auf ihren schnellen Pferden, auf in Richtung Meißen. Innerhalb kurzer Zeit hatten wir die schweren, hölzernen Zugbrücken der beiden Toranlagen heruntergelassen. Schon nach kurzer Zeit füllten sich die Innenhöfe mit sächsischen Soldaten und in der gesamten Burganlage waren Kampflärm und Schreie zu hören. Heinrich hatte den Befehl erlassen, das Leben der Slawen und ihrer Anführer, soweit es ging, zu verschonen. Wir zogen einen Teil unserer slawischen Uniformen aus und banden uns ein grünes Band um. Dies war unser Zeichen, dass wir Sachsen waren und dann traten wir mit in die Kampfhandlungen ein. Otto hatte sich mit den sächsischen Truppen durch die Burganlage gekämpft und jetzt kämpfte ich wieder an seiner Seite. Wir machten viele Gefangene, die sofort in unser Lager gebracht wurden. Wir hatten große Verluste, doch der Sieg am Ende der Schlacht war uns gewiss. Nach mehreren Stunden hatten wir unser Ziel erreicht. Die Burg Meißen war in sächsischer Hand. Zunächst hatten wir noch keinen genauen Überblick, ob wir Anführer gefangen genommen hatten. Bereits am nächsten Tag hatten wir aber diese Informationen. Für Heinrich war dies ein voller Erfolg. Nun hatte er seinen strategischen Platz, mitten im slawischen Gebiet.

Es kam zu einem großen Fest auf der Burganlage. Am Ende des Festes, sollte ein Vertrag mit den slawischen Anführern geschlossen werden. Es sah zwar bisher wie eine Unterwerfung der Besiegten aus, doch Heinrich hatte nicht das Ziel, die Anführer zu töten. Er suchte stattdessen mittelfristig Verbündete in dem neu eroberten Gebiet, welches er längerfristig noch weiter ausdehnen wollte. Die Menschen hier sollten auch von den Sachsen profitieren, indem ihnen die Mönche ihr Wissen über Landwirtschaft und Heilkunst näherbrachten. Auf dem Hochplateau der Meißener Burganlage wurde also ein Vertrag mit den Slawen geschlossen. Die slawischen Anführer nahmen den Vertrag an, damit konnte eine sächsische Zukunft, für die slawischen Gebiete gelegt werden.

Nach einer Woche machten wir uns mit dem König und seinem Sohn, wieder auf den Weg zurück in unsere heimischen Gebiete. Auf der Burganlage ging es an den Wiederaufbau. Dafür blieben etwa 2.000 Männer und mehrere glorreiche Ritter dort. Sie sollten den Standort weiter ausbauen und die Verteidigungsfähigkeit wiederherstellen. Hier ließ er zuerst eine große Wehranlage aus Holz errichten. Auch der Bau einer großen Kirche und Klosteranlage aus Stein wurde begonnen. Die Mönche hatten von Heinrich I. den Auftrag bekommen, die slawische Bevölkerung zu christianisieren.

Info: Das folgende Bild zeigt Heinrich I. auf einem Berg. Später wurde dort die Burg Meißen erbaut. Vor ihm steht, links unten, ein slawischer Anführer mit einem Vertrag. Neben diesem steht ein Bischof, der für die Missionierung der slawischen Gebiete steht. Rechts unten sieht der Betrachter einen Slawen, der ein weiße Fahne als Zeichen des Friedens mit den Sachsen schwenkt. Hinter Heinrich I. steht sein Heer. Rechts unten auf dem Bild soll die blaue Fläche auf die Elbe hindeuten. Das Bild stammt von der Albrechtsburg in Meißen. Leinwandskizze zur Gründung der Burg Meißen durch Heinrich I. Bild von Anton Dietrich, um 1875, Öl auf Leinwand. Photo: Christian Lohmeier 20.06.2012

Heinrich der I. hatte, mitten im slawischen Gebiet, die Burg Meißen gegründet. Dies sollte auch den Machtanspruch über die Slawen besiegeln.[94]

Heinrich I. hatte mit der Errichtung eines sächsischen Stützpunktes auf der Burg Meißen, mitten im slawischen Gebiet, die Aufstände in den Griff bekommen. Meißen war ein strategisch wichtiger Standort. Von hier aus konnten die Herrscher weit ins Land schauen und auch den Lauf der Elbe in beiden Richtungen gut beobachten. Die besiegten Slawen nahmen den christlichen Glauben an.

Für uns ging es zu Beginn des Frühjahres 929 in Richtung Böhmen, welches seiner Tributpflicht gegenüber Heinrich I. nicht nachgekommen war. Wir zogen nach Prag, einer schönen und gut befestigten Stadt. Der bayrische Herzog, Arnulf von Bayern, unterstützte uns dabei. So zählten wir ca. 8.000 berittene Kämpfer. Es war sowohl im Interesse König Heinrichs, als auch des bayrischen Herzogs Arnulf, die Macht über die Böhmen, das hieß über dessen Herzog Wenzel, zu

---

[94] Lingen Verlag, Faszination Mittelalter, Rätsel und Geheimnisse einer Epoche Seite 91

erlangen. Die Böhmen als Untergebene zu haben, war sehr wichtig, da von hier aus die Ungarn oft ihre Beutezüge starteten. Von der großen Anzahl der ankommenden Krieger geblendet, unterwarf sich Herzog Wenzel dem König und dem Herzog von Bayern kampflos. So blieben viele Menschenleben verschont. Er setzte sich in der Folge für die Christianisierung seines Volkes ein, wofür er später heiliggesprochen werden sollte. Allerdings bezahlte er dieses Verhalten auch mit dem Leben, denn wenig später, wurde er im Auftrag seines Bruders Boleslaw ermordet, der sich den Sachsen und Bayern nicht kampflos ergeben hätte.

Im Norden konnten die Grafen König Heinrichs die Wilzen, Redarier und Obodriten, unter die Oberhoheit des sächsischen Königs zwingen, während wir uns mit den südlichen, slawischen Völkern herumquälten. Als Vorteil erwies es sich, dass wir mit den Ungarn Frieden geschlossen hatten. Dies hatte auch verschiedene slawische Herzöge beeindruckt, welche sich so dem Schutz des Königs Heinrich freiwillig unterstellten. Dennoch war es ein Wahnsinn: hatten wir an der einen Grenze Ruhe, brachen die Unruhen an andere Stelle wieder auf. Nach kurzer Zeit erhoben sich auch die Redarier wieder und suchten mit uns die kriegerische Auseinandersetzung.

8.1 Heirat Otto des Großen und Nachfolgeregelung, 929

Um das Treiben Ottos mit seiner schönen, slawischen Gespielin zu beenden, forderte Heinrich I. seinen Sohn auf, die Vermählung mit einer standesgemäßen Frau einzugehen. Sie sollte die Nachfolge sichern und auch einer königlichen Familie entstammen, um die Beziehungen in Europa zu diesem Land enger zu knüpfen. Sie sollte aber möglichst auch eine Frau von gleichem Blut sein. Hier kam nur die Königstochter der Angelsachsen in Frage. Die Angelsachsen waren ein verwandter Stamm der Sachsen. Sie hatten durch die Völkerwanderung das Festland verlassen und waren auf der Insel Großbritannien sesshaft geworden. Die freundschaftlichen Kontakte waren nie abgebrochen und es fand immer noch ein reger Austausch an Waren, Menschen und Wissen zwischen den beiden Völkern statt. Dies alles war nun mit Otto besprochen worden und dieser hatte sich seiner neuen Aufgabe bereitwillig gefügt. Schließlich war auch ihm klar, dass das Verhältnis mit der schönen Slawin, nicht von Dauer sein konnte. Die Slawin wurde ins Kloster geschickt und ihr unehelicher Sohn, bekam eine gute kirchliche Ausbildung.

Noch im Frühjahr 929, sollte die Hochzeit, auf der Quedlinburg stattfinden.

Dazu geladen wurden also, der angelsächsische König Aethelstan und seine Halbschwester Editha. Da Editha immerhin schon siebzehn Jahre zählte und die meisten Frauen für gewöhnlich bereits mit zwölf bis vierzehn Jahren verheiratet wurden, hatte der König Aethelstan etwas Bedenken. Er befürchtete, Otto könnte die Hand seiner Halbschwester verweigern, weil sie ihm zu alt wäre. Aus Furcht, die Familienbande könnte so vielleicht nicht zustande kommen, wollte er auch die jüngere Schwester Aelfgifu mitnehmen. Der Brautführer der beiden sollte der Bischof Kynewald von Worcester sein. Beide Mädchen waren sehr religiös. Außerdem würde der König Aethelstan von seiner Ehefrau und einer Auswahl an Edlen des Landes begleitet werden.[95]

Mit dieser Hochzeit hatte Otto die Chance, gleichzeitig Schwager des englischen Königs, als auch des Königs von Westfranken zu werden. Dessen Frau Eadgifu sowie Eadhild, die Frau des Herzogs von Franzien, waren Schwestern Edithas. Es sollte ein verwandtschaft-

---

[95] Vgl. von S. Fischer-Fabian, Die deutschen Cäsaren, Droemer Knaur Verlag, Darmstadt 1977

liches Netz von bedeutenden Herrschern in Mitteleuropa geknüpft werden.[96]

Heinrich I. wollte, dass mit dieser Vermählung ein für alle Mal, der Anspruch auf die Krone innerhalb seiner Familie gewahrt bleibt. Otto sollte dann später, im Herbst 929, auch die alleinige Thronfolge antreten.

Die beiden Schwestern stammten aus dem Königshaus Wessex (Westsachsen), England. Sie waren der einzige angelsächsische Stamm, der sich gegen die Wikinger im 9. Jahrhundert behaupten konnte.

Auch Aethelstan, der König von Wessex, hatte Ziele und versuchte auf verschiedenen Wegen, umfassenden politischen, sozialen und religiösen Rückhalt auf dem Festland zu finden. Die Sachsen und die Angelsachsen hatten im Nordosten dieselben Feinde, die Wikinger. Deshalb plante er, die Schwester, für die Otto sich nicht entscheiden sollte, mit Ludwig von Burgund, dem Bruder des burgundischen Königs Rudolf II. zu vermählen. Dass es eine Wahl Ottos zwischen den beiden Schwestern des Königs von England geben sollte, war weder mit Heinrich I. noch mit Otto, abgesprochen.[97]

Der König von Burgund und sein Bruder Ludwig waren also ebenfalls geladen. Hinzu kamen Herzog Hermann von Schwaben, Herzog Arnulf von Bayern, Herzog Giselbert von Lothringen mit seiner Frau Gerberga, Ottos Schwester und der Mainzer Erzbischof Heriger, welcher die Trauung mit durchführen sollte. Es war zu erwarten, dass alle geladenen Edlen, auch reichlich Gefolge mitbringen würden.

---

[96] Vgl. von Matthias Puhle, Otto der Große, Magdeburg und Europa, Essays, Philipp von Zabern, Mainz, Seite 491
[97] Vgl. von Matthias Puhle, Otto der Große, Magdeburg und Europa, Essays, Philipp von Zabern, Mainz, Seite 120

Jeder konnte sich vorstellen, dass es dann, auf der Quedlinburg reges Treiben und Durcheinander geben würde. Deshalb wurden unter anderem Tischsitten festgeschrieben, an die sich die eingeladenen Personen zu halten hatten. Hier ihr Wortlaut:

1. »Das gemeinsame Nutzen eines Löffels mit dem Tischnachbarn ist untersagt!
2. Ins Tischtuch rülpst und schnäuzt man nicht rein!
3. Bevor getrunken wird, ist der Mund abzuwischen, damit nicht in den Becher das Fett vom Mund rinnt! Dies ist nur notwendig, wenn man sich mit dem Nachbarn einen Becher teilt. (Dies kam oft vor, weil man von Wein oder Bier oder von verschiedenen Sorten probierte.)
4. In die Schüssel werden keine abgeknabberten Knochen gelegt!
5. Es ist nur mit den ersten drei Fingern zu essen, wobei Ringfinger und kleiner Finger abzuspreizen sind!
6. Zum Essen soll man nur frisch gewaschen und mit frischer Kleidung erscheinen, um kein Ungeziefer an die Tafel zu tragen.
7. In die Finger ist nicht zu Schnäuzen!
8. Es ist zu unterlassen, als Herr zu eng an die Damen heranzurücken! Ebenfalls ist es zu unterlassen, die Damen mit derben und unsittlichen Sprüchen zu belästigen!
9. Die Hände sind, nach dem Essen, in den dafür vorgesehenen Schüsseln mit Wasser zu säubern und die danebengelegenen Tücher sind da, um die Hände zu trocknen!«[98]

Diese Tischordnung sollte manche Peinlichkeit verhindern, schließlich wollte die königliche Familie der Sachsen, der königlichen Familie der Angelsachsen gefallen. Bekanntlich waren die Sitten zu Tisch, an bestimmten Feiertagen in dieser Zeit oft rau.

---

[98] Vgl. von Uta Luise Zimmermann-Krause, Kaiserlich speisen wie Otto der Große, Edition Mitteleuropa, Auflage 1, Magdeburg Seite 72

Auch sollten Musik und Tanz die Hochzeitsgesellschaft auflo-
ckern. Hierzu sollte ein Gesellschaftstanz eingeübt werden. Dazu
waren wieder die eingespielten Tanzpaare aus meiner Zeit als Knappe
gefragt. Dies waren zum einen Ottos Schwester Hadwig und mein Bruder Siegesmund, dann Martina, die Zofe der Königin, und Reinhard,
welcher extra aus Grone angereist war und mein Bruder Siegesmund
mit Hadwig. Da Siegesmund aber erkrankte, musste ich als Tanzpartner für Hadwig einspringen. Dies war mir nicht so ganz recht, hatte
schließlich Hadwig schon mal Interesse an mir bekundet und ich dies
abgelehnt. Aber ich musste mich dem Befehl des Königs und Ottos
fügen und reiste ebenfalls nach Quedlinburg. Am Hofe war, die für
den Tanz Verantwortliche, von meinen Tanzkünsten überzeugt, doch
für mich war stets Elisabeth die Tanzexpertin gewesen, die uns sicher
über die Tanzfläche geführt hatte. Hadwig und Martina freuten sich,
uns Männer wieder zu sehen und auch die schöne Hofdame Barbara
und der Ritter Kurt stellte mit Erstaunen fest: »Mensch, ihr seid ja
richtige Männer geworden!«

Wir bekamen also den Auftrag, diesen Tanz vor der Gesellschaft
aufzuführen und sollten dann die Festgäste zum Mittanzen und Nach-
machen auffordern. Wir verbrachten viele gemeinsame Stunden miteinander und ich fühlte mich in den königlichen Gemächern, die
zum Üben des Tanzes bereitgestellt wurden, wieder wie zu Hause.
Unser Ziel war es, einen einfachen Tanz vorzumachen, der sich aus
einem beliebten Rund- und Reigentanz zusammensetzte. Wir probten
im großen Festsaal der Pfalz Quedlinburg. In der rechten Ecke, nahe
eines großen Landschaftsbildes, hatten sich die Musikanten eingefunden, um zu üben und uns musikalische Unterstützungen zu geben.
Die Musiker bestanden aus Flötenspielern, Trompetern und Tromm-
lern und starteten mit schönen, musikalischen Klängen zum Tanz. Der
Tanz war eine Farandole, die Musiker spielten eine Carole. Als Hadwig
und ich die ersten Schritte beherrschten, kamen noch Reinhard und

Martina an die Reihe, für Barbara und den Ritter Kurt, die sich schon länger kannten, waren die Tanzschritte kein Problem. An die Form eines Labyrinths angelehnt, tanzen die zur Kette aufgereihten Tanzpartner eine Schnecke. Die Paare winden sich hinein in den Kreis und gegenläufig wieder heraus. Danach geht es im Schlängeltanz geradeaus und nach einer scharfen Kurve wieder zurück, in entgegengesetzter Richtung. Das Ziel war es, genau der Tanzspur des Führenden zu folgen und genau seine, auch mal recht ausgefallenen Schritte und Bewegungen nachzumachen.

Der Anführer schließt die Kette der Tanzenden zu einem Kreis, hebt die Arme und bildet mit seiner Partnerin einen Torbogen. Das Paar, das im Kreis gegenübersteht, muss dann durch diesen Torbogen hindurchtanzen. Dann teilt sich das Tanzpaar, nach rechts und links wendend und tanzt zu seinem Platz zurück. Aufgelockert wurde dieser Tanz durch fröhliches Singen der Tanzpaare. Entsprechend den gespielten Klängen werden Geh-, Lauf- und Wechselschritte gemacht, welche der Tanzführer vorgibt. Wenn dann die Musik stoppt, wählt die Tanzpartnerin wieder einen neuen Tanzpartner.[99] Nach einem Monat reichlichen Übens, beherrschten wir die Tanzschritte vollkommen. Hadwig, die Tochter des Königs, hatte beim Tanzen immer engen Körperkontakt zu mir gesucht, doch gekonnt hatte ich dies überspielt. Auch hatte sie sich oft mit mir treffen wollen, aber mir fiel immer eine andere Ausrede ein, sodass ihr Interesse für mich langsam verflachte und wir uns voll als Tanzpaar auf den Tanz konzentrieren konnten.

Nun konnten die Gäste eintreffen und die Hochzeitsfeier beginnen.

Der herrliche Tag rückte näher, an dem die Königsbraut mit dem Schiff aus England ankommen sollte. So segelte im Frühjahr des Jah-

---

[99] Vgl. Uta Luise Zimmerann-Krause, Kaiserlich speisen wie Otto der Große, edition mitteleuropa, Seite 82i

res 929, ein königliches Schiff über den Ärmelkanal und nahm Kurs auf die germanische Küste.

Ich hatte den Auftrag bekommen, den englischen König und seine Schwester, die Braut Ottos und das Gefolge zu empfangen. Ich reiste nach Hamburg. Auf einem hölzernen Stand, konnte ich weit in die Mündung der Elbe blicken. Es waren zwei gut gebaute, englische Schiffe, die sich dem Hamburger Hafen näherten. Da es etwas windstill war, wurden die großen Schiffe durch eine Vielzahl an eigenen, starken Ruderern angetrieben, um in den Hafen von Hamburg zu kommen. Auch große sächsische Beiboote, bestückt mit einer starken Rudermannschaft, halfen, die Schiffe in den Hafen zu ziehen. Die sächsischen Beiboote waren durch lange Taue mit den englischen Schiffen verbunden. Für mich war es ein Erlebnis zu sehen, wie sich die großen hölzernen Schiffe durch die Elbe bewegten. Nach gut einer Stunde konnten die Schiffe anlegen. Es wurden bewegliche, hölzerne Stege von der Hafenbrücke zu den Schiffen geschoben, über welche die Menschen und die Ware, das Schiff bequem verlassen konnten. Als erstes betrat der englische König Aethelstan das Land, danach das Gefolge. Ich empfing die englische Gesandtschaft als Ritter Heinrichs I. und überbrachte Grüße in seinem Namen. Editha dachte am Anfang, ich sei der Sohn des Königs. Sie kam auf mich zu, drückte mich und sprach: »Schön dich kennenzulernen, lieber Otto.« Ich antwortete etwas verwirrt: »Es war schön von euch gedrückt zu werden, aber ich bin nicht der Königssohn, sondern Ritter Christian von Frohse.« Sie lächelte mir zu und sagte: »Na dann werde ich mit Spannung den Königssohn erwarten. Euch danke ich, dass ihr uns von Hamburg aus nach Quedlinburg führt.« Der englische König wurde also begleitet von seinen beiden Schwestern, Aelfgifu, der jüngeren und Editha. Sie machten in Hamburg einen Tag Halt, dann reisten wir mit 20 Kutschen und 100 sächsischen Panzerreitern in Richtung Quedlinburg weiter. Die Angelsachsen hatten reichlich kostbare Güter, als

Hochzeitsgeschenk für das königliche Brautpaar, mit auf die Reise genommen. Edle Gewänder, Gefäße aus Gold und Silber, eine Krone aus feinstem, rotem Gold und mit kostbaren Edelsteinen gefertigt. Auf dieser Krone waren vier Könige von England, Märtyrer und Bekenner dargestellt. Auch wurden Münzen und Ringe mit Rubinen, Saphiren und Smaragden sowie Barren aus Gold und Silber, Brust- und Stirnschmuck, edle, englische Pferde und die dazugehörenden Reitknechte, leinene und seidene Bekleidung, bunte seidene Decken, Kissen und Laken, Trinkbehälter, Schüsseln und Essbesteck aus feinstem Gold, Töpfe zum Kochen aus Silber und vieles mehr mitgeführt. Es war ein riesiger Reichtum, welcher hier von England nach Sachsen verlagert wurde. Teilweise waren die schmalen Kutschen, erheblich mit Menschen und Waren überfrachtet. Wir hatten fast einen ganzen Tag damit zu tun gehabt, die Güter vom Schiff zu entladen und auf den 20 stabilen Kutschen zu verstauen.

Otto hatte nie zu träumen gewagt, wie ernst es dem König Aethelstan war, eine gute Beziehung zu dem Sachsenkönig zu haben. Für diese Hochzeit hatte der König von England, um eine Spende in seinem Land gebeten. Diese muss so um den 30. Teil der beweglichen Habe eines jeden Mannes gelegen haben. Ansonsten hätte sich der König nach diesem großen, verschenkten Schatz selber ruiniert.[100]

Gemeinsam mit der englischen Gesellschaft, erreichten wir nach mehreren mühsamen Tagen der Reise die schöne, im Wald gelegene Quedlinburg. Die Burganlage, hoch oben auf dem Berg, war reichlich mit Fahnen und Blumen geschmückt. Die Kirche war bereits für die Hochzeitszeremonie vorbereitet, die in wenigen Tagen stattfinden sollte. Nun kündigten von den Toren her, Fanfarenklänge die Ankunft des Königs von England, mit seinen beiden hübschen Schwestern und

---

[100] Vgl. S. Fischer-Fabian, Die deutschen Cäsaren, Droemer Knaur Verlag, Darmstadt 1977

großem Gefolge, an. Alle hölzernen Tore der befestigten Burg wurden weit geöffnet. Es herrschte nun ein reges, aber gut durchgeplantes Treiben, auf der Quedlinburg und alle waren gespannt wie ein Bogen, wie die Braut Ottos aussah. Da ich selbst die englische Hochzeitsgesellschaft in Hamburg abgeholt hatte, hatte ich nun auch die Möglichkeit, dieses wunderbare Ereignis mitzuverfolgen.

Im großen Festsaal der schönen Burg, der ebenfalls schon für die Hochzeitsfeier hergerichtet war, empfing König Heinrich I. mit seiner Frau und seinem Sohn Otto, auf seinem Thron sitzend, den König von England und dessen Gefolge. Ich stand in der Nähe der nervösen Dienerschaft, welche schon ein kleines Festmahl, für die königlichen Gäste aus England vorbereitet hatten. König Aethelstan betrat mit einem kleinen Gefolge, bestehend aus seinen hübschen Schwestern und seiner edlen Frau, dem wohlgenährten Bischof und zwei gut gekleideten Edlen, den Festsaal. Sie knieten vor König Heinrich I. und seiner Familie nieder. Auch die anwesenden Edlen König Heinrichs und seine Dienerschaft knieten nieder. Heinrich I. begab sich von seinem Platz und kam den Engländern mit den Worten entgegen: »Erhebt euch, meine lieben Freunde! Es freut mich, euch zu sehen! Seid herzlich willkommen und reichen wir uns die Hände.« Die beiden Könige und dessen Gefolge begrüßten sich aufs herzlichste und beide Familien reichten sich jeder als freundschaftliche Geste die Hände. Nun übernahm der König der Engländer das Wort: »Wir sind froh, eure Gäste zu sein und möchten die Bande unserer Familie gern enger miteinander verknüpfen. Deshalb habe ich nicht nur meine Schwester Editha als zukünftige Braut mitgebracht, sondern auch meine jüngere Schwester Aelfgifu. Wir bitten euch, lieber Otto, eine der beiden als zukünftige Gemahlin auszuwählen. Es wäre schön, wenn wir uns bald eine Familie nennen könnten.«

Heinrich und Otto konnte man das Erstaunen aus den Gesichtern ablesen, denn damit hatten sie nicht gerechnet. Zwei Bräute?

Für welche sollte sich Otto denn jetzt entscheiden? Ich hatte beide auf dem Weg nach Quedlinburg bereits etwas kennengelernt. Und auch ich fand, dass beide Schwestern etwas Besonderes hatten. Die eine, Editha, war mit ihren weiblichen Formen und ihrer Herzlichkeit etwas für das Auge und die Seele. Die andere, Aelfgifu, war etwas zarter und wirkte trotzdem sehr elegant. Beide hatten ein solides und selbstsicheres Auftreten. Meine Beobachtungen während der Anreise führten mich zu der Vermutung, dass sich jede der beiden hübschen Frauen zum Ziel gesetzt hatte, die Frau Ottos zu werden.

Heinrich, selbst noch ganz verwirrt, weil jetzt auf einmal zwei Bräute für Otto anwesend waren, durchbrach die Stille und ergriff nun das Wort: »Ich schlage vor, wir lernen uns heute bei einem Festmahl erstmal kennen und Otto soll in den nächsten Tagen entscheiden, welche Frau er zu seinem Weib nehmen möchte.« Otto war etwas aufgeregt und leicht errötet, was ich von ihm sonst gar nicht kannte. Dennoch ergriff er nun das Wort und sprach: »Liebe Gäste, lieber Vater, lieber Aethelstan, liebe Aelfgifu und liebe Editha. Ich möchte doch heute und hier am Platz entscheiden, welche der beiden schönen Frauen ich zu meiner eigenen nehmen möchte. Noch eine Nacht im Ungewissen, wer meine Frau sein soll, möchte ich nicht verbringen.« Er blickte die beiden Schwestern an und fuhr fort: »Editha soll meine Gemahlin sein.« Die Anwesenden schauten sich erstaunt an, klatschten dann aber sofort Beifall, als Dank und Anerkennung für die schnelle Entscheidung Ottos. Die beiden Könige sprachen fast gleichzeitig: »Wenn es dein Wille ist, dann sei es so.«

Ich konnte Ottos Entscheidung nachvollziehen. Editha glich, zwar nicht von der Haarfarbe, aber von der Körperform her, der schönen Slawin, mit der Otto eine Beziehung geführt hatte. Auch ihr Auftreten war bestimmender und weiblicher gewesen, als das von Aelfgifu. Editha war eine Frau, in die sich jeder Mann, schon beim ersten Blick, einfach verlieben musste.

Nun, wo die Brautwahl doch schnell geklärt war, war auch die Sitzordnung festgeschrieben. Otto saß neben Editha, der Sachsenkönig mit seiner Frau am rechten Ende der Tafel und der König von England mit seiner Frau und der jüngeren Schwester Aelfgifu am linken Ende. Die übrige Gesellschaft verteilte sich auf die anderen Plätze. An diesem Abend wich Edithas Blick nicht mehr von Otto, währenddessen Aelfgifu öfter verstohlen und enttäuscht wegblickte. Es wurde über vieles gesprochen, zum Beispiel, wie gut die Ernte in diesem Jahr ausgefallen war, wie es mit den Feinden stand, welche Beziehungen zu anderen Ländern gepflegt wurden und wie die künftigen, engeren Familienbande, auch für beide Seiten mehr Vorteile bringen sollten. Die Gesellschaft verabschiedete sich spät zur Nachtruhe und alle schliefen gut in ihren großzügigen Gemächern. Nun konnte der wichtige Tag kommen, Ottos Hochzeit nahte.

Die gewaltigen, großen Glocken der Kirche, auf der Quedlinburg läuteten. Die gesamte Burganlage war festlich geschmückt mit Fahnen und Wimpeln mit den Wappen der Könige aus Sachsen und England. Überall waren Blumen platziert und der Weg zur Kirche reichlich mit Blüten gestreut. Die Braut Editha, gewandet in ein herrliches weißes Kleid, wurde von ihrem Brautführer Bischof Kynewald von Worcester, ebenfalls in edle Gewänder gehüllt, in die Kirche zu Quedlinburg geführt. Es ging nur langsam vorwärts, denn der Bischof war durch sein Gewand und seine Körperfülle, etwas in seiner Fortbewegung beeinträchtigt. Auf den hölzernen, aber gut gepolsterten Bänken im Inneren der Kirche, hatten schon die Edlen Platz genommen, vorn rechts die Sachsen und vorn links, gleich neben dem Altar, die Edlen aus England. Die schöne Kirche war, wie alle Kirchen zu dieser Zeit, mit dem Altar nach Osten ausgerichtet. Der Eingang befand sich gegenüber. Die Sonne schickte ihre Strahlen durch die bunten Fenster, welche mit verschiedenen Bildern der Apostel sowie von Jesus, als

Kind und als Erwachsener, versehen waren. An einer Säule war die Mutter Gottes Maria mit dem Jesuskind angebracht. Maria war mit einem roten Kleid und einer Perlenkette bekleidet. Das Jesuskind in ihrem Arm war in ein Leinentuch gewickelt und hatte nackte Beine.

Ich war immer gern in dieser Kirche. Eine Kirche war für mich schon immer etwas besonders, dort war ich in einer anderen Welt. Hier sangen wir gemeinsam, hier beteten wir alle zusammen und hier konnte man auch mal träumen. Und nun sollte ich hier diesen schönen Tag erleben. Mit dieser Hochzeit wurde die Zukunft des Landes besiegelt. Etwas Besseres konnte nicht geschehen.

Das Brautpaar trat vor den Mainzer Erzbischof Heriger, welcher den Brautleuten, beginnend mit dem Bräutigam abwechselnd folgende Fragen stellte: »Ich frage Sie, sind Sie hierhergekommen, um nach reiflicher Überlegung und aus freiem Entschluss mit Ihrer Braut, Ihrem Bräutigam den Bund der Ehe zu schließen, so antworten sie mit Ja!« Beide antworteten nacheinander mit »Ja!« Er fuhr fort: »Wollen Sie Ihre Frau, Ihren Mann lieben und achten und ihr, ihm die Treue halten, alle Tage Ihres Lebens, bis das der Tod euch scheidet? So antworten sie mit Ja!« Otto und Editha antworteten mit einem deutlichen »Ja!« »Sind sie bereit, die Kinder, die Gott ihnen schenken will, anzunehmen und sie im Geiste Christi und seiner Kirche zu erziehen? So antworten sie mit Ja.« Beide Brautleute bejahten wiederum. Dann stellte der Bischof beiden gemeinsam die Frage: »Sind sie bereit, als christliche Eheleute, ihre Aufgabe in Ehe und Familie, in Kirche und der Welt zu erfüllen?« Wieder antworteten beide: »Ja!«

Danach wurden die Trauringe, die aus Gold und Edelsteinen bestanden, gesegnet. Diese wurden dem Bischof dazu auf einem silbernen Tablett gereicht und er sprach dann ein Segensgebet.

Für die nun anstehende Vermählung hatte das Brautpaar den kleinen Vermählungsspruch gewählt. Der Bischof sprach: »Da sie also beide zu einer christlichen Ehe entschlossen sind, schließen sie jetzt

vor Gott und der Kirche, den Bund der Ehe, indem Sie das Vermäh-
lungswort sprechen. Dann stecken Sie einander den Ring der Treue
an.«

Otto nahm den Ring der Braut und sagte mit lauter Stimme: »Vor
Gottes Angesicht nehme ich Dich, Editha, an als meine Frau.« Er
steckte Editha den Ring an und fuhr fort: »Trage diesen Ring als Zeichen der Liebe und Treue. Im Namen des Vaters und des Sohnes und
des Heiligen Geistes.«

Danach nahm Editha den Ring des Bräutigams und sprach ebenso:
»Vor Gottes Angesicht nehme ich Dich, Otto, an als meinen Mann.«
Editha steckte Otto den Ring an und fuhr fort »Trage diesen Ring als
Zeichen der Liebe und Treue. Im Namen des Vaters und des Sohnes
und des Heiligen Geistes.«

Nun folgte die Bestätigung der Vermählung im Namen der Kirche. Der Bischof sprach: »Nun reichen Sie einander die rechte Hand.«
Der Bischof umwickelte die beiden ineinander gelegten Hände mit
der Stola, legte darüber seine rechte Hand und sprach ein Bestä-
tigungswort, das mit den folgenden Worten abgeschlossen wurde:
»Euch aber, die ihr zugegen seid, nehme ich als Zeugen dieses heiligen Bundes. Was Gott verbunden hat, das darf der Mensch nicht
trennen.« Editha und Otto knieten nieder und der Bischof sprach einen
Brautsegen.[101]

Danach gaben sich Otto und Editha einen innigen Kuss.

Nachdem dies geschehen war, ertönte in der Kirche zu Quedlin-
burg tobender Beifall, mit einem anschließenden Jubelgesang. Zum
Abschluss folgten Fürbitten der Eltern und der Verwandten für das
Brautpaar.

---

[101] Vgl. Gotteslob, Katholisches Gebet- und Gesangbuch, Auflage 1990, Herausgegeben von der Berliner Bischofskonferenz, im St. Benno-Verlag GmbH
Leipzig, Seite162, 163 und 164

Dann ging die gesamte Hochzeitsgesellschaft zum gemeinsamen Festmahl in die große Festhalle der Quedlinburg. Zu meiner Freude stellte ich fest, dass auch Hidda aus Merseburg anwesend war. Ich winkte ihr zu und sie winkte mir lächelnd zurück. In der Festhalle wurden die Hochzeitsgäste von einer Gruppe Musiker empfangen, die mit grünen Gewändern bekleidet waren. Braune Gürtel und Schnüre teilten und hielten die Kleider zusammen. Dieser Gruppe stand der Minnesänger Toralf vor. Als alle Gäste im Saal, nach dem Begrüßungstrunk von Otto und Editha, Platz genommen hatten, fing er laut und deutlich an zu sprechen:

»Liebe Königinnen und Könige, liebes Brautpaar, liebe Edlen und Gäste.
Es ist mir eine Ehre, euch hier begrüßen zu dürfen.
Editha kam von England mit reichlichem Vermögen,
bat um die Heirat mit Otto und um Gottes und Heinrichs Segen.
Auch Otto hatte nicht lange um Editha gefreit, doch als er sie sah, war
er sofort zur Hochzeit bereit.
Wir wünschen dem Brautpaar viel Glück und eine reiche Kinderschar.
Hoffen wir, dass sie erkennen was falsch ist und was wahr.
Ich will euch nicht lange mit meinen Reden belästigen.
Es geht doch darum, das gute Essen zu verkösten.
Seid friedlich miteinander und macht keinen Zank. Dies führt oft auch
zu einem teuflischen Gestank.
Euch allen hier wünsch ich eine schöne Feier und schließt euer Mahl
mit großen, bunten und dicken Eiern.
Nun hebt das Glas und den Becher, doch trinkt nicht so schnell wie
der fröhliche Zecher.
Dem Brautpaar wünsche ich eine schöne Hochzeitsnacht
und einen strammen Sohn, der übernimmt später die Macht.

Ein Hoch auf das schöne Brautpaar! Es lebe hoch! Ein Hoch! Ein Hoch!«

Die Festgesellschaft jubelte, der Minnesänger verbeugte sich und dann eröffnete Otto mit einer kurzen Ansprache das Essen.

»Liebe Gäste! Es ist mir eine große Ehre, Editha, die Schwester des Königs Aethelstan, zu meiner Frau zu nehmen. Ich werde sie lieben und achten so lange wir leben. Meine Beziehungen zu England will ich vertiefen und wir werden gemeinsam unseren Feinden widerstehen. Ich wünsche euch allen, dass das Festmahl euch mundet und ihr heute auf unserer schönen Quedlinburg einen unvergesslichen Tag erlebt. Nun werde ich das Wort wieder dem Minnesänger Toralf erteilen und seid gespannt was euch erwarten wird.«

Die Aufgabe des Minnesängers war es nun, die Reihenfolge des Essens anzukündigen. Als erstes pries er die Vorspeise an.

»Liebe Leute, in den großen warmen, weißen Töpfen, die an euch vorbeigetragen werden, ist eine wohl mundende Wildkräutersuppe. Diese Suppe wird im Volksmund ›Grüne Wiese‹ genannt.«

Die Suppe verbreitete in der ganzen Festhalle einen Duft nach feinen Kräutern. Und mit dem dazu gereichten Eichenbrot, schmeckte sie auch vorzüglich. Die Hochzeitsgesellschaft war vollauf zufrieden und nahezu ein Drittel der Gäste bestellte sich einen Nachschlag. Auch ich ließ meinen Teller zweimal mit vollen Schöpflöffeln füllen. Die silbernen Löffel klapperten in den schönen, verzierten Tellern, dazu spielten die Musiker ein ruhiges Lied.[102]

Nachdem die Vorspeise zur Zufriedenheit aller verzehrt war, kündigte der Minnesänger nun die festliche Hauptspeise an. Auf großen Silbertabletts wurden die knusprigen, braun gebratenen Keulen, an der feiernden Gesellschaft vorbeigetragen. »Verehrte Hochzeitsgesell-

---

[102] Vgl. von Uta Luise Zimmermann-Krause, Kaiserlich speisen wie Otto der Große, edition mitteleuropa, Seite 103

schaft, nun möchte ich euch die Hauptspeise ankündigen. Wir sind heute alle Helden und deshalb gibt es für uns das ›Heldenlob‹!«

Das ›Heldenlob‹ bestand aus Wildkaninchenteilen. Diese wurden zunächst in Mehl gewendet, bevor sie im Öl-Buttergemisch 30 Minuten gebraten wurden. Mit Salz und Pfeffer hatten es die Köche abgeschmeckt und mit Essig abgelöscht. Danach kochte es noch 15 Minuten vor sich hin, bis die Flüssigkeit weitgehend eingekocht war. Das Fleisch wurde dann mit Petersilie und Parmesanspänen bestreut und mit hellem Brot und Feldsalat serviert. Die Hochzeitsgesellschaft trank dazu kräftigen roten Wein.[103] Es wurde reichlich serviert, sodass keiner sich über Hunger beklagen konnte, doch der Hauptspeise sollte noch eine Nachspeise folgen.

Hierzu ergriff Toralf, der Minnesänger, abermals das Wort: »Zum Ende des Festmahls möchten wir euch noch eine ›Süße Überraschung‹ anbieten.«

Die ›Süße Überraschung‹ waren in Wein gedünstete Äpfel, welche auf einer Vielzahl von kleinen Tellern mit einem kleinen, silbernen Löffel serviert wurden. Um diese Nachspeise zuzubereiten, waren große Äpfel, Honig, Butter, Johannisbeergelee, Zimt, Weißwein, Sultaninen und gehäutete Mandeln benötigt worden. Auch dies schmeckte vorzüglich.[104]

Doch damit war das Mahl noch nicht beendet. Es wurden zum Abschluss, wie versprochen, Körbe voller großer bunter Eier auf die Tische gestellt. Dies sollte ein Zeichen der Fruchtbarkeit sein.

Nachdem nun die Bäuche der Gesellschaft gut gefüllt waren, ergriff König Aethelstan das Wort: »Ich möchte euch allen danken, für die

---

[103] Vgl. von Uta Luise Zimmermann-Krause, Kaiserlich speisen wie Otto der Große, edition mitteleuropa, Seite 112
[104] Vgl. von Uta Luise Zimmermann-Krause, Kaiserlich speisen wie Otto der Große, edition mitteleuropa, Seite 139

Gastfreundschaft und die Freundlichkeit in euren Herzen. Es ist für mich eine große Ehre in das Land meiner Vorfahren zurückzukehren und hier für einen Teil meiner Familie, wieder ein neues zu Hause zu finden. Mögen unsere Freundschaften weiterhin wachsen und wir im Kampfe gegen unsere Feinde zusammenstehen. Nochmals vielen, vielen Dank!« Als sich Aethelstan, der auf der Empore am großen Tisch, mit dem Brautpaar und der sächsischen Königsfamilie saß, wieder niedergesetzt hatte, stand Heinrich I. auf und übernahm mit lauter und bestimmender Stimme das Wort: »Liebe Freunde aus dem englischen Königshaus, liebe Edlen und Geistlichen, liebes Brautpaar und liebe Freunde! Wir möchten Gott danken, dass wir diesen schönen Tag erleben dürfen. Es war nicht einfach für uns, mit den Ungarn Frieden zu schließen. Nur viel Glück und unser Glaube, hat dies möglich gemacht. Der Frieden, den wir erzielen konnten, ist für uns ein großer Segen. Er gibt uns Kraft, um den Feinden im Osten und im Norden, die Stirn zu bieten. Oft waren wir, auch Otto, in Schlachten unterwegs. Hierbei besteht immer die Gefahr, dass auch ein König oder dessen Sohn im Kampfe fällt. Wenn die Zeit gekommen ist, werden wir den Frieden mit den Ungarn brechen und uns unser Recht erkämpfen. Doch die Last auf meinen Schultern wird immer schwerer. Ich möchte nun etwas Last von mir abgeben. Deshalb bestimme ich, gegen die sächsischen und ostfränkischen Sitten, meinen Sohn Otto als alleinigen Nachfolger und Erben meiner Königskrone.« Dies war innerhalb der Thronfolge in Europa neu. Nach der Zeit Karls des Großen, wurden die Gebiete stets unter den Söhnen des Königs oder Kaisers aufgeteilt.

Danach ergriff Otto das Wort. Er fand ebenfalls laute und bestimmende Worte: »Ich danke dir, mein Vater für die Ehre, mich schon jetzt als deinen Nachfolger bekanntzugeben. Ich nehme dies gern an und will mich dieser Verantwortung stellen. Auch möchte ich mich bei meiner Frau und bei euch allen für diesen wunderschönen Tag und die vielen Geschenke bedanken. An meine Frau Editha gebe ich die Stadt Magdeburg als Morgengabe. Wir wollen diese Stadt als einen bedeutenden Handelsplatz ausbauen, außerdem soll Magdeburg der Bischofssitz für die neuen Gebiete im Osten werden. Der Boden in dieser Gegend ist fruchtbar und ertragsreich und die Wälder mit ihrem Wildbestand, laden zum Jagen ein. Meine Morgengabe deshalb, weil es als Witwenversorgung für meine Frau dienen soll, falls mir jemals etwas zustößt.«[105]

Die Menschen in der Festhalle sprangen auf und klatschten Beifall. Laut riefen sie dreimal: »Es leben Heinrich und Otto!«

Nach diesen, doch bewegenden Reden, ergriff der Minnesänger Toralf wieder das Wort:

»Liebe Könige und Edle des Reiches. Die Königstochter Hadwig und ihr Gefolge möchten euch einen Rund- und Reigentanz vorführen, der euch zum Nachahmen ermuntern soll.« Nun waren wir also an der Reihe. Mir klopfte das Herz bis zum Hals, den nun waren Hadwig und ich im Blickpunkt der gesamten Hochzeitsgesellschaft. Hinter uns folgten Barbara und Kurt und danach traten Reinhard und Martina hervor. Es wurden schnell einige Tische und Stühle an die Seite geschoben, um eine ordentliche, große Tanzfläche zu erhalten. Meine ersten Schritte waren etwas unsicher, doch durch die Selbstsicherheit der schönen Hadwig, kam ich schnell in den Takt der guten Musiker. Auch Reinhard meisterte die ersten Tanzschritte mit Martina hervorragend. Den edlen Zuschauern bereitete der Tanz sichtlich Spaß und als erster schloss sich uns Otto mit seiner Ehefrau Editha an. Dann dauerte es nicht lange und Ottos Schwester Gerberga betrat mit ihrem Ehemann Giselbert und wenig später Aelfgifu mit Ludwig, dem Bruder des Königs von Burgund, die Tanzfläche. Schon nach kurzer Zeit

---

[105] Die deutschen Cäsaren, Droener Knauer Verlag, 1977 Darmstadt, Seite 26

hatte sich die große Tanzfläche im schön geschmückten Festsaal, mit etwa dreißig Tanzpaaren gefüllt. Auch Hidda hatte sich von einem jungen Ritter zum Tanz auffordern lassen. Die schöne Königstochter Hadwig und ich hatten den Tanz zu einem Erfolg gemacht. Immer wenn die Musiker ihr Spiel unterbrachen, wurde eifrig gewechselt. Als erstes geriet ich so an Hadwigs Schwester Gerberga, welche mich noch aus früheren Tagen kannte. Sie lächelte mich an und gab mir einen Begrüßungskuss auf die Wange. Sie fragte mich nach dem Befinden und sagte, ich hätte mich sehr verändert und wäre ein selbstbewusster Mann geworden. Auch ich lobte sie und sagte sie sähe blendend aus. Die Zeit verging schnell und wieder stoppte der Tanz. Hidda hatte mich während des Tanzes wohl immer im Auge behalten und schnappte mich Ottos Braut, Editha, vor der Nase weg. Wir sangen und tanzten alle zusammen. Die schöne Hidda schmiegte sich beim Tanzen ganz eng an mich heran und flüsterte mir ins Ohr: »Ich heirate ebenfalls, im Frühjahr nächsten Jahres.« Ich fragte sie, welcher von den Edlen der Glückliche sein würde. Daraufhin gab sie mir zur Antwort: »Ich weiß es noch nicht. Mein Vater wird noch dieses Jahr ein Rundschreiben versenden, in dem er die heiratsfähigen Edlen aus Franken und Sachsen dazu einlädt, an einem Ritterturnier in Merseburg teilzunehmen. Der Sieger des Turniers erhält mich zur Frau. Die um mich freien, müssen sich zuerst mit dem Bogen beweisen. Nur eine Anzahl von 16 Männern kommt weiter. Danach folgt der Kampf dem Schwert, bei dem am Ende nur noch acht Herren übrigbleiben, welche sich dann im Lanzenstechen messen müssen. Das Lanzenstechen wurde für den Schluss gewählt, da hier die Verletzungsgefahr zu groß ist. Heinrich I. benötigt jeden jungen Adligen in seinem Reich und kann es sich nicht leisten, viele Leute bei Ritterturnieren zu verlieren.« Wir tanzten eine Weile schweigsam, dann sprach ich mit bedauernder Stimme zu Hidda: »Dann habe ich ja gar keine Chance, dich als Braut zu gewinnen. Die Lanze zählt nicht zu meinen Stärken.«

Hidda lächelte mir ins Gesicht und flüsterte mir wieder ins rechte Ohr: »Doch! Ich habe meinen Vater gebeten, den drei Erstplatzierten ein Rätsel aufgeben zu dürfen. Nur wer die Lösung weiß, erhält mich als Braut.« Weil ich Hidda sehr lieb gewonnen hatte, wollte ich von ihr schon jetzt des Rätsels Lösung wissen. Doch sie winkte ab, gab mir einen Kuss auf die Wange und flüsterte: »Wenn du unter den drei besten des Turniers bist, wirst du des Rätsels Lösung schon wissen.« »In Ordnung!« sprach ich und gab mich damit zufrieden. Einen Versuch war es wert gewesen. Ich sagte ihr zu, auf jeden Fall an dem Turnier teilzunehmen. Und Hidda sicherte mir zu, die Einladung ihres Vaters auf jeden Fall zu erhalten. Es war eine ausgelassene und frohe Stimmung im Saal und auch die Menschen, die draußen vor dem Saal lauschten oder Wache schieben mussten, wären am liebsten bei der Feier dabei gewesen. Hidda und ich hatten den letzten Partnertausch nicht genutzt, doch nun schien Editha die Chance nutzen zu wollen. Sie hatte mich beim Tanz eingekreist und nach der nächsten Musikunterbrechung, musste ich nun mit ihr tanzen.

Editha erzählte viel von der Reise und das, ich der erste Sachse sei, den sie im Leben gesehen hatte und man müsse mit dem auch tanzen, wenn er so gut aussieht. Dann erzählte sie mir noch von den Menschen in England und den Gefahren. Sie wusste, dass ich ein guter Freund Ottos sei und war darüber sehr glücklich.

Überhaupt war ich an diesem Abend scheinbar sehr begehrt. Offenbar hatte ich am Anfang der Tanzveranstaltung, mit meiner Partnerin Hadwig, eine gute Figur gemacht. Die Frauen kamen immer wieder auf mich zu, weil sie wohl annahmen, dass ich ein guter Tänzer sei. Im Tanz überließ ich dann oft den Frauen die Führung, sodass ich, nicht aus dem Takt kam.

Als dann die Musik wieder einmal aussetzte, fing mich Hidda wieder ein. Hadwig hatte ebenfalls einen neuen Tanzpartner gefunden, mit dem sie viele Tänze machte. Nun tanzten Hidda und ich bis in den frühen Morgen zusammen. Es mag so um die dritte Stunde gewesen sein, als das Hochzeitspaar die Hochzeitsfeier beendete.

Hidda bat mich, sie bis zu Ihrem Schlafgemach zu begleiten. Ich flüsterte ihr zu: »Das ist etwas heikel, man wird uns sehen.« Sie sprach sehr bestimmend: »In der heutigen Nacht geht sowieso alles drunter und drüber und es fällt nicht auf, wenn du mich begleitest. Wir schlichen aus dem Festsaal zu dem gegenüberliegenden, prachtvollen Gebäude, worin sich die königlichen Gemächer befanden. Dort angekommen, schlichen wir auf Zehenspitzen die Treppe hinauf zu Hiddas Schlafgemach. An der hölzernen und breiten Tür angekommen, öffnete sie diese leise und zog mich mit einer Hand mit hinein. Dann schloss sie schnell die Tür, welche leicht über den Holzboden schliff. Wir lehnten uns von innen an die Zimmertür und ich legte beide Hände um ihre Hüften. Dann nahm ich mir ihre Lippen und gab ihr einen innigen Zungenkuss. Sie machte keine Anstalten ihren Kopf wegzuziehen. Wir küssten uns eine ganze Weile und auch sie hielt mich dabei ganz fest. Doch dann wurde mir das alles zu riskant. Ich schob sie leicht von mir und ging zwei Schritte zurück. Ich flüsterte: »Liebe Hidda, wir werden im Frühjahr sehen, ob ich deiner würdig bin. Wenn ich dich jetzt nehme und liebe, werde ich daran zerbrechen. Ich kann das nicht.« Dann verließ ich schnell ihr Gemach. Ich hörte noch, wie sie mir »Du Feigling.« hinterherzischte.

Das war mir aber egal. Meinen Kopf frei zu haben, war mir wichtiger, als mit der schönen Hidda eine unvergessene Nacht zu verbringen. Außerdem war es streng untersagt, eine Liebelei mit einer Grafentochter zu haben. Hidda sollte als Jungfrau im Frühjahr 930 in die Ehe gehen.

Trotzdem hatte ich süße Träume von Hidda und verschlief fast den ganzen nächsten Tag.

Schon am Hochzeitsabend von Otto und Editha hatte ich vermutet, dass Ludwig von Burgund und Alefgifu, die zweite Schwester des englischen Königs, bald ein Paar werden würden. Sie hatten oft liebevoll zusammengetanzt und hatten die Festveranstaltungen gemeinsam verlassen. Danach waren sie nicht mehr gesehen worden.

Innerhalb Westeuropas hatte sich durch die Hochzeit mit Editha und Otto, eine kleine Familienbande geknüpft.

Verwandtschaftliche Verhältnisse in Mitteleuropa ab 929[106]

Aelthelstan König von England	Editha Schwester	Eadgifu Schwester	Eadhild Schwester	Aelfgifu Schwester
	verheiratet	verheiratet	verheiratet	verheiratet
	Otto Konig von Ostfranken	Karl der III König von Westfranken	Hugo Magnus von Franzien	Ludwig von Burgund
	Gerberga Schwester Ottos	verheiratet mit	Giselbert von Lothringen	

Die nächste Abbildung zeigt ein Bild auf der Albrechtsburg in Meißen, was eine Hochzeitsgesellschaft um 1459 darstellt.

---

[106] Matthias Puhle Verlag Philipp von Zabern, Otto der Grosse, Magdeburg und Europa, Essays Seite 491

8.2 Ritterturnier in Merseburg, 930

Es war ein kühler Novembertag auf der Burg Frohse. Ich saß auf einem breiten, mit Schafsfell bedeckten Stuhl vor meinem Kamin. Das knisternde Feuer wärmte meinen Körper, der nach einem langen Ausritt in der Umgebung meiner Burg ausgekühlt war. Ich las gerade in einer aus Pergament gebundenen Bibel von den zehn Geboten, als es an der Tür klopfte. Mein Diener Alfred trat ein und sagte: »Eine Botschaft des Markgrafen Thietmar zu Merseburg. Der Bote wartet noch und bittet um Rückantwort.«

Ich öffnete behutsam das versiegelte Pergament und las mir das Schreiben sorgfältig durch. Wie von der lieben Hidda angekündigt, erhielt ich darin eine Einladung des Grafen, im April 930, am großen Ritterturnier in Merseburg teilzunehmen. Er teilte darin mit, dass der Sieger des Turniers, die Hand seiner Tochter Hidda erhalten würde. Und wie ich bereits wusste, würde Hidda den drei Besten zum Schluss ein persönliches Rätsel aufgeben. Nur dessen Lösung machte den Sieger zu Hiddas Gemahl.

Ich nahm mir eine neue Gänsefeder, tunkte sie in den Farbtopf, welcher auf meinem Schreibpult thronte und unterschrieb die Rückantwort in schnellen Zügen. In ein paar persönlichen Worten äußerte ich, dass ich gern an jenem 14. April 930, an dem Turnier teilnehmen würde. Alfred, mein guter Diener, nahm das Schreiben entgegen, wickelte es vorsichtig ein und band es mit einer Schnur zusammen. Dann wünschte er mir noch eine gute Nacht und verließ meinen gut gewärmten Arbeitsraum.

Es folgte ein langer und kalter Winter, welcher an meinem Körper zehrte und ich bekam einen schrecklichen, festsitzenden Husten, der einfach nicht besser werden wollte. Obwohl ich im Dezember und Januar fast ausschließlich in den beheizten Räumen der Burg blieb, ging der Husten nicht weg. Am Ende schmerzte mir die Brust so sehr, dass ich kaum noch atmen konnte. Mein Diener Alfred gab die Anweisung, eine Kutsche fertigzumachen, mit der er mich zum Kloster Frohse brachte. Hier war mein ehemaliger Freund Gottlieb als Abt tätig. Er empfing mich und begleitete mich direkt ins Krankenlager. Hier im Krankenzimmer standen zwanzig Betten, belegt mit kranken Menschen aus der näheren Umgebung. Unter ihnen waren auch zwei Männer aus dem slawischen Gebiet. Einer der Patienten hatte Kopfschmerzen, die nicht mehr weggingen, ein anderer hatte Probleme mit seinem Magen und wieder ein anderer konnte sich nicht gerade hinstellen. Er hatte einen Hexenschuss. Doch die meisten waren, wie ich, wegen Erkältungskrankheiten hier.

Gottlieb untersuchte mich persönlich und fragte: »Christian, warum bist du nicht schon früher gekommen? Du hast eine verschleppte Lungenentzündung. Du musst jetzt strikte Bettruhe halten! Wir werden dich in einem Einzelzimmer pflegen. Du bekommst jeden Tag einen Kräutertrank mit Honig und ansonsten musst du jeden Tag mindestens zwei Liter Wasser trinken. Einmal pro Woche werden wir dich in ein Kräuterbad legen. Nach unseren Erfahrungen und Kenntnissen, könntest du dann in vier Wochen wieder gesund sein. Danach musst du dich aber immer noch vier Wochen schonen!« Während Gottlieb gesprochen hatte, quälte mich wieder ein Reizhusten. Er gab mir etwas frisches Wasser aus einem Becher und danach ließ der Husten etwas nach. Ich sprach mit schwerer Stimme zu Gottlieb: »Vielen Dank, dass ihr mich hier aufgenommen habt.« Gottlieb entgegnete freundlich: »Christian, alles was wir hier für dich tun, machen wir gern. Wir haben gemeinsam eine schöne Zeit auf der Pfalz Werla verbracht, darüber können wir gelegentlich gern plaudern. Doch jetzt ruh dich erstmal aus.«

Am nächsten Tag wurde ich von Gottlieb und drei weiteren Mönchen in ein Einzelzimmer gebracht. Das Zimmer war nur spärlich eingerichtet. Es hatte ein schmales Bett, einen kleinen Tisch mit einem Stuhl und einen Nachttopf für die eigene Notdurft. Diesen kleinen Raum durfte ich jetzt erstmal nicht verlassen und auch das Bett nur, um meine Notdurft zu verrichten. Durch einen Belüftungsschacht kam von einer außenliegenden Heizstelle, annehmbare Wärme in den schmalen Raum, sodass, der kalte Februar mir hier nichts ausmachte. Ich spürte jede Woche eine Verbesserung meiner Verfassung und auch mein Husten ließ langsam nach. Der tägliche Kräutertrank, aber auch die Kräuterbäder taten mir gut. Diese befreiten die Atemwege und ich konnte danach immer gut schlafen. In der dritten Woche meines Krankenlagers im Kloster zu Frohse, besuchte mich Dietrich, der Verwalter meiner Burg. Er berichtete mir über die Vorgänge und das Geschehen auf der Burg, auch das die Vorräte, hinsichtlich Nahrung und Brennholz reichlich waren. Die feindlichen Slawen hatten sich nicht mehr blicken lassen und auch sonst ging alles auf der Burg Frohse, für die Jahreszeit seinen gewohnten Gang. Dietrich war ein sehr fleißiger und genauer Mensch, der 35 Jahre zählte. Mit ihm hatte ich einen guten Fang gemacht. Er setzte die Leute dort ein wo sie gebraucht wurden. Durch seine gute Verwaltung hatten wir auch Überschüsse im Steinabbau, der Viehwirtschaft und auf dem Feld erzielen können. Diese konnten wir dann auf den umliegenden Märkten erfolgreich gegen Gold- und Silbermünzen verkaufen.

Ende Februar 930 wurde ich dann gesund aus dem Kloster entlassen. Ich verabschiedete mich herzlich bei meinem Freund Gottlieb und versprach ihm, dass wir uns im Frühjahr einmal treffen würden, um das eine oder andere hefetrübe Klosterbier zu trinken. Die Klosteranlage war ein wahrlich großer Wirtschaftsbetrieb geworden. Das in der klostereigenen Brauerei hergestellte Bier, wurde in der näheren Umgebung schon gern getrunken. Außerdem hatte das Kloster einen großen Tierbestand aufgebaut, welcher zusätzliche Einnahmen brachte. Schafe gaben Wolle, Kühe brachten Milch und daraus hergestellten Käse, Hühner sorgten für ausreichend Eier und aus Gänsefedern wurden Schreibfedern gefertigt. Auch die Feldbewirtschaftung in der näheren Umgebung wurde durch die Mönche gestellt.

Mein nächstes Ziel war nun das Ritterturnier in Merseburg.

Ich hatte nur noch sechs Wochen um mich vorzubereiten und die lange Krankheit hatte mich doch arg geschwächt. Außerdem sollte ich mich ja auch noch etwas schonen. Zunächst machte ich mich an das Bogenschießen mit einem Langbogen, wobei ich anfangs nahezu jeden Pfeil daneben setzte. Dazu hatte ich, wie es in der Merseburger Turnierordnung festgeschrieben wurde, eine Strohzielscheibe in einer Entfernung von zwanzig Metern auf einen Holzständer gesteckt. Meine Hände schützte ich mit Lederhandschuhen, denn ich schoss pro Tag etwa einhundert Pfeile ab. Meine Übungen verteilte ich aber über den ganzen Tag, sodass ich zweimal vormittags und zweimal nachmittags etwa jeweils für eine Stunde übte. Durch mein ständiges Üben verbesserte ich mich schnell und schon nach einer Woche, traf ich oft mitten ins Schwarze. So war ich also Mitte März wieder fit im Bogenschießen. In der Zwischenzeit hatte ich auch einige Laufeinheiten absolviert und so meine Ausdauer verbessert. Ebenso profitierte meine Schnelligkeit und Wendigkeit davon, welche ich brauchte, um beim Kampf mit dem Schwert nicht so schnell zu ermüden und auch mal dem einen oder anderen Hieb ausweichen zu können. Mit meinen Knechten übte ich noch eine Weile mit stumpfen Schwertern, dies brachte mich aber nicht wesentlich weiter. Also entschloss ich mich, meinem alten Freund Reinhard zu schreiben und ihn zu bitten, ob er mich nicht für einige Wochen bei meiner Arbeit unterstützen könnte. Reinhard stand noch als Knappe im Dienst des Grafen Raimund von Grone. Da aber Anna, eine Tochter des Grafen, ihn gern zum Mann nehmen wollte und Reinhard deren Liebe erwiderte, konnte sich seine Situation in naher Zukunft vielleicht endlich verbessern. Unter dem Vorwand, mir aufgrund meiner langen Krankheit helfend zur Hand zu gehen, hatten wir den Grafen um seine kurzzeitige Freistellung gebeten und so kam Reinhard, mit dem Einverständnis des Grafen von Grone, zu mir auf die Burg Frohse.

In Wirklichkeit dachte ich aber nur noch an das Ritterturnier in Merseburg. Mein Ziel war es, Hiddas Liebe endgültig zu gewinnen und sie dann mein Weib nennen zu können. Der März 930 war dann auch schnell vorbei. Neben meinen Übungen hatte ich ja auch noch eine ganze Burganlage, mit den dazugehörigen Menschen zu verwalten. Sie feuerten mich an und feierten die Fortschritte mit mir, denn auch die Menschen auf meiner Burg hofften auf eine Frau an meiner Seite. Es würde mehr Leben im Herrenhaus sein, als dies ein Junggeselle bieten konnte. Auch Heinrich I. und Otto hatten von mir vorerst keine weiteren Dienste verlangt, denn ich sollte mich erholen und so baten sie nur darum, dass ich mich im Mai 930, bei Ihnen melden sollte.

Reinhard konnte mir noch ein paar Griffe und Kniffe mit dem Schwert zeigen, sodass, ich auch für den Schwertkampf ganz gut gerüstet war. In den letzten Tagen meiner Vorbereitung beschäftigte ich mich mit dem Lanzenstechen. Die schwere, lange Lanze zu halten war nicht einfach und bedurfte viel Kraft. Dafür hatte ich zwischendurch schon länger meine Arm- und Bauchmuskeln trainiert. Reinhard beobachtete das Schauspiel, wie ich zu Pferd, mit meiner Lanze, gegen einen Schild, auf einem Holzständer stieß. Dieser hatte in etwa die Höhe eines Pferdes. Oder ich ritt auf eine Vogelscheuche zu, die auf einem Holzpfahl ebenfalls in der Höhe eines Pferdes befestigt war. Er rief: »Christian, auch wenn es weh tut, den Arm etwas höher halten, damit du das Ziel besser triffst!« Nach dem Üben setzten wir uns in der Nähe des Übungsplatzes, auf eine große und feste Holzbank und sprachen über die alte Zeit und über neue Möglichkeiten. Während mir einige Gedanken durch den Kopf gingen, fragte ich Reinhard: »Was hältst du davon, wenn wir unseren alten Kameraden besuchen, der hier in der Nähe im Kloster lebt?« Reinhard entgegnete erfreut: »Das ist eine gute Idee und gleichzeitig können wir das gute Klosterbier verkosten.« So brachen wir am nächsten Morgen, nach dem Frühstück zum Kloster Frohse auf. An der Klosteranlage angekommen, machten wir Halt. Ich nahm den Klopfring und schlug damit kräftig gegen die Klosterpforte. Kurz darauf öffnete ein Mönch langsam ein kleines Holzfenster und fragte uns: »Was begehrt ihr, meine Herren?« »Wir hätten gern Einlass. Ich bin Christian von Frohse und möchte mich für die gute Pflege im letzten Winter, beim Abt Gottlieb bedanken.« Nun erkannte mich der Mönch und sprach: »Ah, ihr

seid es mein Herr, sehr erfreut. Tretet ein und wartet bitte innerhalb
der Klostermauern. Ich werde dem Abt Bescheid sagen, dass ihr da
seid. Er holt euch gleich hier am Eingang ab.« Es dauerte nicht lange
und unser alter Freund Gottlieb, kam uns mit schnellen Schritten,
aus einem der Klostergebäude entgegengelaufen. Er drückte uns herzlich und sprach: »Schön euch zu sehen, ihr kommt gerade richtig. Ihr
könnt schon heute unser frisch gebrautes Bier verkosten.« Wir gingen
zur Klosterschänke, in welcher ein alter Mann am Werk war. Gottlieb
sprach: »Rainer, bringe uns drei Becher und zwei Krüge von unserem
neuen Bier. Wir möchten dies gern mit dir verkosten.« Die Kloster-
stube war gut gefüllt. Ihre Wände waren weiß gehalten, der Boden
bestand aus einem festen Holzboden. Einfache große Holztische und
Bänke boten hier etwa achtzig Leuten bequem Platz. Wir sprachen
viel über die schönen alten Zeiten und dass es gut war, nun Frieden
mit den Ungarn zu haben. Zwischendurch trank ich immer etwas von
dem leckeren, hefetrüben Bier, welches gut gekühlt aus einem tiefen
Klosterkeller kam. Gottlieb fragte Reinhard und mich: »Und Männer,
wie sieht es mit der großen Liebe aus? Ist bei euch vielleicht schon
eine schöne Braut in Aussicht? Wenn es soweit ist, würde ich euch
gern trauen.« Reinhard und ich lächelten uns an. Reinhard sprach
als erster: »Ich habe Anna von Grone liebgewonnen und möchte sie
gern noch in diesem Jahr ehelichen. Ich würde mich freuen, wenn du
uns trauen würdest. Ich glaube, auch dem Grafen Raimund von Grone
wäre es Recht, wenn du uns in der Pfalzkirche trauen würdest.« Unser
Freund, der Abt strahlte und sprach: »Hervorragend, dann werden
wir ja in Grone ein großes Fest veranstalten können.« Dann blickte
er zu mir und fragte: »Wie sieht es denn mit dir aus Christian, mein
Freund?« Ich nahm noch einen kräftigen Schluck, dann antwortete
ich: »Bei mir gestaltet sich das Ganze etwas schwieriger. Ich habe
Hidda von Merseburg liebgewonnen. Doch der Markgraf Thietmar zu
Merseburg, hat um die Hand seiner hübschen Tochter einen Wettstreit

unter den besten Rittern ausgerufen, welcher am 14. April stattfinden wird. Sollte ich als Sieger daraus hervorgehen, würde ich mich freuen, wenn du, lieber Gottlieb, auch meine Ehe segnest.« »Oh, da wäre ich sehr erfreut!« antwortete Gottlieb »dann werden wir dir, hier im Kloster, alle erdenklichen Daumen drücken und dich in unsere Gebete miteinschließen.« Inzwischen war es schon Abend geworden und wir hatten das eine oder andere Bier zu viel getrunken, sodass, wir davon Abstand nahmen, unsere Heimreise noch anzutreten. Gottlieb führte uns deshalb zu zwei einfachen Schlafgemächern. Wir schliefen gut in den fremden, einfachen Betten und machten uns am nächsten Morgen, gleich nach dem Frühstück mit unseren Pferden, auf den Weg zurück nach Frohse.

Zwei Tage später reiste Reinhard wieder nach Grone. Ich bedankte mich herzlich bei ihm und wir versprachen uns, im Falle unserer Hochzeit, einander auf jeden Fall einzuladen. Kurz darauf trafen zu meiner Überraschung, die beiden Knappen Harald und Erwin, aus der Pfalz Werla ein. Mein Vater Lothar hatte sie, mit zwei edlen Turnierpferden zu mir nach Frohse geschickt und mir unterstellt.

Am 11. April 930 brach ich, zu dem für mich so wichtigen Ritterturnier nach Merseburg auf. Begleitet wurde ich von meinem neuen Knappen Harald, einem kräftigen jungen Mann im Alter von 19 Jahren. Er hatte dunkle Haare und war sehr gut durchtrainiert. Außerdem war mein neuer Schildknappe Erwin, gerade 16 Jahre alt und von kleiner Statur, an unserer Seite. Wir fuhren mit einem Pferdegespann mit Zeltwagen los. In dem Zeltwagen war meine Rüstung, Waffen, ein großes grünweißes Zelt für mich und ein zweites, kleineres grünweißes Zelt für meine neuen Knappen. Außerdem hatten wir genug Nahrung und Getränke für eine Woche dabei, ebenso genügend Felle und Tücher, um uns ein ordentliches Schlafgemach zu bereiten. Am Ende des Zeltwagens waren zwei edle, braune Turnierpferde festgebunden. Ich wusste, sie waren von meinem Vater gut ausgebildet worden. Auf meiner Grenzburg hatte ich alles an meinen Verwalter Dietrich übergeben. So wußte ich, dass alles seinen gewohnten Gang gehen würde.

Nun hatten wir einen leichten Marsch von zwei Tagen vor uns. Wir machten uns los und ritten durch die schöne Landschaft. Unser Weg führte uns zunächst einen Teil an der, zurzeit gut mit Wasser gefüllten Elbe entlang und dann ging es fast nur noch in Richtung Süden. Gegen Abend, wir hatten etwa die halbe Strecke zurückgelegt, machten wir an einer großen Lichtung Halt. Ich sprach: »Männer, wir sind gut vorangekommen. Lasst uns hier ein Nachtlager aufschlagen. Wir werden aber nicht extra die Zelte aufstellen, sondern eine Feuerstelle errichten und um sie herum die Decken und Felle für die Nacht ausbreiten. Aber zuerst werden wir uns um das Abendmahl kümmern. »Wir hatten Käse, Brot und Schinken mit, auch hatte ich mir von Gottlieb zwei gut verschlossene, hölzerne Krüge, von dem guten Bier mitgeben lassen. Wir setzten uns nieder und ich fragte meine beiden Knappen: »Wo ist eigentlich euer zu Hause?« Harald antwortete: »Wir beide kommen aus Paderborn und sollten bei eurem Vater auf der Pfalz Werla, eine Ausbildung als Knappe und Ritter erhalten. Da dort aber schon zu viele Knappen unterwegs sind, hat euer Vater uns gefragt, ob wir nicht nach Frohse, zu seinem Sohn Christian gehen wollen. Wir haben zugestimmt und hoffen, dass wir hier im Grenzgebiet, in ihrem Dienst, mehr Erfahrungen und Ruhm erlagen können. Dies gibt uns vielleicht die Möglichkeit, schneller Ritter zu werden und neue Gebiete als Grafschaft zu bekommen und so unsere Familien stolz zu machen.« Seine Ehrlichkeit beeindruckte mich. »Schön« sagte ich »es freut mich, dass ihr gekommen seid und mir nun in Merseburg zur Seite steht. Ich hätte nicht sofort gewusst, wen ich von meinen Leuten hätte fragen können. Schließlich sind auf meiner Burg alle in die täglichen Arbeiten eingebunden. So habe ich ja jetzt zwei richtige Männer vom Fach erwischt.« Wir lachten und genossen unser Abendessen. Auch Erwin erzählte später noch von Paderborn und von seiner Kindheit. Danach legten wir uns zur Ruhe. Das leckere Klosterbier hatte sein Übriges getan und wir schnarchten nach kurzer Zeit um die Wette. Im Wald waren immer wieder Geräusche von wilden Tieren zu hören, aber dies regte mich nicht auf. Ich wusste, dass nur dann Gefahr im Verzug war, wenn es im Wald still war. Dann waren die Tiere auf der Flucht und wahrscheinlich viele Menschen unterwegs.

Am zweiten Tag erreichten wir schließlich die schöne Pfalz- und Burganlage Merseburg. Ihre Pracht war ein Zeugnis dafür, dass das Gebiet um Merseburg und dessen Umland sehr fruchtbar und ertragreich sein musste. Sonst hätte hier nicht so eine gewaltige und schöne Pfalzanlage entstehen können. Die Merseburg war wunderbar an der Saale gelegen. Das milde Aprilwetter ließ nun viele Schaulustige aus dem ganzen Umland erscheinen. Die ganze Burg war mit großen, bunten Fahnen geschmückt.

An der gewaltigen Toranlage im Norden fragte ich einen Wachsoldaten, wo sich das Lager für das Ritterturnier befand und wo ich mich melden sollte. Der Wachsoldat sprach: »Mein Herr, die Meldestelle und das Lager für die Ritter ist im Süden der Pfalzanlage. Am besten nehmen sie den Weg an der Saale entlang, denn dort gelangen Sie dann direkt in den Süden der Pfalzanlage.« Ich bedankte mich und wünschte dem Soldaten einen schönen Tag. Nach kurzer Zeit kam ich über den schönen, an der Saale gelegen Weg, in den Süden der gewaltigen Pfalzanlage. Ich blickte mich um und sah ein Zelt, vor dem ein großer hölzerner Ständer aufgestellt war. Auf dem großen, angeschlagenen Pergament stand: »Meldestelle für die Ritter«. Hier sprach ich bei einem älteren Mann von der Turnierleitung vor. »Ich möchte mich gern zum Turnier anmelden.« Er erwiderte daraufhin: »Dann müssen sie sich in dieses Buch hier eintragen.« Er zeigte auf den Tisch neben sich. Ich klappte das Lederbuch auf und schrieb meinen Namen und den meiner Knappen auf das Pergament des Turnierbuches. Als ich dies erledigte hatte fragte ich: »Wie viele Ritter haben sich denn hier in Merseburg gemeldet?« Der Turnierleiter antwortete mir: »Mit ihnen sind es zweiunddreißig Ritter und Edle aus den Gebieten Sachsen, Thüringen und Franken. Sie sind der letzte, der sich als Ritter eingetragen hat. Damit ist das Turnier voll besetzt. Ich gebe ihnen einen Soldaten mit, der ihnen die Stelle zeigt, wo sie ihr Lager aufschlagen können.« Nach einem kurzen Weg hatten wir unseren Lagerplatz erreicht. Er befand sich am nächsten zum Tor zur Merseburg, vor den Zelten des Ritters aus Kassel und dem aus Minden. Die anderen Zelte waren bereits aufgebaut. Das war für uns kein Problem, denn der Turnierstart war erst für den nächsten Tag angesetzt. Mit dem Aufbau meiner Zelte kannte ich mich gut aus, weil ich dies schon öfters getan hatte. Auch Erwin und Harald waren sehr geschickt, sodass wir, innerhalb von zwei Stunden unsere Zelte eingerichtet hatten. Im Inneren meines Zeltes, hatte ich die Hälfte der Fläche mit Fellen und Decken ausgelegt. Auf der anderen Seite stand noch ein kleiner Tisch und drei Klappstühle. Hier konnten wir auch bei Regen unsere Mahlzeit zu uns nehmen oder uns auch über wichtige Themen beratschlagen. Das Zelt für meine Knappen war ein reines Schlafzelt. Vor unseren Zelten bauten wir mit Hilfe eines stabilen Holzblocks, unser schönes Wappenschild und unsere Lanze auf. Daneben platzierten wir an einem drei Meter langen Holzspeer, die Wappenfahne. So konnte jeder schon von Weitem erkennen, dass hier der Ritter von Frohse anwesend war. Als wir nun fertig waren sprach ich: »So Männer, jetzt gehen wir zur nächsten Schänke und genehmigen uns ein paar Bier! So können wir in dieser ungewohnten Umgebung später gut schlafen.« Außerhalb der Pfalz Merseburg hatte sich ein stattliches Dorf entwickelt, welches drei große Herbergen, mit jeweils einer Schankwirtschaft zu bieten hatte. Wir öffneten die Tür zur ersten gut gebauten Schänke und mussten feststellen, dass die große Gaststube schon voller Menschen war. Das war klar, denn die edlen Ritter und ihre treue Knappen waren alle irgendwo hier unterwegs, um sich in Ruhe ein paar Bier zu gönnen und nach getaner Reise, eine feste Mahlzeit zu sich zu nehmen. Wir drei fanden noch einen Platz an einem großen Tisch. Hier saßen, bereits der Ritter aus Solingen und der Ritter aus Minden mit ihrem Gefolge. Wir stellten uns zunächst alle gegenseitig vor. Es wurde ein lustiger Abend und der Ritter aus Solingen prahlte: »Ihr dürft alle mitmachen, aber gewinnen werde nur ich.« Doch der Ritter von Minden gab zum Einwand: »Die Gewinner sind am Ende doch immer die Stärksten und Besten und das bin, na klar, am Ende nur ich.« Dann sagte ich nur: »Wenn es denn für mich so aussichtslos ist, dann lasst uns weiter trinken und dieses köstliche Naturprodukt genießen!« Meine Gedanken waren aber immer bei Hidda. Ich mochte gar nicht daran denken, dass einer dieser Mitstreiter, meine schöne Hidda als Frau ehelichen sollte. Dies wollte ich verhindern, aber wie? Wir sprachen noch darüber, wie gut uns der Frieden tat, vor allem nicht ständig in der Angst leben zu müssen, dass sich mordende und brandschatzende Ungarn durch unsere Gebiete bewegten. Wir wünschten uns spät eine gute Nacht und gingen gemeinsam in unser Lager zurück. In meinem Zelt war es ziemlich dunkel, doch ich konnte noch im Groben erkennen, wo sich mein Schlafplatz befand. Schnell entledigte ich mich meiner Sachen. Durch die vielen Biere war ich geschafft und bettschwer. Ich legte mich schnell auf die ausgebreiteten Felle und deckte mich mit einer Decke zu. Plötzlich berührte eine Hand meinen Bauch und die andere legte sich auf meinen Mund. Ich erschrak und wollte mich aufrichten, da flüsterte eine mir bekannte Stimme ins Ohr: »Christian! Ich bin es, Hidda.« »Was für ein Wahnsinn!« flüsterte ich. »Ihr könnt doch nicht so ein großes Ritterturnier veranstalten und du triffst dich mit mir in meinem Zelt. Was sollen die anderen Ritter davon halten?« Sie sprach mit leiser Stimme: »Das mit dem Turnier war doch nicht meine Idee. Wenn es nach mir gegangen wäre, hätte ich dich geheiratet, nur dich Christian! Aber mein Vater hat darauf bestanden, für mich den besten und stärksten Mann zu besorgen. Ich bin hier, weil ich dich liebe!« Kaum hatte sie dies ausgesprochen, nahm ich sie in meine Arme und küsste liebevoll ihre süßen Lippen, während meine Hände ihre Haare und ihren Körper streichelten. Dann hielt ich inne und sagte mit einem leisen, aber bestimmenden Ton: »Hidda, wie stellst du dir das denn vor, wenn du morgen aus meinen Zelt kommst und dich die anderen Ritter sehen?« »Mein lieber Christian, ich habe an alles gedacht. Du hast hier das erste Zelt und morgen in der Frühe, werde ich mich allen Rittern vorstellen. Meine beiden Kammerzofen werden mich dabei begleiten. Sie kommen morgen als erstes in dein Zelt und wir werden dann zu dritt wieder hinausgehen und die übrigen Ritter besuchen.« »Das hast du ja geschickt eingefädelt!« Damit war nun klar, dass ich eine ganze Nacht, mit meiner geliebten Hidda vor mir hatte. Wir liebten uns leidenschaftlich und schliefen bis zum frühen Morgen. Als Hidda erwachte, zog sie ihr feines rotes Kleid, mit bunten Stickereien und Perlen wieder an. Es wurde unterhalb ihrer Brüste mit einem breiten, ledernen Gürtel unterteilt. Zügig schlüpfte sie in ihre Schuhe. Sie richtete sich etwas das Haar, den Rest würden die Kammerzofen gleich übernehmen. Dann kam sie noch einmal zu meinem Schlafplatz gekrochen und gab mir einen dicken Kuss. Sie flüsterte: »Bleib ruhig liegen. Meine beiden Kammerzofen werden gleich kommen. Morgen Abend kann ich leider nicht zu dir kommen. Doch am nächsten Tag mache ich dich zu meinem Mann. Jetzt werde ich mit den beiden, den Rundgang zu den anderen Rittern machen.« Kaum hatte sie den Satz beendet, traten zwei kichernde Kammerzofen in mein Zelt. Ich richtete mich auf und stellte fest, dass es wahrlich auch zwei hübsche junge Mädchen waren. Sie könnten durchaus auch das Interesse einiger Ritter wecken. Es mag so um die siebte Stunde gewesen sein, als die Frauen mein Zelt verließen. Ich schlief noch einmal für gut eine Stunde ein und träumte süß von meiner geliebten Hidda.

In der zehnten Stunde sollte das Turnier mit dem Bogenwettbewerb beginnen. Kurz nach acht Uhr begab ich mich mit meinen Knappen, zum gemeinsamen Frühstück in das erste Gasthaus des Ortes. Danach gingen wir zu dem Platz des Bogenwettbewerbes. Hier war schon reichlich Trubel und viele Ritter übten sich, unter den Augen des Marktgrafen Thietmar, der mit seinem Sohn Gero und der schönen Hidda, in Begleitung von zehn Wachsoldaten anwesend war. Der Platz für den Bogenwettbewerb war, inmitten einer von Holztribünen umfassten Arena, hergerichtet. Hier würden später auch die Schwertkämpfe und das Lanzenstechen stattfinden. In der Mitte der Tribüne war viel Platz für den Grafen und seine Familie vorgesehen. Von da aus konnten sie das Turnier hervorragend verfolgen. Langsam füllten sich die Zuschauerränge, und kurz vor Beginn des Turniers, war jeder Platz mit Männern, Frauen, Kindern besetzt. Die Edlen, die gekommen waren, hatten neben dem Marktgrafen eine weitere Tribüne. Hidda winkte unauffällig und lächelte mir zu. Es sollte niemand merken, dass ihr Herz bereits mir gehörte.

Ein dicker Minnesänger namens Eberhard, in einem braunen Gewand eröffnete das Turnier. Er sprach mit einer lauten Stimme, die jeder gut hören konnte: »Lieber Markgraf Thietmar, liebe Hidda, liebe Familie des Grafen, werte Ritter, Edelleute und Bürger. Heute und morgen haben sich zweiunddreißig Ritter aus den Landen Thüringen, Sachsen und Franken hier eingefunden, um nicht nur das ausgelobte Preisgeld, sondern auch die Gunst Hiddas zu erwerben. Nach diesen beiden Tagen wird also feststehen, wer die Hand der schönen Hidda erhält.« Es setzte lautes Grölen und Klatschen ein. Eberhard erhob erneut seine Stimme: »Ruhe, Ruhe!« Daraufhin legte sich der Geräuschpegel wieder und Eberhard konnte mit seiner normalen Stimme weitersprechen: »Als ersten Wettbewerb werden wir das Bogenschießen austragen. Die sechzehn besten Schützen kommen weiter in die nächste Runde. In der zweiten Runde gibt es dann acht Kämpfe mit dem Schwert, in denen nur der Gewinner weiterkommt. Die Sieger treten schließlich im Lanzenstechen gegeneinander an. Hierbei werden durch entsprechende Duelle, die genauen Platzierungen ermittelt. Zum Abschluss des Ritterturniers, werden die drei besten Ritter dem Grafen und der Grafentochter vorgestellt. Die Grafentochter gibt ihnen nun ein Rätsel auf. Wer dieses Rätsel löst, erhält Hidda zur Frau und ist der wahre Sieger!« Eberhard hatte dies kaum ausgesprochen, da setzte wieder lautes Klatschen und Gegröle ein.

Nun wurden auf dem Platz der Arena, acht runde Strohzielscheiben auf Holzständern aufgestellt und der Bogenwettbewerb begann. Wir mussten aus einer Entfernung von dreißig Fuß, mitten ins Schwarze treffen, dies würde die höchste Punktzahl bringen. Die vier Ringe drum herum brachten weniger Punkte, zählten aber auch. Die Punkte wurden addiert. Geschossen wurde in vier Gruppen mit je acht Mann, jeder hatte vier Schüsse.

Ich kam erst in der vierten Gruppe zum Einsatz und wurde immer müder und nervöser. Durch Hiddas Besuch in meinem Zelt war die Nacht für mich sehr kurz gewesen. Das machte sich jetzt bemerkbar. Dazu die vielen Mitbewerber hier, mir gingen zu viele Gedanken durch den Kopf. Hidda und ihre Kammerzofen, waren immer mit auf dem großen Bogenplatz. Wohl auch deshalb wurde der eine oder andere Schütze nervös und verfehlte das Ziel. Andere hingegen waren wiederum so abgebrüht, dass ihnen die Anwesenheit der schönen Hidda nichts ausmachte. Unter den besten Schützen nach den ersten drei Runden, waren Jürgen aus Dortmund und Alfred aus Marburg. Sie hatten von allen die meisten Treffer ins Schwarze gelandet.

Nun kam die vierte Gruppe zum Zuge. Meine Knappen banden mir den Köcher mit vier Pfeilen auf den Rücken. Dann bekam ich eine Zielscheibe aus Stroh zugewiesen. Ich war übernervös und schoss den ersten Pfeil am Ziel vorbei. Was für eine Blamage! Hidda konnte das Ganze auf dem Platz nicht mehr verfolgen und setzte sich neben ihren Vater auf die Tribüne. Die beiden Zofen saßen dann schräg dahinter. Mein zweiter Pfeil verfehlte nur knapp den schwarzen Punkt und landete auf dem nächsten Ring. Dieser Pfeil brachte mir noch ein paar Punkte. Ich holte noch einmal tief Luft und konzentrierte mich nur auf den nächsten Schuss. Tatsächlich traf der Pfeil voll das Schwarze und ich erreichte diesmal die volle Punktzahl. Jeder Abschuss und Treffer der Pfeile, wurde von den Kampfrichtern auf Pergament notiert, sodass sie damit den genauen Punktstand der zweiunddreißig Ritter erfassen konnten. Es war noch nichts verloren. Es galt nun für mich, den letzten Schuss noch mal ins Schwarze zu platzieren, dann war ich sicher eine Runde weiter. Ich versuchte meine Gedanken zusammenzuhalten. Ich spürte, wie sich langsam eine Einheit aus Bogen, Pfeil und meinem Körper bildete. Es war wie zu meiner Lehrzeit, als ich mit fast jedem Schuss die Zielscheibe traf. Mit diesem guten Gefühl schoss ich meinen letzten Pfeil ab. Zu meinem Entsetzen landete er aber nicht mitten im Schwarzen, sondern wieder daneben. Nun mussten die Kampfrichter rechnen! Mir war schlecht, denn ich hatte das Gefühl, es hatte nicht gereicht. Sollte ich den Kampf, um meine geliebte Hidda schon hier verloren haben? Nach kurzer Zeit verkündete Eberhard das Ergebnis: »Liebe Leute,« sprach er mit lauter Stimme: »ich habe euch nun, das Resultat des Bogenschießens mitzuteilen. Ich werde die sechzehn besten Schützen, in der Reihenfolge ihrer Platzierung benennen und beginne dabei mit dem besten Schützen. Der beste Schütze dieses Turniers ist Jürgen aus Dortmund. Er mag bitte vortreten, wir überreichen ihm zehn Goldmünzen.« Jürgen war ein großer, starker Mann mit blondem Haar. Sein Siegeswille blitzte in seinen Augen. Hidda überreichte ihm die Münzen. Zweitbester Schütze war Alfred von Marburg. Er war ebenfalls größer als ich, hatte dunkle Haare und sich das Ziel gesetzt, Hidda nach Turnierende, sein Weib nennen zu können. Auch ihm überreichte Hidda, den Preis für den Zweitplatzierten. Dies waren fünf Goldmünzen. Dem Dritten, Erich von Eresburg, überreichte Hidda eine Goldmünze. Danach würde Eberhard nur noch die Platzierungen verlesen. Hidda ging zurück zu ihrem Platz auf der Tribüne. Auf dem Weg dorthin kam sie an mir vorbei, kniff mir in den Arm und flüsterte mir ins Ohr: »Warum hast du dich nicht angestrengt?!« Dann ging sie weiter zu ihrem Platz. ›Verdammt!‹, schoss es mir in den Sinn. ›Dann bin ich doch nicht bei den sechzehn besten.‹ Mit gesenktem Kopf lauschte ich den weiteren Ausführungen des Eberhard. Er verlas nacheinander die dreizehn restlichen Teilnehmer der zweiten Runde: Hans aus Hamburg, Konrad aus Kassel, Friedrich aus Fritzlar, Bernd aus Bremen, Wilhelm aus Wallbeck, Ernst aus Erwitte, Stefan aus Solingen, Robert aus Rohr, Markus aus Minden, Hainer aus Hildesheim, Hartmut aus Halberstadt, Siegfried von Saalfeld und als letztes der Ritter Victor aus Verden. Danach setzte lauter Beifall ein. Mir war elend zumute. Wieder hatte ich den Kampf um eine schöne Frau verloren! Mein Herz drohte zu brechen. In meinem Schmerz hatte ich auch nicht bemerkt, dass die Kampfrichter zum Redner Eberhard gingen und ihm ein neues Pergamentblatt in die Hand drückten. Eberhard brüllte laut: »Stopp, haltet bitte noch einmal inne! Wir haben uns leider verrechnet. Der Ritter Victor aus Verden hat doch weniger Punkte als der Ritter Christian von Frohse! Damit bleibt stattdessen Christian von Frohse weiter im Turnier. Wir entschuldigen uns hiermit bei beiden Rittern.« Welch ein Wahnsinn war das denn? Mein Traum war noch nicht zu Ende! Allerdings fragte ich mich auch direkt, ob Hidda hier irgendwie Einfluss genommen hatte. Victor aus Verden sah es gelassen, kam zu mir und sprach: »Christian, ich wünsche dir viel

Glück! Die Ritter Jürgen aus Dortmund und Alfred von Marburg sind für mich zu stark. Warum soll ich mich hier also weiter quälen, wo ich doch auch vom guten Merseburger Bier kosten kann.« Ich dankte Victor aus Verden und wünschte ihm noch eine gute Zeit auf der Pfalz Merseburg. Ich aber wollte weiter mein Glück versuchen und im nächsten Kampf vollen Einsatz bringen.

Als Gegner im Kampf, mit einem stumpfen Schwert, wurde mir nun Hainer aus Hildesheim zugelost. Von den Kampfrichtern sollten alle Körpertreffer gezählt werden. Mit diesem Los hatte ich Glück, denn Hainer war zwar ein guter Schütze, mir körperlich aber unterlegen. So konnte ich mit meinem Schwert deutlich mehr Treffer landen als er. Nach einer halben Stunde standen die Sieger fest. Wieder trat Eberhard als Redner in Erscheinung, neben ihm stand Hidda. Eberhard sprach zu den Zuschauern und den Akteuren: »Ich danke euch allen für den gerechten Wettstreit und für euer Kommen. Die besten Männer mit dem Kampfe des Schwertes sind die Ritter Jürgen aus Dortmund, Konrad aus Kassel, Friedrich aus Fritzlar, Wilhelm aus Wallbeck, Robert aus Rohr, Markus aus Minden, Alfred aus Marburg und Christian aus Frohse.« Ein zauberhaftes Lächeln huschte über Hiddas Gesicht. Als sie auf uns zukam, schien sie im Gehen vor Freude zu tanzen. Wieder setzte lauter Beifall ein. Hidda drückte jeden der acht Ritter nacheinander und wünschte allen viel Glück. Mir aber flüsterte sie ins Ohr: »Du wirst morgen mein Mann!« Ich schaute ihr nur verblüfft ins Gesicht. Mir sollte es ja recht sein, meine Liebe zu heiraten. Aber war es nicht verwegen, schon jetzt mit dem Sieg zu rechnen? Es waren sieben weitere starke Kämpfer, welche als Sieger hervorgehen konnten. Ich schaute ihr nach. Sie war wahrlich eine schöne Frau! Dann begab ich mich, mit meinen Knappen zu meinem Lager. Beide sagten mir, dass ich gut gekämpft hatte. Ich war müde und wollte mich eigentlich früh zur Ruhe legen, um für den morgigen Tag gut gerüstet zu sein, als draußen vor dem Zelt Stimmen riefen:

»Christian, unser Freund! Hast du nicht Lust, mit uns noch ein oder zwei Abschiedsbiere zu trinken?« Es waren Markus von Minden und Stefan von Solingen mit ihrem Gefolge, mit denen wir am gestrigen Abend gezecht hatten. Ich rief: »Eher nicht!« aber dann entschloss ich mich doch, kurz mit ihnen zu gehen. »Männer wartet! Meine Knappen und ich kommen mit.« rief ich ihnen hinterher. So nahmen wir in der Gaststube noch ein reichliches Mahl zu uns und tranken einige, aber nicht zu viele Biere. Markus von Minden saß neben mir und sprach leise, sodass es, die anderen bei dem lauten Geräuschpegel nicht mitbekamen: »Ich habe dich und Hidda beobachtet. Ich glaube ihr liebt euch.« Ich blickte ihn erstaunt an. Er fuhr fort: »Wenn du morgen beim Lanzenstechen auf mich triffst, wird dir der Sieg in unserem Duell sicher sein. Ich weiß, was es heißt zu lieben und wie es ist, wenn man seine Liebe verliert. Vor einem Jahr habe ich meine liebe Frau durch eine Krankheit verloren. Ich werde auch so wieder eine Frau finden. Das Gelage gestern Abend mit dir und deinen Knappen, hat mir viel Spaß gemacht und mir gezeigt, dass es in unserem Land viele nette und liebe Menschen gibt. Hierfür danke ich dir von Herzen, Christian!«

Ich war beeindruckt und sagte zu Markus: »Vielen lieben Dank! Du sollst wissen, Hidda und ich kennen und lieben uns schon länger. Doch bevor wir es kundtun konnte, hat ihr Vater dieses Turnier ins Leben gerufen. Wenn dieses Turnier nicht gewesen wäre, hätte ich beim Markgrafen zu Merseburg, um Hiddas Hand angehalten. Aber so muss ich nun um die Frau kämpfen, die ich liebe.«

»Ich wünsche dir morgen viel Glück!« sagte Markus aus Minden zu mir. »Auch ich wünsche Dir viel Glück!« entgegnete ich ihm. Wir saßen noch eine Weile zusammen und sprachen über dies und das. Es wurde aber nicht zu spät, sodass wir, alle noch ausreichend Schlaf bekamen.

In der Mitte der Arena hatten Arbeiter, für den letzten Wettbewerb eine Abgrenzung aus Holz gebaut, damit die einzelnen Ritter nur mit ihrer Lanze auf die andere Seite gelangen und stoßen konnten.

Eberhard, der Redner, war etwas heiser geworden, doch seine Stimme drang auch heute wieder durch.

»Lieber Markgraf, liebe Hidda, liebe Leute! Heute wird die Entscheidung fallen, wen Hidda zum Manne nimmt. Den drei besten des Lanzenturniers, wird sie ein Rätsel aufgeben und nur derjenige, der das Rätsel löst, wird Hidda zum Altar führen können.« Wieder setzte lauter Beifall ein. Meine Knappen Harald und Erwin halfen mir dabei, die starke Rüstung anzulegen. Auf mein Pferd gelangte ich mit Hilfe einer Holztreppe, denn mit dieser schweren Rüstung war es nicht möglich, sich auf ein Pferd zu schwingen. Die stabile Rüstung bot aber Schutz davor, von der Lanze des Gegners aufgespießt zu werden. Da Heinrich I. jeden fähigen Ritter brauchte, hatte er auch befohlen, diesen Wettbewerb im Lanzenstechen auf nur acht Leute zu beschränken. Es sollte nicht so sein, dass viele und gute Ritter beim Wettstreit um die Gunst einer Frau, ihre Gesundheit oder gar ihr Leben verlieren. Er hatte dieses Turnier nur geduldet, weil Thietmar, der Markgraf von Merseburg, ein guter Freund von ihm war.

Alle Ritter waren edel eingerüstet. Mein Pferd hatten wir mit grünweißem Zaumzeug geschmückt. Jürgen, der Ritter aus Dortmund, hatte sein Pferd in schwarzgelben Farben gekleidet. Jeder Ritter an sich, stach mit seiner Rüstung und der Farbenpracht seines Zaumzeuges, seines Schildes und seiner Fahnen hervor. Die Fahnen der verbliebenen acht Ritter, wehten am Eingang des Turnierplatzes. Meine war, auf Wunsch von Hidda, in der Mitte platziert worden. Wir ritten nacheinander in die Arena. Alfred, der Ritter aus Marburg, der mit blauweißem Gewand und Zaumzeug zum letzten Turnierwettstreit antrat, hielt seine Lanze vor Hidda. Er erhoffte ein Tuch von ihr zu bekommen, als Zeichen dafür, dass er der Favorit ihres Herzens sei. Doch Hidda verweigerte und gab keinem von uns Rittern ihr Tuch. »Nun kann das Turnier beginnen!« brüllte Eberhard. »Als erstes treten Christian, Ritter von Frohse und Robert, Ritter von Rohr gegeneinander an!« Auf dem Turnierplatz stand ich nun in südlicher Richtung, während Robert im Norden Aufstellung nahm. Da nun keine Wolken am Himmel standen und die Sonne schien, war Robert etwas geblendet. Hatte Hidda hier wieder ihre schönen Hände im Spiel? Unsere Rüstungen glänzten in der Sonne und die Fahnen wehten im Wind. Die Menschenmenge jubelte uns zu. Dann gab Eberhard durch ein lautes: »Los geht's!« den Befehl zum Start. Mit dem Gewicht der Lanze in der Hand, ritten wir in vollem Galopp los. Durch die Sonne sah Robert mich nicht richtig und ich war im Vorteil. So konnte ich ihm meine Lanze voll auf seine Brustrüstung drücken. Er flog mit voller Wucht vom Pferd, versetzte mir aber noch einen derben Schlag gegen meine rechte Hand. Die gesamte Arena war mit viel Stroh aufgefüllt, sodass Robert, eine weiche Landung hatte. Ich hatte die erste Runde gewonnen! ›Klasse!‹ schoss es mir durch den Kopf, während meine Hand doch ziemlich schmerzte. Ich konnte einmal mit meinem Ross unter tosendem Beifall auf und abreiten, dann verließ ich die Arena. Nun kam es zum nächsten Duell. Da die Sonne inzwischen weitergewandert war, gab es diesen Vorteil für einen der Kämpfer nun nicht mehr. Es war der Ritter Jürgen aus Dortmund, der dank seiner Körpergröße den Kampf gegen Wilhelm aus Wallbeck für sich entschied. Auch er ritt unter tobendem Beifall aus der Arena. Nun war Alfred aus Marburg an der Reihe. Er gewann den Lanzenkampf ebenfalls überragend, gegen Friedrich aus Fritzlar. Als letztes traten sich Konrad aus Kassel und mein neuer Freund Markus aus Minden gegenüber. Dieses Duell benötigte dann eine zweite Runde, da beide zwar ihren Gegner getroffen hatten, doch keiner von beiden aus seinem Sattel gestoßen worden war. In der zweiten Runde machte Markus dann aber alles klar und verhalf Konrad so zu einer weichen Landung im Stroh. Nun trat Eberhard wieder in Erscheinung und sprach: »Kommen wir nun zur zweiten Runde. Es stehen nur noch vier Ritter im Turnier. Die Paarungen lauten Markus aus Minden gegen Jürgen aus Dortmund und Alfred aus Marburg gegen Christian aus Frohse.« Mein Freund Markus und ich waren diesen beiden Rittern von der Körpergröße her unterlegen. Beide waren einen Kopf größer als wir und hatten durch ihre längeren Arme auch eine größere Reichweite. Eigentlich war klar, wer in diesen Duellen die große Endrunde erreichen würde. Eberhard erhob erneut das Wort: »Als Erstes treffen aufeinander, Alfred von Marburg und Christian von Frohse.« Wir nahmen unsere Startpositionen ein und los ging es. Mit voller Wucht krachten die Lanzen gegen die Rüstungen. Meine brach durch und meine Hand und mein Arm schmerzten. Ich hatte ja schon im vorigen Duell einen Schlag abbekommen. Wir hielten uns beide auf unseren Pferden. Die Lanze von Albrecht aber blieb unversehrt. Also kam es nun zur zweiten Runde. Harald und Erwin wünschten mir viel Glück. Und wieder krachten beide Lanzen gegen die Rüstungen. Mein Arm schmerzte und ich brachte nur wenig Kraft in meine Hand. Ich spürte einen starken Schmerz auf der Brust und flog vom Pferd. Auch ich landete im weichen Stroh. Der Ritter von Marburg wankte, aber er blieb im Sattel. Damit war klar, dass er, Alfred von Marburg, im Finale stand. Doch auch ich war ja noch im Wettbewerb. Ich verließ den Ort meiner Niederlage, kühlte zunächst meine schmerzende Hand und zerbrach mir schon den Kopf: ›Welches Rätsel mag Hidda für die drei Erstplatzierten, bereithalten?‹ Sie hatte es mir nie gesagt und hoffte darauf, dass ich selber darauf komme. Ich redete mir gut zu und dachte positiv. Mir würde die Lösung des Rätsels schon irgendwie einfallen. Sie musste mir einfallen! Nun startete der zweite Kampf. Jürgen von Dortmund war gegen Markus von Minden, wie erwartet, überlegen. Markus flog schon beim ersten Aufeinandertreffen von seinem Pferd. Dennoch stand er mit einem Lächeln auf. Ich wußte warum. Nach einer etwa halbstündigen Pause trafen wir nun aufeinander. Der vorige Kampf hatte seine Spuren hinterlassen und ich hatte Mühe, mich überhaupt, mit samt der Lanze auf dem Pferd zu halten. Markus hingegen strotzte noch vor Kraft. Ich riss mich zusammen, packte meine Lanze mit der mir verbliebenen Kraft und visierte mein Gegenüber an. Markus hielt sein Wort und ich konnte ihn mit meiner Lanze schon im ersten Kampf vom Pferd stoßen. Damit war ich Dritter des Turniers und einer der Auserwählten für Hiddas Rätsel. Ich konnte mich kaum auf den Beinen halten, doch ich war glücklich! Markus kam zu mir und stützte mich auf dem Weg zur Tribüne. Wir suchten uns einen guten Platz, von wo aus wir den letzten Kampf gut beobachten konnten. Jürgen von Dortmund und Alfred von Marburg kämpften noch um den Sieg. Der Sieger hatte das Recht, sämtliche Pferde und Rüstungen des Turniers, als Siegprämie zu bekommen. Das war natürlich schon ein erheblicher Reichtum, für welchen manche Ritter, viel Geld und Kraft einsetzen mussten.

Alfred von Marburg und Jürgen von Dortmund schenkten sich nichts. Beide mussten dreimal gegen einander antreten, bis der Sieger feststand. Alfred von Marburg war durch meine Treffer schon etwas geschwächt gewesen, was man im dritten Kampf gegen den Ritter Jürgen auch sehen konnte. Er hatte die Lanze nicht mehr so stabil halten können, wie bei den anderen Kämpfen. So konnte er seinen Körper nicht genug schützen und das führte dazu, dass Jürgens Lanze ihn traf und er auf den Boden krachte. Er war offenbar schwerer verletzt, denn er stand nicht mehr auf. Helfer kamen schnell herbei und trugen ihn mit einer Trage vom Platz. Seine Knappen und ein Arzt kümmerten sich gleich um ihn. Damit stand Jürgen, Ritter von Dortmund, als Sieger des Turniers und Gewinner aller Rüstungen und Pferde fest. Er wurde von der Menge gefeiert, was er sich auch verdient hatte. Doch nach dem Turnier, sollte jetzt noch die Entscheidung um Hiddas Hand fallen. Diese Vorgehensweise hatte jeder von uns akzeptiert.

Während Jürgen und ich vor Hidda standen, wurde Alfred vor der Tribüne auf einen Stuhl gesetzt. Er hatte sich verletzt und konnte deshalb nicht stehen. Er war so ebenfalls vor Hidda platziert worden. »Nun ihr edlen Ritter!« sprach Hidda voller Freude »Ihr habt tapfer gekämpft und eure Stärke bewiesen. Ich möchte euch ein Rätsel aufgeben und nach der Rangfolge, darf der Gewinner des Turniers, mir zuerst die Antwort geben. Dann hat der Zweite und schließlich der Dritte das Wort. Weiß schon der erste die richtige Antwort, bin ich dessen Frau und die anderen kommen nicht mehr zu Wort. Hier ist das Rätsel:

> »*Er/Sie/Es ist gütig und sanftmütig. Er/sie/es drängt sich nicht auf, rechnet nicht auf und fordert nicht.* Jetzt ist es an euch, meine starken Ritter. Wer oder was könnte das sein?«

Wir runzelten alle die Stirn. Nach einer kurzen Bedenkzeit bekam zuerst Jürgen von Dortmund das Wort. Er sagte laut: »Ein Heiliger.« Die Menge klatschte Beifall und jubelte. Nun sprach Hidda: »Das ist eine gute Antwort, aber es ist nicht die Lösung des Rätsels.« Jürgen war zornig, doch er konnte es nicht ändern. Seine Antwort war falsch.

»Nun zu dir, Alfred von Marburg. Welche Antwort hast du mir zu bieten?« Alfred von Marburg waren die Schmerzen anzusehen, doch er antwortete mit lauter Stimme: »Meine Mutter!« Die Menge lachte laut auf. Hidda erhob ihre Hand, um dem Einhalt zu gebieten und sprach: »Eure Antwort ist gut. Die Mütter nehmen für ihre Kinder viel auf sich. Eine Mutter kann viele Kinder ernähren, auch wenn das oft schwierig ist. Aber die Antwort ist leider auch falsch.« Nun war ich also an der Reihe. Hidda blickte mich an und sagte: »Nun zu dir, Christian, Ritter von Frohse. Kennst du die Antwort auf diese Frage?« Mein Herz schlug bis zum Hals, denn nun war mir klar, welches Wort Hidda von mir hören wollte. Ich hatte zwar Schmerzen, doch ich wusste genau, was sie von mir hören wollte. Ich zögerte etwas und Hidda wurde nervös. Sie schaute mich zweifelnd und etwas zornig an. Würde ich auch die falsche Antwort geben? Ich holte tief Luft und dann sprach ich laut und deutlich: »Ich glaube, es ist die Liebe!«

Nun lächelte Hidda über ihr ganzes Gesicht. Sie jubelte innerlich und sprach: »Die Antwort ist richtig. Ich werde wie versprochen deine Frau, Christian, Ritter von Frohse.«

Jürgen aus Dortmund meldete sich zu Wort und legte Protest ein: »Woher sollen wir denn wissen, ob dies die richtige Antwort ist?« Da stand ein Mönch auf, der neben dem Marktgrafen Thietmar gesessen hatte und sprach mit lauter Stimme: »Liebe Leute, die Antwort Liebe ist richtig. So steht es in der heiligen Schrift geschrieben.« Damit musste sich Jürgen von Dortmund zufriedengeben. Danach gab es tobenden Beifall.

Ich hatte nicht bemerkt, dass sich auch meine Freunde Gottlieb und Reinhard den Kampf angeschaut hatten. Sie kamen nun als Erste zu mir, um mir zu gratulieren. Gleich danach kam Hidda zu mir. Sie lächelte, wollte mich drücken und wir küssten uns. Ich hatte es geschafft! Zwar mit ein paar Tricks, aber ich hatte es geschafft! Auch Thietmar, der Marktgraf zu Merseburg und dessen Sohn Gero, umarmten mich und gratulierten mir. Thietmar von Merseburg sagte noch: »Es ist schön, dass du jetzt ein Teil unserer Familie bist. Doch jetzt ruhe dich aus, denn schon nächste Woche werden wir hier auf Merseburg eine große Hochzeit veranstalten. Lade deine Familie ein, auch deine beiden Freunde Gottlieb und Reinhard können hierbleiben.« Auch meine beiden Knappen gratulierten mir nun. Dann kam mein neuer Freund Markus aus Minden zu mir und sprach leise: »Na, wie habe ich das gemacht? Wenn ich dir den Sieg nicht geschenkt hätte, wäre die schöne Hidda jetzt meine Braut.« Ich bedankte mich bei ihm und bat ihn, noch eine Woche, bis zu meiner Hochzeit in Merseburg zu bleiben.« Er lehnte dies aber ab: »Es geht leider nicht. Ich habe noch einige Verpflichtungen, aber wir werden uns später bestimmt wiedersehen.« Wir drückten uns und kurz danach brach Markus aus Minden, mit seinem Gefolge wieder auf.

Mein Zelt an der Burganlage zu Merseburg war das letzte, was stehen blieb. Es sollte auch noch bis zur Hochzeit nächste Woche stehen bleiben, als Zeichen, dass der Ritter von Frohse, das Herz der schönen Hidda von Merseburg gewonnen hatte. Aber eigentlich hatte ich dieses Herz schon viel früher gewonnen, doch erst auf Umwegen konnte ich Hidda nun zu meiner Frau machen.

Die ersten beiden Tage nach dem Turnier, lag ich auf der Krankenstation der Burg, die Knochen taten mir weh und ich hatte mir einige Prellungen, Wunden und Schwellungen zugezogen, welche erst ausheilen mussten. Immer wieder sagte ich mir in diesen Tagen: ›Wir haben es geschafft! Ich werde die Frau meines Herzens heiraten und alle werden anwesend sein: Heinrich I. selbst mit seiner Frau, der Königin. Otto und Editha würden kommen, welche noch in diesem Jahr ihr erstes Kind erwarteten. Und auch meine ganze Familie, würde dieses Fest, mit uns feiern!‹

Hidda kam mich jeden Tag besuchen, doch in ihre Schlafkammer durfte ich noch nicht. Dies war der Hochzeitsnacht vorbehalten. Der Markgraf ging natürlich davon aus, dass seine Tochter noch jungfräulich war.

Am 21. April, dem Tag vor unserer Hochzeit, herrschte wunderschönes Wetter. Wir kümmerten uns um die Tischordnung im großen Festsaal, der an den Wänden schon reichlich mit Fahnen geschmückt war. Auf jedem Tisch standen zwei Vasen mit verschieden Frühlingsblumen. Weiße Tischdecken auf den Tischen ließen alles schon sehr festlich erscheinen. Hidda und ich verteilten die Tischkarten, damit jeder Gast seinen Platz fand. Mit uns, dem Brautpaar, würden insgesamt 121 Festgäste erscheinen. Die Tischreihen in der Festhalle zu Merseburg hatten wir zu einem »U« aufgebaut. Wir würden in der Mitte sitzen, sodass wir, von allen Festgästen gesehen werden konnten. Den König und seine Familie platzierten wir direkt an den Beginn der rechten Tischreihe. Hiddas Eltern und Familie würden zu ihrer Linken und meine Eltern und Geschwister zu meiner Rechten sitzen. Die restlichen Gäste verteilten wir auf die übrigen Plätze. Dann hatten wir noch mit Gottlieb einen Termin in der Kirche, denn er wollte mit uns noch einmal die Trauung durchsprechen. Gottlieb fragte: »Habt ihr euch den Ablauf und eure Sprüche gemerkt?« Wir beide antworteten fast zeitgleich: »Ja, lieber Gottlieb.« Er lächelte und sprach: »Na dann kann ja morgen die Hochzeit beginnen. Ich wünsche euch noch einen schönen Nachmittag und Abend.« Wir verließen die schön geschmückte Kirche und gingen noch ein bisschen an der Saale entlang. Das schöne Frühjahrswetter lud geradezu zu einem Spaziergang ein. Wir waren eine Weile in Richtung Süden an der Saale entlanggegangen, als Hidda sagte: »Lass uns ein wenig auf die kleine Wiese hier am Fluss setzen. Hier bin ich schon als Mädchen und junge Frau hingelaufen und habe dann manch schönen Traum geträumt.« Wir setzten uns nieder und ich sprach: »Wahrlich, das ist ein schöner Platz! Die Bäume schützen einen, vor zu viel Sonne und man kann von hier aus weit die große Saale, mit ihrem glasklaren Wasser, hinauf und hinabblicken. Aber noch viel schöner ist es für mich, hier neben der Frau meines Herzens sitzen zu können.« Ich gab ihr einen innigen Kuss auf ihre lieblichen Lippen und sah, wie ihre Augen strahlten. Wir sprachen über unsere Zukunft in Frohse und wir waren uns einig, dass wir Kinder haben wollten. Diese wollten wir lieben und später sollten sie eine gute Ausbildung erhalten und wir hofften deshalb, dass der Frieden noch lange anhalten werde. Dann sprach Hidda halb in Gedanken: »Eigentlich hätte ich jetzt schon meine Regelblutung bekommen müssen. Bis jetzt hat sie noch nicht eingesetzt.« Sie blickte mich liebevoll an und fuhr fort: »Es ist gut möglich, dass ich schon schwanger bin.« Schnell kam es mir wieder in den Sinn, dass mich Hidda vor einer Woche, in der Nacht vom 13. auf den 14. April, nachts in meinem Zelt überrascht hatte, als ich von dem Treffen in der Gaststube zurückkam. Ich nahm sie in meinem Arm und sprach liebevoll. »Das wäre ein großes Glück, wenn unsere Liebe schon innerhalb so kurzer Zeit mit einem Kind gesegnet würde.« Meine liebe Hidda antwortete: »Es gibt nichts Schöneres für mich, als mit dir zusammenzuleben und Kinder mit dir zu haben. Ich liebe dich, Christian!« Wir erzählten noch eine Weile und lachten über manche, komische Situationen. Dann wurde es langsam dunkel und wir machten uns wieder auf den Weg zur Burg. Dort waren inzwischen meine Eltern, Guthie und Lothar sowie meine Geschwister Siegfried, Graf von Sömmeringen, Hermann, Knappe von Grönnigen, Siegesmund und meine Schwester Catharina eingetroffen. Ich stellte ihnen Hidda und ihre Familie bei einem gemeinsamen Abendmahl vor. Auch der König und seine Familie waren eingetroffen, hatten aufgrund der langen Reise aber bereits ihre Gemächer bezogen.

Nun hatten wir beide nur noch eine Nacht zu überstehen und dann war es normal, dass wir uns ein gemeinsames Bett teilen konnten.

Schon früh läuteten die Kirchenglocken zum Kirchgang. Unser Tag war nun endlich gekommen. Ich begab mich in die Kirche. Der Weg vom Herrenhaus bis zur Kirche war mit Blumen geschmückt. Kniеend wartete ich dann in der Kirche auf meine Braut. Hidda sollte von ihrem Vater vom Herrenhaus bis in die Kirche zum Altar gebracht werden. Nun kündeten Hornbläser von der Ankunft der Grafentochter. Die Kirche war voll besetzt, auch der König war bereits mit seiner gesamten Familie anwesend. Dann betrat Hidda an der Seite ihres Vaters die Kirche. Als Graf Thietmar mit seiner Tochter neben mir stand, erhob ich mich und nahm Hiddas Hand. Wir traten vor den Altar, sodass sie an meiner rechten Seite stand. Dann gab Gottlieb uns ein Zeichen, dass wir wieder niederknien sollten und die Trauungszeremonie begann. Nachdem wir beide unsere Ehegelübde abgelegt hatten, tauschten Hidda und ich die Ringe und gaben uns einen dicken Kuss, als Gottlieb uns dies erlaubte. Danach sang eine wundervolle Frauenstimme das Ave-Maria. Mir standen Tränen des Glückes in den Augen und auch Hidda konnte ihre Freudentränen nur schwer zurückhalten. Dann führte ich meine geliebte Ehefrau aus der Kirche. Draußen wurden wir mit Blumenblüten überstreut. Unsere Freunde riefen: »Hoch lebe das Hochzeitspaar!«

Danach führten wir die Hochzeitsgesellschaft in den großen Festsaal. König Heinrich I. und seine Frau Mathilde, Otto und Editha, Hadwig, Heinrich und Tankmahr hatten die Ihnen zugedachten Plätze eingenommen und auch unsere Eltern nahmen neben uns Platz. Eine kleine Musikkapelle spielte ruhige, festliche Musik. Nun unterbrach ich sie. Ich hatte, so war es Brauch, als Ehemann eine Rede zu halten und dem kam ich nun nach. Ich stand auf und sprach: »Liebe Hidda, lieber König und Familie, liebe Schwiegereltern, liebe Eltern und Verwandte und liebe Freunde und Gäste, ich danke euch allen, dass ihr diesen wunderschönen Tag mit uns feiert und bedanke mich für die vielen Geschenke. Auch möchte ich mich bei meinem Freund Gottlieb, dem Abt von Frohse, für diese schöne Trauung bedanken. Besonders dankbar bin ich meinen Schwiegereltern, dass wir unsere Hochzeitsfeier hier auf der schönen Merseburger Pfalz ausrichten können. Allen, die uns diesen wunderbaren Tag bereiten, danke ich für ihre hervorragende Arbeit und wünsche euch noch einen schönen Abend.« Es setzte tosender Beifall ein. Ich wartete einen Augenblick, dann sprach ich weiter: »Hiermit übergebe ich nun das Wort an den Hausherren, den Markgraf Thietmar von Merseburg.« Nun sprach der Markgraf: »Lieber König, liebes Brautpaar, liebe Festgesellschaft. Auch ich bin froh, dass ich heute diesen schönen Tag erleben darf. Meinem zukünftigen Schwiegersohn und seiner neuen und alten Familie wünsche ich alles Gute. Es ist für uns eine Ehre, nun mit der Familie der Billunger, eine Familienbande einzugehen. Und nun wünsche auch ich euch einen schönen Abend.« Wieder setzte heftiger Beifall ein. Nun meldete sich mein Vater zu Wort: »Liebes Brautpaar, lieber König und Familie, lieber Thietmar und Familie. Unsere Kinder haben zueinander gefunden und auch für uns ist es eine Ehre, mit euch eine Familienbande einzugehen. Wir Väter haben gemeinsam schon so manche Schlachten und Erfolge erzielen können und so ist es nochmal so schön, jetzt mitzuerleben, dass unsere Kinder bereit sind, ihren weiteren Lebensweg gemeinsam zu bestreiten. Ich wünsche uns allen viel Glück und das der Frieden uns noch lange erhalten bleibt.«

Nachdem nun beide Familien gesprochen hatten, übernahm der König das Wort: »Liebes Brautpaar, auch von mir alle Segenswünsche, viel Glück und Gesundheit. Mit Stolz sehe ich, wie zwei treue Familien, die immer zu mir gehalten haben, die mit mir durch dick und dünn gegangen sind und die mit mir gute und schlechte Zeiten erlebt haben, eine Familienbande miteinander knüpfen. So soll es sein. Wir müssen zusammenhalten und uns gegenseitig stärken, damit wir ein starkes Land werden. Auch ich wünsche uns allen noch einen schönen Abend.«

Danach setzte wieder großer Beifall ein und die Festgesellschaft rief: »Hoch lebe das Brautpaar!«

Ich übernahm noch einmal kurz das Wort: »Nach dem langen Reden möchte ich euch nun den Gaumen wässrig machen und euch zum Festmahl einladen. Begonnen wird mit einer Hühnerbrühe, zu welcher Schwarzbrot gereicht wird. Die Hühnerbrühe ist mit verschiedenen Kräutern äußerst schmackhaft gewürzt. Danach wird verschiedenes Wild gereicht. Zu dem Fleisch vom Hasen, Wildschwein oder

280

Reh, gibt es als Beilage Brot in verschiedenen Geschmacksrichtungen, Feldsalat, Äpfel und Pilze. Als Getränke stehen das Klosterbier aus Frohse sowie reichlich Wein und Wasser zum nachspülen zur Auswahl. Und nun lasst es euch munden.« Noch einmal bekam ich großen Beifall. Dann nahm ich Platz.

Nun betraten die Diener mit großen Schüsseln den Raum und brachten die Vorspeise. Das Hochzeitsmahl konnte beginnen.

Nachdem die Gesellschaft das Festmahl beendet hatte, trat Eberhard, der Redner des Ritterturniers, in den Saal. Mit einer stilvollen Geste, zog er die Aufmerksamkeit auf sich und brachte die Gäste zum Schweigen. Dann begann er mit seiner kräftigen Stimme:

»Aus dem Osten kam Ritter Christian daher,
hier in Merseburg hoffte er Hidda zu ehelichen und noch viel mehr.
Aus Thüringen, Franken und Sachsen kamen die Ritter.
Doch nur einer konnte siegen, ach wie bitter.
Im Kampfe war Christian nicht so geschickt,
doch Hiddas Rätsel hat er sehr gut hingekriegt.
Er hatte die Antwort, schnell kam die Hochzeit herbei,
Nun feiern wir heute fröhlich mit denen zwei.
Zwei Familien aus sächsischem Stamm,
sind nun verbunden für ein Leben lang.
Ich wünsche euch allen viel Glück,
und dass das Leben euch alle verzückt.
Wir wollen nicht sehen des Königs Kranz,
stattdessen vom Brautpaar einen schönen Tanz.«

Eberhard fuchtelte mit den Armen und die Festgesellschaft rief: »Wir wollen das Brautpaar tanzen sehen, tanzen sehen!«

Also blieb Hidda und mir nichts anders übrig, als den Tanz zu eröffnen. Ich hatte den Magen voll und war etwas träge, doch Hidda führte uns gut über den glatten Holzboden. Drei Tänze absolvierten wir alleine, dann forderten wir nach jedem Tanz, immer einen neuen Tanzpartner auf. So füllte sich die Tanzfläche schnell und bald tanzte ein großer Teil der Festgesellschaft. Es wurde ein sehr schöner Abend und erst so um die dritte Stunde am Morgen, war die Feier beendet. Nun konnten Hidda und ich uns endlich, in unsere wohlverdiente Hochzeitsnacht zurückziehen. Wir konnten alles in Ruhe angehen, denn unser gemeinsamer Nachkomme war ja schon unterwegs. Es war eine wunderschöne Nacht, in der wir uns zärtlich liebten.

Zwei Tage später machte ich mich mit meiner Frau und meinen beiden Knappen, auf den Weg in unser gemeinsames Zuhause, der Burg Frohse. Wir wurden dort voller Freude empfangen. Endlich hatte der Ritter Christian eine Frau und bald auch eine Familie!

Ende Februar 931 wurde uns ein Sohn geboren. Wir tauften ihn auf den Namen seines Großvaters mütterlicherseits. Er hieß also Thietmar I. von den Billungern. Wir freuten uns mit Thietmar und auf der Burg Frohse wurde ein großes Tauffest abgehalten, zu dem meine Familie und die Familie des Markgrafen von Merseburg anwesend waren.

Da Hidda und ich uns sehr liebten und nicht voneinander lassen konnten, wurde sie nach nur sechs Monaten bereits wieder schwanger. Ähnlich erging es Otto und Editha. Sie hatte Otto noch im Jahr 930 einen Sohn geboren, welchen sie Luidolf getauft hatten. Damit war die Erbfolge erstmal gesichert und Geburt und Taufe des Stammhalters, waren auf der Pfalz Werla mit einem großen Fest gefeiert worden. Editha war direkt nach der Geburt von Luidolf wieder schwanger geworden und gebar Otto nun eine Tochter, die auf den Namen Liutgard hörte.

Im Laufe des Jahres 931 wurde Rotbert, der Schwager von König Heinrich I., in Trier, der lothringischen Kirchenprovinz, zum Erzbischof berufen.[107]

Im Laufe des Jahres 932, sollte meine geliebte Hidda uns also ein zweites Kind gebären.

Die zwei Jahre waren wie im Fluge vergangen und bald war die Ruhe vorbei. Im Osten bekehrten die Lausitzer auf. Es deuteten sich also wieder Kampfhandlungen an, bei welchen meine Kraft und Erfahrung von Nöten sein würden.

8.3 Kampf gegen die Lausitzer, 932

Im Jahr 932 sollte uns der Weg nun an die obere Spree führen, wo die Lausitzer unterworfen werden sollten.[108]

Mit einem großen Heer, wollten wir uns von der Pfalz Werla aus, am frühen Morgen des 11. Mai, in Richtung Osten aufmachen. Doch viele der Soldaten und auch einige Anführer, verweigerten den Befehl zum Aufbruch, weil die Zahl elf, immer ein Unglück bedeuten würde. Daraufhin lud Heinrich I., die Edlen und Ritter in die Aula, zu einer großen Versammlung. Zornig sprach er nun vor uns: »Es steht nirgendwo in der Bibel geschrieben, dass die Zahl elf uns Unglück bringt. Dies ist von Menschenhand ausgedacht! Wir haben uns an die zehn Gebote Gottes zu halten, aber das Recht, uns zu verteidigen, kann uns keiner nehmen. Und nun lasst uns aufbrechen. Da es länger trockengeblieben ist, werden wir auf den Pfaden gut vorankommen.« Wenige Stunden, nach dem Gesagten, brachen wir auf. Wir zählten etwa 3.000 Mann, die alle beritten waren. Die Kämpfer trugen Rüstungen und waren mit Schwert, Messer, Lanze, Bogen und Pfeilen bewaffnet. Zu unserem Trupp gehörten außerdem 60 Wagen, mit je

---

[107] Otto der Große, List Verlag München 1980, Seite 49
[108] Otto der Große, List Verlag München 1980, Seite 49

vier Pferdegespannen. Diese stellten die Versorgung sicher und hatten genügend Zelte für unser Nachtlager dabei. Unser Ziel war es, die obere Spree, wo sich das große Lager der Lausitzer befand, in fünf Tagen zu erreichen. Als wir nicht mal mehr einen Tag von unserem Zielort entfernt waren, schlugen wir nochmals unser Lager auf. Dieser Halt war mit Bedacht gewählt. Wir Kämpfer sollten uns ausruhen, damit wir am nächsten Tag, gut in die Kampfhandlung einsteigen konnten. Wir aßen reichlich und tranken dazu Wein. Dies sollte uns möglichst eine lange Nachtruhe bescheren. Es hieß, wenn die Männer ausgeruht in den Kampf gehen, haben wir gute Chancen den Kampf zu gewinnen.

Am nächsten Tag näherten wir uns dem befestigten Lager der Lausitzer. Die äußere Befestigungsanlage war mit Wällen und Holzpalisaden versehen. Im Inneren erhoben sich dann, eine gewaltige Burgmauer und ein Burggraben. Ein Kampf würde viel Kraft und bestimmt auch eine Vielzahl an Männern kosten. Heinrich I. und die Fürsten, welche unseren Trupp anführten, beschlossen also: »Wir belagern zunächst die Ein- und Ausgänge. Ein Angriff wäre wenig sinnvoll, denn wir würden zu viele Männer verlieren.« Vier Wochen lagerten wir so, vor den Toren der Lausitzer. Wir bewachten die Zuwege, fischten in den nahegelegenen Flüssen oder nahmen gar, ein kühles Bad in den wilden Flüssen, wenn die Sonne stark genug war. Auch das Jagen, in den nahegelegenen Wäldern, brachte uns mitunter Abwechslung und reichhaltige Nahrung an Wildbret.

Ende der vierten Woche, öffnete sich plötzlich das westliche Tor, vor welchem wir unsere Hauptbelagerung durchgeführt hatten. Es näherten sich zehn berittene Personen, mit einer weißen Fahne, als Zeichen der Unterwerfung. Es waren die Anführer der Lausitzer. Sie verhandelten mit König Heinrich I. und den Fürsten in einem Hauptzelt, das in der Mitte unseres Lagers stand. Dieses wurde oft zu langen Besprechungen unserer Anführer genutzt. Im Ergebnis, unterwarfen sich die Lausitzer ohne Kampfhandlungen Heinrich I. und wurden der sächsischen Krone tributpflichtig. Dies war ein voller Erfolg!

Gut gelaunt und mit mehreren Kisten voller Gold, Silber und Schmuck, kehrten wir zur Pfalz Werla zurück. Dort wurden wir mit Fanfaren und jubelndem Beifall empfangen. Die Burganlage war mit großen Fahnen geschmückt. Auch Hadwig, die Tochter des Königs, schaute aus dem breiten Fenster ihres großen Gemachs und winkte mir zu. Unser Ausritt in die Lausitz war also ein großer Erfolg, zumal Heinrich I. bereits sein nächstes großes Ziel verfolgte: die Einstellung der Zahlungen gegenüber der Ungarn.

Ich machte mich nach den Gesprächen auf der Pfalz Werla, schnell wieder heimwärts nach Frohse. Hidda hatte mich schon von Weitem kommen sehen und mir im obersten Stockwerk, wo normalerweise die Gäste beherbergt wurden, eine Badestube eingerichtet. Hier war es innerhalb kurzer Zeit möglich, Wasser zu erwärmen und dieses dann, in einen großen Holzbottich zu kippen. Als ich meine Burg erreicht hatte und am Burgturm stand, kam mir mein Sohn Thietmar schon entgegen und freute sich, mich zu sehen. Er umarmte mich. Er hatte sich prächtig entwickelt und konnte schon gut laufen. Auch Hidda kam schnell. An ihrem schön geformten, festen Bauch konnte ich erkennen, dass sich darin ein neues Leben, unser zweites Kind, prächtig entwickelte. Wir umarmten und küssten uns und Hidda sprach liebevoll zu mir: »Schön, dass du wieder gesund zurück bist. Ich habe dich sehr vermisst. Komm in die Wohnstube, ich habe für dich ein gutes Mahl vorbereitet. Danach kannst du ein heißes Bad nehmen, das wird deine Knochen und Muskeln lockern. Wir haben extra für dich einen Waschraum im Gästeraum eingerichtet.« Ich hatte in den folgenden Wochen viel Zeit für meine Frau und meinen Sohn, sodass sich dieser, prächtig entwickeln konnte. Anfang Juni 932 brachte

Hidda dann, unseren zweiten Sohn zur Welt. Wir tauften ihn auf den Namen Gero und Hiddas Bruder wurde sein Patenonkel.

Als später im Juni 932, in Erfurt die Reichsversammlung zusammenkam, hatte Heinrich I. den Rücken frei und beschloss mit den Edlen des Landes, die Tributzahlung an die Ungarn einzustellen. Als Hauptargument führte er an, dass er kein Interesse habe, die Kirchenschätze zu veräußern oder Kriege zu führen, um die Beute an die Ungarn auszuhändigen. Der erkaufte, neunjährige Frieden lief erst in drei Jahren aus, doch die Gesandten und Edlen aus Franken, Schwaben, Sachsen und der Erzbischof Rotbert aus Trier, stimmten zu, die Zahlungen einzustellen. In Dingolfing, in Bayern, gaben wenige Wochen nach Erfurt, auch die Bayern ihre Zustimmung. Damit war zu erwarten, dass die Ungarn, wenn sie kein Geld mehr bekämen, sicher bald wieder in Kampfhandlung eintreten würden.[109]

8.4 Aufkündigung des Friedens mit den Ungarn und die Schlacht bei Riade, 15. März 933

Nach der Reichsversammlung in Erfurt, stellte Heinrich I. im Herbst 932, also die Tributzahlungen an die Ungarn ein.

Die Ungarn kamen dann, an einem kalten Oktobertag zur Pfalz Werla, um ihre Tributzahlung abzufordern. Es fuhren zwei Wagen, mit vier ungarischen Gesandten in die Pfalz Werla vor. Guter Dinge betraten sie den Festsaal, in der Hoffnung, hier ihre Tributzahlung zu bekommen. Der Festsaal war gut gefüllt, mit den Edlen des Landes. Auch mein Vater Lothar und ich wohnten diesem Ereignis bei.

Ein Diener des Königs meldete die Ungarn an. Er sprach: »Mein König, die Ungarn sind da und bitten um Einlass.« Der König, welcher auf seinem großen, stabilen Eichenstuhl thronte, befahl: »Lass sie her-

---

[109] Otto der Große, List Verlag München 1980, Seite 49

ein!« Die Ungarn begaben sich nun vor den König, knieten nieder und fragten: »Mein Herr, wo sind die versprochenen Tributzahlungen?« In diesem Moment hörte man im Hintergrund, das Heulen eines Hundes, den ein Diener zum König heranzog. Es war ein elendiger Köter. Heinrich verpasste dem armen, scheußlichen Tier einen Tritt, so dass dieses von der Empore, gegen die vier Ungarn flog. Sie konnten dem Tier nicht mehr ausweichen und zwei von ihnen fielen, mit dem Tier auf den steinernen Boden. Heinrich erhob sich und brüllte nun laut: »Das ist euer Tribut, mehr bekommt ihr von uns nicht mehr! Lasst euch in unserem Lande nicht mehr blicken, ansonsten werden wir euch mit Waffengewalt niederstrecken!« Die vier ungarischen Gesandten flüchteten, ohne den räudigen Hund mitzunehmen. Anstatt Gold, Edelsteinen und Schmuck, hatten sie nur diesen, als Zeichen der Missachtung erhalten. Somit mussten sie unverrichteter Dinge abziehen. Der ganze Saal zollte Heinrich großen Beifall. Dann saßen die Edlen der deutschen Länder noch zusammen, um zu beratschlagen, wie einem Angriff der Ungarn entgegengewirkt werden könnte.

Voller Zorn wollten die Ungarn noch im Jahre 932, in den Krieg gegen die deutschen Lande ziehen, doch der frühe Wintereinbruch zwang sie, den Angriff abzubrechen. Uns allen war klar, dass es im Frühjahr 933, zu einem Angriff der Ungarn kommen würde, sobald es, die Witterungsverhältnisse zuließen. An den Grenzen des Landes waren Kundschafter und Boten bereit, die ein Einfallen der Ungarn sofort weitermelden sollten. Durch das neu aufgebaute Informationssystem meines Vaters Lothar war es nun möglich, dass in den deutschen Landen, innerhalb weniger Tage bekannt war, wann und wo die Ungarn einfielen.

Im Februar 933 überbrachte mir schließlich ein Bote einen Bogen Pergament mit der Nachricht, dass ich mich umgehend auf der Pfalz Werla, beim König einzufinden hatte. Ab dieser Zeit waren 70.000

gepanzerte Reiter in Alarmbereitschaft. Das hieß, sie konnten innerhalb von zwei oder drei Tagen jeden Ort, an dem die Ungarn eintreffen sollten, erreichen, um dort gegen sie, eine Front zu bilden und in den Kampf zu treten. Wir waren alle sehr aufgeregt.

Unser Ziel war es, die Ungarn weit in unsere Gebiete kommen zu lassen. Dies hatte zum einen den Vorteil, dass die angreifenden ungarischen Reiter, durch die langen und beschwerlichen Wege etwas geschwächt wären und zum anderen, konnten wir uns so besser sammeln und mit geballter Macht entgegenschlagen.

Der Angriff der Feinde, die sonst alles zerstörten was auf ihrem Weg lag, konnte nun nur einem gelten und zwar dem sächsischen König und seinem Gefolge. Würde diese Macht zerstört, hätten die Ungarn auch weiterhin die Möglichkeit, jederzeit und unbehelligt, die Gebiete in West- und Mitteleuropa zu plündern, Menschen zu töten und alles niederzubrennen. Wir rechneten mit einem Heer von 100.000 kampfbereiten, ungarischen Kriegern.

Durch Boten der slawischen Fürsten war uns bekannt, dass die Ungarn versuchten, die Slawen als Verbündete zu gewinnen. Die Slawenanführer lehnten dies jedoch ab und warfen dem Fürsten der Ungarn als Zeichen dafür, ebenfalls einen feisten Hund vor die Füße. Sie wollten kein Bündnis mit den Ungarn.[110] Dies war schon der erste Sieg für uns. Nun hatten wir die Möglichkeit, die Magyaren zu schlagen und zu verjagen.

Am 09. März 933 wurde uns bekannt, wo die Ungarn in die deutschen Lande einfallen würden. Die betroffenen Gebiete wurden weitgehend geräumt. Die Menschen, welche auf dem Lande lebten, mussten ihre Häuser und Ländereien verlassen und auf den naheliegenden Fluchtburgen Schutz suchen.

---

[110] Vgl. Helmut Hiller, Otto der Große, Seite 49 List Verlag München

Kaum waren die Magyaren eingedrungen, wurde von brennenden Dörfern berichtet. Über Angriffe auf gut befestigte Burgen und Städte, wurde uns nichts bekannt. Nun musste es unsererseits zu Kampfhandlungen gegen die Eindringlinge kommen.

Heinrich trennte sein Heer und lies die Truppen an der Werra und in der Gegend der Unstrut platzieren. Der beabsichtigte Ort der Schlacht war nur etwa 150 Kilometer von der Pfalz Werla entfernt und musste auf jeden Fall gewonnen werden, da sonst die deutschen Lande wahrscheinlich verloren gewesen wären. Gemeinsam mit Otto, dem Sohn des Königs, lagerte ich an der Unstrut. Unserem Teil des Heeres waren außerdem die Kampftruppen der Thüringer, Bayern und Schwaben, mit Ihren Anführern zugeordnet. Ich würde also Seite an Seite, mit den Rittern aus Duderstadt, Nordhausen, Gröningen und dem Ritter von Grone und damit auch mit meinen Freunden Gisbert, Reinhard und Burghard in den Kampf gegen die Ungarn ziehen. Außerdem war mein Schwager Gero von Merseburg mit seinen Truppen zu uns gestoßen. Wir hatten ein riesiges Lager mit 15.000 Mann zu Pferd mit Rüstung, Schild und Waffen aufgebaut. Vom Norden her wurden wir mit reichlich Nahrung und Brennmaterial versorgt.

Auf einem riesigen Platz inmitten des Lagers, ließ Heinrich I. nun seine Männer antreten. Heinrich war vor der Schlacht extra noch einmal zu seiner getrennten Truppe gekommen, um ihr etwas mit auf den Weg zu geben. Der König ritt auf einem schwarzen, edlen Pferd und hielt eine riesige, hölzerne Lanze in der rechten Hand. Dann sprach er mit lauter, fester Stimme zu seinen Kämpfern: »Seht her! Das ist die Heilige Lanze. Sie trägt einen Nagel, mit dem unser geliebter Herr Jesus Christus ans Kreuz genagelt wurde. Mit der Spitze dieser Lanze, wurde Jesus Christus der Gnadenstoß in die Seite seines Körpers versetzt. Und mit dieser Lanze werden wir gegen die Ungarn gewinnen! Gott ist mit uns! Wir werden kämpfen und uns verteidigen. Wir werden damit ein Zeichen setzen, dass niemand ungestraft in unser

Land einfallen und unsere Familien und Freunde töten, oder unsere Häuser und Kirchen vernichten kann! Wir nehmen uns das Recht, unser Eigentum und unser Leben zu verteidigen! Wir werden siegreich aus dem Kampf hervorgehen!« und er brüllte noch lauter »Auf, ihr Männer! Wir werden kämpfen und siegen!« Und alle Männer riefen zurück: »Es lebe unser König, dreimal hoch, König Heinrich!«

Trotzdem wurden die Männer immer nervöser, je näher der Tag des Kampfes gegen die Magyaren rückte. Otto hatte von seinem Vater das Hauptkommando über unsere Truppen erhalten.

An der Werra lagerte das Hauptheer der Sachsen und Franken mit meinem Vater Lothar, meinen Brüdern Hermann und Siegesmund sowie dem Ritter aus Erfurt, mit meinem Bruder Siegfried und weiteren Fürsten und Rittern des Landes.

Wir waren eine kampfstarke Einheit. Mit meinen 28 Jahren und viel Erfahrung im Kampfe, hatte ich den Auftrag erhalten, mit Otto zu reiten und ihm den Rücken frei zu halten. Auch Gero von Merseburg und der Ritter von Duderstadt, waren für die Sicherheit Ottos im Kampfe verantwortlich.

Am 14. März war es dann soweit. Die Schlacht begann. Die Magyaren waren wendige Reiter, die aus großen Entfernungen ihre Pfeile abschossen und sich dann schnell vom Acker machten. Dies war uns bekannt. Sie waren so stark mit dem Pferd verwachsen, dass sie mit beiden Händen ihren Bogen spannen und die Pfeile mit hoher Geschwindigkeit abschießen konnten. Deswegen suchten wir zunächst Schutz in den nahegelegenen Wäldern. Wir standen in dem Dickicht der Wälder, als sich die Krieger der Ungarn im Unstruttal, unserem Lager näherten. Otto stellte noch einmal klar: »Auf mein Kommando greifen wir an.« Uns allen war die Anspannung und Unsicherheit anzumerken. Dies konnte unser letzter Tag sein. Die Pferde wurden unruhig, auch sie spürten die Gefahr. Otto wartete noch etwas ab, dann brüllte er mit lauter und deutlicher Stimme: »Auf, ihr Sachsen, kämpfen und siegen!«

Mit lautem Gebrüll bewegten sich 15.000 Panzerreiter gleichzeitig von mehreren Seiten, auf ein Heer von 20.000 ungarischen Kriegern zu. Die Erde bebte und man konnte denken, Himmel und Hölle wären gemeinsam unterwegs. Nur Burghard war mit seinem Pferd stehen geblieben. Er hatte wohl zu viel Angst. Ich konnte mich in diesem Moment nicht um ihn kümmern, ab da war er verschwunden. Die Ungarn erschraken über solch eine gewaltige Streitmacht. So einen Angriff hatten sie noch nie erlebt. Ich hatte Mühe, mit meinem braunen Hengst, dem Königssohn zu folgen. Die Ungarn feuerten eine Salve Pfeile auf uns ab und der blaue Himmel verdunkelte sich etwas im Pfeilhagel. Otto rief: »Schilder hoch!« Schnell schützten sich alle Mann zu Pferde mit großen zweiteiligen Schildern, die an den Seiten ihrer Pferde befestigt waren. Dies war von allen Reitern lange vorher geübt worden und bot Schutz für Reiter und Pferd. Die Pferde waren zusätzlich mit starkem Leder geschützt. Nur wenige von uns wurden durch den Pfeilregen aufgehalten. In meinem Sattel steckte ein Pfeil, der aber weder mich noch mein gutes Pferd verletzt hatte. Dann befestigten wir die Schilder wieder an den Seiten der Pferde und ohne große Verluste stürzten wir uns, angeführt von Otto, mit unseren 15.000 Kämpfern zu Pferde in den Kampf. Die Ungarn waren für den Nahkampf nur schlecht bewaffnet. Wir führten hingegen jeder ein Schwert oder eine Lanze mit. Die Ungarn waren uns so, hoffnungslos unterlegen. Der Kampf glich einem Abschlachten. Die Ungarn konnten nur wenig Gegenwehr leisten. Wer von ihnen noch die Möglichkeit dazu hatte, ergriff die Flucht. Schon nach einer Stunde war der Kampf zu Ende. Wir sammelten unsere Verletzten ein und hatten nur wenige Tote zu beklagen. Noch am selben Tag machten wir uns auf den Weg zu den anderen Truppen an der Werra.

Am frühen Morgen des 15. März 933, formierten sich alle Truppen der Deutschen bei Riade, um die Ungarn endgültig zu schlagen und zu vertreiben. Otto, ich und die Truppen aus Thüringen, sollten die Ungarn anlocken und zur Hauptschlacht führen.[111]

Wir ritten also dem Lager der Ungarn entgegen. Uns war bewusst, dass es schnell unseren Tod bedeuten könnte, aber wir wussten auch, dass wir die besten und schnellsten Pferde hatten, die in den deutschen Landen zu haben waren. Voller Energie ritten wir dem Lager der Ungarn entgehen. Als wir noch etwa zwei Kilometer von ihrem Vorlager entfernt waren, machten wir Halt. Hier standen wir nun mit etwa 1.000 furchtlosen Reitern und formierten uns, als ob wir eine Schlacht mit den Ungarn eingehen wollten. Wir brüllten unsere Wut heraus: »Ihr feigen Schweine, kommt raus!« oder: »Ihr Teufel, wir werden dafür sorgen, dass ihr in der Hölle schmort!« Es tat sich lange Zeit nichts. Dann, nach fast zwei Stunden, begann die Erde unter den Hufen unserer Pferde zu beben. Dann erblickten wir in der Ferne unsere Feinde. Ich sprach laut: »Mein lieber Heiland, das ist ja eine Wand aus Kriegern! Das müssen um die 80.000 Kämpfer sein.« Schon verdunkelte sich der Himmel und ein Pfeilregen flog in unsere Richtung. Dieser konnte uns aber noch nicht erreichen. Wir hatten den Auftrag erhalten, das ungarische Heer an die Mündung von Unstrut und Helme zu locken, wo unser gesamtes Heer lauerte. Otto rief laut und bestimmend: »Rückzug! Passt auf euch auf! Nun ist jeder auf sich allein gestellt! Wer mit seinem Pferd stürzt, dem kann nicht mehr geholfen werden. Wir müssen unsere Bestimmung erfüllen!« Wir wendeten schnell unsere Pferde und ritten in vollem Galopp in Richtung unserer Truppen. Der Abstand zu den Angreifern erhöhte sich noch. Es machte sich bezahlt, dass wir die schnellsten Pferde hat-

---

[111] Vgl. Otto der Große, Helmut Hiller, List Verlag München, Seite 50

ten. So erreichten wir sicher unseren Bestimmungsort, auch wenn wir das Gefühl hatten, hinter uns würde die Erde einstürzen.

Als nun die Ungarn in Reichweite der deutschen Streitmacht kamen, schossen unsere Truppen ebenfalls einen Pfeilregen auf die Ungarn ab, so, dass die ersten Reihen der Angreifer zusammenbrachen. Der Anblick unserer 70.000 gepanzerten Reiter, glich in der Sonne einer Festung aus Stahl. Dieses Bild vor Augen, gerieten die Ungarn und deren Anführer so in Panik, dass sie ihre Pferde wendeten und die Flucht ergriffen. Sie verließen die deutschen Lande so schnell wie sie gekommen waren. Zwar waren die Verluste der Feinde nicht groß gewesen, doch solch einen Widerstand hatten sie nicht erwartet. Die Ungarn würden sich in den nächsten Jahren nicht mehr in Heinrichs Königreich blicken lassen. Er hatte sein Ziel erreicht.[112]

Nun sollte, noch im Frühjahr 933, ein großes Fest auf der Burganlage Querfurt, für die Ritter und Edlen des Reiches stattfinden. Auch mein Vater Lothar, meine Brüder und ich waren geladen.

In der Zwischenzeit hatten wir erfahren, dass Burghard nun im Kloster in Frohse[113] als Mönch lebte. Dort also, wo auch unser Kamerad Gottlieb als Abt tätig war und ganz in der Nähe von Magdeburg, also auch in der Nähe meiner Burg. Er hatte das Töten der Feinde nicht mehr mit seinem Gewissen vereinbaren können und war deshalb geflohen. In dem Kloster hatte sich Burghard der Kräuter- und Heilkunde verschrieben und fand darin seine Bestimmung. König Heinrich nahm dies wohlwollend zur Kenntnis und nahm dies als Burghards Entschuldigung an. Für seine Flucht während der Schlacht bei Riade, wurde er deswegen nicht mehr zur Verantwortung gezogen. Mein Bruder Siegesmund trat nun fest in den Dienst, als Knappe des

---

[112] Vgl. Helmut Hiller, Otto der Große, Seite 50, List Verlag München
[113] Vgl. Otto der Große, Magdeburg und Europa, Essays, Verlag Philipp von Zabern, Mainz, Seite 35

Ritters aus Duderstadt, während mein Bruder Hermann, ebenfalls als Knappe, meinem Vater Lothar unterstellt blieb.

Endlich war es soweit. Zum Fest auf der Burg Querfurt erschienen zahlreiche Ritter mit ihren Familien und Gefolge. So konnte ich auch einige meiner befreundeten Knappen wiedersehen. Außerdem kamen auch die meisten Edlen aus den sächsischen Gebieten. Diese bauten ihr Nachtlager in Form von großen, bunten Zelten auf den saftigen Wiesen, in der Nähe der Burg Querfurt auf. Für die Königsfamilie, meinen Vater Lothar und mich, hatte man die Schlafgemächer in der Burganlage bereitgestellt.

Zur Feier erschienen Heinrich und Otto ohne ihre Familien. Sie saßen auf derben Eichenstühlen, an einem großen Tisch und unterhielten sich eingehend.

Der große Festsaal der Burg Querfurt war großzügig mit Fahnen und Blumen geschmückt. Die Tische waren reichlich gedeckt, es fehlte an nichts. Es gab deftiges Wildbret und reichlich Wein und Bier. In der linken Ecke saß eine Musikergruppe, die Tanzmusik spielte. Reinhard und Siegesmund bemerkten, dass die Ritter aus Grone und Nordhausen, ihre schönen Töchter mitgebracht hatten, die nun aber etwas gelangweilt in der Ecke saßen und an ihrem Essen rum pickten. Der Ritter aus Grone hatte zwei hübsche, blonde Töchter mit den Namen Anna und Maria, die beide etwas über 20 Jahre alt sein mochten. Über sie wusste mein Freund Reinhard, der dort Knappe war, bestens Bescheid, denn er sah sie fast jeden Tag.

Zu meiner Überraschung betrat plötzlich Hidda den Saal. Sie hatte die Kinder nach Merseburg gebracht und wollte mit mir hier den Sieg feiern. Ich lief sofort auf sie zu und umarmte meine Frau liebevoll. »Schön, dass du hier bist!« Wir setzten uns und bekamen mit, wie sich Siegfried und Reinhard unterhielten: »Welche von den beiden würdest du denn zum Tanz bevorzugen?« fragte Siegfried. Und Reinhard sagte:

»Mir würde die Anna sehr gut gefallen!« Damit hatten sie geklärt, wer von ihnen welches Mädchen ansprechen konnte. Dann gingen Reinhard und Siegfried auf die beiden Mädels zu und stellten sich vor. Sie lachten und fanden schnell Gefallen aneinander. So konnten wir später drei Tanzpärchen bilden. Geschwind ging es nun über die hölzerne Tanzfläche.

Während wir uns einen schönen Abend mit den drei Frauen machten, tranken die anderen Knappen, zu denen auch meine Brüder Siegesmund und Hermann zählten, um die Wette. Wir nannten das Bergsaufen oder Tunnelsaufen, wobei man so lange trank, bis man sturzbetrunken war. Nun genügte oft nur ein Stoß und derjenige viel um und blieb wie tot liegen oder er war so voll, dass er nur noch geradeaus schauen konnte.

Mir lag meine Frau Hidda besonders gut im Arm und wir tanzten den ganzen Abend durch, bis in den frühen Morgen. Als die Feier zu Ende ging und die meisten Knappen da schliefen, wo sie gerade noch gesoffen hatten, ging ich mit Hidda noch etwas spazieren. Als wir unter einem großen Eichenbau standen, zog ich sie näher an mich heran und streichelt ihr, mit meiner rechten Hand über die Wange. Dann näherte ich mich mit meinem Mund ihren lieblichen Lippen und wir gaben uns einem gewaltigen Zungenkuss hin. Sie schmiegte sich noch näher an mich heran, sodass ich während des Küssens, ihren Rücken und Po streicheln konnte. Dann hauchte sie in die Dunkelheit der Nacht: »Komm, lass uns in die Schlafkammer gehen.« Wir liebten uns eine Stunde lang, danach schliefen wir gemeinsam ein.

Für meine Brüder war kein Platz mehr auf der Burg Querfurt gewesen, deshalb hatten sie ihre Zelte ebenfalls in der Nähe der Burg gebaut. Reinhard und Siegfried hatten Anna und Maria mit ins Zelt genommen und unterhielten sich mit den zwei Schönheiten einige Stunden, bis sie auf den Decken und Fellen im Zelt einschliefen. So ungefähr um die achte Stunde erwachten sie in ihrem Zelt. Hidda und ich hatten gerade einen Morgenspaziergang gemacht und konnten nun beobachten, dass der Ritter von Grone das Zelt meiner Brüder umstellt hatte. »Kommt raus!« brüllte er schließlich und daraufhin traten Anna und Reinhard sowie Maria und Siegfried aus dem Zelt. Raimund von Grone brüllte abermals: »Reinhard und Siegfried, ihr wisst was das zu bedeuten hat! Entweder ihr beide heiratet innerhalb kurzer Zeit meine Töchter oder ihr landet beide im Kerker!« Reinhard und Siegfried blickten sich an und mussten sich das Lachen etwas verkneifen. Dann antworteten sie: »Natürlich, Herr Graf von Grone, werden wir ihre Töchter heiraten. Wir würden uns über einen Termin in den nächsten vier Wochen freuen.« Raimund von Grone schien damit besänftigt und sprach: »So sei es!« Dann befahl er seinen Töchtern ihre Sachen zu packen, damit sie aufbrechen konnten.

Ich ging mit Hidda dann zum Festsaal, wo noch die besoffenen Knappen, mit meinen Brüdern Siegesmund und Hermann herumlagen. Alle hatten starke Kopfschmerzen und waren außerstande, die Rückreise anzutreten. Sie schleppten sich in ihre Zelte und schliefen ihren Rausch aus. Mein ältester Bruder Siegfried, ritt nach Sömmeringen zurück, denn er hatte noch einige Vorbereitungen für die Hochzeit mit Maria von Grone zu treffen. Bevor wir auf unserem Weg nach Frohse zunächst nach Merseburg abreisten, um unsere Kinder zu holen, verabschiedeten sich Hidda und ich noch von meinem Vater, der die Rückreise zur Pfalz Werla antrat.

Hatten wir auch die Ungarn bezwungen und die Slawen besiegt und die besetzten Gebiete zum Teil christianisiert, so war die Gefahr trotzdem nie komplett gebannt. Im Norden lehnten sich jetzt die Dänen auf. Mit Raubzügen überfielen sie die nördlichen Gebiete der deutschen Länder. Es musste bald etwas getan werden.

Reinhard und Siegfried heirateten im Oktober des Jahres 933 die Töchter des Grafen von Grone. Es wurde eine schöne Doppelhochzeit, zu der auch Hidda und ich geladen waren. Dann, im Frühjahr 934, machten die Einheiten auf der Pfalz Werla mobil. Es sollte nun zu Kampfhandlungen gegen die Dänen kommen.[114]

8.5 Kampf gegen die Dänen, 934

Wir hatten inzwischen nur noch wenige Feinde. Die Magyaren waren erfolgreich verjagt und die Slawen verbündeten sich immer mehr mit uns. Sie vermischten sich mit unserer Landbevölkerung, nahmen den christlichen Glauben an und stellten schon nach kurzer Zeit, einen bedeutenden Teil unserer Bevölkerung.

Nun war auch die Zeit der Duldung für die Dänenangriffe vorbei. Es war jetzt beschlossene Sache der Edlen des Reiches und Heinrich I., gegen die Dänen in den Kampf zu ziehen. Auch Ottos Schwager, der englische König Aethelstan, war eingebunden und sollte seinen Teil beitragen, indem er gleichzeitig die Wikingerfestung auf England angreifen würde.

Unser Ziel sollte es sein, die Stadt Haithabu, den Sitz des dänischen Kleinkönigs Knuba, zu unterwerfen.[115]

Haithabu war eine große Wikingersiedlung an der Ostsee. Von hier aus trieben die Wikinger regen Handel mit Bernsteinschmuck, Seide, Gewürzen, Silber, Pelzen und Zähnen vom Walross. Die Stadt Haithabu war von einem Palisadenwall aus Holz umgeben und somit sowohl von der Land- als auch von der Wasserseite gut befestigt. Von hier aus starteten die Bewohner entweder zu Land oder zu Wasser, mit hölzernen und gut gebauten Langbooten zu ihren Raubzügen. Oft ging es dabei nicht nur um Schmuck, Gold, Silber oder Edelsteine.

---

[114] Vgl. Helmut Hiller, Otto der Große, Seite 51, List Verlag München
[115] Vgl. Helmut Hiller, Otto der Große, Seite 51, List Verlag München

Auch Menschen wurden geraubt und versklavt, denn die Händler der Wikinger waren auch Sklavenhändler. Dies konnte Heinrich nicht weiter zulassen, denn so wurden die sächsischen Orte, welche der Wikingersiedlung am nächsten lagen, zum Teil komplett entvölkert. Die Sachsen, die dort lebten wurden versklavt und innerhalb der skandinavischen Länder, oder weiter weg verkauft. Mit ihren Langbooten tauchten die Wikinger in ganz Europa auf, fuhren sogar bis nach Konstantinopel (heute Istanbul).[116]

Heinrich I. zählte jetzt schon 58 Jahre. Der Kampf gegen die Ungarn hatte an seinem Körper gezehrt und überhaupt, waren die letzten Jahre nicht spurlos an ihm vorübergegangen. Der sächsische König war gealtert und sah sich nicht in der Lage, diesen Angriff gegen die Dänen selbst zu führen. Deshalb übergab er die volle Verantwortung an seinen Sohn Otto und blieb auf der Pfalz Werla.

An einem schönen Frühjahrstag machten wir uns, schon in den frühen Morgenstunden, von unserer heimischen Pfalz Werla auf nach Celle, wo unser erstes großes Lager sein sollte. Wir waren etwa 10.000 Reiter zu Pferd, begleitet von 400 Kutschen, die Nahrungsmittel und Zelte mitführten. Außerdem begleiteten uns mehrere Baumeister, die in der Lage waren, aus Holz innerhalb kurzer Zeit Belagerungsgeräte wie große Katapulte, Sturmleitern, Rammböcke und bewegliche Holzschutzwände zu bauen. Erst spät am Abend erreichten wir unser Ziel, die schöne Stadt Celle. Nach einer kurzen und unruhigen Nacht, machten wir uns am Tag darauf dann weiter nach Lüneburg, von wo aus wir weiter ritten und am dritten Tag Hamburg erreichten. Hamburg hatte schon im Jahre 700 aus einem kleinen, sächsischen Dorf bestanden. Nachdem Hamburg dann zum Frankenreich gehörte, war in der Stadt eine christliche Kirche errichtet wor-

[116] Vgl. Die Wikinger, Reise in die Vergangenheit, David West Children's Books, Parragon, Queen Street House, 4 Queen Street, Barth Ba1 IHE, UK 2003 deutsche Ausgabe, Seite 23

den. Außerdem entstand dort schließlich, um 831 eine Marktsiedlung. Die Stadt wuchs weiter und wurde um 834 sogar zum Erzbistum. Somit war Hamburg ein bedeutender Ort in Sachsen geworden.[117]

Diese Stadt war in der letzten Zeit immer wieder den Angriffen der Dänen und Slawen ausgesetzt gewesen. Hier machten wir die letzte große Rast. Von hier aus waren es noch drei Tagesritte bis nach Haithabu. Die Gebiete nördlich von Hamburg, waren schon im Einzugsgebiet der Raubzüge der Wikinger. Als wir uns von Hamburg losmachten, war also jederzeit mit einem Angriff der Dänen zu rechnen. Es blieb aber relativ ruhig und wir konnten bis etwa zehn Kilometer an Haithabu herankommen. Dort machten wir Halt.

Otto befahl den Baumeistern Sturmleitern, Rammböcke, Katapulte und Schutzschilder, aus dem Holz der umliegenden Wälder zu bauen. Jeder von uns hatte seinen Teil beizutragen.

Nach wenigen Tagen waren wir kampfbereit und näherten uns nun, mit schwerem Gerät dem Danewerk. Dies war eine Wallanlage aus Holz, welche die Dänen in der Zeit Karl des Großen errichtet hatten.

Unsere Katapulte wurden begleitet, von großen hölzernen Schutzschildern in Position gebracht und schleuderten gewaltige Steinbrocken gegen ein Tor, das schnell zusammenbrach. Dieses Dänentor wurde von zwei großen, hölzernen Wehrtürmen zur Rechten und zur Linken flankiert. Die Türme waren mit einer Vielzahl an geübten Bogenschützen besetzt. Es galt nun, so nahe wie möglich mit unseren eigenen Bogenschützen an diese Türme heranzukommen. Im Schutze der Holzschutzwände und den beweglichen Belagerungstürmen, gelang uns dies, ohne größere Verluste. Nun sahen sich die Wikinger einem riesigen Pfeilhagel ausgesetzt und konnten schließlich ihre Abwehrstellungen, auf den Türmen, nicht mehr aufrecht-

---

[117] Vgl. Die Grosse Coron Enzyklopädie, Coron Verlags- gesellschaft mbH Stuttgart 1998, Seite 236

erhalten. Die meisten dieser Feinde verloren ihr Leben. Nun strömten ungefähr fünfhundert berittene Wikinger aus dem Tor, auf unsere Bogenschützen zu, um diese zu vernichten. Sie würden innerhalb kurzer Zeit unsere Männer erreichen. Doch Otto war vorbereitet und hatte für solche Angriffe immer 2.000 starke Ritter in Kampfbereitschaft gehalten. Unter ihnen war auch ich. Wir stürmten los und griffen nun wiederum die furchtlosen Wikinger an. Noch ehe die Angreifer unsere Geräte und Bogenschützen erreichten, prallten wir mit unseren gut gerüsteten Reitern gegen sie. Anders als noch gegen die Magyaren, kam es hier zu einem heftigen Kampf. Auch deshalb, weil immer mehr furchtlose, große Wikinger aus dem zerstörten Tor strömten, um uns zu besiegen. Ich war mittendrin im Kampf. Reinhard und Burghard und weitere Ritter standen mir zur Seite. Wir schützten uns gegenseitig so, dass keiner von hinten erschlagen werden konnte.

Einige unserer Kämpfer verloren durch die Wucht der Wikinger, schnell ihr Schwert oder ihre Lanze. Dann waren sie den bärenstarken Wikingern ausgeliefert. Der Kampfplatz glich einem Schlachtfeld. Die Luft war überladen mit Schreien und Kampflärm. Überall floss Blut, flogen abgetrennte Köpfe, Arme, Beine durch die Luft. Der Boden war übersät mit verwundeten Männern beider Lager, die schwerverletzt mit dem Tode rangen.

Doch nach etwa einer Stunde, dieses radikalen Kampfes, hatten wir die Oberhand gewonnen. Wer von den Dänen noch laufen konnte, flüchtete in die Wallanlage. Unsere Verluste waren hoch. Vielen unserer Männer mussten wir den Gnadenstoß versetzen, weil sie keine Chance mehr hatten, ihre Verwundungen zu überleben.

Die Fläche vor dem Tor war übersät mit abgetrennten Köpfen und Körperteilen von fast eintausend gefallenen Kämpfern beider Seiten. Wir belagerten das offene Tor mehrere Tage. Im Morgengrauen des fünften Tages, näherte sich uns eine Gruppe Wikinger mit einer weißen Fahne, unter ihnen war auch König Knuba. Otto empfing ihn mit einigen seiner Gefolgsleute, in seinem großen prachtvollen Zelt. Auch ich konnte mit dabei sein. Der Dänenkönig kniete zunächst nieder und trat dann ein. Mit unterwürfiger Stimme bat er uns um Vergebung und darum, dass Leben seiner Landsleute zu verschonen. Dafür würde er auch gern sein Leben hingeben. Otto, der Königssohn, sprach in hartem Ton: »Normalerweise hättet ihr es verdient, alle zu sterben! Aber wir sind bereit euch am Leben zu lassen, wenn ihr euch taufen lasst und Christen werdet. Außerdem verlangen wir Haihabu. Wir werden Haihabu zu unserem Ostseehafen ausbauen. Er wird damit zu einem wichtigen, sächsischen Handelsplatz zwischen Nord- und Ostsee werden. Weiterhin wird wieder die alte, dänische Mark eingerichtet, die dem sächsischen König Heinrich I. tributpflichtig wird.«[118] Nachdem Otto diese Worte gesprochen hatte, schrieb ein Priester in einem einfachen, braunen Gewand, die Verträge zwischen den Sachsen und den Dänen, in doppelter Ausfertigung auf Pergament nieder. Diese Verträge wurden dann von beiden Seiten unterschrieben und mit dem königlichen, roten Siegel versehen. Damit war die Unterwerfung der Dänen besiegelt. Ein Vertragspapier wurde an deren König Knuba ausgehändigt. Der zweite Vertrag wurde durch einen Boten zur Pfalz Werla gebracht, wo der König der Deutschen seine Krankheit auskurierte.

Nun sollte als erstes die Taufe des Dänenkönigs stattfinden. Ganz Haithabu wurde mit Blumen und Fahnen geschmückt.

Die Taufe würde im größten Festsaal des Ortes erfolgen. Dieser befand sich in einem sehr großen hölzernen Haus und bot eine Saalfläche von etwa 400 Quadratmetern. Hier wurden oft große Versammlungen abgehalten, über Menschen gerichtet und waren Siege gefeiert worden, die oft im Saufgelage endeten. Die Wände waren reichlich

---

[118] Vgl. Otto der Große, Helmut Hiller, List Verlag München Seite 50

geschmückt mit Schildern, Waffen, Tierfellen und vielen unbekannten Dingen aus fernen Ländern, sodass wir beim Betrachten, aus dem Staunen nicht mehr herauskamen.

Zu diesem Anlass war auch Heinrich I. angereist und saß nun, wieder genesen, mit Otto auf zwei großen, mit einem Bärenfell gepolsterten Stühlen, auf der Empore des Saales. Neben ihnen standen zu beiden Seiten, gut gerüstet mit Lanze, Schild und Schwert jeweils drei Ritter. Von dort aus konnten beide das Taufgeschehen gut beobachten. Zu ihren Füssen war der Dänenkönig mit dem Priester zugange, welcher den dänischen Herrscher auf den Namen Knut taufen sollte. Der Täufling war nur mit einem weißen Gewand bekleidet und stand barfuß vor dem Taufbecken, welches mit Wasser randvoll gefüllt wurde. Das Taufbecken bestand aus einem großen Bottich aus Holz, in dem gut und gerne eine Person untertauchen konnte. Die Tische im Festsaal waren an den Seiten aufgestellt. An ihnen hatten etwa 200 Männer, Frauen und Kinder Platz genommen. Darunter waren auch die Edlen des Ortes, mit ihren Söhnen und Töchtern. Sie alle wollten dieser Tauffeier beiwohnen.

Nun ging es los. Der Priester begrüßte die Anwesenden mit den Worten: »Im Namen des Vaters und des Sohnes und des Heiligen Geistes, Amen.« Die Personen im Saal antworteten mit einem vielstimmigen: »Amen!«

Eine kurze Weile herrschte Totenstille im Raum. Dann wandte sich der Geistliche König Knuba zu. Der Priester fragte: »Auf welchen Namen hörst du?« Der König antwortete etwas nervös: »Knuba!« Der Priester entgegnete ihm: »Nicht deinen Familiennamen, sondern deinen Rufnamen wollen wir wissen.« Im Saal wurde gelacht, doch es kehrte schnell wieder Ruhe ein. So konnten alle hören, wie der Dänenkönig erneut antwortete: »Knut.«[119]

Erneut ergriff der Priester das Wort: »Gut, meiner lieber Knut. Was erbittest du von der Kirche Gottes?«

Der Täufling gab zu Antwort: »Die Taufe.«

Wieder sprach der Priester: »Der Herr ist mein Licht und mein Heil.« Die Anwesenden wiederholten gemeinsam diesen Satz.

Mit den Fürbitten ging es dann weiter.

Der Priester (P:) sprach vor und die Gäste (A:) im Saal antworteten stets mit den Worten »Bitte für Knut!«

P: Heilige Maria, Mutter Gottes,
A: Bitte für Knut!
P: Heiliger Josef,
A: Bitte für Knut!
P: Heiliger Petrus,
A: Bitte für Knut!

Nach den Fürbitten folgte nun die Vorbereitung auf die Taufe.

Als erstes stand die Taufwasserweihe an.

Hierbei lobten die Anwesenden und der Täufling, Gott als Spender des Lebens und erbaten seinen Segen auf das Wasser herab.

P: Wir loben dich.
A: Wir preisen dich.
P: Erhöre uns, o Herr.
A: Erhöre uns, o Herr.

Nun wandte sich der Priester Knut zu und führte mit ihm einen Dialog:

---

[119] Vgl. Die Wikinger, Lebensform, Waffen, Eroberungen, Volkmedia GmbH, Paderborn, Seite 203

»Widersagst du dem Satan?« Knut antwortete: »Ich widersage.«

»Und all seiner Bosheit?« Knut sprach: »Ich widersage.«

»Und all seinen Verlockungen?« Knut sagte: »Ich widersage.«

Jetzt folgte das Glaubensbekenntnis.

Der Priester begann: »Glaubst du an Gott den Vater, den Allmächtigen, den Schöpfer des Himmels und der Erde?« und Knut antwortete »Ich glaube.«

»Glaubst du an Jesus Christus, seinen eingeborenen Sohn, unseren Herrn, der geboren ist von der Jungfrau Maria, der gelitten hat am Kreuz und begraben wurde, von den Toten auferstand und zur Rechten des Vaters sitzt?« Knut's Antwort lautete: »Ich glaube!«

»Glaubst du an den Heiligen Geist, die heilige römische katholische Kirche, die Gemeinschaft der Heiligen, die Vergebung der Sünden, die Auferstehung der Toten und das ewige Leben?« Wieder antwortete Knut: »Ich glaube!«

Jetzt begann die eigentliche Taufe.

Der Täufling hatte mit Hilfe einer kleinen Leiter in den Bottich zu steigen und komplett unterzutauchen. Knut tat wie ihm geheißen, tauchte komplett unter und hielt nur den rechten Arm aus dem Taufbecken, der damit trocken blieb. Dies war so üblich, weil der rechte Arm im Kampfe benötigt wurde. Außerdem bestand auch die Möglichkeit, damit Frauen zu verführen. Als Knut untertauchte, schwappte das Wasser etwas über und benässte den Boden um den Taufbottich. Nachdem Knut wiederauftauchte, legte der Priester ihm seine Hand auf den Kopf und sprach: »Ich taufe dich im Namen des Vaters und des Sohnes und des Heiligen Geistes.« Dann salbte er den König.

Die Taufe wurde mit einem lauten Halleluja, was dreimal erklang, abgeschlossen.[120]

Nun konnte die große Feier beginnen. Schnell brachten gut gekleidete Diener Platten mit frischem, geräuchertem und knusprig gebratenem Fisch, grünem Salat und gebratenem Fleisch, die sie auf großen Tischen aufbauten. Ich rief Reinhard zu: »Komm mal her, damit wir die schweren Holztische wieder an Ihre Stelle rücken können.« Viele Männer im Saal taten es uns gleich und so konnte das Fest schnell beginnen. Kurz darauf zogen zwei kräftige und gut beleibte Wikinger einen kleinen Wagen, mit einem hölzernen Fass voll Met in den Raum. Als Reinhard und ich das sahen, gingen wir zu dem Getränkewagen. Ich sprach mit bestimmter Stimme: »Halt! Wir sind die Vorkoster der Sachsen und müssen dieses Getränk überprüfen!« Daraufhin füllten die Dänen ein Ochsenhorn und reichten es uns. Es war ein köstlicher Trunk zum Genießen. Allerdings hatte es der Met in sich und da wir schon früh mit diesem alkoholischen Getränk begannen, waren wir schnell angetrunken. Dies machte für uns die ganze Sache ziemlich lustig und die schönen Däninnen wurden immer interessanter. Aber zum einen waren wir ja schon vergeben und zum anderen wussten wir auch, dass wir nur die Frauen ansprechen durften, welche solo waren. Sonst konnte es zu handfesten Auseinandersetzungen kommen. So nach dem dritten Horn, hatten wir uns genug Met oder Mut angetrunken, um nach den hübschen blonden Frauen im Festraum nicht nur Ausschau zu halten, sondern sie auch anzusprechen und mit ihnen zu tanzen. Reinhard und ich gingen auf die Frauen zu und stellten uns vor. Allerdings endete das alles in Gelächter, weil sie unserer Sprache nicht mächtig waren. So beschlossen wir schnell, uns wieder dem Met zuzuwenden. Der Abend dauerte für uns nicht

---

[120] Gotteslob, St. Benno Buch- und Zeitschriften Verlagsgesellschaft, Leipzig, Seite 82 bis 89

lange, denn wir waren schnell betrunken. Reinhard und ich wurden schließlich zu einem Wikingerhaus gebracht. Es war ein Langhaus mit vier Schlafplätzen. In der Mitte befand sich eine Feuerstelle, welche auch als Kochstelle diente. Aus dem Inneren dieses Gebäudes, konnte man auch direkt in den Stall gelangen. Hier standen unsere guten Pferde.[121] Wir wurden auf stabile hölzerne Betten mit Fellen niedergelegt. Dort erwachten wir am nächsten Morgen mit einem schweren Kopf. Es war ziemlich dunkel, denn es drang nur wenig Tageslicht ins Langhaus. In der Nähe fand ein gemeinsames Frühstück statt, doch wir beide waren noch nicht imstande, etwas zu uns zu nehmen.

Die Besetzung in Haithabu bestand noch über einen längeren Zeitraum. Dafür blieben Reinhard, der eigentlich wieder nach Grone zu seiner Frau zurückwollte, ich und mein Schwager Gero, als Anführer mit etwa eintausend Mann in Haithabu zurück. Mir tat die salzhaltige Ostseeluft gut. Ich merkte, wie meine Lunge die frische Meeresluft aufsog und fühlte mich gut. Hatte ich sonst im Winter oft Probleme mit meinen Atemwegen, so hatte die gute Luft hier etwas Befreiendes für mich. Nach einigen Wochen kehrte ich nach Frohse zurück.

Heinrich und Otto indes begaben sich zurück in die Heimat. Auch hier gab es genug zu tun.

Ohne mit Heinrich I. zu sprechen, zog der Bayernherzog Arnulf, noch im Jahr 934 über die Alpen, um dort für seinen Sohn Eberhard, die Langobardenkrone zu erkämpfen. Dieses Vorhaben endete allerdings in einer vernichtenden Niederlage. Der Bayernherzog kam nur bis Verona und musste dann mit seinen Soldaten umkehren. Dies hatte bei Heinrich zur Missstimmung geführt. Hatte er doch, wie Karl der Große, gehofft Kaiser von Rom zu werden.

---

[121] Die Wikinger, Paragon, Queen Street House, 4 Queen Street, Bath BA1 1HE, UK, Seite 21 und 22

Im Juni 935, war Heinrich als Schlichter in der Nähe von Sedan an der Maas gefragt. Rudolf der König von Westfranken und Rudolf II. von Burgund lagen im Streit. Heinrich konnte die beiden Streitparteien zusammenbringen und schließlich Frieden zwischen Burgund und dem Westfrankenreich ermöglichen. Dies zeigte, welch große Macht Heinrich I., sich in den mitteleuropäischen Staaten erkämpft hatte.[122] [123]

Dass Heinrich I. an vielen Stellen seines Reiches zu tun hatte und die Belagerung Haithabus nach und nach zurückfuhr, nutzten wiederum die Dänen. Gorm, ein Dänenfürst, der sich vor den Truppen Heinrichs auf die dänischen Inseln hatte retten können, stürzte sich mit seinen Männern auf König Knut und die Besatzer. Sie töteten König Knut und viele der Sachsen. Die Überlebenden schickten sie in die Gefangenschaft, um sie später als Sklaven weiter zu verkaufen.

Nun bekam ich auf meiner Burg Frohse ein Schreiben des Königs in dem er betonte, wie wichtig es wäre, Gero von Merseburg und Reinhard von Grone zu befreien. Ich hatte mich schnellstmöglich auf der Quedlinburg einzufinden. Dort sollte besprochen werden, wie wir die beiden Freunde befreien sollten.

Schon wieder musste ich mich also von meiner Familie und meiner Burg Frohse trennen. Hidda war eine gute Frau. Sie hatte die Verwaltung der Burg übernommen und wusste mit den Menschen umzugehen. Der Ertrag in der Landwirtschaft blieb stabil, sodass vor jedem Winter, ausreichend Nahrung gesichert war.

Nach einem Ritt von mehreren Tagen kehrte ich auf der Quedlinburg ein und meldete mich in der Schreibstube des Königs. Vor der Schreibstube warteten schon meine Brüder Hermann und Sieges-

---

[122] Helmut Hiller, Otto der Große, List Verlag München, Seite 50
[123] Rolf Nordenstreng, Karl Theodor Strasser, Die Wikinger, Lebensform-Waffen-Eroberung, Voltmedia

mund. Wir begrüßten uns aufs herzlichste und schon holte Heinrich uns alle zusammen. Heinrich wollte 935, nicht schon wieder gegen die Dänen zu Felde ziehen. Der neue König Gorm hatte zudem in einem Schreiben an Heinrich I. versichert, die neuen Grenzen zu achten. Wir knieten nun vor dem König nieder. Er sprach: »Steht auf meine Freunde! Ich habe einen schwierigen Auftrag für euch! Wie ihr in meinem Schreiben erfahren habt, lebt König Knut nicht mehr. Aber Gero und Reinhard sind laut Aussagen von einigen sächsischen Soldaten, die flüchten konnten, noch am Leben und sollen im nächsten Jahr als Sklaven verkauft werden. Einige unserer treuen Soldaten wurden bereits als Sklaven verkauft. Da ich nicht noch einmal gegen die Dänen in den Krieg ziehen will, habt ihr drei nun die schwere Aufgabe, Gero und Reinhard zu befreien. Sie haben eine große Bedeutung für die Zukunft des sächsisches Reiches und deshalb müssen wir sie befreien! Wir haben hier auf der Burg einen befreundeten Dänen, der aus dem Wikingerort Ripen stammt. Er heißt Sven und wird euch in zwei Monaten, die wichtigsten Wörter der Wikinger lehren und euch erklären, worauf es ankommt. Dann werden wir euer Äußeres so herrichten, dass ihr als Wikinger durchgeht. Eure Haare, eure Bärte, eure Kleidung werden euch als Wikinger aus Ripen erscheinen lassen. Seid vorsichtig, wenn ihr bei den Wikingern seid! Ihr dürft euch nur in der Sprache der Dänen verständigen und wenn es nicht anders geht, wendet die Zeichensprache an. Sobald aus eurem Mund ein sächsisches Wort erklingt, seid ihr wahrscheinlich des Todes! Sven empfängt euch schon heute in seiner Stube. Ihr seid nun entlassen, viel Glück!«

Wir gingen zum Haus des Wikingers, welches gegenüber dem königlichen Herrenhause lag. Wir klopften an die Tür. »Herein! Ich habe euch schon kommen sehen. Am besten stellen wir uns erstmal vor.« Ich fing an, danach sprach mein Bruder Hermann und dann mein Bruder Siegesmund. Schließlich sprach auch unser Gastgeber: »Ich bin Sven aus Ripen. Ripen ist ein großer Wikingerort an der Nordsee.« Sven begann direkt mit seiner Aufgabe. Er erzählte uns darüber, wer der Anführer im Ort war, wovon und wie die Menschen im Ort lebten. Auch erklärte er uns an den folgenden Tagen alles, was in der Nähe seines Heimatortes war. Dann sprach er von den Göttern Odin und Thor. Zwischendurch lernten wir immer wieder die Wikingersprache.

In den zurückliegenden zwei Monaten, hatten wir uns einiges Wissen über die Wikinger angeeignet. Das musste reichen. Nun machten wir uns auf den Weg. Unser Ziel war es, nach Friesland zu gelangen. Von da aus wollten wir drei weiter nach Dänemark. In Friesland landeten oft Wikinger mit ihren Langbooten, welche dort nach einem langen Fischfang in der Nordsee übernachteten und erst später die Heimreise antraten. Hier wollten wir, mit einem solchen Langboot, nach Dänemark gelangen. Doch wir mussten erstmal an Bord kommen. Dafür bräuchten wir eine glaubwürdige Ausrede. Wir wollten erzählen, dass wir nach Sachsen gegangen waren, um Felle zu verkaufen. Dort hatten wir erfahren, dass der Dänenkönig Grom, in Haithabu, König Knut und seine Anhänger und die Sachsen getötet und gefangen genommen hatte. Deshalb wollten wir nun diesen sicheren Weg nehmen, um wieder nach Ripen zurückzukehren. Für den angeblichen Handel, hatten wir von Heinrich auch einige Gold- und Silbermünzen erhalten. So sah es glaubhafter aus, dass wir für unsere Felle Geld bekommen hatten.

In Friesland waren wir schneller als wir erwartet hatten. Allerdings war auf der Nordsee weit und breit kein Wikingerboot zu sehen. Zur Beobachtung hatten wir extra eine Stelle gewählt, die Sven, der Wikinger, uns beschrieben hatte. Doch wir sollten Glück haben. Nach fünf Tagen, tauchte in der Abenddämmerung ein typisches Langboot auf. Es war schnell auf der Nordsee unterwegs. In der Mitte des Bootes ragte ein Mast empor, so hoch wie mein Wohnturm in Frohse. Daran befestigt war ein großes, rotweißes Segel. Mit dessen Hilfe und 40 langen Paddeln, wurde das Boot angetrieben. Am Bug war ein Drachenkopf, mit einem langen zackigen Hals angebracht. Am Heck befand sich das Ruder, welches von zwei kräftigen Wikingern bedient wurde. Davor standen zwei Männer, welche die Anführer sein mussten. Aber was geschah jetzt? Die Wikinger zogen ihre Paddel ein und warfen einen großen Anker ins Wasser. Sie waren jetzt noch etwa einhundert Meter von unserem Standort entfernt und wir fragten uns, was sie vorhatten. Nach etwa vier Stunden verstanden wir, warum die Wikinger den Anker geworfen hatten. Die Ebbe hatte zuvor eingesetzt und das Boot lag nun auf dem Boden auf. Der Rumpf hatte sich gut in den Sandboden eingegraben, sodass das Boot, nicht umkippen konnte. Es war dunkel geworden. Mit brennenden Fackeln in der Hand, gaben wir uns zu erkennen und riefen den Wikinger von Weitem in ihrer Sprache zu. Diese erwiderten und waren einverstanden, uns an Bord zu nehmen. Von nun an unterhielten sich meine Brüder und ich, nur noch in dänischer Sprache. Auch die Wikinger leuchteten nun mit brennenden Fackeln. Von Vorteil war auch, dass Vollmond herrschte und die Wikinger unsere Umrisse erkannten. Vorn am Bug stellten sie eine lange Holzleiter in den Sand, auf der wir emporsteigen konnten. Die Wikinger an Bord betrachteten uns als ihre Kameraden. Sie empfingen uns freundlich und gaben uns zu essen und zu trinken. Sie waren aus dem Norden Dänemarks, würden aber an der Küste vor Ripen Halt machen und uns ein Beiboot geben, mit dem wir wieder an Land kommen könnten. Nach gut zehn Stunden setzte die Flut ein und schon nach kurzer Zeit merkte man, wie die Kraft des Wassers, das Langboot wieder auf das Wasser brachte und manövrierfähig machte. Schnell wurden die Segel gesetzt und die Paddel ins Wasser gesteckt. Jeder an Bord hatte seine Aufgabe. Wir wurden den Ruderern zugeordnet und auf ging es nach Dänemark. Während der Fahrt erfuhren wir, dass oft verstreute Wikinger diesen Rückweg wählten. Nach nur wenigen Tagen erreichten wir Ripen. Wie versprochen, bekamen wir von den freundlichen Wikingern ein kleines Langboot und konnten so, von dort aus bis zum Festland rudern. Wir bedankten uns bei unseren Helfern und versprachen, ihnen im Norden auch mal einen Besuch abzustatten.

Das erste Ziel hatten wir erreicht. Wir waren unerkannt an der dänischen Küste gelandet. Nun machten wir uns auf den Weg nach Haithabu, wo unsere Freunde festgehalten wurden. In der Stadt angekommen, erkundigten wir uns nach einer Herberge. Direkt in der Nähe des Marktplatzes, existierte eine gut gebaute Herberge, in welche wir nun eintraten. Eine alte Frau, die Wirtin und ihr ebenfalls schon betagter Mann, empfingen uns. Der Wikinger fragte: »Guten Tag meine Herren, was wollt ihr?« Ich antwortete: »Wir brauchen für fünf Nächte drei Schlafgelegenheiten.« »Wir können euch einen Schlafraum mit zwei Doppelstockbetten geben. Es kann also sein, dass noch ein Gast bei euch dazukommt.« sprach der Wirt. Meine Brüder waren einverstanden und ich antwortete: »Das ist schon in Ordnung und vielen Dank! Wir können die Betten auch schon im Voraus bezahlen.« Der Wirt schien angetan und erwiderte: »Dann machen wir das, denn ich habe schon oft schlechte Erfahrungen gemacht. Bitte versteht das jetzt nicht falsch. Ich nehme euer Geld also gern vorab.« Ich zahlte und wir hatten für fünf Tage ordentliche Schlafplätze. Bisher ging alles schneller als wir gedacht hatten, aber es sollte noch besser kommen. Nachdem wir alles in unserer Schlafstube verstaut hatten, gingen wir erstmal auf Entdeckungstour. Als erstes erkundeten wir den Marktplatz. Hier boten viele Händler ihre Ware an. Es gab Stände mit Fisch, Fellen, Gemüse, Kräutern, Helmen, Schildern, Waffen, Fischernetzen und einer Vielzahl weiterer nützlicher Dinge. Als wir eine Weile die Stände am Markt betrachtet hatten, bemerkte Hermann mitten auf dem Marktplatz drei Ochsenjochs. Er zog uns in eine Gasse und sprach: »Leute, ich habe Reinhard und Gero und noch eine dritte Person gesehen. Sie hängen in einem der Ochsenjochs und stehen auf dem Marktplatz zur Schau.« Wir näherten uns möglichst unauffällig, in unserer Wikingertracht unseren Freunden. Sie sahen körperlich noch in Ordnung aus, waren aber offensichtlich mit Abfällen und Dreck beworfen worden, sodass sie, zweihundert Meter gegen den Wind stanken. Nur wenige Wachposten bewachten die Gefangenen und jeder konnte sie aus der Nähe betrachten. Deshalb erschien uns eine Befreiung hier möglich. Ich holte aus dem nahegelegenen Brunnen einen Eimer Wasser und gab meinen Freunden zu trinken. »Schweigt!« sprach ich in der Sprache der Wikinger und flüsterte dann auf sächsisch: »Morgen früh, wenn das Markttreiben beginnt, befreien wir euch.« Dann traten wir noch an einige Marktstände, ehe wir uns entfernten. Nun mussten wir einen Plan für die Befreiung unserer Freunde schmieden. Das Stadttor im Süden mussten wir so bearbeiten, dass die Tore nicht geschlossen werden konnten und das Gitter zur Absperrung, nicht heruntergelassen werden konnte. Dies sollte unser Fluchtweg sein. Zunächst kauften wir uns sechs gute und schnelle Pferde, eine Kutsche und zwei große Holztore, welche zum Tor im Süden passten. Mit der Befreiung wollten wir dann beginnen, wenn die Marktverkäufer ihre Arbeit aufnahmen und ihre Stände mit Waren bestückten. Als wir alles besprochen und durchgeplant hatten, gingen wir an diesem Tag in der Herberge früh zu Bett. Am nächsten Morgen, so um die sechste Stunde, fuhren wir mit der Kutsche zum südlichen Tor. Ich sprach die beiden Wachsoldaten auf Dänisch an: »Wir sollen hier heute die Tore wechseln. Als erstes müssen wir diese hier aus ihrer Verankerung heben.« Die Wachsoldaten blickten sich verdutzt an und einer von ihnen sprach: »Davon wissen wir nichts. Aber wie wir sehen, habt ihr schon neue Tore auf der Kutsche. Also wird wohl alles seine Richtigkeit haben.« Dann ließen sie uns gewähren. Mit Hölzern und Hebelwerkzeug, schafften wir die neuen Tore von der Kutsche herunter und hebelten anschließend die bestehenden Tore aus ihrer Verankerung. Die beiden Wachsoldaten halfen uns sogar dabei. Dann ließen wir die Holztore erstmal stehen. Das Tor konnte jetzt nicht mehr geschlossen werden. Nun sagte ich: »Wir müssen noch das Rollgitter kontrollieren, ob dieses in Ordnung ist.« Der Wachsoldat befahl: »Dann musst du hier links die Treppe hochgehen. In der ersten Ebene siehst du dann die Vorrichtung für die Ketten zum Gittertor.« »Gut. Es wird bestimmt nicht lange dauern.« erwiderte ich. Zügig ging ich die Treppe hinauf und auf der ersten Ebene, befasste ich mich mit dem Gitter. Ich baute versteckte Keile in die Kette ein, sodass sich das Gittertor, nicht mehr nach unten bewegen ließ. Dann machten meine Brüder und ich, uns, unter einem Vorwand, mit der Kutsche wieder auf zum Marktplatz. Hier stellten wir die Kutsche so ab, dass unsere am Ochsenjoch befestigten Freunde, von den vier Wachsoldaten auf der Straße im Norden, nicht mehr gesehen werden konnten. Dann trennte sich Hermann von uns, denn er hatte den Auftrag, einige Häuser nördlich vom Marktplatz unerkannt in Brand zu stecken. Kurz darauf sahen wir schon Rauch aufsteigen. Und da kam Hermann auch schon gerannt und rief laut in dänischer Sprache: »Feuer, Feuer!« Schnell verbreitete sich Hektik rund um den Markt. Viele Männer und Frauen rannten mit Eimern bestückt zum Brunnen, um das Feuer zu löschen. Wenn hier einmal ein Haus brannte, war die Gefahr groß, dass schnell die ganze Stadt abbrannte. Währenddessen befreiten wir unsere beiden Freunde Reinhard und Gero und den dritten Mann, einen sächsischen Soldaten. Die Pferde hatten wir in der Nähe bereitgehalten, doch auf dem Weg zu ihnen wurden wir erkannt. »Alarm, Alarm! Die Gefangenen sind frei! Schließt die Tore!« brüllte ein Wikinger und sofort erklangen Hornsignale. Diese waren das Befehlssignal dafür, dass die Stadttore geschlossen werden sollten. Nun waren die beiden Soldaten, mit denen wir vor kurzem gearbeitet und gesprochen hatten, in Not. Die Tore waren ausgebaut und konnten somit nicht geschlossen werden. Sie rannten die Treppe rauf, um das Gittertor herunterzulassen, doch sie schafften es nicht. Wir schwangen uns auf die bereitstehenden Pferde und ritten auf dem kürzesten Weg, teilweise durch die Stände hindurch, auf das offene Tor im Süden zu. Teilweise flog die angebotene Ware in hohem Bogen durch die Luft. Auf dem Rücken trugen wir jeder ein Wikingerschild, damit uns keine Axt erschlagen oder ein Pfeil von hinten töten konnte. Unser Plan funktionierte und das große Tor stand offen. Wir konnten schnell hindurchreiten, hatten aber die Wachen auf den Mauern vergessen. Ich brüllte: »Schnell Männer! Wir müssen hier weg!« Wir trieben unsere Pferde an und ritten drauf los. Und schon regnete ein Pfeilhagel auf uns herab. Siegesmund und der sächsische Soldat wurden, mitsamt ihren Pferden, von etlichen Pfeilen getroffen. Mich erwischte ein Pfeil am linken Arm. Wir hatten nicht gemerkt, dass wir zwei von unseren Männern verloren hatten. Erst als wir außerhalb der Schussweite waren und unsere Pferde wendeten, sahen wir Siegesmund und den sächsischen Soldaten, wahrscheinlich tot, am Boden liegen. Aus dem Tor stürzten schon hunderte Wikinger zu Fuß auf sie und uns zu. Meinem Bruder war nicht mehr zu helfen. Hermann und mir standen die Tränen in den Augen, aber um unser Leben zu retten, mussten wir weiter reiten. Ich zog den Pfeil aus meinem Arm und verband die Wunde so gut es ging, mit einem Stück Stoff von meiner Bekleidung. Es galt nun, schnell weiter in Richtung Süden zu reiten. Nach drei Tagen erreichten wir Hamburg. Dort machten wir für einen Tag Rast und wechselten die Pferde. Schließlich ritten wir weiter in Richtung Werla. Nach einem anstrengenden Ritt von vier Tagen und einer Zwischenstation, zum erneuten Austausch der Pferde, erreichten wir Werla. Wir meldeten uns als erstes beim König, der gerade mit seinen Adlern beschäftigt war. Wir gingen auf ihn zu und knieten nieder. Der König sprach zu uns: »Ich sehe, ihr seid leider nicht alle zurückgekehrt. Aber wir wollen dankbar sein, dass Ihr, Gero, Christian, Reinhard und Hermann, wieder heil zuhause angekommen sind. Der Tod von Siegesmund ist traurig, doch er war nicht umsonst. Wir werden um ihn trauern und sein Opfer würdigen. Gero von Merseburg ist ein wichtiger Mann für mich und unser Land, deshalb mussten wir ihn befreien.

Nach einem Nachtlager machte sich Reinhard am nächsten Tag, in Richtung Grone auf. Er benötigte bis dorthin zwei Tage. Gero bekam Begleitung von zehn Soldaten zu Pferd und ritt innerhalb von drei Tagen nach Merseburg.

Ich verbrachte noch einen weiteren Tag bei meiner Familie. Gemeinsam mit meinem Vater Lothar, meiner Mutter Guthie, meiner Schwester Catharina und meinem Bruder Hermann, trauerten wir um Siegesmund. Wir Geschwister hatten unseren Bruder und meine Eltern ihren jüngsten Sohn verloren und das schmerzte ungemein. Wir saßen lange zusammen, weinten und trösteten uns. Und mein Vater begann irgendwann, zu erzählen. Er sprach von seinen guten Knechten Marek und Erhard, die sich um die Pferde gekümmert hatten. Beide starben früh. Der eine war 928 und der andere zwei Jahre später an einer Krankheit gestorben. Er sprach: »Solche guten Leute habe ich nie wiedergefunden. Und jetzt kommt auch mein Sohn Siegesmund nie wieder.« Wir weinten wieder alle, doch wir konnten es ja nicht ändern. Im Moment hatten wir noch ruhige Zeiten, doch als die Ungarn mordend und plündernd durchs Land gezogen waren, hatten viele Familien einen Teil ihrer Angehörigen verloren. Damals blieben wir verschont. Ich sagte: »Vater, du kannst stolz auf Siegesmund sein. Wir hatten den Auftrag des Königs, Gero von Merseburg zu befreien. Es war ein gefährlicher Auftrag und wir mussten damit rechnen, dass ein Teil von uns, oder gar wir alle, nicht mehr zurückkommen könnten. Heinrich war es sehr wichtig, dass er seinen guten Wegbegleiter Gero, lebend aus der Gefangenschaft bekommen hatte. Auch meinen Freund Reinhard konnten wir befreien. Und für meine Frau Hidda war es auch sehr wichtig, dass wir alles versucht haben, ihren Bruder zu befreien.« Ich hoffte, meine Worte würden ihn etwas trösten.

Nach zwei Tagen verabschiedete ich mich, immer noch voller Trauer, von meinen Eltern und meinen Geschwistern und machte mich wieder auf zu meiner Familie in Frohse. Es war ein schöner Tag und bei klarem Wetter, konnte ich schon von Weitem meine schöne Burg an der Elbe erkennen. Als ich das Tor erreichte, kamen mir meine beiden Söhne entgegengelaufen. Ich sprang vom Pferd und nahm sie beide in die Arme und drückte sie an mich. Thietmar konnte schon einige Worte sprechen und Gero versuchte ihm durch Laute, alles nachzusprechen. Der Wachsoldat am Tor begrüßte mich freundlich und auch die Leute, die in der Burg und auf dem Feld zur Arbeit waren, hatten mir fröhlich zugewinkt. Auf der Burganlage und ihrer Umgebung herrschte reges Treiben. Meine gute Hidda hatte hier alles im Griff.

Die kleine Kapelle läutete jetzt zum Mittag. Ich hatte Glück, denn meine liebe Frau hatte ein köstliches Essen vorbereitet, sodass ich gleich, gemeinsam mit ihr und meinen Söhnen, speisen konnte.

Wir verlebten in der Folge eine schöne Zeit. Fast ein Jahr lang blieb es ruhig und so hatte ich viel Zeit für meine Burg, meine Frau und meine Kinder.

Im Jahr 935, begab es sich noch, dass Herzog Arnulf von Bayern seinen Sohn Eberhard, ohne vorherige Zustimmung von Heinrich I., als seinen Nachfolger benannte.

Mittlerweile hatte Heinrich eine so hohe Stellung in Mitteleuropa erreicht, dass es nur noch eine Frage der Zeit schien, wann er, wie Karl der Große, zum Kaiser gekrönt werden würde. Nur war sein Alter inzwischen leider schon fortgeschritten, sodass die Natur ihn eher einholte. Ende des Jahres 935, erlitt Heinrich einen Schlaganfall, von dem er sich nicht mehr erholen sollte. Zu Beginn des Frühjahres 936, ließ er sich durch die Edlen und Großen aus Sachsen, Franken, Schwaben, Bayern und Burgund bestätigen, dass Otto sein Nachfolger werden sollte. Danach zog er sich von Erfurt, wo er zuletzt gelebt hatte, in die Kloster- und Pfalzanlage Memleben, im schönen Unstruttal zurück. Die Mönche dort waren weit und breit für ihre Heilkunst bekannt.[124]

---

[124] Vgl. Helmut Hiller, Otto der Große, List Verlag München, Seite 51 und 52

9
Pfalz und Kloster Memleben, 936

Das Kloster Memleben war ein Benediktinerkloster. Der heilige Benedikt wurde um 480 in Nursia, in Italien geboren und verstarb am 21. März 547 in Monte Cassino. Er gilt als Begründer des christlichen Mönchstums. Benedikt entwickelte strenge Klosterregeln, welche im 9. Jahrhundert im gesamten Abendland, als die allein maßgebenden Mönchsregeln galten.

Das Kloster Memleben war unter anderem auch für seinen Weinanbau und die gute Qualität des Weines bekannt.[125]

Kurz nach der Einkehr Heinrichs I. in dieses Kloster, erhielt ich ein Schreiben, dass ich mich ebenfalls im Kloster Memleben zu melden hatte. Ich sollte mit einem längeren Aufenthalt von mehreren Monaten rechnen. Auf mich wartete ein Ritt von zwei Tagen. Es ging durch waldreiche Gebiete und ich musste nachts an einer Lichtung schlafen, da ich keine Herberge fand. Ich hatte aber keine Furcht, denn sollte sich etwas Gefährliches nähern, würde mein Pferd sowieso unruhig werden. Am nächsten Tag brach ich schon früh auf, sodass ich gegen Abend, das schöne fruchtbare Unstruttal erreichen konnte. Ich kam gut voran und die Klosteranlage, welche einem Dorf glich, war nun nicht mehr weit. Ich kam aus nördlicher Richtung, sodass ich zunächst, die Unstrut überqueren musste. Der Fluss führte viel Wasser mit sich und hatte eine starke Strömung. In der Nähe des Klosters

---

[125] Vgl. Siegfried Both, Die Schreibstube, im Kloster des Mittelalters, Michael Imhof Verlag Seite, 15

befand sich ein Überweg aus Holz, über den Kutschen, Menschen und Pferde die Flussseiten wechseln konnten. Auf der Brücke zügelte ich kurz mein Pferd und ließ meinen Blick links und rechts über den Lauf der Unstrut und das weite fruchtbare Tal schweifen. Um nun durch die Klosterpforte, den Eingang der Anlage zu kommen, musste ich noch einmal um die Klosteranlage reiten. Vor der Pforte standen mehrere Soldaten des Königs und hielten Wache. Einer von ihnen fragte mich: »Was begehren sie, mein Herr?« Ich holte ein Pergament aus meiner Tasche und reichte es ihm. »Ich habe ein Schreiben mit dem Siegel von König Heinrich, der mich zu einem längeren Aufenthalt hier nach Memleben bestellt hat.« Der Soldat ergriff das Schreiben. »So, so!« sprach er und las es prüfend durch. Dann befahl er: »Sie können passieren! Hinter der Klosterpforte müssen sie warten. Ein Mönch wird sie abholen und zum Gästehaus bringen.«

Ich trat ein und wähnte mich in einer anderen Welt. Zahlreiche Mönche waren hier zu Gange. Zu meiner Rechten befand sich ein großer Gemüsegarten und auf der anderen Seite ein kleiner Kräutergarten. Die Mönche waren mit einer braunen Tunika bekleidet, welche mit einem einfachen Gürtel an den Körper gebunden war, sodass die Füße frei waren. An den Füßen trugen sie fast das ganze Jahr leichte Sandalen mit oder ohne Strümpfen. Nur im Winter wichen sie auf festes Schuhwerk, in Form von Stiefeln aus. Wenn sie nicht bei der Arbeit waren, trugen die Mönche über der Tunika einen langen Mantel mit Kapuze.[126]

Schon nach kurzer Zeit kam ein Mönch auf mich zu. »Sind Sie der Herr Christian aus Frohse« sprach er noch im Gehen. »Ja, das ist richtig.« gab ich ihm zur Antwort. »Dann kommen sie bitte mit. Ich bringe sie zum Gästehaus, dort erhalten sie ein einfaches Zimmer. Morgen sollen sie sich beim König melden. Er wohnt in dem Haus neben dem

---

[126] vgl. Anette Adelmeyer, Michael Imhof Verlag, Das Leben im Kloster, Seite 8 und 9

Gästehaus. Das Frühstück nehmen wir schon um 6:00 Uhr in der Früh im Refektorium (Speiseraum) der Mönche ein. Wenn die Glocken der Klosterkirche fünf geschlagen haben, sollten Sie sich fertigmachen, denn wir starten noch vor dem Frühstück, um 5:30 Uhr, in der Klosterkirche mit einem Morgengebet. Im Zimmer liegen auch für sie eine Tunika und ein Kapuzenmantel bereit. Wir legen auf einheitliche Kleidung in unserem Kloster großen Wert. Dann wünsche ich Ihnen eine geruhsame Nacht!« Ich bedankte mich bei dem Mönch und schlief sehr gut, tief und fest. Tatsächlich ertönten ab der fünften Stunde die Glockenschläge der Klosterkirche. Dies war ein gutes Signal zum Aufstehen, hatten diese doch vorher, wahrscheinlich wegen der Nachtruhe, geschwiegen. Ich machte mich auf zur Klosterkirche. Von allen Seiten strömten die Mönche in die Kirche. Ich nahm auf den hinteren Bänken Platz und kniete beim Gebet auf einer Holzbank. Meine Knie schmerzten, durch die lange und ungewohnte Haltung. Der Abt, in etwas edlere Gewänder gekleidet, hielt die Morgenmesse. Dann sangen die Mönche in Latein, und wieder war ich überwältigt, bekam am ganzen Körper eine Gänsehaut. Der Druck eines Stockes an meinem Unterschenkel, riss mich aus den Gedanken. Ich drehte mich um und erblickte Siegfried hinter mir. Mein Bruder war ebenfalls in die Mönchstracht gehüllt.

Nach einer schönen Morgenandacht, machten wir uns hungrig zum Speiseraum der Mönche auf. Auch hier herrschte ein reges Treiben, denn es war nicht genügend Platz für alle Mönche und jene, die so gekleidet waren. Wir mussten also erstmal auf unser Frühstück warten. In dieser Zeit gesellte sich mein Schwager Gero zu uns und sprach: »Schön, dass ihr hier seid.« Sogleich zischten die Mönche, die in der Nähe waren und wiesen uns darauf hin, dass hier absolute Ruhe beim Frühstück herrschen sollte.

Nach einem guten Frühstück bat uns der König zu sich. Hier, in einem großen Nebenhaus, direkt neben unserem Gästehaus, sollten wir uns mit unserem kranken König treffen. Vor dem Gebäude standen Soldaten des Königs. Sie fragten uns aber nicht nach unserer Berechtigung, sondern ließen uns gleich ins Haus eintreten. Hier standen wir zugleich in einem großen Raum, an dessen rechter Seite das Feuer in einem großen Kamin loderte. In der Mitte des Raumes befand sich ein großes Bett. In einem mächtigen Stuhl davor saß der König. Zu unserem Erstaunen waren neben seiner Frau Mathilde, auch dessen Söhne Tankmahr, Heinrich und Otto mit seiner Frau Hadwig sowie der jüngste Sohn Brun, obwohl er erst zehn Jahre zählte, anwesend.

König Heinrich, offensichtlich nicht im Vollbesitz seiner Kräfte, sprach mit erstaunlich fester Stimme: »Schön, dass ihr alle hierhergekommen seid! Ich habe euch eine schlechte Nachricht zu verkünden. Meine Lebenstage sind gezählt, die guten Mönche hier, geben mir nur noch wenige Monate. Es ist mein Wunsch, dass mein Leben in dieser schönen Klosteranlage ein Ende findet. Ich will mich hier auf meinen Tod vorbereiten und hoffen, dass Gott mir meine Sünden vergibt. Hierfür will ich jede Gelegenheit nutzen, um zu beten. Auch mit euch will ich jetzt zunächst das Vater Unser beten.«

Nachdem wir uns alle niederknieten und mit Tränen in den Augen für unseren guten König gebetet hatten, ergriff Heinrich wieder das Wort: »Erhebt euch, ich will nun fortfahren. Wie ich in Erfurt schon vor den Edlen kundgetan habe, wird nach meinem Tod, Otto meine Nachfolge antreten.« Da trat auf einmal Tankmahr hervor und sprach: »Vater, warum werde ich nicht König? Ich bin doch schließlich der Erstgeborene!« Heinrich nahm all seine Kraft zusammen und erwiderte: »Die Kirche hat meine Beziehung zu deiner Mutter nie anerkannt. Sie war Nonne, als sie dich empfangen hat und musste wieder ins Kloster zurück. Es tut mir leid, aber du bist deshalb ein uneheliches Kind und kannst in der Erbfolge nicht berücksichtigt werden. Kein Fürst würde dich anerkennen und unser Land wieder in Erbstreitigkeiten zerbrechen. Versteh das bitte!« Tankmahr war voller Zorn, verließ den Raum und knallte die Tür zu. Unser König sprach weiter: »Kümmert euch um Tankmahr! Er hat es in seinem Leben nicht leicht gehabt. Gebt ihm ein Rittertum oder eine Grafschaft, womit er sein Auskommen hat.« Kaum hatte er den Satz beendet, trat Heinrich, der Sohn des Königs hervor und sprach: »Vater, eigentlich müsste ich deine Nachfolge antreten. Ich bin der wahre König, denn ich trage deinen großen Namen und bin geboren worden, als du schon König warst!« Wieder sprach der König mit Bedacht: »Gewiss, Heinrich, du wärst eine gute Wahl. Doch mit deinen sechzehn Jahren bist du noch zu unerfahren und hättest in der harten und rauen Welt noch keinen Bestand. Auch hast du bei zu wenigen Schlachten gefochten! Es ist wie besprochen, Otto wird meine Nachfolge antreten! Und jeder von euch hier muss Otto zur Seite stehen, denn allein geht er unter, wie vor mir König Konrad I.!« Dann wandte Heinrich sich zu Siegfried, Gero und mir: »Nun zu euch. Ihr habt eine sehr gute Ausbildung genossen, euch im Kampf bewiesen und besitzt die Burgen vor und nach Magdeburg. Ihr sollt die Stütze Ottos sein und ihm dort die Möglichkeit geben, sich an einen Ort zurückziehen zu können und nicht ständig auf der Flucht zu sein. Ich danke euch allen, was ihr für mich und meine Familie getan habt! Auch bitte ich euch, noch etwas länger hier im Kloster zu verweilen und eure Augen und Ohren offenzuhalten. Die Mönche hier werden euch Wissen vermitteln, das ihr sonst nirgends erwerben könntet. Ich habe mit dem Abt gesprochen. Er wird euch lehren, Kräuter und Gemüse zu pflanzen und euch ihre Heilkraft erklären. Außerdem wird man euch unter anderem zeigen, wie Pergament hergestellt wird. Für uns wird es immer wichtig sein, dass schnell Nachrichten verfasst werden können und diese schnell zum nächsten Ort kommen. Nochmals vielen Dank an euch alle.« Dann meldete sich Otto zu Wort: »Vielen Dank, lieber Vater für deine Worte. Ich werde dein Vertrauen rechtfertigen. Es ist klug von dir, nur einen Nachfolger zu benennen. Die Gebiete von Sachsen, Franken, Bayern,

Schwaben, Burgund und Teile slawischer Gebiete, müssen unter einer Herrschaft bleiben. Würden wir unsere Gebiete aufteilen und erhielte jeder einen Erbhof, dann würden wir uns selber wieder schwächen und wären wieder leichte Ziele für die Ungarn oder Wikinger. Doch nun genug für heute! Lasst uns diese Unterredung hier abbrechen, damit du, Vater, wieder zur Ruhe kommst.«

Nach Ottos Worten verließen wir das Gebäude des Königs. Kurz darauf wurden wir wieder von einem Mönch empfangen, der uns nun durch die Klosteranlage führte. Als erstes zeigte er uns den Kräutergarten. Hier sprach er: »Schon Karl der Große machte es zur Pflicht, in jedem Kloster einen Kräutergarten anzulegen. Als erstes betreten wir jetzt das Gärtnerhaus. Hier werden sämtliche Kräuter- und Pflanzensamen in einem Schrank, mit vielen Schubladen bevorratet. Auf jeder Schublade steht die Bezeichnung der jeweiligen Kräuter- oder Pflanzensorte. Von hier werden die Samen genommen, die im Frühjahr, Herbst und Winter ausgesät werden. Auch stehen hier die Gerätschaften und Handwerkzeug wie Spaten, Rechen, Astscheren und andere wichtige Geräte zur Verfügung.« Ich fragte: »Was ist, wenn eine Samensorte verdirbt oder ausgeht?« »Dann müssen wir uns beim nächsten Kloster welche besorgen. Dies kommt aber selten vor, da wir hier sehr genau Acht geben.« gab der Mönch uns zu verstehen.[127]
Er führte uns weiter. »Das hier ist ein Komposthaufen. Er versorgt uns mit werthaltigem Boden, den wir auf unsere Beete auftragen, um das Wachstum zu unterstützen. Die Abfälle zersetzen sich schneller, wenn Heilkräuter wie Brennnesseln, Schafgarbe und Kamille unter den Abfall gemischt werden. Nun kommen wir zum Obst- und Gemüsegarten. Im Kloster sind Früchte, Kräuter, Gemüse- und Salatpflanzen das erste Nahrungsmittel. Wir haben reichlich Erdbeeren, Kirschen, Äpfel, Salat und verschiedene Gemüsesorten. Allerdings ste-

---

[127] Annette Both, Im Garten des Klosters, Mittelalter, Imhof Verlag Seite 17 ff

hen sie nicht ganzjährig zur Verfügung und nur ein Teil von ihnen kann eingelagert werden. Für die Lagerung eignen sich am besten stärke- und fetthaltige, wasserarme Samen, aber auch Getreide- und Hülsenfrüchte sowie Hasel- und Walnüsse. In der Fastenzeit wird auf Milch verzichtet, aber die Kühe müssen trotzdem gemolken werden. Hier stellen wir dann haltbaren Käse her.« Wir hörten dem Mönch sehr angestrengt zu. Siegfried fragte dann: »Wie ist es denn hier mit den Frauen?« Der Mönch erwiderte: »Frauen, außer Gäste des Königs, haben hier keinen Zutritt.« Auf Dauer ohne Frauen könnten wir nicht leben, stellten wir drei fest. Jeder von uns freute sich schon wieder auf seine Frau, seine Familie und auf seine Burg. Doch nun hatten wir erstmal den Auftrag des sterbenden Königs zu erfüllen und uns das Wissen der Mönche, des Klosters Memleben anzueignen. Der Mönch zeigte und sprach über Nahrhaftes, was aus der Erde kommt, wie zum Beispiel Spargel. »Der Spargel war schon bei den alten Römern bekannt. Er ist schmackhaft und hat eine entwässernde Wirkung. Als Heilmittel wirkt er gegen Bauchschmerzen. Meerrettich, Senfkörner und Bohnenkraut sind die einzigen gängigen Gewürzstoffe in unserer Klosterküche. Wenn der Meerrettich frisch ausgegraben ist, ist er noch geruchlos. Wird er aber zerriebenen, entwickelt sich ein starker Duft, der die Nase reizt und die Augen tränen lässt. So wird die Nase wieder frei und man bekommt auch bei kühlem Wetter wieder schneller Luft. Ist die Nase verstopft, wird einfach geriebener Rettich auf die Nase aufgetragen. So können wir auch während der Messe wieder voll mitsingen.« Ich kannte das leidige Problem und stellte fest: »Das muss ich mir merken. Meistens im Februar geht bei mir die Nase zu, wenn der Winter wieder zu lang war.« Der Mönch erwiderte: »Das müsst ihr euch jetzt nicht alles merken. Wir machen hier jetzt nur einen Rundgang im Kloster und ich gebe euch erste Informationen. Die anderen Monate seid ihr damit beschäftigt, Pergament herzustellen und unsere wichtigen Bücher für den Klosterkräuter- und Gemüsegarten abzuschreiben. Diese Bücher sind dann euer Eigentum und ihr könnt sie für euren täglichen Gebrauch, auf eurer Burganlage nutzen. Jetzt lasst uns fortfahren!« Wir gingen zwischen den Beeten entlang. »Neben verschiedenen Gemüsebeeten befindet sich hier unser Kräutergarten. Viele von ihnen sind auch als Heilmittel einsetzbar. So ist die Salbeipflanze auch ein Entzündungshemmer. Das Zerkauen von Salbeiblättern hilft gegen Halsschmerzen und Zahnfleischentzündungen. Über die Heilkraft der Pflanzen, steht in unserem großen Klosterbuch der Kloster- und Gemüsegärten viel geschrieben.

Auch haben manchen Pflanzen oder Teile von ihnen, für uns einen bestimmten Symbolcharakter oder können vielfältig verarbeitet werden. Die roten Rosen, die ihr hier seht, sind ein Zeichen von Maria für ihren Sohn Jesu. Das Rot der Rose, steht auch für das Blut der Kreuzigung Jesu. Die blühende Pfingstrose, ohne Dornen, gilt als Sanftmut Marias. Aus 3000 bis 4000 Kilogramm Rosenblättern, die wir mit der Hand pflücken, erhalten wir ein Kilogramm herrlich duftendes Rosenöl. Auch der Klee hat einen hohen Symbolcharakter. Vielleicht kennt ihr den Ausspruch, jemanden »über den grünen Klee« zu loben. Dies ist entstanden, weil wir die Gräber bei uns mit Klee bepflanzen. Das Kleeblatt steht für Lebenskraft und Glück und gilt als Symbol der Dreifaltigkeit. Das vierblättrige Kleeblatt gilt als Glücksbringer. Und dann ist da noch die Walderdbeere. Sie ist bei uns sehr begehrt und geschätzt. Oft findet ihr die wilde Walderdbeere an Hecken, Waldlichtungen und Waldrändern. Sie trägt weiße Blüten, die für die Unschuld der Jungfrau Maria stehen und ihre kleinen roten Erdbeeren symbolisieren die Liebe zu ihrem Sohn Jesus. Außerdem weisen die fünf weißen Blütenblätter, auf die fünf grausamen Wunden hin, die Jesu am Kreuz zugefügt wurden. Dies sind die Nägel, welche sich durch beide Hände und die Füße bohrten, die Dornenkrone und die Seitenwunde, welche ihm mit der heiligen Lanze zugefügt wurde und sein Herz durchbohrte. Die heilige Lanze mit einem

Nagel vom Kreuz Jesu, befindet sich im Besitz von König Heinrich I. und wird dann auf Otto übergehen, wenn dieser König ist.« Nach einer kurzen Pause und ein paar Schritten durch den Klostergarten sprach er weiter: »Aber nun wieder zurück zur Walderdbeere. Ihre dreiteiligen, grünen Laubblätter verweisen auf die heilige Dreifaltigkeit, Gott Vater, Sohn Christus und den heiligen Geist. Die Pflanze erfährt bei uns Christen eine sehr hohe Wertschätzung. Die ausgereiften Walderdbeeren sind essbar und stärken die Gesundheit. Aus den Blättern kann ein heilendes Getränk hergestellt werden, welches das Blut reinigt und den Harn aus dem Körper treibt. Außerdem verschafft es Linderung bei Gicht und auch bei Durchfall.«

Beeindruckt von der Fülle an Wissen, welches die Mönche hier zusammengetragen hatten, gaben wir Heinrich Recht, dass dieses erhalten bleiben und seine Anwendung gesichert werden musste. »Nun möchte ich euch noch etwas über den Apfel erzählen. Er steht für Liebe und weibliche Schönheit. Wenn ihr eine Frau gewinnen wollt, so schenkt ihr einen Apfel. Nimmt diese Frau dann den Apfel an, so könnt ihr hoffen, sie als Weib zu gewinnen. Hier können wir Mönche aber nicht aus eigenen Erfahrungen berichten.« fügte er mit einem Lächeln hinzu. Ich sagte: »Guter Mönch, auch wir können das nicht mehr ausprobieren, denn wir sind alle drei in festen Händen.« »Gut, es war nur so ein Gedanke und ihr wisst nun davon.« antwortete der Mönch und fuhr fort: »Es gibt noch einen weiteren Nutzen der Natur. Manche Pflanzen können auch zum Färben genutzt werden. Legt man Stoff in eine Lösung aus Safran hinein, so erhält der Stoff eine helle gelbe Farbe. Reife Holunderbeeren verwandeln Stoffe in ein anregendes Violett. Allerdings nimmt die Kraft der Sonne, den Stoffen diese Farbe allmählich wieder und sie müssen nach einiger Zeit wieder nachgefärbt werden. Dies soll für heute genügen. Wir führen unseren Rundgang im Kloster morgen fort. Es ist Zeit für das Abendgebet, also gehen wir jetzt zur Klosterkirche. Danach nehmen wir gemeinsam unser Abendmahl ein und begeben uns anschließend zur Nachtruhe.[128] So geschah es dann auch.

Der nächste Tag startete wieder früh mit dem Morgengebet. Nach dem Frühstück nahm uns der Mönch Rüdiger in seine Obhut und führte uns weiter durch die Klosteranlage, die Ställe der Pferde, Schweine, Kühe, Ziegen und Schafe. Hühner und Gänse wurden extra gehalten. Unter ihnen gab es einen stolzen Hahn, der die Klosteranlage vor jedem Sonnenaufgang mit lautem Krähen begrüßte. Außerdem kamen wir an riesigen Scheunen vorbei. Im Inneren der Klosteranlage befand sich eine schön gepflegte, viereckige Grünanlage, welche komplett mit Gebäuden umbaut war. Der Zugang dorthin war unter anderem über die Klosterkirche, den Speiseraum und den Vorratsraum möglich. In dem quadratischen Innenhof war ein Kreuzgang angelegt. Neben der Klosterkirche, umschlossen der Schlafraum der Mönche, der Speiseraum und das Lager mit Vorräten diesen grünen Innenraum. Hier galt absolute Ruhe. An schönen Tagen im Frühjahr bis in den Herbst hinein, zogen sich die Mönche gern zum Studium ihrer Bücher dorthin zurück. In dem Speiseraum befand sich in der Nähe zum Vorratslager eine große Küche. Von hier aus wurde die gesamte Versorgung der Klosteranlage zu den Morgen-, Mittags- und Abendmahlzeiten sichergestellt. Auf dem Klostergelände befanden sich weiterhin eine große Backstube, eine kleine Klosterbrauerei, Küfer und Drechsler. Auch eine Mühle, in der das Korn der umliegenden Felder gemahlen wurde, zählte zum Eigentum des Klosters. Schließlich führte der Mönch uns noch in ein Handwerkshaus. Dort herrschte ein reges Treiben. Hier wurden allerlei Reparaturen durchgeführt. Denn wo viele Menschen arbeiteten, ging auch immer mal etwas kaputt oder zu Bruch. Auch eine Schmiede war in dem Handwerkshaus zu finden. Nachdem wir nun die gesamte Klosteranlage

---

[128] Annette Both, Im Garten des Klosters, Mittelalter, Imhof Verlag Seite 19–65

und die Umgebung kennengelernt hatten, führte uns der Mönch an den Ort unserer eigentlichen Bestimmung, den Schreibraum der Klosteranlage.

Hier sollten wir die nächsten Tage, oder auch Wochen verbringen. Der Raum bot Arbeitsplätze für 20 Personen. Er befand sich im zweiten Stock und hatte sehr große Fenster. Von hier aus konnte man weit ins Unstruttal, nach Süden blicken. Außerdem wurde der große Schreibraum schon früh durch die Morgensonne erhellt und auch die Abendsonne konnte durch ein großes Fenster im Westen, noch lange genutzt werden.

In der Regel waren hier nur Mönche am Werk, aber der König hatte uns ja einen Auftrag erteilt. Wir begannen also mit der mühsamen Aufgabe, Niederschriften des gesammelten Mönchswissens für uns anzufertigen. Dieses Wissen würde unser Leben erleichtern und auch die Versorgung einer Burg, mit abwechslungsreicher Nahrung gewährleisten. Unsere Schreibkunst überzeugte die Mönche nicht, sodass sie letztlich selbst tätig wurden und anschließend jedem von uns, also Gero, Siegfried und mir, nach einem Monat, die Abschriften dieser wichtigen Bücher schenkten. Wir waren froh, dass wir die Schreibfedern beiseitelegen und uns mit diesem Wissen, wieder zu unseren Burganlagen aufmachen konnten.

Groß war die Freude, als ich meine beiden Söhne und meine geliebte Hidda wiedersah.

Doch die Freude währte nur kurz. Nach zwei Monaten, überbrachte uns ein Bote die Nachricht vom Tod unseres Königs. Am 02. Juli 936, war Heinrich I. im Kloster zu Memleben verstorben. Er konnte bei klarem Verstand und im Gebet mit seinen nächsten Verwandten Abschied nehmen. Ohne Angst blickte er dem Tod ins Auge und hatte sich noch seine Königskrone, sein Schwert und die heilige Lanze bringen lassen. Sein Schwert blieb ihm. Vor seinem Tod übergab er seinem Sohn Otto aber noch die Heilige Lanze und die Königskrone.

Ein großer Herrscher war von uns gegangen. Er hatte die Gebiete Sachsen, Schwaben, Bayern, Lothringen, Burgund, Friesland und Teile slawischer Gebiete vereinigen können. Er hatte seine Länder und Untergebenen dazu gebracht und befähigt, sich selbst zu ernähren. Was aber noch wichtiger war: Er hatte es geschafft, uns aus einer unterdrückten und geschundenen Stellung durch die Ungarn, Slawen, Wikinger und verschiedene innere Feinde, in eine starke und verteidigungsfähige Stellung zu führen. Heinrich I. wurde der Burgen- und Städtebauer genannt. Seine Macht war am Ende so stark gewesen, dass ihm keiner seine Krone streitig machen konnte. Seine größte Tat war der Sieg gegen die Ungarn, doch auch sein Beschluss, dass nur einer seiner Nachkommen, das Erbe antreten konnte und somit die vereinigten Gebiete nicht wieder durch Erbschaft zerstückelt und geschwächt werden konnten, war ein großer Dienst für unsere Zukunft. So hieß es nach dem Tod von Heinrich I.: »König Heinrich ist tot. Es lebe König Otto!«

Nun stand eine riesige Beerdigung an. Heinrichs Wunsch war es gewesen, auf seiner Lieblingspfalz Quedlinburg beerdigt zu werden. Da Heinrich aber im Sommermonat Juli verstarb, beschlossen die Mönche die Eingeweide des Königs in Memleben zu beerdigen, damit der restliche Körper des Königs ohne Verwesungsgeruch und Verwesungseinsatz, schadlos nach Quedlinburg gebracht werden konnte.

Und Quedlinburg begrüßte seinen verstorbenen König gebührend. Die ganze Burganlage wurde mit schwarzen Fahnen geschmückt, sodass jedem, der durchreiste, oder sich dort aufhielt bewusst wurde, dass ein großer Mann gestorben war. Der König wurde nach seiner Ankunft aus Memleben, in der Pfalzkapelle öffentlich aufgebahrt. Die Mönche hatten den Leichnam so hergerichtet, dass jeder denken mochte, Heinrich würde nur schlafen. Seine Fingernägel und Haare wurden noch bearbeitet, weil diese nach dem Tode noch einige Zeit weiterwuchsen. Der Leichnam wurde immer wieder gewaschen und hergerichtet. Die Pfalzkirche stand für das Volk offen, sodass jeder, der wollte, vom König Abschied nehmen konnte, ehe nach 15 Tagen die Totenfeier stattfinden sollte.

Geladen waren zu diesem traurigen Ereignis alle Edlen des Landes, der Schwiegersohn Heinrichs, Giselbert von Lothringen und seine Frau Gerberga, der Schwabenherzog Hermann, Herzog Arnulf von Bayern und Eberhard von Franken. Hatten wir in der Vergangenheit auch so oft Streit mit dem Bayernherzog, so zeigte er sich in dieser Zeit doch sehr freundlich und rücksichtsvoll und bewies Heinrich so, noch einmal seine Achtung. Als Sargträger wurden Gero, Siegfried, Hermann und ich bestimmt.

So hatten wir während der Totenandacht, unsere Plätze jeweils zu zweit, auf beiden Seiten des Sarges eingenommen.

Die Kirche war bis auf den letzten Platz gefüllt und auch in den Seitengängen standen zahlreiche Menschen. Nur der Mittelgang blieb frei, damit wir dann den Sarg ohne Bedrängnis zum Grab tragen konnten.

Der Erzbischof Hildebert aus Mainz, unterstützt von drei Mönchen, leitete die Begräbnisfeier. Er begrüßte die Anwesenden, danach sangen alle ›Der Herr ist barmherzig und reicht Erlösung‹.

Anschließend sprach er (Priester/Erzbischof = P) im Wechsel mit den Trauergästen (Gemeinde = G) weiter:

P: Herr Jesus Christus, du hast uns den Weg zum Vater gezeigt. Herr, erbarme dich.
G: Herr, erbarme dich.
P: Du hast durch deinen Tod der Welt das Leben geschenkt. Christus, erbarme dich.

G: Christus, erbarme dich.

P: Du hast im Hause deines Vaters eine Wohnung bereitet.
Herr, erbarme dich.

G: Herr, erbarme dich.[129]

Uns allen standen Tränen in den Augen, auch die Familie des Königs weinte bitterlich.

Dann übernahm der Erzbischof wieder das Wort und schilderte mit bewegenden Sätzen, noch einmal das Leben Heinrich I.

Nachdem er dies getan hatte, fuhr ein Mönch mit einem Gebet fort:

»Der Herr ist barmherzig und gnädig,
langmütig und reich an Güte.
Denn so hoch der Himmel über der Erde ist,
so hoch ist seine Huld über denen, die ihn fürchten.
So weit der Aufgang entfernt ist vom Untergang,
so weit entfernt er die Schuld von uns.
Wie ein Vater sich seiner Kinder erbarmt,
so erbarmt sich der Herr über alle, die ihn fürchten.
Denn er weiß, was wir für Gebilde sind;
er denkt daran: Wir sind nur Staub.
Des Menschen Tage sind wie Gras,
er blüht wie die Blume des Feldes.
Fährt der Wind darüber, ist sie dahin,
der Ort, wo sie stand, weiß von ihr nichts mehr.
Doch die Huld des Herrn währt immer und ewig
für alle, die ihn fürchten und ehren.
Ehre sei dem Vater und dem Sohn
und dem Heiligen Geist,

---

[129] Gotteslob, St. Benno- Verlag GmbH Leipzig, Seite 172 und 173

wie im Anfang, so auch jetzt und alle Zeit
und in Ewigkeit, Amen.«

P: Zu unserm Herrn Jesus Christus beten wir voll Vertrauen für
unsern König Heinrich. Erlöse ihn, o Herr!

G: Erlöse ihn, o Herr!

P: Von aller Schuld!

G: Erlöse ihn, o Herr!

P: Durch deine Menschwerdung.

G: Erlöse ihn, o Herr!

P: Durch dein Kreuz und Leiden.

G: Erlöse ihn, o Herr!

P: Durch deinen Tod und deine Auferstehung.

G: Erlöse ihn, o Herr!

P. Durch deine Wiederkunft in Herrlichkeit.

G: Erlöse ihn, o Herr![130]

P: Heilige Maria, Mutter Gottes.

G: Bitte für ihn.

P: Du Zuflucht der Sünder.

G. Bitte für ihn.

P. Du Trost der Trauernden.

G. Bitte für ihn.

P: Heiliger Josef.

G: Bitte für ihn.

P: Heiliger Michael.

G. Bitte für ihn.

P: Heiliger Heinrich.

G: Bitte für ihn.

P: Ihr Heiligen unseres Landes.

---

[130] Gotteslob, St. Benno- Verlag GmbH Leipzig, Seite 172 und 173

G: Bitte für ihn.

P: Alle Heiligen Gottes.

G: Bitte für ihn.[131]

Der Sarg wurde geschlossen und der Erzbischof gab uns ein Zeichen. Wir vier Sargträger hoben nun behutsam den königlichen Sarg an, um ihn zum Grab zu tragen. Wir folgten den Geistlichen, welche den Trauerzug anführten. Der Gang zum Grab führte uns vorbei an unzähligen Bewohnern des Ortes, aber auch Weitgereiste, die vom Tod des Königs gehört hatten, säumten den Weg und streuten Blumen. Hinter uns reihte sich die Familie des Königs ein, danach kamen die Edlen der Länder und dann das übrige Volk. Auf dem gut zehnminütigen Weg, zur letzten Ruhestätte Heinrich I., wurde mehrmals der Rosenkranz gebetet. Am Grab angelangt, ließen wir den stabilen Eichensarg, an langen Seilen, vorsichtig herab. Dann traten wir einige Meter zurück, damit die nächsten Verwandten am Grab Platz fanden.

Der Erzbischof sprach: »Ich bin die Auferstehung und das Leben. Wer an mich glaubt, wird leben, auch wenn er stirbt, und jeder, der lebt und an mich glaubt, wird in Ewigkeit nicht sterben.«[132]

Nach einer kurzen Pause fuhr der hohe Geistliche Hildebert fort: »Wir übergeben den Leib der Erde. Christus, der von den Toten auferstanden ist, wird auch unseren Bruder Heinrich zum Leben erwecken.«

Er sprenkelte Weihwasser auf den Sarg und fuhr fort:

»Im Wasser und im Heiligen Geist wurdest du getauft. Der Herr vollendet an dir, was er in der Taufe begonnen hat.«

Ein Mönch schwenkte das Weihrauchgefäß über dem Grab und Hildebert sprach weiter: »Dein Leib war Gottes Tempel. Der Herr schenke dir ewige Freude.«

Dann warf der Erzbischof Erde auf den Sarg und fuhr fort:

---

[131] Gotteslob, St. Benno Verlag, Seite 741
[132] Gotteslob, St. Benno Verlag, Seite 178

»Von der Erde bist du genommen, und zur Erde kehrst du zurück. Der Herr wird dich auferwecken.«

Er steckte das vorgefertigte Holzkreuz in den Boden und machte ein Kreuzzeichen über dem Grab Heinrich I. und sprach währenddessen: »Im Kreuz unseres Herrn Jesus Christus ist Auferstehung und Heil. Der Friede sei mit dir!« Zum Abschluss sprach einer der Mönche:

P: Herr, gib Heinrich und allen Verstorbenen die ewige Ruhe.

G. Und das ewige Licht leuchte ihnen.

P: Lass sie ruhen in Frieden.

G: Amen.[133]

Damit war die Trauerzeremonie beendet und nacheinander erwiesen die Anwesenden, ihrem verstorbenen König die letzte Ehrerbietung. Als erstes traten die Familienmitglieder, jeder einzeln vor Heinrichs Grab, machten ein Kreuzzeichen, warfen Blumen hinab und traten dann zurück. Im Anschluss gingen die Trauergäste nacheinander zum Grab und sprachen danach der Familie des verstorbenen Königs, ihr Beileid aus. Es kam mir wie eine Ewigkeit vor, so viele Trauernde waren zum Grab gekommen.

Zum Leichenschmaus waren dann nur die Herzöge und der engste Kreis der Familie geladen.

In den folgenden Tagen wurden mein Vater Lothar und mein Bruder Hermann, zum Verwalter und Grafen der Burganlage Werla berufen.

Für sich und seine Frau, wählte Otto Magdeburg als zukünftigen Hauptort.

Er hatte mit Editha oft in Magdeburg gelebt und die Stadt immer weiter ausgebaut. Doch er hatte dabei nicht nur an sich und seine

---

[133] Gotteslob, St. Benno Verlag, Seite 178

Familie gedacht. Auch die Händler, zum Teil mit jüdischem Glauben, hatte er auf einer höher gelegenen Ebene angesiedelt, damit sie nicht immer unter dem Hochwasser der Elbe zu leiden hatten. Somit konnten sie sich auf ihre Geschäfte konzentrieren und waren nicht jedes Jahr damit befasst, ihre Häuser trocken zu legen.

Mein Bruder Siegfried wurde zum Stadthalter von Magdeburg ernannt. Außerdem hatte Siegfried die Aufgabe, auf Ottos Bruder Heinrich Acht zu geben. Dieser hatte nach Heinrichs Tod oft davon gesprochen, ebenfalls die Königskrone für sich zu beanspruchen. Er führte an, dass laut byzantinischem Recht, nur der königlicher Abstammung sei, der unter einem König geboren wurde. Dies befürwortete auch die Königsmutter Mathilde. Für einen nicht endenden Streit war damit die Saat gestreut.[134]

Gero und ich erhielten die Ehre, Otto nach Aachen zur Königskrönung zu begleiten.

---

[134] Helmut Hiller, Otto der Große, List Verlag München, Seite 55 ff

10
Königskrönung Ottos in Aachen, 936

Mit einem Trupp von 500 Mann zu Pferd, 20 Kutschen mit Lederplanen und reichlich Nahrung und Waffen, machten wir uns Mitte Juli, mit Otto auf den Weg nach Aachen. Am 07. August 936, sollte die Königskrönung in der schönen Pfalzkirche zu Aachen, auf dem Thron Kaiser Karl des Großen, erfolgen. Dies war eine besondere Ehre, welche Konrad I. und Heinrich I., nicht zu Teil geworden war. Die Edlen der Länder hatten auf den sterbenden König gehört und die Nachfolge Ottos als König, für richtig empfunden.

Es lag ein langer Ritt, von etwa zehn Tagen vor uns, doch danach würden wir noch etwas Zeit haben, um uns zu erholen, ehe die Königskrönung stattfinden sollte.

In Aachen angekommen, wurden wir von Ottos Schwager, Giselbert von Lothringen und seiner Ehefrau, Ottos Schwester Gerberga als Gastgeber empfangen. Die Pferde wurden in die Stallungen gebracht und uns reichten sie, zur Begrüßung kühle Getränke. Danach wiesen sie uns unsere Unterkünfte zu. Giselbert empfahl uns, zur Entspannung nach der langen Reise, einen Besuch der römischen Thermen. Diese waren nicht weit von der Pfalzanlage entfernt. Ich blickte zu Gero: »Hättest du Lust, in die römischen Thermen zu gehen?« »Warum nicht? Nach einer langen Reise wird es unseren Knochen und Muskeln guttun.« erwiderte Gero. Wir brachten unser Gepäck in die Unterkunft und machten uns auf den Weg. In der Therme herrschte reges Treiben, aber wir fanden noch Platz, um es uns in einem warmen Bad bequem zu machen. Ich merkte bald, wie sich mein Körper entspannte und von den Strapazen des langen Ritts erholte. Später nahmen wir in der Pfalz noch eine Mahlzeit zu uns und gingen anschließend zu Bett. Ich schlief gut und tief bis in die achte Stunde. Zum Frühstück fanden wir uns in einem großen Saal in der Pfalz zu Aachen ein. Hier trafen wir auch wieder auf Otto und seine Frau Editha. Für sie war ein größerer Tisch hergerichtet worden, der ihnen die Möglichkeit bot, alles zu überblicken. Rechts und links von diesem, waren zwei Tische für längs aufgestellt, an denen die Edlen der Länder ihre Plätze einnahmen. Die Tische waren so zu einem breiten »U« im Saal aufgestellt.

Nun erkannten wir auch, wer die Veranstalter des Festes waren. Ausrichter war zum einem der Herzog von Lothringen, da Aachen auf dem Gebiet von Lothringen lag. Doch auch die anderen Herzöge waren eingebunden. Der Herzog Eberhard von Franken war zuständig für das Essen. Der Schwabenherzog Hermann fungierte als Mundschenk und hatte edle rote und weiße Weine aus Schwaben mitgebracht. Wer mochte, dem wurde auch süffiges Bier gereicht. Als Marschall, zuständig für Pferde und Unterkunft, hatte sich der Herzog Arnulf von Bayern hervorgetan. Diese Organisation war für Otto eine große Ehre, zeigten ihm die Herzöge doch so, dass Otto ab nun der König war.[135]

Dann kam der Tag der Königskrönung in der Pfalzkapelle zu Aachen. Die Kapelle war zum Teil der Sergios- und Bachoskirche in Konstantinopel, welche in der Zeit von 527 bis 536 erbaut wurde und der Kirche in San Vitale, Ravenna, die um 547 geweiht wurde, nachempfunden. Sie war bei ihrer Errichtung exakt nach der aufgehenden Sonne, als Symbol des auferstandenen Jesus ausgerichtet worden. Hier sollte sich die Gemeinde ihm betend zuwenden. Mit den

---

[135] Hartmut Hiller, Otto der Große, List Verlag München, Seite 60

sie umgebenden Gebäuden und wegen ihrer Größe, wurde die Kirchenanlage auch Aachener Münster genannt.

Im Atrium des Münsters, einem großen freien Vorraum zur Pfalzkapelle, wurde Otto bei strahlendem Sonnenschein und Sommerhitze, von 1.500 Menschen empfangen. Hier hatten ihn die Herzöge und Edlen zum König bestimmt. Wir folgten Otto in die Pfalzkapelle. Die Hitze machte uns allen zu schaffen und der Schweiß ran uns über die Stirn. Otto trug ein eng anliegendes, fränkisches Gewand. Denn hier, auf fränkischem Boden, wollte er heute die Krönung empfangen. Nach der weltlichen Zeremonie folgte nun die kirchliche. Die Tore zur Pfalzkapelle öffneten sich und Otto wurde vom Erzbischof Hildebert aus Mainz, an der Spitze der Geistlichkeit erwartet. In der Rechten hielt er einen langen Krummstab, der auf seine Erzbischofswürde hinwies. Der Geistliche nahm mit seiner linken Hand Ottos Rechte und führte den jungen König durch eine Menschenmenge, in den gut gefüllten, achteckigen Raum der Kirche. Am Grab Karl des Großen hielten sie kurz inne und verrichteten ein kleines Gebet.[136]

Karl der Große hatte beim Bau, einen achteckigen Raum in der Kapelle zu Aachen mit Bedacht gewählt. Das regelmäßige Achteck galt als Verbindung zwischen Quadrat und Kreis. Das Quadrat mit seinen vier gleichen Seiten, als altes Zeichen für die Erde mit ihren vier Jahreszeiten, Himmelsrichtungen und Elementen (Feuer, Wasser, Luft und Erde) und der Kreis ohne Anfang und Ende als Symbol für die Ewigkeit, Unendlichkeit und den Himmel. Karl setzte diese Symbolik beim Bau bewusst ein. Es sollte ausgedrückt werden, dass sich an dieser Stelle Himmel und Erde berühren und vereinen. Genau diese

---

[136] Walter Maas, Pit Siebigs, Der Aachener Dom, Creven Verlag Köln, Seite 11- 23

Symbolik nutzte der Erzbischof und trat mit Otto in die Mitte der Pfalzkapelle, wo er sich mit Himmel und Erde verbunden fühlte.[137]

Dort konnten beide von allen Anwesenden gesehen werden. Dann rief Hildebert zu den Menschen und zu Gott: »Schaut her, ihr Geistlichen, Herzöge und Edlen! Hier wo sich Himmel und Erde vereinigen, hier ist der, den Gott zu eurem König auserwählt hat. Wenn ihr ihn als König wollt, dann hebt eure Rechten zum Himmel und ruft laut, sodass es schallt: »Heil und Segen für unseren König Otto«. Alle Anwesenden riefen laut: »Heil und Segen für unseren König Otto!« Mir lief ein Schauer über den Rücken.

Nach dieser überwältigenden Zustimmung, mit der die Masse, Otto zum König ausgerufen hatte, schritt der Erzbischof Hildebert, zusammen mit König Otto zum Altar, wo die Insignien des Herrschers niedergelegt waren. Dann übergab der Bischof ihm das königliche Schwert und sprach: »Hier überreiche ich dir das Schwert. Es dient nur zur Verteidigung unserer Länder. Der Königsmantel soll den Schutz der Menschen bieten, die in unseren Ländern wohnen. Zepter und Stab sind als Zeichen zur väterlichen Züchtigung, der Untergebenen zu sehen.« Der Kölner Erzbischof Wigfrid und der Mainzer Erzbischof Hildebert, salbten den neuen König. Anschließend kniete Otto vor dem Bischof nieder, welcher ihm andächtig die Königskrone aufsetzte. Dann stand er auf, nun war er der König! Alle anderen knieten jetzt nieder und riefen. »Hoch lebe unser König! Hoch lebe König Otto!«

Otto stieg mit der Krone auf dem Haupt und den königlichen Insignien in den Händen, die Empore hinauf und nahm auf dem Kaiserthron Karl des Großen Platz. Der einfache Thron bestand in Anlehnung an den Thron Salomos, aus sechs marmornen Stufen. Der Sitz war mit Seitenlehnen versehen und hatte eine oben gerundete Rückwand. Und auch der Thron war nach Osten ausgerichtet, sodass jeder

---

[137] Walter Maas, Pit Siebigs, Der Aachener Dom, Creven Verlag Köln, Seite 21

Herrscher hier von Angesicht zu Angesicht, Gott erkennen könnte, wenn der jüngste Tag anbricht. Von dort oben konnte Otto nun die restliche Messe sehr gut verfolgen.

Nach der kirchlichen Feier folgte ein reichliches Festmahl in der großen Aula der Pfalzanlage, womit die Krönungsfeier einen Abschluss fand. Für uns Sachsen war dies ein großer Tag. Waren wir vor Heinrich immer nur gut genug für ein Herzogtum, hatten wir nun durch Otto I., schon den zweiten sächsischen König gestellt.

Während der Feier unterhielten sich Otto und sein Schwager ausgiebig, auch über das Westfrankenreich, wo nun sein Neffe Ludwig der IV., mit nur 15 Jahren König war. Währenddessen hatte ich die Möglichkeit mit Gerberga einen Tanz zu wagen und wir unterhielten uns über die schönen, alten Zeiten auf der Pfalz Werla und Quedlinburg. Wir aßen reichlich und unsere Bäuche waren dermaßen voll, dass wir die ganze Nacht nicht richtig schlafen konnten. Otto war es genauso gegangen, aber er wollte auch gar nicht sofort aufbrechen, sondern sich die gewaltige Pfalzkapelle Karl des Großen noch genauer anschauen. Ich begleitete ihn gern. Hier waren auch Marmorsäulen miteingebaut, die Karl der Große extra, mühsam aus Italien hatte herbringen lassen. Vor den Toren standen schon Pilger bereit, die unter dem Thron durchkriechen wollten. Ich fragte sie nach dem Grund dieses ungewöhnlichen Ansinnens. Einer von ihnen erklärte mir, dass der Volksmund besagt, dass man ewiges Glück und Gesundheit erlangt, wenn man unter dem Thron hindurchkriecht.

Nach zwei Tagen brachen wir wieder auf, Richtung Magdeburg. Die Wege waren oft gesäumt von Menschen, die ihrem neuen König zujubelten. Da wir außerdem in verschiedenen größeren, oder bedeutenden Orten Halt machten, in denen die Bewohner ihren König feiern wollten, dauerte unsere Rückreise fast 20 Tage.

Als wir in Magdeburg angekommen waren, verabschiedete ich mich bald von meinem neuen König. Ich wollte heim zu meiner geliebten Frau und meinen Söhnen, die ich so sehr vermisste. Sie hatten schon viel zu lang auf mich warten müssen. Da die Wege dorthin gut ausgebaut waren, näherte ich mich schnell meinem Burgort Frohse. Schon von weitem sah ich den Bergfried. Auf dem großen Turm konnte ich Hidda erkennen. Sie hatte wohl gespürt, dass meine Heimkunft nahte. Die hölzernen Tore meiner Burg wurden geöffnet. Ich gab meinem Pferd noch einmal die Sporen, denn ich wollte keine Sekunde mehr verschenken. Schnell sprang ich dann vom Pferd und schloss meine Lieben in die Arme. Wir hatten uns alle viel, über das Erlebte zu erzählen.

Otto war mit gerade einmal 24 Jahren König geworden. Dies hatte er vor allen Dingen, seinem Vater Heinrich zu verdanken. Dieser hatte sich Respekt bei den geistlichen und weltlichen Herzögen verschafft.

Die Zukunft wird nun zeigen, wie der neue König Otto I., das Erbe seines Vaters, König Heinrich I., fortführen und das geschaffene Herrschaftsgebiet verwalten und verteidigen kann.[138]

---

[138] Hartmut Hiller, Otto der Große, List Verlag München, Seite 60

Anhang: Orte der Handlung

I. Aachen, Aachener Dom

II. Burg Olbrück

III. Frohse

IV. Magdeburger Dom

V. Dom zu Meissen

VI. Kloster Memleben

VII. Dom zu Merseburg

VIII. Quedlinburg

IX. Querfurt

I. Aachen, Dom zu Aachen

Domkapitel Aachen
Klosterplatz 2
52062 Aachen
Tel: 0241 – 47 70 9-0
Fax: 0241 – 47 70 9-144

Aachener Dom, der Punkt an dem sich Erde und Himmel vereinigen.

Decke

Boden

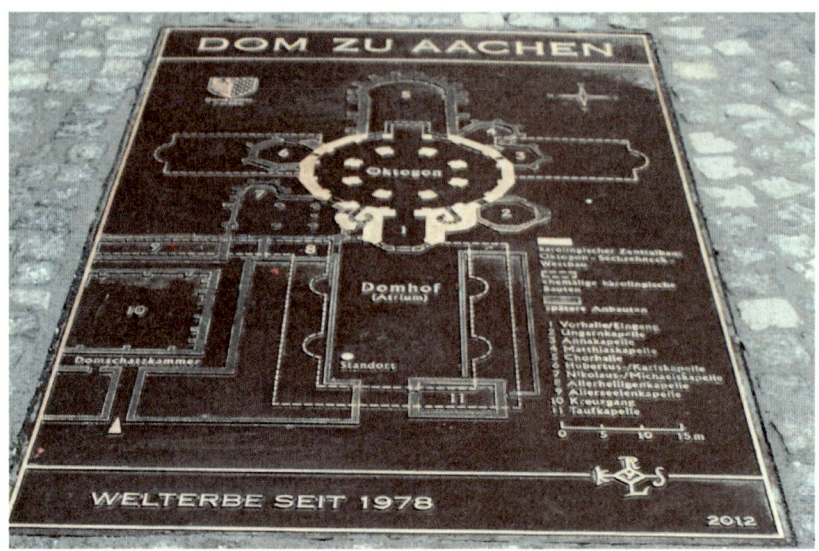

Skizze, Aachener Dom. Die Mitte des Oktogons ist der Punkt an dem sich Erde und Himmel vereinigen. Kreis, Symbol für die Ewigkeit, kein Anfang und kein Ende. Rechteck für die vier Elemente (Feuer, Wasser, Erde und Luft. Das Achteck ist die Verbindung der Ewigkeit (Kreis) mit der Erde (Rechteck).

II. Burg Olbrück

Info über:
Tourist-Information Brohltal
Rathaus
Kapellenstraße 12,
56651 Niederzissen
Tel.: 02636/19433
Fax: 02636/80146
E-Mail: tourist(at)brohltal.de

Ritterspruch

Burg Olbrück, Turm

III. Frohse, Burgort von Christian Billunger

Heutiger Blick auf die Elbe, von der sächsischen Seite, hinüber in die damals slawischen Gebiete

IV. Dom zu Magdeburg

Evangelische Domgemeinde
Am Dom 1
39104 Magdeburg
www.magdeburgerdom.de
E-Mail: info [AT] magdeburgerdom.de
Tel.: (0391) 54 10 43 6
Fax: (0391) 53 42 50 7

Nachbildung der »Heiligen Lanze«

Magdeburger Reiter

Erstes freistehendes Reiterdenkmal
Deutschlands. Rechts- und Hoheits-
symbol, vermutlich Otto I.
darstellend (912-973). Um 1240
entstanden, seit 1651 barocker
Baldachin. Sandsteinoriginal im
Museum, 1966 Bronzekopie.

Landeshauptstadt
Magdeburg

Durch die Initiative des Kuratoriums „1200 Jahre Magdeburg" und
der Industrie- und Handelskammer Magdeburg konnte im Jahre 2000
diese Bronzekopie des Magdeburger Reiters vergoldet werden.

Besonderer Dank gilt den Förderern des Projektes:

Deutsche Bank AG, Filiale Magdeburg, als Hauptsponsor,

NORD/LB, Mitteldeutsche Landesbank Magdeburg,
Metallbau Riegg Magdeburg,
Gerling & Rausch GmbH Magdeburg,
FER Ingenieurgesellschaft Magdeburg,
Reinigungsservice Weidemann & Co. GmbH,
Reinex Gebäudereinigung GmbH Magdeburg,

Michael Hunke, Oschersleben,
Günter Koennecke, Magdeburg,
Busse Bau GmbH Magdeburg,
ARAL Autocenter Magdeburg,
MEB - Service GmbH Magdeburg,
Paul Schuster GmbH Magdeburg,

Johann Heinrich Meyer Druckerei und Verlag Braunschweig,
Technologie- und Berufsbildungszentrum Magdeburg GmbH.

Editha und Otto der I.

V. Dom zu Meißen

Hochstift Meißen
Domplatz 7, 01662 Meißen
Tel.: 03521 / 45 24 90,
Fax: 03521 / 45 38 33
Email: info@dom-zu-meissen.de
Internet: http://www.dom-zu-meissen.de

Modell der Albrechtsburg mit dem Dom zu Meißen

VI. Kloster Memleben

Sterbeort von Heinrich I. und Otto dem Großen

Museum Kloster und Kaiserpfalz
Memleben
Thomas-Müntzer-Str. 48
06642 Memleben
Tel: 034672 / 60274
Fax: 034672 / 93409
E-Mail: info@kloster-memleben.de

VII. Dom zu Merseburg

Der Merseburger Dom

St. Johannes der Täufer und Laurentius repräsentiert den Hochstift Merseburg. Der Dom ist eine Station an der Straße der Romanik.
Domplatz 7, 06217 Merseburg

Thietmar, Bischof von Merseburg, hat Leipzig im Jahr 1015 erstmals urkundlich erwähnt. Er hat die Geschichte der Ottonen niedergeschrieben.

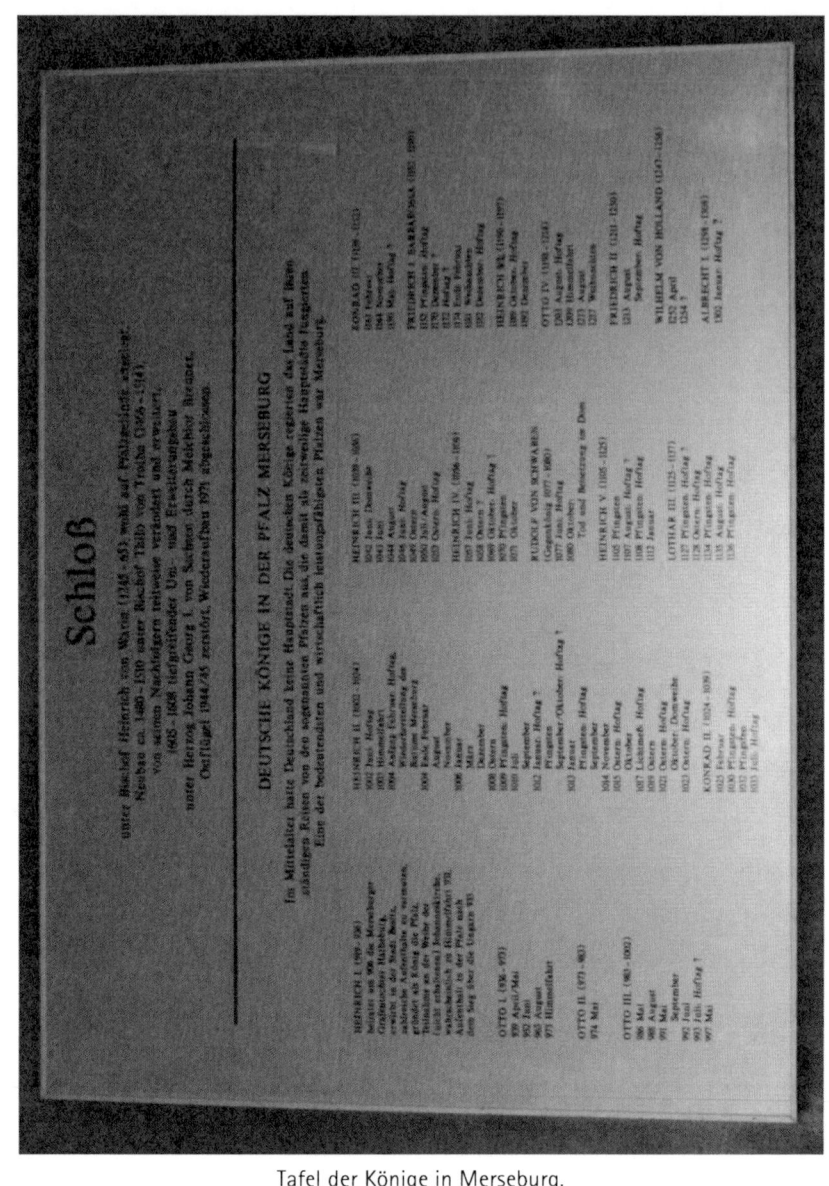

Tafel der Könige in Merseburg.

VIII. Quedlinburg

Stadtverwaltung Quedlinburg
Markt 1
06484 Quedlinburg
Sachsen-Anhalt
Tel: 03946 905 50
Fax: 03946 905 9500
E-Mail: stadt@quedlinburg.de
www.quedlinburg.de

IX. Querfurt

Kreisverwaltung Saalekreis
Museum Burg Querfurt
06268 Querfurt
Tel.: 034771/5219-0
Fax: 034771/5219-99
burg.querfurt@saalekreis.de

Bücherliste

Titel	Verlag	Ausgabe	Autoren	Ort
Abenteuer Wald, Bäume und Sträucher	Atlas Verlag, German Version		Carlo Trinco	
Abenteuer Wald, Bäume und Sträucher	Atlas Verlag, German Version		T. Desaily/ Ch. Dumoux	
Abenteuer Wald, Der Braunbär	Atlas Verlag, German Version		Benoit Charles	
Abenteuer Wald, Frühling, Bär	Atlas Verlag, German Version		Jean Grasson	
Abenteuer Wald, Frühling, Der Habicht	Atlas Verlag, German Version		Anne Romby	
Abenteuer Wald, Frühling, Wildschwein	Atlas Verlag, German Version		Grégorgy Vacher	
Abenteuer Wald, Herbst, Der Habicht	Atlas Verlag, German Version		Anne Romby	
Abenteuer Wald, Herbst, Wildschwein	Atlas Verlag, German Version		Grégorgy Vacher	
Abenteuer Wald, Herbst, Wolf	Atlas Verlag, German Version		Ivan Stalio	

Titel	Verlag	Ausgabe	Autoren	Ort
Abenteuer Wald, Schleiereule, Vögel der Felder, Wiesen und Moore	Atlas Verlag, German Version		Franck Bouttevin, Gismonde Curiace u. weitere	
Abenteuer Wald, Sommer, Bär	Atlas Verlag, German Version		Jean Grasson	
Abenteuer Wald, Sommer, Wolf	Atlas Verlag, German Version		Jean Grasson	
Abenteuer Wald, Spiel und Spaß, Hütten	Atlas Verlag, German Version			
Abenteuer Wald, Tier- und Umweltschutz	Atlas Verlag, German Version		P. & G. Pusztai	
Abenteuer Wald, Winter, Der Königsadler	Atlas Verlag, German Version		Jean Grasson	
Abenteuer Wald, Winter, Wolf	Atlas Verlag, German Version		Jean Grasson	
Atlas des mittelalterlichen Euopa	Tosa Verlag	2001	Angus Konstam	Wien
Burg Olbrück ein Burgführer	Verbandsgemeinde Brohthal	2005	Tilla von der Goltz	Niederzissen
Das große Buch der Ritter	Tessloff Verlag	1999	Philip Steele	Nürnberg
Das große Buch der schönsten Legenden	Schauenburg Verlag	2001	Margarete Schwarzkopf	Nürnberg

Titel	Verlag	Ausgabe	Autoren	Ort
Das Leben im Kloster	Michael Imhof Verlag	2007	Annette Adelmeyer	Petersberg
Das Römerreich der Deutschen	Econ Verlag	1967	Rudolf Pförtner	Düsseldorf/Wien
Der Aachener Dom	Creven Verlag Köln	2001	Walter Maas, Pit Siebigs	Köln
Der Kampf um die Sorbenfestung	Gana Druck und Verlag Lommatzscher Druckpflege	2009	Werner Ziegner	Ostrau
Der Weinatlas	Gräfe und Unzer Verlag GmbH	2008	Hugh Jonson und Jancis Robinson	München
Die Bibel im heutigem Deutsch		1994	Balzers	Lichtenstein
Die Deutsche Geschichte Band 1	Weltbild	2002	Wilhelma von Albert, Dr. Jochen Gaile, u. weitere	Augsburg/Braun.
Die Deutschen Cäsaren Droemer	Knaur Verlag	1977	S. Fischer-Fabian	Darmstadt
Die Grosse Coron Enzyklopädie Band 1	Coron Verlagsgesellschaft	1998		Stuttgart-Wien
Die Grosse Coron Enzyklopädie Band 2	Coron Verlagsgesellschaft	1998		Stuttgart-Wien

Titel	Verlag	Ausgabe	Autoren	Ort
die Grosse Coron Enzyklopädie, Band 15	Coron Verlagsgesellschaft	1998		Stuttgart-Wien
Die Schreibstube im Kloster des Mittelalters	Michael Imhof Verlag	2007	Siegfried Both	Petersberg
Die Wikinger, Lebensform, Waffen, Eroberungen	Voltmedia GmbH	?	Rolf Nordenstreng/ Karl Theodor Strasser	Paderborn
Die Wikinger, Reise in die Vergangeheit		UK 2003	David West	
Erde und Kosmos im Mittelalter	Bechtmünz Verlag	2000	Rudolf Simek	Augsburg
Fazination Mittelalter	Lingen Verlag			
Geschichte Leipziger Volkszeitung		2004	dpa	Leipzig
Gotteslob, Katholisches Gebet- und Gesangbuch	St. Benno Buch- und Zeitschriften Verlag	1990	Katholische Bibelanstalt	Stuttgart Leipzig/Ulm
Handbuch Pferd	Buchverlag GmbH & Co. KG	2003	Dr. Dr. med ver habil Peter Thein	München
Im Garten des Klosters	Michael Imhof Verlag	2007	Annette Both	Petersberg

Titel	Verlag	Ausgabe	Autoren	Ort
In 10 Tagen zum vollkommenen Gedächtnis	Weltbild	2001	Joyce Brothers/Edwad P. F. Eagan	Augsburg
Kaiserlich speisen wie Otto der Große		2005	Ute Luise Zimmermann-Krause	Magdeburg
Karl der Grosse	Weltbild	2003	Thomas R. P. Mielke	München
Mittelalter	Tessloff Verlag	2004	Dr. Hans-Peter von Peschke	Nürnberg
Otto der Große	Paul List Verlag GmbH & Co. KG	1980	Helmut Hiller	München
Otto der Große, Magdeburg und Europa	Philipp von Zabern	2001	Dr. Matthies Puhle	Mainz
Stadtgeschichte Schwabach Internet, Zeittafel				
Und ewig Singen die Wälder	Bertelsmann Lesering	1959	Trygve Gulbranssen	München
Ursünde Gewalt, Das Ringen um Gewaltfreiheit	Patmos-Verlag	2001	Gerorg Baudler	Düsseldorf